Von Dalila sind bereits folgende Titel erschienen:

Herzfunkel-Trilogie

Das funkelnde Herz des Todes (ISBN 978-3-98595-744-6)
Das funkelnde Herz des Engels (ISBN 978-3-98595-747-7)
Das funkelnde Herz der Seele (ISBN 978-3-98595-748-4)

Über die Autorin:

Dalila lebt in Tirol, Österreich. Obwohl sie in einem einzigartigen Bergparadies wohnt, geht sie nie wandern, sondern sitzt lieber zu Hause und erschafft künstlerische Werke.

Die dreifache Mutter ist süchtig nach Papier, Pinsel und Farben, sie baut Trommeln, gestaltet magische Figuren und liebt Glitzerperlen. Als würde das an Kreativität nicht schon reichen, hat sie sich auch dem Schreiben von Romanen zugewandt.

Mehr Infos auf www.dalila.at

Dalila

Dian
Eine Reise in die Weiße Stadt

Fantasyroman

Deutsche Erstveröffentlichung © Oktober 2023 Dalila
Dieses Buch ist auch als E-Book erhältlich.

~ www.dalila.at ~

Cover: Alexander Kopainski
Lektorat & Korrektorat: Stephanie Schmid
Charakterkunst: Polina Zavodina
Druck: Booksfaktory
Vertrieb: Nova MD

Impressum: Dalila Reinold, Steinreichweg 53, A-6414 Mieming
E-Mail: dalila@dalila.at

ISBN: 978-3-98595-890-0

www.instagram.com/dalila_raffeel

Für **Raffeel**

Du bist für mich die schönste Seele
in meinem Universum.

Der Seelenbrunnen

Großmutter Mond war zehn Tage lang voll, bevor ich geboren wurde. Ein seltenes und sehr besonderes Sternbild erhellte den blauschwarzen Nachthimmel, es zeigte das Symbol unseres Clans: eine Mond-Seerosenblüte, welche sich gerade öffnete. Sie war seit jeher das magische Bild unserer tiefen Verbindung zur Mondgöttin, denn nur sie schenkte uns das Leben.

Alle hundertzehn Jahre zeigte sich diese Blüte in Form des Sternbildes am Himmel. Es war das Zeichen, dass die Elben nun in die geheime Grotte gehen konnten, um die Kinder der Göttin zu empfangen. Die runde Höhle war mit silbergrünen Efeuranken überwuchert, in ihrer Mitte stand der Seelenbrunnen, aus grauweißem Stein gemauert. In ihm schwebte reines Mondlichtwasser, das so funkelte, als würden Tausende von Kristallen in ihm tanzen und den ganzen Raum mit Magie erfüllen.

Die Elben feierten ein Fest, das genauso lang andauerte, wie die Mondin voll war, und während dieser Zeit wurde jede Nacht eine neue Seele ins Leben gebracht. Dafür wählten die Gelehrten unseres Clans im Vorfeld zehn besondere Paare aus. Jeden Abend trat dann eines dieser Paare vor den Seelenbrunnen, um ihr Kind von der Göttin zu empfangen.

Gespannt starrten alle Clanmitglieder auf die glitzernde Wasseroberfläche, die Elben rundherum sangen so lange heilige Lieder, bis der Brunnen ihnen das neugeborene Baby schenkte.

Es tauchte auf einem Seerosenblatt in der Wassermitte auf, über und über mit bläulichem Mondlicht bedeckt.

Die glücklichen Eltern wurden gefeiert, man tanzte die ganze Nacht, alle freuten sich über das neue Clanmitglied.

Zehn Tage wurde dieses Fest zelebriert.

Zehn Tage war der Mond voll.

Zehn Seelen wurden geboren.

Ich kam am elften Tag.

Man hatte mich nicht erwartet, die Gelehrten hatten nicht vorhergesehen, dass noch ein Junge kommen würde. Mein Clan bezeichnete mich deshalb nicht als Wunder, denn keiner hatte um mich gebeten. Darum warteten auch keine Eltern am Rande des Seelenbrunnens auf mich, schließlich waren die Elben bereits wieder in ihre Häuser zurückgekehrt.

Es waren Glück und Zufall in einem, dass die alte Rachél ihr Schultertuch in der Grotte vergessen hatte. Sie wäre nicht zurückgekommen, wenn dieses grüne Tuch nicht ganz besondere Erinnerungen geborgen hätte.

Ich hatte es also einem Schultertuch zu verdanken, dass mich die alte Rachél fand. Liegend auf dem Seerosenblatt, splitternackt und laut weinend.

Sie nannte mich Dian.

So bezeichnen die Elben eine einzelne Wasserperle.

Die Opfergabe

»Verdammte Scheiße«, fluchte ich, als mir mein Bücherstapel aus den Händen rutschte. Die Bücher knallten allesamt auf den gepflasterten Boden, manche Blätter zerknitterten dadurch.

Argh! Ausgerechnet heute!

»Na, Tollpatsch.« Mehal, der Erstgeborene der Zehn, lachte übertrieben laut. »Du willst wohl am letzten Schultag zu spät in die Klasse kommen?«

Er und die anderen neun stiegen lachend über meine Bücher. Auf manchen trampelten sie mit Absicht herum. Jasira schubste ein Buch schwungvoll mit dem Fuß fort, es schlitterte über den breiten Flurboden. Ihr lautes, gemeines Kichern hallte zwischen den Steinwänden hin und her.

Mit all meiner Selbstbeherrschung blieb ich ruhig stehen und verbarg meinen Frust über diese Gemeinheit. Doch nur still zu bleiben, machte mich leider auch nicht unsichtbar.

Mehal ging nah an mir vorbei, pustete mir seine üble Atemluft ins Gesicht und schlug meine langen weißblonden Haare mit einer schnellen Handbewegung zurück – so als würde er eine Fliege verscheuchen wollen. Dabei setzte er eine angeekelte Miene auf und machte ein widerliches Würgegeräusch. Dann schüttelte er seine eigenen langen hellen Haare über die

Schulter, grölte und spannte seine Oberarme an, um allen seine Kraft zu demonstrieren. Die anderen neun bestärkten ihn natürlich sofort mit anerkennenden Gesten und einem abfälligen Blick in meine Richtung.

Da Mehal als erster dem Seelenbrunnen entstiegen war, galt er als der Anführer unserer Altersgruppe, was er sichtlich genoss. Er ließ mich wohl gerade deshalb bei jeder Gelegenheit wissen, dass ich für ihn nicht dazugehörte.

Meine Bemühung, ihn in diesem Moment nicht zu hassen, brachte nichts. Ich spürte einen tobenden Zorn in mir, hätte ihm am liebsten ins Gesicht gebrüllt, aber ich verdrängte das mächtige Gefühl. Mein erster und einziger Versuch, mich zu wehren, war nämlich vor vielen Jahren fehlgeschlagen. Dabei hatte ich ihm mutig mit der Faust ins Gesicht geboxt und mich gefreut, dass ich die Nase so gut getroffen hatte.

Meine Freude hatte allerdings nur kurze Zeit angedauert. Denn kaum hatte meine Faust sein Gesicht berührt, schon waren die anderen neun auf mich zugestürmt.

Als ich total lädiert und mit zerrissener Kleidung nach Hause kam, schimpfte mich auch noch Großmutter Rachél aus und ich musste zur Strafe den modrigen Keller putzen.

Lieber wurde ich nicht daran erinnert. Darum war es besser, ruhig zu bleiben und zu warten, bis die Clique der Zehn um die Ecke verschwunden war. Sie konnten mich nicht leiden und ich sie ehrlich gesagt auch nicht. Meine Anstrengungen, dazuzugehören, waren immer vergebens gewesen, also hatte ich es irgendwann bleiben lassen.

Während ich mich bückte und alle Bücher zusammenklaubte, versuchte ich, das alles zu vergessen. Heute war schließlich der letzte Schultag. Ab morgen war alles anders, ich konnte endlich meiner Bestimmung folgen! Gerade aber folgte ich der Bücherspur am Boden. Die blöden Idioten hatten die

Stücke in alle Windrichtungen verteilt, eines lag halb versteckt unter einem alten Schrank, es war voller Staub und Spinnweben. Ich wischte mit den Fingern darüber und schüttelte es ein wenig. Der Dreck fiel lautlos zu Boden.

Stöhnend beeilte ich mich, denn die Glocke läutete.

Natürlich kam ich wieder zu spät.

Die Absätze meiner Lederschuhe klackerten auf dem gepflasterten Boden, ich rannte mit schnellen Schritten durch den breiten Flur zu den Räumen der Gelehrten.

Dass es hier in dem alten Gemäuer kühl war, kam mir nun zugute. Dennoch schwitzte ich und atmete laut, als ich der Höflichkeit wegen am hölzernen Türbogen des immer offenen Leersaales anklopfte, um mich anzukündigen.

Mias Manius schob die kleine runde Brille über seinen Nasenrücken nach unten, er warf mir einen strafenden Blick zu. Seine hohe Stirn war gerunzelt, die Furchen bildeten tiefe Querfalten.

»Mir sind die Bücher runtergefallen«, entschuldigte ich mich atemlos, denn ich wollte ihn nicht anlügen.

»Alle haben Taschen für ihre Bücher, nur du nicht!« Er deutete unwirsch auf meinen leeren Platz in der vorletzten Reihe an der Wand, damit ich mich setzte.

Eilig betrat ich den Klassenraum und rutschte mit dem Hintern sofort auf meinen Stuhl. Die anderen kicherten hinter vorgehaltenen Händen, aber das störte Mias Manius offenbar nicht, ihm fiel natürlich etwas anderes ins Auge.

»Hast du dein Haarband auch vergessen?« Seine Stimme klang schroff und trocken, genauso wie seine eigene Frisur aussah. Die wenig verbliebenen grauweißen Fransen standen nämlich in alle Richtungen ab.

»Entschuldigung«, murmelte ich, zog die dehnbare Kordel von meinem Handgelenk und band mir die langen Haare zusammen. Kurz war ich auf mich selbst sauer, da ich nicht mehr daran gedacht hatte. Den Spitznamen Tollpatsch trug ich nicht umsonst, solche Patzer begleiteten mich schon mein ganzes Leben. Meine bisherigen zwanzig Jahre waren nicht sonderlich glorreich gewesen, aber das würde sich ab morgen endlich ändern.

Während Mias Manius begann, uns über den Ablauf der heutigen abendlichen Feier aufzuklären, ließ ich unauffällig meinen Blick durch die Klasse schweifen. Mehal horchte konzentriert zu, er freute sich bestimmt schon auf den Abend, da er als Ältester natürlich zuerst zur Schale mit dem Mondwasser gehen würde.

Danach würde die durchtriebene, aber zuckersüße Jasira dran sein und anschließend der allerschlimmste Kotzbrocken von allen: Keli. Er war mein direkter Nachbar, das riesige dreistöckige Haus seiner Familie grenzte an Rachéls kleines Grundstück.

Der schlaksige Keli ließ keine Gelegenheit aus, mir das Leben schwerzumachen, und vermieste mir nur allzu oft meinen Tag, indem er unsere weißen Kaninchen freiließ und in den Wald jagte.

Die verschreckten Tiere einzusammeln, dauerte oft Stunden.

Bah! Ich konnte ihn nicht ausstehen – aber alle anderen liebten ihn.

»... dem Zeitpunkt seid ihr Tag und Nacht für sie zuständig«, sagte Mias Manius eindringlich. »Habt ihr das alle verstanden?« Sein fragender Blick schwenkte zu mir.

Ich nickte einfach schnell. Hatte gerade nicht aufgepasst und nur die letzten Worte gehört.

»Möchtest du es für alle wiederholen?«

Scheiße. »Äh, vierundzwanzig Stunden, rund um die Uhr«, fasste ich zusammen und hoffte, das würde ihm genügen.

Aber er hob eine Augenbraue. Die überaus dicken grauen Haare näherten sich den tiefen Falten auf seiner hohen Stirn. »Was machst du rund um die Uhr?«

»Ich stehe dem Menschen immer zur Verfügung«, erwiderte ich und erntete damit einige Lacher, obwohl die Antwort sicher stimmte.

»Du nicht.« Jasira kicherte.

Mehal nickte grinsend. »Die Mondschale wird bei dir stillbleiben. Wirst schon sehen.«

»Ruhe bitte!« Mias Manius warf sein dickes Buch auf die Schreibtischplatte hinunter. Der laute Knall ließ alle verstummen, wir sahen ihn an. »Was die Mondschale offenbart, ist bis zum Bestimmungsritual ein Geheimnis. Hört also auf, zu spekulieren!«

Keiner sagte mehr etwas. Der Gelehrte fuhr ohne Umschweife fort und redete den ganzen Morgen über den bevorstehenden Abend und die besondere Nacht des heutigen Vollmondes. Schon bald schweiften meine Gedanken wieder ab, vor allem als er die festliche Kleidung ansprach. Rachél wollte mich damit überraschen, ich befürchtete aber, dass ich unter allen anderen herausstechen würde, denn Nana hatte einen sonderbaren Geschmack, was Klamotten anging.

Altbacken war die richtige Bezeichnung dafür.

Während die anderen schöne Lederhosen trugen, umhüllte meine dürren Beine eine einfache Hose aus braunem Leinenstoff. Von dem inzwischen gelbstichigen Hemd ganz zu schweigen.

Ich seufzte leise. Nur einmal so schön wie die anderen auszusehen, das wünschte ich mir.

»Seid bitte pünktlich«, ermahnte uns Mias Manius zum Abschluss laut. »Um acht Uhr wird das Büfett eröffnet, um zehn nach zehn beginnen wir mit der Zeremonie.«

»Hast du gehört?« Keli flüsterte seine Worte und damit ich ihn ja hörte, schoss er ein zerknülltes Papierkügelchen auf mich. »Zehn nach zehn. Ein Elf ist nicht dabei.«

Alle kicherten darüber.

Klar. Schon verstanden. Ich war für ihn kein Elbe.

»Haha. Der blöde Witz ist uralt und hat schon einen langen Bart«, erwiderte ich und rollte mit den Augen. »Lass dir mal was anderes einfallen.«

»Dian!«, schimpfte mich Mias Manius. »Musst du immer den Unterricht stören?«

Ich rutschte tiefer und grummelte leise. War ja wieder mal typisch.

»Wo war ich?«, murmelte der Gelehrte und blickte in sein Buch. »Ach ja. Pünktlich sein und vergesst ja die Opfergabe nicht! Die Seerosenblüten müssen frisch sein. Wehe, eine ist angetrocknet. Wässert sie bitte anständig, ich will mich nicht wegen euch blamieren.« Er hob seinen Blick und sah uns nacheinander an. »Habt ihr noch Fragen?«

Mehal grinste unverschämt zu mir. »Reicht für Dian auch eine einfache Rose aus dem Garten?«

Schallendes Gelächter brach aus. Mias Manius reagierte nicht darauf, wahrscheinlich hatte er es eilig, denn er war bereits dabei, seine Tasche zu packen.

»Wenn ihr keine Fragen mehr habt, dann könnt ihr jetzt gehen. Die Schulbücher stellt bitte wie besprochen ins Regal zurück.« Er zeigte auf die hohen Schränke hinter sich. »Wir sehen uns heute Abend. Habt Wohl!«

Ein Murmeln erfüllte sofort den Raum.

Stühle wurden zurückgeschoben, sie gaben schleifende und quietschende Geräusche von sich. Der Gelehrte legte den Riemen seiner Tasche über seine Schulter und verschwand durch die Tür.

Um meine Ruhe zu haben, blieb ich absichtlich sitzen und tat so, als würde ich noch lesen. Es war besser zu warten, bis alle der Zehn aus der Klasse gegangen waren. Erst dann brachte ich meine Bücher zurück in das Regal und ehe ich in den Flur hinaustrat, lauschte ich, ob ich auch wirklich allein war.

Heute hatte ich Glück, die Aufregung wegen des Abends trieb die Gruppe schnell aus dem Gebäude. So konnte ich gemütlich die Flure entlanglaufen und entspannt nach Hause schlendern.

Um das große Anwesen unserer Nachbarn und ein Zusammentreffen mit dem blöden Keli zu umgehen, machte ich wie immer einen Umweg durch den moosbedeckten Wald. Hier zwischen den hohen Bäumen war ich ungestört und keiner bekam mit, wie ich ein gemeinsames Liedchen mit den zwitschernden Vögeln über mir anstimmte. Die pfeifenden Töne drangen wie von selbst über meine Lippen, all mein Ärger vom Morgen löste sich dadurch in Luft auf.

Ich musste nach dem Waldstück noch über einen Bach, an mannshohen Farnen vorbei und über eine Wiese, auf der unzählige Margeriten und blaue Glockenblumen wuchsen. Ich pflückte ein kleines Sträußchen für Nana Rachél, sie würde sich bestimmt darüber freuen. Danach schlenderte ich pfeifend weiter in das nächste Waldstück.

Es dauerte nicht lange, schon konnte ich zwischen den Bäumen und Sträuchern die Rückseite unseres kleinen Hauses sehen, welches gerade mal aus einer Etage bestand, die in vier Räume aufgeteilt war.

Die dunkelgrauen Steine der Fassade schimmerten im Sonnenlicht. Das dicke Strohdach hatten wir erst vor zwei Monaten erneuert, darum wirkte es aus der Ferne wie ein leuchtend gelber Farbtupfer. Ich hörte auf zu pfeifen und reckte den Kopf. Ein weißer Haarschopf tauchte hinter den Büschen auf und verschwand wieder. Das war Nana Rachél, sie machte sich bestimmt gerade im Gemüsegarten zu schaffen. Erneut erschien der Haarschopf, aber nur kurz, schon bückte sie sich wieder. Ich begann zu rennen und obwohl meine Schritte alles andere als leise waren, hörte mich Nana nicht kommen. Bestimmt, weil die Hühner so laut gackerten.

»Bin zu Hause!«, rief ich ihr zu, hob den kleinen Blumenstrauß in die Höhe und winkte zugleich. Nun sah ich, dass sie Karotten aus der Erde zog und jede einzelne mit einem Tuch säuberte. »Soll ich dir helfen?« Schwungvoll stieg ich über den Zaun, ein Gartentor gab es hier hinten nicht.

Rachél blieb gebückt, sie schüttelte den Kopf. »Bin fast fertig. Kümmere dich um die Hasen, sie haben noch nichts zu knabbern bekommen.«

Ich hätte es besser wissen müssen. Denn obwohl Nana bereits eintausenddreihundertvier Jahre alt war, ließ sie sich nur ungern bei der Gemüseernte von mir helfen. Vielleicht sah sie deshalb trotz ihrer vielen Falten noch nicht so alt aus, weil sie ständig an der frischen Luft war und sich bewegte. Sie nutzte nämlich jede freie Minute, um ihre Zeit im Garten zu verbringen und die Früchte und das Gemüse zu verarbeiten.

Schnurstracks marschierte ich in das kleine Nebengebäude. Es bestand aus einem einzigen Raum, den sich die Hühner und Kaninchen als Unterschlupf bei Regenwetter teilen mussten. Auf dem Boden lag viel Heu, darauf tummelten sich ein paar Hühner und fünf der zwanzig weißen Kaninchen. Die anderen waren sicher durch die Luke ins Freigehege gehoppelt.

Mein Lieblingskaninchen Prinz kam sofort herbei, als er mich bemerkte. Natürlich streichelte ich zuerst ihn ausgiebig, ehe ich die Futterschalen mit Getreidekörnern füllte. Danach ging ich ins Haus hinüber, denn auch ich hatte Hunger und das Blumensträußchen musste endlich ins Wasser.

»Du hast die Feier heute Abend doch nicht vergessen?«, fragte ich Rachél flüchtig, als ich in die Küche ging. Sie war inzwischen auch ins Haus gegangen und stand gerade neben dem Herd, um die Karotten in den Salat zu reiben.

»Du erinnerst mich seit Wochen bestimmt dreimal am Tag«, gab sie stöhnend von sich. »Natürlich habe ich nicht vergessen, dir das Gewand zu besorgen.«

Vor Aufregung klopfte mein Herz schneller. »Hast du es hier? Kann ich es sehen?« Ich holte eine kleine Vase, füllte sie mit Wasser und steckte die Blumen hinein, ehe ich sie auf dem Esstisch abstellte.

Nana lächelte, als sie das Sträußchen endlich sah, und deutete vielsagend mit dem Kopf in Richtung meiner Schlafkammer. Sofort eilte ich hinein, sah die Festkleidung und rannte wieder hinaus. »Du bist die Beste!« Ich gab ihr überschwänglich einen Kuss auf die Wange, ehe ich wieder in meine Kammer lief.

All meine Befürchtungen waren umsonst gewesen! Voller Freude strich ich mit den Fingern über den rauen ledernen Stoff der dunkelbraunen Hose, anschließend über die Stickereien am hellen Hemdkragen. Kleine Efeuranken mit Schnörkeln, der Kragen selbst war zum Schnüren. Die Schneiderin musste Tage daran gesessen und Nana ein Vermögen dafür ausgegeben haben!

»Die Efeublätter sollen dich an die Grotte erinnern.«

Ich wandte mich um, Nana stand in der Tür. »Warum?« Als Baby hatte ich nichts wahrgenommen und der Zugang zum Seelenbrunnen war bis zum nächsten Seerosenzeichen am Himmel nicht erlaubt. An was ich mich erinnern sollte, war mir gerade nicht schlüssig.

Rachél kam näher, streckte die Hand aus und fuhr wie ich zuvor über die feinen Stickereien.

»Die ganze Grotte ist mit silbergrünen Efeuranken überwuchert«, erklärte sie bedeutungsvoll. »Es sieht so wunderschön aus, wenn Mondlicht das Wasser im Brunnen zum Glitzern bringt und die Efeublätter mit einem leuchtenden silbernen Glanz überzieht.«

»Das hast du mir noch nie erzählt.« Großmutter sprach sonst kaum über die Vergangenheit, auch nicht, wenn ich hartnäckig nachbohrte.

Sie seufzte leise, ließ ihre Hand wieder sinken. »Es sind meine Erinnerungen.«

Ich dachte an das, was sie vorhin gesagt hatte. »Dann sollen die Efeublätter eher dich an die Grotte erinnern und nicht mich?«

Rachél legte den Kopf ein wenig schräg. »Wahrscheinlich.« Sie lächelte mich an. Um ihre goldbraunen Augen bildeten sich unzählige kleine Fältchen. »Heute Abend, Dian.« Ihre Stimme klang bedeutungsvoll.

»Ja. Heute Abend. Ich kanns kaum erwarten.«

»Das wird ganz besonders. Meine Bestimmungsfeier war es auch.« Nana drehte sich um und ging zur Tür. »Komm essen. Du musst dich danach um die Opfergabe kümmern«, sagte sie, schon war sie verschwunden.

Ich eilte ihr hinterher in die Küche. »Erzählst du mir jetzt davon?«

»Ach, Dian, das ist schon so lange her.« Sie winkte ab, nahm zwei Teller aus dem Schrank neben dem Herd und drückte sie mir in die Hände.

Ich stellte sie auf den Tisch und holte noch Besteck aus dem Schubkasten. Rachél positionierte den Suppentopf in der Mitte des Tisches, die Salatschüssel und den Brotkorb daneben. Wir setzten uns. Der intensive Duft der Kartoffelsuppe drang in meine Nase und ließ mich tief einatmen.

»Dann erzähl mir das, was du noch weißt«, bohrte ich nach und schöpfte meinen Teller voll.

»Junge, ich weiß noch gut, dass mir meine Mutter auch nichts von ihrer Feier erzählt hat.« Sie kicherte.

Ich schnalzte mit der Zunge. »Also echt.«

»Nun gut, nun gut. Einiges weißt du ja schon …«

»Du warst die Muse eines Geigenkünstlers.« Mehr hatte sie mir leider nie verraten.

»Ein Virtuose«, schwärmte sie.

»Wie war die Arbeit mit ihm?«

»Manchmal schwierig.« Nana begann, ihre Suppe zu löffeln, und redete nicht weiter.

Wortkarg wie immer, wenn ich so neugierig war.

Ich leerte hungrig meinen Teller und futterte im Anschluss den leckeren Salat. Je länger Rachél schwieg, desto unruhiger wurde ich. »Warum wird um die Vollmondfeier so ein Geheimnis gemacht?«, platzte es schlussendlich aus mir heraus. »Ich weiß ja schon, dass es um die Zuteilung der Künstler geht. Aber warum verrät man uns nicht mehr darüber? Wozu das ganze Studieren, wenn der besondere Kern für die Lernerei nie angesprochen wird?« Das waren alles Fragen, die ich dem Gelehrten Mias Manius nie hatte stellen können. Er hätte mich vor der ganzen Klasse bloßgestellt und ich befürchtete insgeheim, dass meine Mitschüler bereits alles über unsere bevorstehende Aufgabe wussten, nur ich nicht. Diese Blamage wollte ich mir nicht geben. Von Anfang an ausgegrenzt zu werden, war nie schön für mich gewesen. Dass mir meine Nana auch nie etwas über diesen offenbar schicksalhaften Abend verriet, machte mich nur noch unsicherer und bescherte mir ein mulmiges Bauchgefühl.

»Den Kern erfährst du heute Abend, mein Junge.«

Ich grummelte leise und schlug die Zähne zusammen.

Rachél nahm einen tiefen Atemzug, sie lehnte sich zurück. »Immer die Jüngsten unseres Clans haben die Aufgabe, talentierte Menschen als Musen zu unterstützen. Diese Menschen werden von der Mondgöttin auserwählt, die Verbindung bleibt bis zu dem Ableben des Schützlings bestehen.«

»Das weiß ich doch.« Ich rollte mit den Augen. »Ich will endlich wissen, wie es ist, eine Muse zu sein und diese Aufgabe zu verrichten. Ist der Kontakt zu Menschen schwierig? Sie leben schließlich auf der Erde, ich in der Anderwelt. Wie nehmen sie mich wahr? Können sie mich sehen? Wie sieht so eine Verbindung zwischen Künstler und Muse aus?«

»Du hast alles über elbische Künste gelernt?«

»Ja.« Es gab in der Bibliothek kein Buch zu dem Thema, welches ich nicht durchgeackert hatte.

»Mehr musst du nicht wissen, Dian. Alles andere erfährst du heute Abend.«

Mein mulmiges Bauchgefühl meldete sich erneut. »Sag, Nana, werde ich ausgeschlossen? Wissen die anderen zehn auch nicht mehr darüber?«

»Ob Mias Manius den anderen mehr erzählt hat, weiß ich nicht. Ich weiß nur, dass meine Mutter mir nichts verraten hat, und ihre eigene Mutter hat ebenfalls geschwiegen. Das Geheimnis zu wahren, ist Tradition.«

»Tradition«, frotzelte ich leise.

Rachél schob ihren leeren Teller in meine Richtung. »Auch Tradition ist es, dass du den Abwasch machst, wenn ich gekocht habe.«

Ich schmunzelte. »Mach ich gern, aber nur, wenn du mir mehr über heute Abend verrätst.«

»Versuchs erst gar nicht!« Sie warf kichernd ihre Serviette auf mich. Ich fing sie grinsend auf und begann damit, den Tisch abzuräumen und die Teller zu säubern. Nana ging wortlos aus dem Raum. Sie kam erst wieder zurück, als ich mit allem fertig war und gerade das Geschirrtuch an den Haken neben dem Herd hängte, damit es trocknen konnte.

»Ich habe etwas für dich«, sagte sie und ein liebevoller Ton schwang in ihrer Stimme mit. »Es hat einst meine Opfergabe gehütet, nun soll es deine aufbewahren.« In ihren Händen lag ein rundes Gefäß aus Glas, der Deckel bestand aus einem Korken. Das Glas war genau so groß, dass eine Seerosenblüte darin Platz finden konnte. »Schau, hier habe ich deinen Namen eingravieren lassen.« Rachél zeigte auf die besagte Stelle. Doch da stand nicht nur mein Name, sondern viele. Ich erkannte sie sofort – das waren ihre Ahnen.

»Das Gefäß ist wunderschön«, flüsterte ich gerührt, hob den Blick und sah in ihre goldbraunen Augen. »Du hast meinen Namen eingraviert, obwohl ich nicht zur Familie gehöre?« Ich machte eine kurze Pause. »Es stört sie ja schon, wenn ich Nana zu dir sage, was werden sie nun dazu sag…«

»Nicht, Dian«, unterbrach sie mich laut. »Denke nicht darüber nach. Versprichst du es mir? Ich habe vor zwanzig Jahren entschieden, dass du bei mir aufwächst, und ich bereue es täglich, dir keine richtige Mutter gewesen zu sein, sondern nur eine Großmutter. Ich bin jetzt aber die Streitereien mit meiner Familie leid.« Sie nahm einen tiefen Atemzug und schaute auf das Glas in ihren Händen. »Du bist alles, was ich habe, Junge. Dass dein Name neben meinem steht, fühlt sich richtig an. Ich habe nie das Glück gehabt, von den Gelehrten als Elternteil ausgewählt worden zu sein. Ich denke, die Mondin selbst war es, die dich mir geschickt hat. Nur darum habe ich dich damals gefunden. Es ist mir inzwischen egal, ob das meine Familie oder unser Clan anders sieht. Du bist mein Junge, daran gibt es nichts zu rütteln.« Sie sah mich wieder an. So viel Liebe lag in ihrem Blick, dann fing sie an, zu schmunzeln. »Nun komm schon her und gib mir einen Kuss. Für heute sind meine Wörter aufgebraucht und du musst gehen, die Seerosenblüte pflückt sich nicht von selbst.«

»Danke, dass du immer für mich da bist.« Ich machte einen Schritt auf sie zu und drückte ihr einen Kuss auf die Wange. Ihre Haut roch nach Veilchenwasser und Geborgenheit. »Ich liebe dich.«

»Ich dich auch. Und jetzt hol die größte und schönste Blüte aus der Mitte des Teiches. Heute Abend zeigen wir allen, dass du schon immer ein Teil des Clans gewesen bist. Auch wenn sie es nicht wahrhaben wollen.«

Ich nahm das Glas an mich und nickte. »Ich hole die größte«, versprach ich ihr. Mias Manius würde beeindruckt sein!

»Dann husch, husch. Worauf wartest du noch?« Sie schob mich Richtung Tür.

»Ich geh ja schon.« Ich lachte leise, öffnete die Haustür und trat ins Freie. Dort blieb ich am Treppenabsatz stehen und genoss den Anblick für einen Moment. Denn der Weg vom Haus bis zum Gartentor war mit Blumen gesäumt, die in allen möglichen Farben blühten. Mit Freude bemerkte ich, dass die knallroten Nelkensträucher endlich ihre Knospen öffneten. Nicht mehr lange und Nana würde sie pflücken und in süßen Sirup verwandeln.

»Warte!« Rachél hastete wieder zurück und öffnete einen Schrank neben der kleinen Garderobe. »Du kannst das Glas in diese Tasche packen.« Sie holte ihre aus Seegras geflochtene Umhängetasche hervor und brachte sie mir.

Wir steckten das kostbare Gefäß vorsichtig hinein, dann schob ich mir den Gurt über die Schulter. »Bis später.«

»Viel Glück«, sagte sie und blieb am Eingang stehen.

Ich marschierte den gepflasterten Weg vom Haus bis zum Gartentor hinunter und bog auf die schmale Straße ein, die direkt zum abgelegenen kleinen Teich führte. Ein letztes Mal warf ich einen Blick über die Schulter. Nana stand immer noch an der Tür, sie hob ihre Hand und winkte mir zu. Ich erwiderte den Abschiedsgruß lächelnd. Danach richtete ich meine Aufmerksamkeit wieder auf den Weg vor mir und auf die Tasche mit dem Glas, die ich voller Ehrfurcht trug.

Es machte mich unsagbar stolz, dass mein Name nun auch auf dem Gefäß stand. Direkt neben Rachéls. Sie hatte recht. Egal was die anderen dazu sagten, wir waren eine Familie und sie meine Mutter. Natürlich würde ich sie nie so nennen – um den Frieden im Clan zu wahren –, aber wir zwei wussten es besser.

Ich atmete tief ein, zog die dehnbare Kordel von meinen Haaren und schüttelte meine Mähne durch. Das fühlte sich freier an. Alles fühlte sich nun freier an! Mein Studium war vorbei, mein Leben konnte beginnen.

Meine Gedanken wanderten wieder zur Bestimmungsfeier. Ich war schon so aufgeregt und fragte mich, wie die Zusammenarbeit mit den Menschen werden würde. Welche Kunstrichtung mein Schützling wohl hatte? Ein Musiker vielleicht, so wie bei Nana Rachél? Oder ein Architekt kunstvoller Bauwerke? Na ja, insgeheim wünschte ich mir schon einen Maler. Einen, der all seine Farben selbst herstellen wollte – ich würde ihm viel über Farbpülverchen beibringen können. Steine, Pflanzen und Pilze zu reiben, hatte mich schon immer fasziniert. Sogar Mias Manius hatte staunend zugeben müssen, dass ich ein Talent besaß, neue und sehr haltbare Malfarben zu entwickeln.

Aber auch ein Bildhauer würde mir als Schützling gefallen. Oder ein Schnitzer vielleicht?

Während des ganzen Weges dachte ich darüber nach. Mein Bauch kribbelte vor Aufregung, ich war guter Dinge, denn ich wusste: Egal welchen Menschen ich als Muse unterstützen durfte, wir würden gemeinsam atemberaubende Kunstwerke erschaffen. Und das machte mich schon jetzt überglücklich!

Es dauerte nicht lange, dann konnte ich die Kröten hören, die den Teich besiedelten. Ihr Quaken übertönte sogar das Vogelgezwitscher aus den Baumkronen. Und ich vernahm aus der Ferne ein Kichern – es fuhr mir ruckartig in den Bauch, denn das Kichern kam mir bekannt vor. Eine schlimme Vorahnung trieb mich schneller voran, doch dann stoppte ich. Das war eindeutig Jasira! Ich hielt inne und lauschte genauer. Sie war nicht allein, da waren noch andere Stimmen, die sich tuschelnd unterhielten.

Meine gute Laune rauschte in den Keller und war fort. Ich hatte angenommen, die Clique der Zehn würde ihre Seerosenblüten vom großen Teich holen und nun ernteten sie die Opfergaben ausgerechnet hier? Die Blüten hier waren schließlich nicht so groß wie die aus dem größeren Gewässer! Warum kicherten und flüsterten sie dabei? Da stimmte was nicht.

Fast lautlos schlich ich mich näher, hoffte, sie würden mich nicht bemerken, denn auf ein Zusammentreffen konnte ich gut verzichten. Ich duckte mich, huschte zwischen den Bäumen hindurch und blieb verborgen hinter den Büschen und dem Schilf. Obwohl ich nun näher dran war, verstand ich kaum ein Wort, da sie so leise redeten und andauernd kicherten. Jemand war im Teich, ich hörte eindeutig das Wasser plätschern.

Ganz vorsichtig streckte ich die Finger aus, teilte die hohen Halme, um einen Blick auf den Teich zu erhaschen. Doch was ich sah, schockierte mich zutiefst, denn ich blickte auf nichts als das blanke Wasser. Es war durch den aufgewühlten Schlamm grünbraun. Dort, wo gestern noch unzählige traumhafte weiße Seerosenblüten und Blätter gewachsen waren, herrschte nun gähnende Leere.

Ich wusste nicht, ob ich schreien oder weinen sollte. Lediglich ein paar zerfetzte Blätter und Stiele waren noch zu sehen. Alles andere war fort. Die wunderschönen, strahlend hellen Seerosen gab es nur noch in meinen Erinnerungen.

Das Wasser plätscherte wieder lauter. Vorsichtig reckte ich den Kopf und sah Mehal und Keli, die gerade aus dem Teich stiegen. Mit Messern in den Händen und breitem Grinsen im Gesicht. Und Jasira, welche die letzten Reste der klein zerschnittenen Teile der Seerosen achtlos ins Gebüsch warf.

Die Boshaftigkeit dahinter war mir sofort bewusst, ich musste sie nicht zur Rede stellen – die drei taten es mit Absicht.

Um mir zu schaden.

Einen anderen Grund für diese abscheuliche Tat gab es nicht.

Wut rumorte in meinem Bauch, sie stieg immer höher und drohte aus mir herauszubrechen. Am liebsten hätte ich ihnen ein paar geknallt! Aber ich blieb, wo ich war. Gut versteckt hinter den Büschen und dem Schilf, es war besser, mich bedeckt zu halten.

Meine einzige Möglichkeit auf eine Opfergabe war dahin, denn der große Teich war für mich nicht frei zugänglich. Er lag mitten in der Stadt, die einflussreichsten Familien hatten ihre Häuser rundherum gebaut – dort würde mir die restliche Clique bestimmt auflauern. Sie wollten offensichtlich nicht, dass ich an der Bestimmungsfeier teilnahm, und dafür würden sie auch sorgen. Ganz sicher.

Kraftlos sank ich auf die Knie, schluckte verkrampft die aufkommenden Tränen hinunter und bemühte mich, kein Geräusch zu verursachen.

So saß ich lange still und wartete, bis die Übeltäter verschwunden waren. Erst dann verließ ich mein Versteck. Mit hängenden Schultern, einem schmerzenden Herzen und einer Wut, die mich nicht nur innerlich zittern ließ. Mein Blick war geschockt auf die Mitte des Teiches gerichtet. Das Wasser war immer noch trüb.

Dieser Frevel war nicht nur ein Angriff auf mich persönlich gewesen, sondern auch auf die Mondgöttin und ihr heiliges Zeichen. Jeder andere aus dem Clan hätte den Vorfall den Gelehrten gemeldet, aber ich war verdammt dazu, meinen Mund zu halten. Womöglich wurde ich auch noch dafür bestraft, denn so war es immer …

Ich stieß einen leisen Seufzer aus.

Die Traurigkeit nahm wieder überhand, ich musste an Rachél denken und an das besondere Glas, welches in der Umhängetasche lag. Ich setzte mich ans Ufer und holte es heraus, um es zu betrachten. So viele Namen waren dort eingraviert. So viele Ahnen hatten damit ihre Opfergabe zur Bestimmungsfeier getragen. Ich begann, all die Namen zu lesen. Zuerst lautlos, dann laut, denn ich musste sie selbst hören, um es zu begreifen: … Elron, Nahali, Sunál, Sanyi, Migibeth, Daiinole, Freyas, Meybel, Asalih, Rosal, Rachél und … Dian.

Mein Blick blieb an meinem eigenen Namen hängen.

Rachél zu enttäuschen, war das Schlimmste für mich. Am liebsten wäre ich abgehauen, denn wie konnte ich ihr jetzt noch unter die Augen treten? Würde sie mir überhaupt glauben, was eben geschehen war? Würde das irgendjemand tun? Alle würden doch nur wieder denken, ich hätte Mist gebaut. So wie immer.

Frustriert steckte ich das Glas zurück in die geflochtene Tasche und richtete meinen Blick in die Ferne. Das Wasser des Teiches klärte sich nur sehr langsam wieder. Die Sonne durchbrach an einigen Stellen das Blätterdach des Waldes und brachte die immer noch leicht bräunliche Wasseroberfläche zum Glitzern. Ein leichter Wind strich über den Teich und verursachte sanfte Wellen.

Eine lange Zeit verging. Meine Lebensfreude war fort, genauso wie die wundervollen Seerosen. Ich grübelte über den Sinn des Lebens – meines Lebens. Doch ich fand keinen, auch wenn ich mich noch so anstrengte, es gab nichts, wofür es sich lohnte, jeden Morgen aufzustehen. Oder jetzt aufzustehen und nach Hause zu gehen. Die Bestimmungsfeier würde heute ohne mich stattfinden. Genau so wie es die Zehn wollten. Ich gehörte nicht zu ihnen, das hatten sie mir wieder einmal deutlich gezeigt.

Etwas mehr Wind kam auf und wehte meine langen Haare auf meinem Rücken hin und her. Auch das Wasser bewegte sich, stärkere Wellen verzierten den Teich mit ihren Mustern. Je länger ich am Ufer saß und die Stelle anblickte, an der gestern noch unzählige Blätter und Blüten gewesen waren, desto deprimierter wurde ich. Die Sonne sank und ging unter.

Bald war es acht Uhr und auf der Abschlussfeier würde das Büfett eröffnet werden. Ohne mich.

Traurig blieb ich sitzen und dachte weiter nach.

Irgendwann legte sich der Wind wieder.

Irgendwann wurde das Wasser des Teiches klar.

Die Dämmerung setzte ein, die Schatten des Waldes zeichneten ein Spiegelbild auf dem Wasser. Großmutter Mond zeigte sich am Himmel und strahlte in voller Pracht. Ihr bläuliches Licht funkelte auf der Wasseroberfläche.

Plötzlich sah ich sie: die Umrisse einer Knospe in der Tiefe. Oder täuschten mich die geisterhaften Abendschatten?

Hoffnung rauschte wie ein reinigender Sturm durch mich hindurch und vertrieb meinen Unmut. Sofort sprang ich auf, legte die Tasche auf den Boden und schlüpfte aus Hemd und Schuhen. Ohne zu zögern, sprang ich ins Wasser, tauchte unter und riss die Augen auf. Tatsächlich!

Sie hatten eine Knospe vergessen!

Zielgenau schwamm ich auf sie zu und obwohl sie noch unreif war, holte ich mir die noch geschlossene Seerose, denn sie war alles, was ich als Opfergabe würde geben können.

Ich schwamm sofort wieder zurück, stieg aus dem Wasser, schnappte mir meine Sachen und eilte nach Hause.

Wenn ich sehr schnell war, würde ich es noch zu der Zeremonie schaffen, die mir so wichtig war. Also rannte ich, was meine Beine hergaben. Meine Haare waren halbtrocken, als ich ankam und polternd die Tür aufschlug.

Stilles Mondwasser

»Rachél?«, rief ich, aber es war sinnlos. Natürlich war sie nicht mehr da, sie war bestimmt auf die Feier gegangen – alle vom Clan gingen dorthin!

Ich stürmte in die Waschkammer, rubbelte nasse Seife über meine Haut, um den abgestandenen, von Algen durchtränkten Geruch des Teichwassers wieder loszuwerden. Hastig trocknete ich mich anschließend ab, wirbelte in meine Schlafkammer und schlüpfte in das neue Gewand.

Das hätte normalerweise ein ganz besonderer Moment werden sollen: voller Ehrfurcht und Dankbarkeit. Ich hätte mich ausgiebig im Spiegel betrachtet, mich von Rachél loben lassen und ihr noch mal einen Kuss auf die Wange gegeben, da ich so gerührt gewesen wäre. Doch jetzt achtete ich nur darauf, dass die Hosenknöpfe alle geschlossen waren und die Schnürung des Hemdes nicht allzu schief aussah. Meine Haare waren mittlerweile zwar komplett getrocknet, aber Zeit für ein paar geflochtene Zöpfchen zur Zierde hatte ich keine mehr. Mit diesen Abstrichen konnte ich aber gut leben.

Ich holte endlich das Glas aus der Tasche, nahm den Korken ab und füllte etwas frisches Wasser ein. Anschließend betrachtete ich die Knospe das erste Mal genauer. An ihrer Spitze sah man nur ganz leicht die weißen Blütenblätter. Ich bog sie sehr behutsam auseinander – nur ein kleines bisschen, gerade mal so viel, dass es aussah, als würde sie sich schon öffnen wollen. Das war nicht perfekt, aber die Gelehrten mussten es einfach gelten lassen.

Es war schließlich eine Seerosenblüte!

Vorsichtig ließ ich die kostbare Gabe ins Gefäß hineingleiten, verschloss es mit dem Korken und steckte das Glas in die Tasche zurück. Dann verließ ich in Windeseile das Haus.

Die Tür war hinter mir noch nicht ganz zugefallen, schon war ich auf der Straße, hielt die Tasche fest an mich gedrückt und eilte auf geradem Weg in die Stadt.

Meine Laufschritte auf den gepflasterten Straßen klangen in meinen Ohren viel zu laut. Das lag aber nur daran, dass ich mutterseelenallein unterwegs war. Normalerweise herrschte hier auch abends ein reges Treiben, daher war es sonderbar, dass mir keiner begegnete.

Getrieben von dem Gefühl, jetzt alles geben zu müssen, stürmte ich im Vollmondlicht quer durch die leere Stadt, hoffte, nicht auszurutschen und hinzufallen, denn das wäre wieder mal typisch für mich gewesen. Die kostbare Fracht in der geflochtenen Grastasche durfte einfach nicht zerbrechen! Nana würde mir das nie verzeihen, dessen war ich mir sicher. Und es hätte meinen absoluten gesellschaftlichen Gnadenstoß bedeutet, ohne Gabe die Festhalle zu betreten.

Bald konnte ich zwischen zwei Häusern eine runde Kuppel sehen, mein Herz fing an, vor Aufregung noch stärker zu pochen, als es ohnehin schon tat.

Die Glocke des Stadtturmes erklang, ich wagte einen schnellen Blick auf die Uhr: zehn nach zehn. Sie läutete also die Zeremonie ein. Es fühlte sich an, als würde ich langsamer werden, denn der angenehm tiefe Glockenton erfüllte die lauwarme Abendluft und verschluckte das Geräusch meiner Schritte, ich glaubte einen Augenblick lang, sie würde meinen Namen rufen und mich willkommen heißen.

Die Kuppel der Festhalle kam immer näher, direkt über ihr thronte die volle Mondin, sie wirkte heute viel größer und strahlender als sonst. Ich legte noch einmal ordentlich an Tempo zu. Nur wenige Sekunden später sah ich die wunderschön beleuchtete Halle in voller Größe.

Ich erblickte Blumengirlanden, kleine Schalen am Wegrand, in denen Feuer brannten. Ich roch das Harz, mit welchem gerade das Innere der Halle geräuchert wurde. Die Luft war durchtränkt vom Waldgeruch, den das Räuchern verursachte, ich sog ihn tief in meine Lunge ein und vernahm sogar einen süßlichen Duft, der, vermischt mit dem Geruch des Harzes, zu mir gelangte. Er erinnerte mich an die Orchideen, welche im Wald an einer zauberhaften Lichtung wuchsen – der absolute Lieblingsplatz von Nana, die dort gern auf ihrer Flöte spielte.

Der Glockenschlag verstummte in dem Moment, als ich vor der großen Eingangstür ankam und an den Säulen abbremste, um langsam in die Halle hineinzugehen. Die hohe Kuppel erstreckte sich nun über mir, direkt vor mir war der ganze Clan versammelt. Alle hatten mir den Rücken zugewandt, denn sämtliche Augen waren auf die Schale mit dem Mondwasser aus dem Seelenbrunnen gerichtet, welches auf einem erhöhten Podest am anderen Ende der großen Halle zwischen zwei Säulen stand. Direkt neben der Schale hatten sich Mias Manius und der Erstgeborene Mehal positioniert. Beide fein herausgeputzt, mit bedeutungsvollen Mienen.

Oje. Mir wurde erst jetzt so richtig bewusst, dass die Zeremonie bereits in vollem Gange war. Schlagartig wurde ich unsicher und hielt inne. Wenn ich jetzt nach vorn gehen würde, dann platzte ich dazwischen. Aber wollte ich das? Hm. Was wäre besser: mich den Gelehrten später zu zeigen oder sofort?

Ich nahm mir einen Augenblick, wog ab und entschied mich, Mehals wichtigen Moment nicht zu zerstören. Obwohl er die Seerosen des kleinen Teiches vernichtet hatte, so verdiente er während dieser schicksalhaften Zeremonie doch meinen Respekt. Das war etwas, das er mir immer vorenthalten hatte.

Nana Rachél hatte mich gelehrt, stets das Richtige zu tun, ich wollte mich daran halten.

Leise schlich ich mich seitlich an den Rand der Festhalle und reckte den Kopf, damit mir nichts entging. Ich ließ meinen Blick schweifen, konnte Rachél aber nirgends ausmachen.

Von den meisten Elben sah ich nur die Hinterköpfe und die sahen irgendwie alle gleich aus. Hellblonde, fast weiße Haare, allesamt glatt, mit feinen Zöpfchen anlässlich dieses festlichen Abends. Ein paar hatten die Haare hochgesteckt oder eingeflochtene Bänder in den Zöpfen.

Ein Murmeln, Klingeln und Rasseln rauschte durch die Halle, ich schaute schnell wieder nach hinten zu den Säulen. Nun hatten sich auch die Ältesten auf dem geschmückten Podest eingefunden. Sie standen im Halbkreis mit einem Schritt Abstand um Mias Manius und Mehal herum.

Wieder klingelte und rasselte es.

Plötzlich wurde es ganz still.

Die Sekunden dehnten sich, ich wagte kaum, zu atmen.

Mias Manius hob ehrfürchtig die Opfergabe seines Schülers in die Höhe. Es war die größte und schönste Blüte, die ich je gesehen hatte. »Oh, große Mutter! Mondgöttin zeige dich und offenbare Mehal seine Bestimmung, die du ihm angedacht hast!«

Er wartete noch einen Augenblick, dann gab er Mehal mit einer theatralischen Geste die Seerosenblüte, so als wäre sie sehr zerbrechlich. Kurz war ich neidisch, weil sie so schön war, ehe mich der Zorn darüber einholte, dass mich Mehal um das stolze Gefühl, selbst eine wunderschöne Blüte als Opfer darbringen zu können, gebracht hatte.

Ich pustete ganz leise die Luft aus und konzentrierte mich wieder. Denn nun hob Mehal seine Opfergabe in die Höhe.

»Oh, große Mondgöttin, erweise mir die Ehre und stelle die Verbindung zur Erde her, damit ich meinem Menschen dienen und die Welt mit deiner Magie bereichern kann.«

Der Gelehrte zeigte ihm, was als Nächstes zu tun war, und deutete auf die Schale.

Ganz langsam und andachtsvoll ließ Mehal die Blüte in das Wasser hineingleiten. Der besondere Glanz der silbernen Mondschale schien heute noch intensiver zu leuchten und aus dem Wasser stieg ein feiner Nebel voller unzähliger schimmernder Glitzerpartikel in die Höhe.

Ein gefühlt ewig langer Moment verging.

Ich starrte auf die schwimmende Seerose, hoffte, dass mir nichts entging.

Mit einem Mal atmete Mehal laut ein. Ich schwenkte meinen Blick wieder auf ihn, denn seine Stirn begann zu leuchten. Es war das Zeichen der Göttin, eine sich öffnende Seerosenblüte!

»Oh Mondin«, hauchte ich bewundernd.

Das heilige Zeichen funkelte und strahlte silbern auf seiner Stirn, dann legte sich über seine Augen ein ebenso silberner Glanz. Die Seerosenblüte in der Mondschale begann, sich zu drehen, sie schwebte nun über dem Wasser aus dem Seelenbrunnen, verwandelte sich in eine Art ovalen Spiegel, dessen Oberfläche waberte und ein bewegtes Bild zeigte.

Ein kleiner blonder Junge erschien darin, er saß mit einem ergrauten Mann an einem Klavier und lauschte den Klängen, die der Mann neben ihm den weißen und schwarzen Tasten entlockte. Die Musik drang sogar bis in die Festhalle zu uns, alle Elben des Clans konnten hören, was der Junge hörte.

Meine Knie wurden ganz weich, meine Brust warm, denn nun verstand ich endlich, wie diese Bestimmungszeremonie wirklich vonstattenging.

Mehals Augen waren immer noch silbern, er lächelte. Wüsste ich nicht um seinen gemeinen, hinterhältigen Anteil, hätte ich ihn in diesem Moment als schön empfunden. Ich schüttelte den Gedanken von mir. Gespannt sah ich zu, wie der Erstgeborene seinen Arm hob und durch den magischen See-rosen-Spiegel hindurch den blonden Jungen sachte an der Schulter berührte. Dieser schloss kurz seine Augen, als würde er den sanften Fingerstups von Mehal spüren können. Ich hatte das Gefühl, er würde es sogar genießen. Der alte Mann neben ihm beendete sein Stück, bettete seine Hände in den Schoß und schwieg.

»Onkel Cooper«, sagte der Junge schließlich und hob den Blick. »Zeigst du mir, wie man spielt?«

Ein verstohlenes Lächeln erschien auf den Lippen des er-grauten Mannes. »Ich hatte gehofft, dass du mich das fragst.« Er tippte auf ein paar Tasten, der Klang hallte ein wenig nach. »Aber Musik ist ein Herzensweg, mein Junge. Nur wenn du diesen Weg mit voller Hingabe gehen willst, investiere deine Zeit. Wenn nicht, dann suche dir etwas anderes und vergeude nicht deinen Tag.«

Der Junge wirkte schlagartig verunsichert und als wüsste Mehal, was zu tun war, streckte er wieder seine Hand aus und berührte das Kind erneut. Dessen Gesicht entspannte sich so-fort, seine Augen fingen an, zu leuchten.

»Onkel Cooper, ich will es aber. Mein Herz fühlt sich ganz warm an, wenn ich deiner Musik lausche. Ich glaube, das be-deutet, dass es auch mein Herzensweg ist.«

Der Onkel wirkte zufrieden. Er legte eine Hand auf die Schulter des Kindes.

»Das gleiche Gefühl hatte ich auch, als ich in deinem Alter war.«

Sie lächelten sich an. Dann verblassten die Bilder in dem Spiegel, ebenso das leuchtende Zeichen auf Mehals Stirn und seine Augen wurden wieder normal. Fast schon langweilig grün.

Mias Manius griff über die Mondschale und nahm den ovalen Spiegel, den er dem Erstgeborenen überreichte.

Ein Stampfen ließ den Boden vibrieren, begleitet von klatschendem Beifall, Gepfeife und Jubelrufen. Ich beteiligte mich nicht daran, denn mein Herz klopfte mir gerade bis zum Hals, schon fast so stark, dass es schmerzte. Aufregung schoss durch mich hindurch, denn ich hatte nur einen Gedanken im Kopf: Jetzt!

Einen richtigen Moment für ein Zuspätkommen gab es nicht. Also drängte ich mich durch die Menge und hoffte, auf Rachél zu treffen, damit ich mich bei ihr entschuldigen konnte.

Leider befand sie sich nicht auf meinem Weg und mir fehlte die Zeit, um nach ihr zu suchen. Darum schob ich mich weiter an den Zuschauern vorbei und erreichte die ersten Reihen. Nun sah ich endlich auch meine neun anderen Mitschüler, die in festlicher Kleidung unten rechts neben dem Podest bei den anderen Gelehrten standen. Mit weiten Schritten eilte ich zu ihnen hinüber.

Jasira sah mich als Erste und rollte mit den Augen. »Das darf doch nicht wahr sein.« Sie stupste Keli an, der genervt aufstöhnte, als er mich erblickte.

Schnurstracks ging ich an ihnen vorbei und huschte ans Ende der Reihe. Ganz hinten zu sein, hatte auch seine Vorteile. So konnte ich mich etwas vor den vielen Blicken verstecken, die mehr als unangenehm waren. Ich gab mir Mühe, meine Scham zu verbergen, richtete meinen Fokus einzig darauf, heute endlich meine Bestimmung zu finden. So viele Jahre hatte ich nun Künste studiert, so viele Jahre war ich schikaniert worden. Meinen Kopf hielt ich trotz des Zuspätkommens aufrecht, meine Schultern gestrafft, denn ich wollte mich vor der Göttin beweisen und allen im Clan zeigen, dass ich dazugehörte. Großmutter Mondin hatte mich im Seelenbrunnen geboren, ich war ebenso ein Teil dieser Stadt wie alle anderen, die gerade hinter vorgehaltener Hand über mich tuschelten und strafend guckten. Ich ignorierte sie, so gut es ging.

Mehal stieg die Stufen vom Podest herunter und bemerkte mich. Sein Blick war abwertend, seine Augen wurden schmal. Er zeigte mir deutlich, dass ich nicht hier sein sollte.

Mias Manius' Blick war anders. Er genierte sich für mich, schaute sofort entschuldigend zu den Ältesten und machte den Eindruck, als würde er am liebsten im Boden versinken.

Auch das ignorierte ich.

Zu meinem Glück kam jetzt Jasira an die Reihe und zog mit dem Betreten des Podests die Aufmerksamkeit aller auf sich. Ich blies wiederholend leise meine Atemluft aus, um mich zu beruhigen, war froh, das Schlimmste überstanden zu haben. Jetzt stand ich endlich hier, nun würde alles gut werden. Ganz bestimmt.

Wieder schaute ich in die Menge und suchte nach Rachél, doch ich hatte kein Glück und fand sie nicht. War sie gegangen, als sie bemerkt hatte, dass ich nicht zum Büfett gekommen war? Oder suchte sie womöglich nach mir?

Das Klingeln von kleinen Glöckchen und das Rauschen der Rasseln vertrieb meine Gedanken an Nana, denn Mias Manius hob Jasiras Seerosenblüte in die Höhe und rief abermals die Mondgöttin an, um der Zweitgeborenen ihre Bestimmung zu zeigen. Gespannt beobachteten alle, wie Jasira schon kurz darauf ihre Opfergabe in die Mondschale gleiten ließ.

Und wieder begann die Blüte, sich zu drehen, und stieg umhüllt von feinem Glitzernebel in die Höhe. Jasiras Augen strahlten silbern und das Zeichen der Mondgöttin leuchtete silbern auf ihrer Stirn.

Im Spiegel erschien eine jugendliche Frau mit gelockten roten Haaren und blasser Haut. Sie saß mit vielen anderen ihres Alters in einem Raum. Alle arbeiteten an einer Skulptur und formten feuchten Ton, nur sie nicht. Ihr Kopf war leicht gesenkt, die Locken fielen ihr ins Gesicht, sie wirkte traurig und verloren.

Jasira streckte wie zuvor Mehal den Arm aus, fuhr in das Bild und streichelte der rothaarigen Frau über die Haare.

Keine Ahnung, welchen Gedanken Jasira ihr gerade in den Kopf legte, aber sofort weiteten sich die Augen der verlorenen Künstlerin, sie schüttelte die Locken zurück und begann, den vor ihr liegenden Ton zu formen.

Mir wurde nun noch bewusster, was es hieß, Muse aus der Anderwelt zu sein, und ich bewunderte Jasira, die der jungen Frau so schnell Zuversicht und eine Idee gegeben hatte.

Das Bild verschwamm und wurde wieder zu einem einfachen Spiegel. Die Menge tobte vor Freude, es wurde wieder geklatscht, getrampelt und gejubelt und dieses Mal klatschte ich vor Freude mit.

Jasira strahlte vor Glück, als sie das Podest verließ.

Aus Versehen warf sie auch mir ein freundliches Lächeln zu. Es verebbte aber schnell wieder, als es ihr bewusst wurde. Ich übersah den darauffolgenden verächtlichen Blick und beobachtete lieber Keli, der nun an der Reihe war.

Als sein heiliges Zeichen auf der Stirn leuchtete und er mit silbernen Augen durch das ovale Spiegelfenster auf die Erde blickte, machte sich noch mehr Aufregung in mir breit. In meinem Bauch kribbelte es, als sich Kelis Schützling zeigte: Ein

Kind, es war ein kleines Mädchen mit braunen Haaren, es beobachtete aus der Ferne andere Kinder, die im Gras saßen und durch ein Röhrchen Seifenblasen in die Luft pusteten.

Keli berührte das Mädchen sachte an der Wange, plötzlich hatte das Kind eine Idee, rannte ins Haus hinein, holte sich Papier und Stifte und zeichnete bunte Kreise. Keli berührte die Kleine erneut, da fing sie an, mit den Fingern die Farbe so zu verwischen, dass diese Kreise fast genauso aussahen wie die schimmernden Luftblasen der anderen Kinder. Das wirkte nicht nur zauberhaft, ihr Kunstwerk ließ das Mädchen lächeln und an seinem Gesicht konnte man ablesen, wie unsagbar stolz es war.

Mindestens genauso stolz wie der Clan, der lautstark applaudierte und Keli lobpreiste.

Die kleinen Glöckchen erklangen, ebenso die Rasseln, denn schon war der Nächste dran. Die Zeit verflog fast zu rasch, es gab so viel zu sehen, die Zeremonien waren wunderschön und als ich an die Reihe kam, war ich auf einmal so nervös, dass mir schwindelig wurde. Es schoss wie ein Blitz durch mich, als sich meine jämmerliche Opfergabe wieder in mein Bewusstsein drängte.

Meine Vorgänger hatten allesamt prachtvolle, große Blüten dabeigehabt und nun musste ich mein Glas mit der unreifen Knospe darin aus der geflochtenen Grastasche nehmen und damit auf das Podest gehen ... Jeder meiner Schritte fühlte sich schwer an – und das, obwohl mir ein so wunderschöner Moment bevorstand. Die Angst, vor allen gedemütigt zu werden, wenn die Gelehrten meine Opfergabe erblickten, war schlagartig viel zu groß, als dass ich sie hätte beiseiteschieben können. Nun, da ich das Glas offen in den Händen hielt, sahen nämlich alle die mickrige Knospe. Auch ich. Sie wirkte noch kleiner, als ich sie in Erinnerung hatte.

Mit großer Mühe unterdrückte ich den Impuls, zu den Gästen vor mir oder den Ältesten hinter mir zu blicken. Ich richtete meinen Fokus einzig auf Mias Manius, der oftmals streng, aber meistens gerecht zu mir gewesen war.

Doch dieser weitete die Augen und starrte entsetzt auf meine Gabe. Über sein Gesicht rauschte eine starke Gefühlswelle, er lief sofort rot an. Wahrscheinlich aus Scham, seine Haut könnte sich aber auch vor Zorn rot gefärbt haben. Es gelang mir nicht, seine Stimmung zu erraten, da ich mich selbst total unwohl fühlte und schämte.

»Es tut mir leid, diese Blüte war die einzige, die ich im kleinen Teich finden konnte«, flüsterte ich hastig, um mich zu erklären.

Er sah nur die in Wasser schwimmende Knospe an und schwieg bestimmt eine Minute lang.

Ich bereute den Moment, in dem ich übereilt entschieden hatte, herzukommen, und doch stand ich nun hier, denn ich wollte unbedingt meinen Menschen finden. Wollte eine Muse sein. So wie alle anderen, denn jeder im Clan hatte in meinem Alter einen Menschen bis zu dessen Ableben begleitet. Das war unsere besondere Gabe – die Magie der Mondgöttin auf die Erde zu bringen.

War es falsch gewesen zu kommen?

Ich musste schlucken, um den Kloß im Hals loszuwerden. »Es waren wirklich keine anderen Blüten da«, hauchte ich kleinlaut. »Vom großen Teich konnte ich keine holen ...« Ich brach ab, denn mehr konnte ich dem Gelehrten nicht erzählen, ohne eine Diskussion mit vielen Anschuldigungen zu riskieren.

Die hätte ich verloren. Zehn gegen einen ...

Mias Manius sagte immer noch kein Wort, aber er hob den Blick und sah mich endlich an. Schließlich schüttelte er leicht seinen Kopf und löste sich so aus seiner Starre.

Sein Blick war mitleidig auf mich gerichtet. Er neigte sich näher zu mir und flüsterte in mein Ohr: »Die Knospe wird als Opfergabe nicht reichen, Dian. Es tut mir leid.« Er wich zurück und verzog entschuldigend den Mund.

Ich brachte kein Wort über die Lippen. Tief in meinem Inneren hatte ich es bereits gewusst, aber erfolgreich verdrängt, da meine Hoffnung größer gewesen war als die Tatsache, auch hier versagt zu haben. Wäre ich zu Mittag gleich nach der Schule zum kleinen Teich gerannt, könnte ich jetzt eine wunderschöne Blüte in den Händen halten. Ich hätte auch schon gestern Abend eine Opfergabe holen können oder heute am frühen Morgen …

Oh …

Die Selbstvorwürfe hagelten auf mich hernieder wie ein übermächtiger Sturm … Unbeholfen trat ich von einem Fuß auf den anderen, war nicht fähig, das Podest zu verlassen oder etwas anderes zu tun, was mich aus der schlimmen Situation hätte befreien können. Der ganze Clan tuschelte über mich, das Raunen und Gemurmel wurde mal lauter, mal leiser. Ich wollte abhauen, aber es ging nicht. Mein Innerstes war gelähmt, mein sehnlichster Wunsch zerschlagen. Die Zehn hatten ihn zerstört wie die heiligen Seerosen im kleinen Teich und es gab nichts, was ich tun konnte, um das zu beweisen. Keiner würde mir glauben. Ich gehörte nicht zu ihnen. Ich war kein Teil dieser, ihrer Welt.

Ich senkte meinen Kopf, ließ die langen Haare in mein Gesicht fallen, um einen Vorhang zwischen mir und allen anderen zu schaffen. Wollte mich so sehnlichst verstecken, denn ich ertrug die Blicke nicht, die sich wie spitze Nadeln in meinen Körper bohrten.

Jemand berührte mich an der Schulter. »Schon gut, mein Junge.«

Ich drehte meinen Kopf und sah den Ältesten Elwan. Seine Haare waren strahlend weiß, seine hellblauen Augen gütig.

Gern hätte ich ihm gesagt, dass ich nichts dafürkonnte, sondern in Wahrheit die anderen Schuld trugen, aber die vielen Vorwürfe gegen mich selbst schmerzten zu sehr in meiner Brust.

»Die Knospe war die einzige«, entschuldigte ich mich sehr leise, damit nur er und Mias Manius mich hören konnten.

Der Älteste presste die Lippen aufeinander und warf mir einen barmherzigen, fast schon großväterlichen Blick zu. »Nimm sie aus dem Glas«, bat er flüsternd und nickte aufmunternd.

Mit zitternden Fingern nahm ich den Korken ab, griff ins Glas und reichte ihm die Knospe. Nun, da sie in seiner offenen Hand lag, wirkte sie noch kümmerlicher als zuvor. Mir wurde bei ihrem Anblick schlecht und am liebsten hätte ich die Zeit zurückgedreht. Was hatte ich mir nur dabei gedacht, damit herzukommen?

Elwan, der Älteste, schloss seine Finger um die Knospe und senkte seine Augenlider. Er atmete langsam, aber tief, dann murmelte er leise einen seltenen Elbenzauber. Selten deswegen, da die Ältesten sehr sparsam mit dieser Magie umgingen und sie kaum anwendeten.

Zwischen seinen Fingern begann es zu strahlen. Er öffnete seine Hand, warmes Licht schien aus der nun leuchtenden Knospe.

Sie bewegte sich, es war, als würde sie aus einem tiefen Dämmerschlaf erwachen, sich strecken und recken und schließlich erblühte sie zu einer wunderschönen Königin. Eine prachtvolle weiße Seerose drehte sich in Elwans Hand, sie war größer und schöner als alle Blüten, die an diesem Abend präsentiert worden waren.

»Bei der Mondin«, hauchte ich und riss die Augen auf.

»Ein Geschenk der Göttin an dich«, sagte Elwan mit samtener Stimme.

Dass er seine außergewöhnliche Magie für mich angewendet hatte, wärmte mein Herz. Urplötzlich fühlte ich mich angenommen – als ein Teil dieser Stadt. Dieses Gefühl hatte ich noch nie gehabt, es war sonderbar, es zu spüren.

»Ich danke dir«, brachte ich nur atemlos über die Lippen, war überwältigt von der Liebe, die von dem Ältesten ausging, und dem zufriedenen Lächeln, welches mir Mias Manius schenkte. Meine ausgehungerte Seele saugte all diese Emotionen und Eindrücke gierig auf. Mir wurde noch bewusster, wie sehr mir das in der Vergangenheit gefehlt hatte.

Der Älteste nickte. »Nimm sie an dich und folge deiner Bestimmung.«

Sofort drückte ich den Korken wieder auf das Glas und ließ es in der Tasche verschwinden, damit ich beide Hände frei hatte. Als mir Elwan die große Seerose gab, fielen all meine Sorgen und mein vorheriger Kummer von mir ab. Ich nahm einen erleichterten Atemzug, entspannte mich und wagte einen ersten Blick in die Festhalle. Dort war ein Meer aus freundlichen Gesichtern, viele lächelten mich direkt an. Leider konnte ich die alte Rachél immer noch nicht entdecken, was mich wieder ein klein wenig traurig machte.

Der Älteste Elwan legte erneut seine Hand auf meine Schulter und drückte mich, ehe er wieder zu den anderen zurückging.

»Bereit?«, fragte mich Mias Manius.

Ich nickte und gab ihm die Blüte, welche er kurz betrachtete und dann in die Höhe hob.

»Oh, große Mutter! Mondgöttin zeige dich und zeige Dian seine Bestimmung, die du ihm angedacht hast!«

Er wartete noch einen Moment, dann gab er mir die Seerosenblüte zurück.

Mit Stolz hob ich meine einzigartige Opfergabe hoch. »Oh, große Mondgöttin, erweise mir die Ehre und stelle die Verbindung zur Erde her, damit ich meinem Menschen dienen und die Welt mit deiner Magie bereichern kann.« Sehr langsam mit viel Gefühl ließ ich die Blüte in die silberne Mondschale gleiten. Ich genoss den Augenblick mit allen Sinnen und beobachtete den Glitzernebel, welcher aus dem Mondwasser stieg.

Doch die magische Verwandlung schien sich länger hinzuziehen als bei allen anderen.

Ich hörte mein Herz so laut pochen, dass ich Angst hatte, das Klopfen würde durch seine störenden Geräusche die Zeremonie unterbrechen. Ein immer größer werdendes Unbehagen breitete sich in mir aus. Die Seerose lag auf der stillen Wasseroberfläche. Die Glitzerpartikel und der Nebel lösten sich in Luft auf.

»Habe ich etwas falsch gemacht?« Verunsichert schaute ich zu Mias Manius.

Dieser blickte auf die Schale hinunter und schob nachdenklich seine Augenbrauen zusammen.

»Das hat sie noch nie gemacht«, äußerte er verwundert und sah mich an. »Du hast alles richtig gemacht, Dian. Aber da die Mondin schweigt, zeigt sie uns deutlich, dass du keine Muse bist.«

Der Boden wankte. »Aber die Göttin hat mir doch gerade die Seerosenblüte geschenkt«, widersprach ich, schaute kurz zu Elwan, dann wieder zum Gelehrten, der nun weiterredete.

»Sie schenkte dir die Blüte, eine Verbindung zu einem Menschen allerdings nicht. Dian, ich verstehe, dass du jetzt traurig bist, aber Großmutter Mond entscheidet allein, wem sie ihre Gaben zuteilwerden lässt und wem nicht.« Er machte eine kurze Pause. »Ich schlage vor, dass du dich weiter von mir unterrichten lässt und ab nun die Bibliothek betreust. So könntest du den Musen weiterhelfen, wenn sie sich über bestimmte Künste informieren möchten, um ihren Menschen zu helfen. Das wäre auch eine ehrenvolle Aufgabe und du würdest der Erde in einer anderen Art und Weise dienen.« Mias Manius griff in das stille Mondwasser und nahm die Blüte heraus. »Nimm sie mit nach Hause, erinnere dich stets an dieses große Geschenk und mach dir so bewusst, dass du nicht mit leeren Händen heimgehst.«

Mein Mund war staubtrocken, mein Körper wie gelähmt. Es kostete mich viel Kraft, meine Hände auszustrecken und die Blüte an mich zu nehmen.

Aus Versehen blickte ich zu den Clanmitgliedern. Die Luft des Festsaales war so geladen wie der Himmel vor einem Donnerwetter. Alle, die zuvor noch wohlwollend gelächelt hatten, waren nun verstummt oder schenkten mir einen Blick, der nicht nur vor Mitleid triefte, sondern auch zur selben Zeit Geringschätzung ausdrückte. Manche rümpften sogar herablassend die Nase.

Mias Manius' Angebot, in der Bibliothek zu arbeiten, war lieb gemeint, aber es war kein Ersatz für den großen Verlust, den ich gerade erlitten hatte. Den Musen ab nun dienen zu müssen, aber vor allem ihnen in der Bibliothek ab nun ständig ausgeliefert zu sein, fühlte sich als harte Strafe an. Die Bestrafung eines ewig Aussätzigen, den keiner haben wollte.

Ganz kurz hatte ich vorhin die Dazugehörigkeit spüren können, nun ereilte mich wieder das altbekannte Gefühl, welches ich schon immer in mir trug: Ich hatte auf dieser Welt niemanden außer Nana Rachél.

Keiner sonst wollte, dass ich Mitglied des Clans war, das hatte ich gerade in deren Augen gesehen. Ein Raunen ging durch die Reihen, alle redeten auf einmal wirr durcheinander. Äußerst gemeine Wortfetzen erreichten mich und wurden immer deutlicher. Es waren Worte, die mein durchgeschütteltes Innerstes noch mehr verletzten, denn sie sprachen das Offensichtliche aus: Dian hätte nicht geboren werden dürfen. Ich war ein Fehler.

Jasira konnte sich wohl nicht mehr zurückhalten und begann, herzhaft zu kichern. Keiner stoppte sie, auch nicht Mias Manius oder die Ältesten, die waren damit beschäftigt zu flüstern. Bestimmt über mich. Mehal, Keli und die anderen der Gruppe stimmten in das Kichern von Jasira ein und bestätigten sich gegenseitig. Schließlich hatten sie es schon immer gewusst ...

Meine Kehle schnürte sich so zu, dass ich kaum noch Luft bekam. Ich schaute auf die Seerosenblüte in meiner Hand, hätte sie am liebsten zerdrückt. Die Scham über all das war so groß, dass ich nicht anders konnte, als davonzurennen. Stolpernd hastete ich die Treppen vom Podest hinunter. Die Menge teilte sich und bildete ein Spalier, sodass ich ungebremst hindurchrennen konnte. Weiter hinten sah ich endlich Rachél, sie stand neben ihrer Mutter und den anderen nahen Verwandten, die mir allesamt böse Blicke zuwarfen. Klar. Ich hatte sie gerade bis auf die Knochen blamiert.

Geheimnisvoller Schlüssel

Ich rannte an ihnen vorbei, verließ den Festsaal mit dicken Tränen in den Augen, aber ich schluckte sie krampfhaft hinunter.
In meinem Kopf hörte ich noch immer Mehal, Keli und Jasira
kichern, konnte regelrecht spüren, wie sie mich verhöhnten.
All ihre Witze waren wahr geworden, sie hatten nun einen Beweis dafür bekommen, dass sie etwas Besseres waren.

Obwohl ich die Seerosenblüte samt den grässlichen Gefühlen fortschmeißen wollte, ließ ich sie nicht los, eilte an den
brennenden Feuerschalen vorbei und unter den Blumengirlanden hindurch. Der Weg gabelte sich bald, eine Abzweigung
führte in die Stadt, ich nahm jedoch die andere, denn diese
brachte mich direkt in den Wald. Ich bremste meinen Laufschritt und ging in normalem Tempo weiter, um nicht über
mögliche Wurzeln zu stolpern.

Hier im Wald konnte ich mich vor allen Blicken verstecken,
nur im Schutze der hohen Bäume fand ich den Halt, den ich
gerade so bitter nötig hatte. Hunderte Tannen und Buchen
würden die Mondin am Himmel vor mir verbergen.

Ich wollte jetzt keinen sehen, wollte *sie* nicht sehen. Die Göttin hatte mich geboren, aber gnadenlos im Stich gelassen. Ich
wünschte mir, Rachél hätte mich nie gefunden und ich wäre im
Seelenbrunnen ertrunken.

»Dian, warte!« Das war Rachéls Stimme, ich bremste aus Pflichtgefühl sofort ab, drehte mich um und erkannte, dass sie mir nachgelaufen war. Sie hatte ihren bodenlangen Rock angehoben, damit sie große Schritte über die leicht aus dem Boden herausragenden Wurzeln machen konnte, die immer wieder den Weg querten.

Mit lautem und bebendem Atem wartete ich, bis sie bei mir war. Wollte keinen einzigen Meter zurück in Richtung Festhalle gehen. Wollte mich den abfälligen Blicken nicht noch einmal aussetzen. Für heute hatte ich genug Hohn ertragen müssen.

Ich nahm die geflochtene Grastasche von meiner Schulter und stellte sie neben mich auf den Boden. So sehr ich Nanas Geste auch zu schätzen wusste, mein Name auf dem Glas war ein Schandfleck.

»Du musst das nicht tun«, sagte ich zu Nana, als sie bei mir war. Ich wollte jetzt keinen Trost, da es sinnlos war. Ich fühlte mich verloren, all meine Träume waren für immer vernichtet worden.

»Junge, bitte«, stieß sie hervor und bemühte sich, ihren schnellen Atem zu beruhigen.

»Hier, ich will sie nicht.« Frustriert drückte ich ihr die Seerosenblüte in die Hand. Sie war Zeuge meines Hohns.

Nana blickte verunsichert. »Ich weiß gerade nicht, wie ich dir helfen kann.«

»Das geht auch gar nicht. Es war ein Fehler, mich vom Seelenbrunnen in den Clan zu holen.«

»Du gibst mir die Schuld daran?«

»Nein«, antwortete ich und knirschte mit den Zähnen. »Ich gebe mir die Schuld an allem. Du weißt, dass ich gehen muss, Nana, ja? Ich kann nicht bleiben. Dieses Leben will ich nicht.«

Ein tieftrauriger Ausdruck glitt über ihr Gesicht. Dann rollte eine Träne über ihre Wange. »Ich will nicht, dass du gehst.«

»Hierzubleiben würde bedeuten, mich dem ständigen Spott der Zehn auszusetzen«, machte ich deutlich.

»Lass uns heimgehen«, bat sie, hob die Tasche hoch und zupfte an meinem Ärmel.

Doch ich bewegte mich keinen Zentimeter mehr. Schaute zwischen den Bäumen hindurch und zu der Festhalle hinüber. Wäre ich vorher doch nur am kleinen Teich sitzen geblieben ...

»Dian, bitte. Komm, begleite mich heim.«

Unsere Blicke begegneten sich. Ich nickte und teilte ihr meinen endgültigen Entschluss mit. »Nana, ich werde noch heute Abend meine Sachen packen und du wirst mich nicht aufhalten können.«

Ganz kurz schwiegen wir uns an.

Rachél wirkte, als würde sie mir noch viel sagen wollen, doch sie hielt sich zurück. Ihr Blick war voller Schmerzen und tieftraurig, eine Träne wollte sich davonstehlen, doch sie wischte sie fort, noch ehe sie über ihre Wange kullern konnte. »Ich werde dich nicht zwingen, wegen mir unglücklich zu sein«, sagte sie schließlich leise. »Wenn du gehen willst, so helfe ich dir. Aber versprich mir, den Kontakt zu mir zu halten, damit ich immer weiß, wie es dir geht.«

»Ich verspreche es dir.« Ich würde eine Brieftaube nutzen, einen Falken oder den Reitern die Briefe mitgeben. »Gibst du mir die Landkarte, damit ich den sicheren Weg über die langen Wiesen und Singwälder gehen kann?«

Rachél war überrascht. »Du willst zu den salzigen Seen?«

Ich schaute hoch durch die Baumwipfel, wo die volle Mondin nur bruchstückhaft zu erkennen war. »Ich werde mein Glück auf einem Schiff versuchen«, teilte ich Nana mit klarer Stimme mit.

Meine Entscheidung behagte ihr nicht, das sah ich ihr an, dennoch blieb sie stumm, denn kein Wort würde mich noch davon abhalten können, dem Clan den Rücken zu kehren. Nana wusste das. Vielleicht hatte sie es schon kommen sehen oder sie befürwortete mein Fortgehen. Jedenfalls sagte sie kein Wort mehr und auch ich schwieg, während wir nach Hause gingen.

Dort angekommen, gab sie mir einen schwarzen Beutel, in dem ich meine wichtigsten Habseligkeiten wie Kleidung und Wäsche verstaute. Zeit zum Umziehen nahm ich mir keine, ich wollte nur noch schnell fort.

Nana holte inzwischen ein kleines rotes Säckchen mit Münzen. Wortlos, aber mit einem dankbaren Nicken nahm ich es und versteckte es zwischen meiner alten Stoffhose und dem gelbstichigen Hemd im Beutel. Ich würde ihr die Münzen irgendwann zurückgeben, das versprach ich mir selbst. Vielleicht würde ich auch für einen Besuch zu ihr zurückkommen – das würde sich alles noch zeigen. Jetzt folgte ich nur dem Drang, zu gehen, und hoffte auf die Erleichterung, die ich mir von meinem Fortgang versprach.

Denn der Druck in meiner Brust fühlte sich zu schwer an, auf meinen Schultern lag ein Gewicht, das ich nicht mehr lange würde stemmen können. Ehe ich meine Schlafkammer ganz verließ, sah ich ein letztes Mal umher. Mein Blick fand das Wandregal, mein Herz kam kurz ins Stocken, denn dort stand das Buch über die Farbpülverchen, das mir Nana vor vielen Jahren geschenkt hatte. Damals hatten wir noch gehofft, ich würde bei der Bestimmungsfeier die Verbindung zu einem Maler bekommen. Wie dumm ich doch gewesen war. Ich schloss meine Lider, atmete tief durch und verabschiedete mich von meinen vergeblichen Träumen und Hoffnungen.

»Prinz mag das Grün der Karotten am liebsten«, erinnerte ich Nana, als wir an der Eingangstür standen, um uns zu verabschieden. »Und kraule ihn nur am linken Ohr, am rechten ist er kitzelig.«

»Du wirst mir fehlen.« Sie klang seidenweich und voller Trauer. »Vergiss nicht, dass du mir versprochen hast, dich zu melden. Lass mich bitte nicht im Ungewissen, hörst du?« Tapfer versuchte sie, ihren Kummer vor mir zu verbergen. Ich sah ihn trotzdem.

»Nana, ich danke dir für alles, was du für mich getan hast. Ich habe heute versagt, aber ich werde dich in Zukunft stolz machen, das versichere ich dir.«

»Du hast nicht versagt«, versuchte sie, mich zu trösten.

»Doch«, widersprach ich schnell. »Da waren so viele Zeichen, die mir gezeigt haben, dass ich nicht an der Feier hätte teilnehmen sollen. Und doch bin ich hingegangen. Darum habe ich versagt. Aber ich werde etwas finden, das dich stolz machen wird. Ganz bestimmt, Nana.« Wozu sollte ich sonst am Leben sein? Meine Geburt wäre ja sinnlos gewesen. Oder war sie das so oder so?

Ich schob den Gedanken von mir, er brachte mich jetzt nicht weiter.

Rachél trat vor und strich mit beiden Händen über meinen Hemdkragen. »Als ich dich damals auf dem Seerosenblatt gefunden habe, wusste ich sofort, dass du mein Junge bist. Diese Efeublätter-Stickereien auf deinem Festgewand sollen dich immer an diesen Moment erinnern und auch daran, dass du bei mir ein Zuhause hast und …« Nana brach ab, sie wirkte auf einmal, als würde sie sich an etwas erinnern, und machte einen Schritt zurück. »Du kannst noch nicht gehen. Ich muss dir etwas mitgeben.« Sie wirbelte herum und eilte zu dem hohen Schrank neben der Tür, in dem sie ihre wertvollsten Dinge aufbewahrte. Von dort holte sie ein kleines hölzernes Kästchen heraus. »Ich habe ihn für dich aufbewahrt, aber die Jahre strichen ins Land und er geriet in Vergessenheit.«

»Wovon sprichst du?«, fragte ich nach.

Sie kam zu mir zurück und öffnete den Deckel. »Dieser Schlüssel lag zwischen dir und dem Seerosenblatt.« Sie drehte das Kästchen, damit ich den Inhalt erblicken konnte. Der Schlüssel war nicht allzu groß, vielleicht zwei oder drei Zentimeter, die Schnörkel am Griff waren sehr verspielt. Nana blickte fragend zu mir hoch. »Ich weiß leider nicht, was er aufsperrt.«

»Du denkst, er lag nicht zufällig da?«

»Warum sollte zufällig ein Schlüssel unter einem Neugeborenen liegen?«

»Na ja. Wichtig erschien er dir auch nicht, sonst hättest du ihn nicht vergessen.«

»Ich habe ihn vielleicht absichtlich vergessen.« Rachél nahm den kleinen Schlüssel aus dem Kästchen heraus. »Aber ich habe mich genau jetzt an ihn erinnert. Ich denke, du musst ihn mitnehmen, er wird dich womöglich beschützen.«

»Wovor? All die Jahre hat er in deinem Schrank gelegen und ist unwichtig gewesen. Ich glaube, das ist er jetzt auch noch. Ein Schlüssel sperrt etwas auf oder zu. Wenn du nichts hast, in das ich ihn reinstecken und herumdrehen kann, dann kann er auch hierbleiben.«

Davon wollte sie nichts hören. »Ich habe ein Lederband, damit kannst du ihn dir umhängen.«

»Lass nur.« Ich winkte ab. »Behalte du ihn als Erinnerung.«

»Du *musst* ihn mitnehmen!«, drängte sie laut. Zu laut.

Mit großen Augen sah ich sie an. »Was ist plötzlich in dich gefahren?«

»Ich war nicht ganz ehrlich zu dir«, stammelte sie nervös.

»Nana, was ist los? Was verschweigst du mir?«

Sie rang um Worte. »Als ich den Schlüssel das erste Mal berührte, überkam mich eine Vision«, gestand sie mir schließlich.

Ich riss die Augen auf. »Eine Vision?«

»Eine schreckliche Vision.« Sie hielt die Luft an.

»Verrätst du sie mir bitte?«

Rachél blies die zuvor angehaltene Atemluft leise wieder aus.

»Nun mach schon«, drängelte ich, da sie nicht antwortete.

»Sie war einfach schrecklich«, wiederholte sie und blickte nach oben, während sie sich erinnerte. Dann sah sie mich wieder an. »Dian, da war Blut. Viel Blut. Du warst schon erwachsen, ich habe eine fremde Stadt gesehen und widerliche Geräusche gehört.« Wieder hielt sie die Luft an.

Ich spürte, dass sie weiterreden wollte, doch irgendetwas hielt sie zurück. »Blut? Eine fremde Stadt? Geräusche? Was noch?« Alles zusammen ergab für mich ein sonderbares Bild, es machte mich etwas ängstlich.

»Ich konnte deine Verzweiflung und Hilflosigkeit in der fremden Stadt fühlen«, flüsterte sie schließlich. »Das war der wahre Grund, warum ich den Schlüssel vor dir versteckt habe.«

Das versetzte mir einen Stich. »Du denkst, der Schlüssel ist böse?«

»Nein, oder?« Nachdenklich runzelte sie die Stirn. »Eher warnt er dich vor etwas. Ich habe versucht, dich aufgrund der Vision immer von allen Gefahren fernzuhalten. Aber nun, da du alleine auf eine Reise gehst, kann ich dich nicht mehr beschützen.«

»Ein kleiner Schlüssel wird mich auch nicht beschützen«, machte ich deutlich. Ihre Vision machte mich nervös, doch ich glaubte nicht daran, dass mir etwas Schlimmes geschehen würde. Vor allem nichts, bei dem ein Schlüssel die Rettung sein könnte.

»Eine innere Stimme sagt mir, dass du ihn mitnehmen musst, mein Junge. Bitte, tu mir den Gefallen und hänge ihn dir um. Ich ertrage schon allein den Gedanken nicht, dich verlieren zu können.«

»Ich brauche ihn aber nicht«, lehnte ich wagemutig ab.

Doch Nana hatte bereits für mich entschieden. »Hier. Ich hole das Lederband.« Sie drückte mir den kleinen Schlüssel energisch in die Hand und wollte sich umdrehen.

»Nana, was ...« Meine Stimme brach. Eine Hitze fuhr durch meinen Körper, meine Handflächen brannten regelrecht. Ohne es zu wollen, fiel mir der kleine Schlüssel aus den Fingern, doch das Brennen hörte nicht sofort auf.

»Was hast du?« Entsetzt starrte sie auf meine Hände, die nun hell wie Sonnenlicht leuchteten.

Dann ebbte es ab. Das heiße Gefühl verschwand. Ich rieb über meine Haut, konnte nicht glauben, was gerade geschehen war.

»Was ist das für eine böse Zauberei?«, stieß ich verärgert hervor und schubste den Schlüssel am Boden mit dem Fuß ein Stück von mir fort.

»Bei der Mondin! Dian!« Die alte Rachél war außer sich und fasste sich mit der Hand an den Kopf. »Wir müssen sofort zu den Ältesten gehen!«

»Nein, ganz bestimmt nicht«, wehrte ich ab.

»Hast du das Zeichen nicht gesehen?« Sie griff total aufgeregt nach meiner Hand und drehte sie mit der Innenfläche nach oben. »Ich habe es genau gesehen. Du hattest in beiden Händen einen leuchtenden Schlüssel!«

Ich schüttelte den Kopf, wollte es nicht wahrhaben. »Das hast du dir nur eingebildet.«

»Ganz bestimmt nicht«, beharrte sie, bückte sich und klaubte den Schlüssel auf. »Da.« Energisch drückte sie ihn wieder in meine Hand und schloss sie mit ihren Fingern, sodass ich ihn festhalten musste.

Wieder fuhr diese Hitze durch mich hindurch, aber das brennende Gefühl blieb diesmal aus.

»Ich hatte recht!«, gab Nana triumphierend von sich, ehe sie mich losließ.

Und nun sah ich es selbst ganz deutlich: In meinen Handflächen leuchteten kleine Schlüssel auf. Irritiert und ängstlich ließ ich den Schlüssel wieder zu Boden fallen. Er klirrte leise, dann blieb er stumm liegen. Die Hitze und das Leuchten verschwanden wieder.

»Verstehst du nun?« Sie schüttelte mich am Arm. »Mias Manius muss davon erfahren. Auch die Ältesten, und zwar sofort! Auch von meiner damaligen Vision!«

»Nein«, wehrte ich wieder ab. Nie und nimmer würde ich mich noch mal in solch eine schlimme Situation begeben. Sie würden mich nur auslachen und verspotten. »Alle sind noch im Festsaal und, Nana, falls du es vergessen hast: Ich gehe jetzt.«

Rachél startete noch einen Versuch. »Hast du das Leuchten in deinen Händen nicht gesehen?«

»Doch. Aber der Drang, zu den salzigen Seen zu gehen und dort mein Glück zu versuchen, ist größer, als mich einer neuerlichen Blamage auszusetzen.« Ich schob die Riemen des Beutels höher über meine Schulter, denn ich war bereit, alles hinter mir zu lassen und meine Reise anzutreten, die mich auf ein großes Schiff bringen würde. Nur so würde ich weit genug von hier fortkommen. Nur so konnte ich den Spott und Hohn hinter mir lassen.

Nana presste nachdenklich die Lippen aufeinander und schwieg einen Moment. »Ich will dir keine falschen Hoffnungen machen«, setzte sie an und holte tief Luft. »Aber wenn du schon nicht in die Stadt gehen willst, dann wenigstens zum Seelenbrunnen.«

»Was soll ich da?« Wollte sie mich mit ihrer Zauberei nur daran hindern, fortzugehen?

»Vielleicht finden wir dort das, was der Schlüssel aufsperrt.«

»Wenn da etwas wäre, hättest du es vor zwanzig Jahren schon gesehen.«

»Ein schreiendes Kind lag in meinen Armen, ich hatte keine Zeit zum Suchen. Außerdem habe ich Angst vor der Vision gehabt.« Wieder rüttelte sie an meinem Arm. Der Riemen des Beutels rutschte dadurch etwas runter. »Bitte, Junge, du musst mir diesen letzten Wunsch gewähren. Geh mit mir und hilf mir suchen. Ich fühle, dass dieser Schlüssel wichtig für dich ist.«

»Lag er deswegen zwanzig Jahre im Schrank?« Ich schüttelte den Kopf. Natürlich wollte sie mich nur davon abhalten, zu verschwinden. Das alles klang zu irrwitzig, um wahr zu sein. »Nein, Nana. Ich gehe jetzt. Du musst mich loslassen und mir Lebewohl sagen. Wirst du das für mich tun?« Ich schob den Riemen wieder an die richtige Stelle und legte meine Hand auf die Türklinke.

Die alte Rachél verabschiedete mich nicht. Sie rannte polternd zum Schrank, zog ein Lederband aus der Schublade, hob anschließend den kleinen Schlüssel vom Boden auf und drängte sich an mir vorbei.

»Was hast du vor?«

Sie schubste meine Hand von der Klinke, riss schwungvoll die Tür auf und stürmte hinaus in die laue Nachtluft. »Mach, was du willst. Ich gehe jetzt zum Seelenbrunnen.«

»Nana, das ist verboten!«, rief ich ihr hinterher.

»Mir doch egal.« Sie hob den Rock an und stapfte den Weg entlang.

Ich stieß ein kehliges Geräusch aus. Das konnte doch nicht wahr sein! »Warte!« Ich schlug die Tür zu und rannte ihr nach. »Du kannst nicht im Stockdunkeln allein durch den Wald laufen.«

»Die Mondin ist voll, ich kann alles gut sehen.«

»Der Wald verschluckt das helle Mondlicht«, wandte ich ein und legte an Tempo zu, da sie so schnell ging.

»Ich kenne den Wald wie meine Westentasche.«

»Du hast doch gar keine Weste«, merkte ich an.

Sie kicherte, hob den Rock etwas höher und ging noch schneller.

»Nana, du musst nicht fast rennen, ich komme ja mit.«

Die alte Rachél antwortete mir nicht.

Zielstrebig und von Eile getrieben hetzte sie durch den Wald. Wir überquerten einen seichten Bach über eine Brücke, stiegen zwischen hohen Farnen hindurch und erreichten bald die mit Efeu bewachsenen Felswände. Mehr als diesen überwucherten Eingang zur Grotte, in der sich der Seelenbrunnen befand, hatte ich noch nie gesehen.

Erst wenn das Zeichen der Mondgöttin, das Sternbild der sich öffnenden Seerosenblüte, am Himmel erschien, war der Zugang gestattet.

Das Zeichen strahlte heute aber nicht am Himmel. Nur der bläuliche Mondenschein, der die dunkelgrünen Efeublätter an den Felswänden anleuchtete. Darunter verbarg sich eine Tür aus Holz.

»Was tun wir, wenn uns wer erwischt?«, fragte ich leise und verunsichert.

Rachél steuerte direkt auf den Eingang zu, schob die langen Efeuranken zur Seite und zog den massiven Riegel der Tür zur Seite. Ich wunderte mich, warum nicht abgeschlossen war.

»Alle sind noch im Festsaal. Bis die Ersten die Feier verlassen, wird es noch dauern.« Sie zog an der Tür, die sich leicht öffnen ließ, aber ein quietschendes Geräusch von sich gab.

Ich ließ meinen Blick durch die Umgebung schweifen, da mich eine Unruhe plagte.

War uns jemand gefolgt?

Rachél zupfte an meinem Ärmel. »Hör auf damit. Da ist keiner und nun komm!« Sie verschwand im dunklen Tunnel direkt hinter der Tür.

»Ohne Fackel, Nana?« War sie verrückt geworden?

»Du Feigling!« Ihre Stimme hallte nach.

Ich warf alle Bedenken über Bord und ging in den Tunnel hinein. Mit einer Hand tastete ich mich an der Felswand entlang, mit der anderen vor mir in die Luft, um nicht aus Versehen gegen ein Hindernis zu stoßen. Es roch abgestanden und nach Moder, doch bald veränderte sich die Luft und wurde wieder frischer. Ein paar Meter weiter konnte ich schon Licht sehen. Meine Schritte beschleunigten sich.

Die alte Rachél stand schon neben dem grauweißen Brunnen. Er ging ihr etwa bis zum Bauch und war sagenhaft schön. Ich staunte mit offenem Mund, denn bisher kannte ich ihn nur von Zeichnungen.

Doch nun sah ich ihn mit eigenen Augen – er war magisch und löste in mir ein Gefühl der Liebe aus. Ich versuchte zu ergründen, warum das so war, aber ich kam nicht darauf. Langsam ließ ich meinen Blick über den besonderen Brunnen schweifen, mein Staunen nahm kein Ende.

Er war etwas größer, als ich bisher immer angenommen hatte, unterschiedliche Steingrößen lagen aufeinander, zwischen den Steinen schoben sich aus weißem Marmor geschnitzte Seerosenblüten aus den Ritzen. Die ganze Höhle war mit Efeu überwuchert – genau so wie Rachel es mir erzählt hatte. Doch dieser Efeu war nicht nur grün, er trug einen silbernen Schimmer auf seinen Blättern.

Direkt über dem Brunnen war eine große Öffnung in der Höhlendecke, durch die bläuliches Mondlicht zu uns herabfiel. Es strahlte Rachéls helles Haupt an und ließ sie noch schöner aussehen.

So war das also gewesen, als sie mich damals auf dem See-rosenblatt gefunden hatte. Ich prägte mir dieses Bild ein: wie sie vor dem Brunnen stand und hineinblickte.

Ich würde es mit auf meine Reise nehmen.

»Da ist nichts«, sagte sie enttäuscht und sah sich suchend um, dann schaute sie wieder in den Seelenbrunnen hinein.

»Was hast du erwartet, Nana?«

»Am klaren Grund eine versperrte Schatulle vielleicht? Oder ein anderes Gefäß mit wichtigem Inhalt?«

Ich ging zu ihr und schaute ebenfalls in den Brunnen. »Da ist nur Mondwasser«, sprach ich das Offensichtliche aus. »Lass uns besser zurückgehen.«

Sie seufzte vor Enttäuschung, legte den Schlüssel und das zusammengerollte Lederband auf dem Brunnenrand und strich sich die Haare hinters Ohr. »Dian«, sagte sie ganz langsam und bedeutungsvoll. »Ich weiß aber, dass wir hier etwas finden werden.«

»Was macht dich da so sicher?«

»Es ist ein drängendes Gefühl.«

Da ich dieses Gefühl nicht hatte, konnte ich es nicht nach-vollziehen. Aber ich half ihr suchen. Sie hatte so viel für mich getan, ich wollte ihr innerliche Ruhe schenken. Wenn Nana einsah, dass in der Höhle nichts zu finden war, konnte ich sie hoffentlich zum Heimgehen bewegen.

Also legte ich den schwarzen Beutel ab und durchforstete mit ihr den Efeu rund um den Brunnen. Gern hätte ich wie sie geglaubt, dass wir hier etwas Besonderes finden würden. Etwas, das diese Nacht doch noch zu etwas Schönem machen könnte. Schließlich hatte ich heute verstehen müssen, dass ich keine Muse war – mein Leben lang falschen Hoffnungen hinterher-gejagt war. Und nun suchte ich einen wahrscheinlich nicht existenten Gegenstand zwischen den Efeuranken, da die alte

Rachél irgendeinem Hirngespinst hinterherjagte. Innerlich stöhnte ich laut auf. Was machten wir hier bloß?

Aus dem Augenwinkel sah ich, wie plötzlich feiner Glitzernebel aus dem Brunnen aufstieg. Ich ignorierte ihn, da ich glaubte, mein Kopf würde mir einen Streich spielen. Schließlich hatte ich gerade an die Bestimmungsfeier gedacht. Dort war bei allen dieser Glitzernebel aufgestiegen, nur bei mir war das Mondwasser still geworden.

Deprimiert wühlte ich in den Efeublättern, dann fiel mir auf, dass ihr silberner Farbton stetig heller wurde.

»Bei der Mondin!«, stieß Rachél hervor. »Dian, schau!«

Ich hob den Kopf und blickte zu ihr. Der Brunnen leuchtete.

»Was hast du gemacht?«, fragte ich erschrocken. Wenn das jemand aus der Stadt mitbekam, war Ärger vorprogrammiert.

»Nichts! Das schwöre ich!«

Doch der Glitzernebel war überall. Mondlicht schien nun heller durch das Loch in der Decke, die Efeuranken glänzten plötzlich und strahlten hell. Ich eilte hinüber zum Brunnen und stutzte. Aus dem Mondwasser flüsterte es. Nur sehr leise – und kaum ein richtiges Wort –, aber es machte mich ganz schwummrig. Der Boden unter mir schien nachzugeben, ich musste mich am Brunnenrand festhalten, um nicht zu fallen. Brauchte diesen Anker, denn die Umgebung verschwamm vor meinen Augen, auch Rachél, die eben noch nah bei mir gestanden hatte.

»Mein Junge, das Zeichen!« Die vertraute Stimme meiner Großmutter drang in meine Ohren und als sie es aussprach, konnte ich es fühlen.

Mitten auf meiner Stirn erschien das Zeichen der Mondgöttin und in den Handflächen leuchteten wieder die beiden Schlüssel auf, sie strahlten erneut golden wie reines Sonnenlicht. Wärme rauschte wie ein Sturm durch meinen ganzen

Körper und ließ mich beben. Aber so schnell wie es über mich gekommen war, so schnell verschwand es wieder.

Wie unter Zwang griff ich zum Schlüssel, der neben mir auf dem Brunnenrand lag, fädelte das Band durch die Öffnung, machte einen Knoten und hängte ihn mir um den Hals. Während ich das tat, wurde mir bewusst, dass ich ihn nun halten konnte, ohne dass mich diese Wärme übermannte oder aus meinen Händen Licht schoss.

Als ich damit fertig war, stand ich reglos da. Horchte den Geräuschen aus dem Wasser, denn sie verstummten einfach nicht. Obwohl ich angestrengt hinhörte, verstand ich keine einzelne Silbe davon, diese Töne waren mehr ein Vibrieren, ein Flüstern und Summen.

Nana strich besorgt über meine Wangen und die Stirn. »Hast du was gesehen? Deine Augen waren vorher kurz silbern.«

Ich brachte kein Wort heraus, versuchte zu verstehen, was gerade mit mir passierte, lauschte den ungebrochenen Geräuschen, welche mit dem funkelnden Nebel aus dem Brunnen kamen, und rührte mich nicht.

Rachél rüttelte an meinem Arm. »Was ist mit dir?«

Ich blinzelte benommen, fühlte mich berauscht, nicht klar im Kopf und trotzdem wusste ich es: »Nana, ich muss in den Brunnen steigen.«

»Warum?«

»Die Mondgöttin hat es mir gesagt.«

»Sie hat ... was?«

Noch immer war ich wie in Trance, konnte kaum richtig denken. Ganz von Sinnen stieg ich über den Rand aus Stein und tauchte meine Beine ins Wasser, welches sich seidenweich an meiner Haut anfühlte. »Ich muss jetzt in den Brunnen steigen«, wiederholte ich. Meine eigene Stimme klang komisch. So weit entfernt.

Rachél griff hektisch auf meine Schulter und wollte mich zurückhalten, aber ich befreite mich aus ihrem Griff und glitt noch tiefer ins Wasser. »Hör auf, Dian, lass das! Komm wieder heraus! Denk an meine Vision!«

»Ich liebe dich«, sagte ich noch zum Abschied, ehe mein Kopf im heiligen Mondwasser versank und Rachéls Antlitz verschwamm. Etwas Starkes, sehr Mächtiges zog mich nach unten. Es war mächtiger als alles, was mir bekannt war, und eigenartigerweise hatte ich nicht mal das Bedürfnis zu atmen.

Es fühlte sich mehr so an, als würde ich träumen. Immer weiter zog es an mir, immer tiefer sank ich in den Seelenbrunnen, der mich einst geboren hatte.

Brachte mich die Mondgöttin nun wieder zurück?

An den Ort, von dem ich gekommen war? Aber wo war das? Auf der Mondin selbst? Meine Augen wurden schwer, eine Müdigkeit erfüllte mich, so schwer wie der Druck des Wassers um mich herum. Ich schloss die Lider und sank in einen tiefen Schlaf.

Von irgendwoher kamen Geräusche. Sie irritierten mich, denn sie waren mir völlig fremd.

Meine Augen waren noch geschlossen, mein Körper fühlte sich sonderbar taub an. Mir war noch nicht ganz klar, ob ich auf etwas Hartem oder Weichem lag.

Was war geschehen? Ich versuchte, vollständig aufzuwachen, aber meine Schläfen pochten, in meinem Kopf dämmerte eine weit entfernte Erinnerung. Nur ganz langsam konnte ich meine Augen öffnen, musste blinzeln. Meine Lider waren so schwer, als lägen jede Menge Steine darauf. Ich atmete langsam, aber tief ein, schüttelte den Kopf, um mich selbst noch etwas mehr aufzuwecken. Da spürte ich den kleinen Schlüssel an meinem Hals – ich hielt ihn mit meinen Fingern fest umklammert.

Es blitzte in mir wie ein Gewitterleuchten.

Erinnerungen kamen und gingen, schöne Bilder, die ich vergessen hatte, und jene, die ich lieber für immer verdrängt hätte.

Zitternd ließ ich den Schlüssel los.

»Nana?«, kam es aus meinem Mund – meine Stimme klang rauchig.

Wieder blinzelte ich den Traum fort, er hatte mich noch immer in seinen Fängen.

Jemand redete und lachte auf, schon verschwand er wieder. Dann hörte ich ein Rauschen, der Boden unter mir griff das Geräusch auf, indem er ganz leicht vibrierte. Komisch. War ich nicht gerade mit der alten Rachél am Seelenbrunnen gewesen?

»Nana?«

Sie antwortete mir nicht. Ich rieb über meine Augen. Musste zu mir kommen. Was war passiert?

Ich kramte in meinem Kopf, fand schnell zerstörte weiße Seerosen, Traurigkeit, Hoffnung, Bestimmungsfeier, Schlüssel, Brunnen ...

Bei der Mondin!

Plötzlich wusste ich wieder alles und schoss hoch.

Oh ... ein Schwindel ließ alles drehen. Dann klärte sich das Bild rund um mich. Aber was ich sah, passte nicht zu der mir bekannten Welt.

Nicht weit von mir entfernt stieg Rauch durch ein Gitter im Boden auf. Graubraune Wände erstreckten sich neben mir in die Höhe, gestampfte dunkelgraue Erde war unter mir, sie war hart wie Stein. Ich versuchte, meinen Blick zu schärfen. Wo war ich bloß?

Verwirrt rappelte ich mich auf. Doch der Boden war weich wie Moos und gab nach, wankend stützte ich mich an der Wand neben mir ab. Einen Wimpernschlag später war der Boden wieder fest. Unsicher schaute ich umher. War ich in einem Flur? Einer Gasse?

Ein eigenartiger Geruch lag in dem Rauch, der aus dem Gitter strömte. Er erinnerte mich an Essen und dann doch wieder nicht. Sonderbar.

Ich hob den Blick, hoch über mir waren einige Fenster zu sehen und ein Zaun, wahrscheinlich aus Metall oder ähnlichem Material. Er rostete – ganz bestimmt war das Rost.

Der graue Himmel war kaum auszumachen, obwohl es Tag war, oder? Das war doch der Himmel? Er musste es sein, wenn das neben mir Häuser waren. Sonderbare, das musste ich zugeben, so pfeilgerade und lieblos, aber den Fenstern nach zu urteilen waren das sicher Häuser.

Meine Finger zitterten immer noch. Ich fasste mir an die Stirn, aber den blöden Schwindel konnte ich dadurch auch nicht vertreiben.

Dieses Rauschen wurde wieder lauter, der Boden vibrierte ganz leicht. Ich schaute nach vorn. Eine schwarze Kiste fuhr an der Gasse vorbei. Als sie verschwand, hörte auch das Rauschen wieder auf.

Wo zur Hölle war ich? Das Unwissen darüber saß wie ein schwerer Brocken in meinem Nacken. Auf wackeligen Beinen ging ich diese sonderbare kleine Straße zwischen den riesigen Gebäuden entlang.

»Rachél?« Vielleicht war sie mir gefolgt? »Ich bin hier!«, rief ich wiederholt, dann lauschte ich.

Nichts.

Ein paar Schritte später war ich am Ende der Gasse angelangt. Ich trat hinaus auf eine Art Hauptstraße, meine Kinnlade ging langsam nach unten und wurde länger. Auf der anderen Straßenseite waren zwei Menschen – ich konnte eindeutig die verkümmerten Ohren erkennen! Es waren ein Mann und eine Frau, sie redeten angeregt miteinander und verschwanden kurz darauf durch eine Tür.

Ich riss die Augen auf, schreckte zurück. Eine riesige rote Kiste auf Rädern donnerte nah an mir vorbei.

Hilfe! Weiter hinten standen mehrere von diesen Dingern und dann dämmerte es mir: Das waren Autos! Mias Manius hatte uns vor langer Zeit davon erzählt. Es war nicht viel, was er darüber gesprochen hatte, nur so viel, damit wir etwas besser verstehen konnten, wie die Menschen lebten. Und er hatte uns einige Zeichnungen davon gezeigt. Auch von anderen Maschinen, Zügen zum Beispiel, oder modernen Geräten für die Bildhauerei. Schleifmaschinen, Bohrer, Elektrosägen. Alles Dinge, die unsere Schützlinge vielleicht benutzen würden.

Aber wenn das da drüben Autos waren, dann ...

Oh Göttin!

Passierte mir das gerade wirklich?

War ich auf der Erde? Ging das denn? Ich konnte kaum einen klaren Gedanken fassen, lief die Straße entlang und überlegte angestrengt. Vielleicht war ich zu tief in das Bild eingetaucht, welches mir das Mondwasser hatte zeigen wollen? Bei den anderen Zehn war der auserwählte Mensch im ovalen Spiegel zu sehen gewesen, aber bei mir? War ich jetzt doch Muse geworden? Oder tröpfelte nur der Spuk eines Traumes über die Umgebung? Konnte es so sein?

Zum Glück drang immer mehr Kraft in meinen Körper, das Zittern verschwand allmählich. Verunsichert ging ich weiter und hoffte, bald Klarheit zu erlangen.

Doch das Einzige, was vertraut auf mich wirkte, waren die Bäume, welche vereinzelt zwischen der Straße mit den Autos und meinem Weg wuchsen. Ich blieb unter einem stehen und schaute umher. Meine Sorgen wurden immer größer, ich sah ja komplett anders aus. Wie würden die Menschen auf mich reagieren?

Keiner war unterwegs, nur selten fuhr ein Auto an mir vorbei. Ich wartete, bis das nächste kam, und winkte hoffnungsvoll. Aber der Fahrer reagierte nicht auf mich, also ging ich weiter und hoffte, auf einen anderen Menschen zu treffen, denn mir brannten viele Fragen auf der Zunge.

Als ich endlich eine Stimme hörte, beschleunigte ich meine Schritte. In einer breiten Seitenstraße stand ein Mann. Er redete mit keinem lebenden Wesen, sondern in ein schwarzes Ding hinein. Ich versuchte, mich zu erinnern, was das war, aber ich hatte den Namen vergessen.

»Entschuldigung«, sagte ich höflich und hoffte, er würde sich nicht allzu gestört fühlen. Aber er würdigte mich keines Blickes, sondern setzte sich auf eine Bank unter einem gläsernen Dach. Ich blickte nach oben, es hatte angefangen zu regnen. Das war mir gar nicht aufgefallen – ich war zu sehr damit beschäftigt gewesen, die Situation zu erfassen.

»Bitte um Verzeihung«, setzte ich erneut an. Doch da fuhr ein riesiges Auto an den Straßenrand und hielt an. Mir fiel die Zeichnung dazu wieder ein: Das war ein Bus.

Der Mann stand auf und kam auf mich zu, ich nutzte die Gelegenheit und beeilte mich. »Bitte, ich brauche Hilfe, ich weiß nicht wo ...« Er hörte mich nicht, er sah mich nicht, er ging schnurstracks durch mich hindurch.

Durch mich! Einfach hindurch!

Mein Herz hämmerte, ich sprang zur Seite und einige Schritte von dem Mann fort.

War das eben ein Geist gewesen? Oh, ich hatte von solchen bizarren Dingen gehört, aber man hatte uns nicht allzu viel darüber verraten, damit wir uns auf die Kunst der Menschen konzentrierten.

Aufregung pulsierte in meinen Ohren, ich musste einen klaren Kopf behalten! Hier ging es nicht mit rechten Dingen zu. Darum rannte ich zum nächsten Baum, um darunter Schutz zu suchen. Ich brauchte das vertraute Blätterrauschen dringend in meiner Nähe, denn ich war kurz vorm Ausflippen. Also lehnte ich mich an den Baumstamm, sortierte mich und beobachtete die Umgebung genauer. Es war eindeutig Abend, denn es dämmerte. Lichter auf Stangen schalteten sich ein und beleuchteten die Wege.

Ruckartig fuhr ich herum. Eine Gruppe von unterschiedlich großen Menschen kam den Weg entlang. Sie trugen alle kuppelförmige Dächer an einer Stange. Das sah wunderlich aus, aber offensichtlich war es ein Schutz gegen Regen. Ich spürte, wie sich meine Augenbrauen verwundert zusammenschoben, denn bei uns in der Anderwelt setzte man sich eine Wollkapuze oder Kappe auf den Kopf, um nicht nass zu werden.

Sonderbar hin oder her, ich brauchte dringend Antworten, darum trat ich unter dem Baum hervor und gab mich zu erkennen. Bestimmt guckten alle gleich verwundert, wenn sie mich sahen, schließlich hatte ich spitze Ohren, lange weißblonde Haare und eine völlig andere Kleidung. Zum Glück trug ich immer noch die Festkleidung, diese war eindeutig schöner als das gelbstichige Hemd und die abgetragene Hose.

Um die Menschengruppe nicht zu überrumpeln, redete ich mit sanfter Stimme. »Bitte verzeiht, mein Name ist Dian. Darf ich kurz stören?« Keiner sah mich an. In meinem Bauch rumorte es, ich schluckte den Ärger über die Unhöflichkeit hinunter. So verhielt man sich bei uns nicht. »Bitte, ich habe nur ein paar Fragen!«, sagte ich nun lauter, konnte ja sein, dass diese Erdenbewohner schlecht hörten.

Doch die Menschen gingen an mir vorbei und stellten sich unter das gläserne Dach. Zwei von ihnen setzten sich auf die Bank. Ich ging ebenfalls zu dem Unterstand hinüber.

»Könnt ihr mir bitte sagen, wie dieser Ort heißt?«, fragte ich in übertrieben höflichem Ton. Eine Antwort erhielt ich aber nicht, im Gegenteil. Sie ignorierten mich. »Wisst ihr es vielleicht auch nicht? Wen könnten wir fragen?« Keine Reaktion. Aha. Ignoranz, wohin ich blickte. Total sinnlos, mit denen zu reden, aber ich probierte es weiter. »Hallo?« Die Menschen taten, als wäre ich nicht da. »Seid ihr etwa auch Geister wie der Mann von vorhin?«, fragte ich frech, doch alle blieben stumm. Langsam reichte es mir. »Warum antwortet mir keiner?«, sagte ich ungehalten und endlich sah mich eine Frau an. Ihre Locken waren kupferfarben, die Nase rundlich, ebenso die Figur. »Ich bin Dian. Es tut mir leid, ich wollte nicht laut sein, aber ich ...«

Als ich den Bus hinter mir bemerkte, war es schon zu spät. Die Frau mit den Locken stand auf, die ganze Gruppe beeilte sich, durch den Regen zu rennen, um in den Bus zu steigen, und ging durch mich hindurch, als bestünde ich aus Luft.

»Hey!« Erschrocken sprang ich zur Seite. Das war total verstörend! Wie ging so was? Lebten hier nur Geister? War ich nur in dem Spiegelbild des Mondwassers gelandet? In einem Zerrbild? Aber die Frau hatte mich doch vorhin angesehen! Direkt in meine Augen! Nach Luft schnappend stand ich da und wusste nicht mehr weiter.

Kleine Drachenlady

Der Bus war lange fort. Ich verharrte immer noch im Regen und verstand die Welt nicht mehr. Manchmal gingen Menschen an mir vorbei, aber keiner nahm Notiz von mir. Nicht mal der Regen, der zwar vom Himmel fiel, mich jedoch nicht berührte. Es war, als würde er durch mich hindurchfallen.

War ich vielleicht der Geist? Ich kniff mir in den Arm, es schmerzte. Also nein. Ich schüttelte den dummen Gedanken von mir, gab mir einen Ruck und ging einfach weiter. Wahrscheinlich befand ich mich nur am falschen Ort. Bestimmt gab es in dieser Stadt eine Ecke für Geister und eine andere für normale Menschen. Keine Ahnung, wie ich auf den Gedanken kam, aber er schenkte mir Hoffnung.

Aber was war mit dem Regen? Neugierig streckte ich meine Hände aus und beobachtete die herabfallenden Tropfen. Meine Haut wurde nicht nass, mein Hemd auch nicht. Hm.

Ein schwerer Klumpen bildete sich in meinem Magen, langsam bekam ich Angst und doch ging ich tapfer weiter.

Inzwischen war es dunkel geworden und jeder Mensch, den ich ansprach, ignorierte mich. Ich kam an eine stark befahrene Straße, beobachtete die Leute und wanderte mit ihnen darüber, als es mir sicher erschien. Obwohl ich nah bei den Menschen war, bemerkte mich keiner. Ich schluckte den Kloß im Hals hinunter, auch die Wahrheit, der ich mich stellen musste. Sie war so klar wie der Wind, den man spüren, aber nicht greifen konnte. Ich wollte den Tatsachen keinesfalls ins Auge sehen.

In meinem Durcheinander verfolgte ich zwei äußerst gut gelaunte Frauen, die eine Gaststätte aufsuchten. Ich beobachtete durch die großen Fenster, wie sie sich an einen Tisch setzten, die Jacken auszogen und fröhlich plapperten.

In dem Haus war es warm und trocken. Und sie hatten etwas zu essen. Drinnen zu sein, war besser, als hier draußen herumzustehen, und ihre fröhlichen Gesichter zu sehen, würde meinem zerrütteten Innersten bestimmt guttun.

Ich gab mir einen Ruck und marschierte zielstrebig auf die Tür zu, wollte meine Hand auf die Klinke legen, um sie zu öffnen, aber ich konnte es nicht. Ich war nicht in der Lage, den Türgriff herunterzudrücken! Oh Göttin! Was war los mit mir? Geschockt berührte ich die Tür – sie war hart, ich konnte es gut fühlen –, aber sie zu bewegen und zu öffnen vermochte ich nicht.

Das bleischwere Gewicht einer schlimmen Erkenntnis legte sich auf mich: Ich war der Geist! Ich war tot!

Gefangen in einer fremden Welt.
Verloren und allein.

Ich irrte durch die Straßen. Bewies mir selbst, dass es mich nicht gab, indem ich absichtlich durch Menschen hindurchrannte. Sie bemerkten mich nicht. Auch nicht meine flehenden Worte, die ich ihnen ständig zuwarf.

Verzweiflung schnürte meine Kehle ab und würgte mich regelrecht, es gab kein Entfliehen. Rachéls Vision von der fremden Stadt war wahr geworden. Würde sich der Rest auch noch erfüllen? Das Blut, die Geräusche? Ich versuchte, mich an

Nanas Worte zu erinnern, aber gleichzeitig wollte ich nicht daran denken. Die schwarze Nacht hatte mich mit aller Gewalt in ihren Fängen, sie schlug ihre Nägel in mein Fleisch, krallte sich an mich und ließ mich kaum atmen.

Unsichtbar, ich bin für alle unsichtbar, hämmerte es in meinem Kopf. Ich bin tot. Ein Geist, es gibt mich nicht mehr.

Irgendwann dämmerte die Umgebung, ich nahm es nur am Rande wahr. Hatte damit zu tun, meinen Tod zu verarbeiten und die Tatsache, dass ich jetzt ein Geist in meiner persönlichen Hölle war.

Aber hey – es hatte auch einen Vorteil! Ich war weder müde noch bekam ich Hunger. Zähneknirschend versuchte ich, das Ganze mit schwarzem Humor zu sehen. Aber es deprimierte mich nur.

Der Morgen war noch früh, dennoch kamen die Menschen wie Ameisen aus ihren Häusern und gingen einem geschäftigen Treiben nach. Gedankenversunken irrte ich zwischen ihnen herum. Ging an Geschäften vorbei und fand einen Stadtteil, der schöner war als die Gasse, in der ich wach geworden war. Die meisten Gebäude hier waren aus roten Backsteinen, vor vielen Türen standen Töpfe mit Pflanzen und hübschen Dekorationen.

Aus der ewig grauen Himmelsdecke kamen leider noch immer Regentropfen. Oder schon wieder. Wer wusste das schon so genau.

Wie die Regentropfen, so tröpfelte auch die Zeit dahin und am Abend fand ich einen kleinen Park, dort setzte ich mich auf eine Bank, die neben einem Baum stand. Nicht, dass ich müde war, nein. Ich war des Herumlaufens überdrüssig geworden und wenigstens konnte ich mich hinsetzen. Zumindest das klappte ...

Ein schwacher Trost.

Der Abend wechselte abermals in die Nacht, der Regen hielt sich hartnäckig. Teilnahmslos saß ich hier und wartete. Aber auf was?

Am Morgen ließ der Regen endlich nach, die Sonne animierte mich zum Weitergehen. Ich schlenderte die Straßen entlang und bemerkte, dass ich mich kaum noch spürte. Gut, da war diese Schwere in mir, aber das fehlende Hungergefühl machte meinen Körper sonderbar taub.

»Du bist tot, Dian«, redete ich zu mir selbst. »Was hast du erwartet?«

Ich kam in eine belebte gepflasterte Straße, in der keine Autos fuhren. Der warme Sonnenschein lockte viele Menschen in diese kleinen Gaststätten, die ein paar Stühle und Tische vor der Tür auf dem Pflaster stehen hatten. Dort saßen sie nun mit dunklen Brillen auf den Nasen an kleinen Tischen und tranken Kaffee.

Ich beobachtete die Leute, die sich augenscheinlich wohlfühlten, und war neidisch auf sie, denn meine sonst so fröhliche Stimmung war gestorben, genauso wie ich. Hinüber. Vorbei.

Trotzdem begann ich zu pfeifen, es waren leider keine singenden Vögel da, die in mein Lied mit einstimmten, nur ein paar überfressene graue Tauben. Also hörte ich wieder damit auf und lehnte mich an eine Hauswand, um die Menschen zu beobachten. Vielleicht gab es ja etwas, das mir bisher noch nicht aufgefallen war und mir Aufschluss über den Ort geben konnte.

Nicht weit von mir entfernt drückten sich die Leute gegenseitig die Klinke in die Hand. Da war eine Gaststätte, die sehr viele anlockte. Heraus kamen alle mit einer hohen Tasse, die oben verschlossen war. Ich wäre neugierig genug auf das Innere der Gaststätte gewesen, aber als Geist konnte ich wohl nichts öffnen oder bewegen. Keine Ahnung warum ...

Über Stunden lehnte ich an der Hauswand, mein Blick war bald verloren, über meine Sinne legte sich Nebel. Nicht mal die fetten Tauben nahmen Notiz von mir.

In der Ferne sah ich ein gebogenes Schild, welches in der Höhe an zwei gegenüberliegenden Häusern befestigt war und sich quer über den ganzen gepflasterten Weg spannte. Darauf stand *Festival der Kinder* und ein paar Zahlen. Links und rechts davon waren Kindermalereien abgebildet und direkt auf dem Schild saßen drei dieser grauen Tauben. Ich sah sie an und begann wieder, ein Lied zu pfeifen. Nur ganz leise, um mich an meine Heimat zu erinnern, an den Wald, die Singvögel und die zwanzig Kaninchen.

An Prinz und Nana Rachél.

Das alles machte mich so traurig, doch das Liedchen half mir, nicht völlig in meiner Trauer zu ertrinken.

»Nein, Mamma, ich muss vorher noch die Farben kaufen.«

Mein Kopf schnellte in die Höhe. Diese Stimme – so leicht wie ein Federchen, so weich wie zartes Moos. Etwas tief in mir vibrierte.

»Keine Angst, ich habe noch genug Zeit. Der Kunstladen ist nicht mehr weit.«

Ich hielt die Luft an. Diese melodische Stimme, die in meinen Ohren nachklang wie ein Wasserfall aus gesponnener Seide, kam von einer jungen Frau. Oder war es ein Junge mit heller Stimme?

Ich stand auf, denn er oder sie kam immer näher.

»Wir telefonieren später, Mamma. Ich melde mich, wenn ich in meinem Zimmer bin.«

Meine Blicke huschten über den zarten Körper des Menschen, ich versuchte zu verstehen, warum mein Herz vor Aufregung pochte und diese Stimme in mir vibrierte.

»Ja. Ich dich auch, Mamma.«

Ein Lachen, so hell wie ein Sonnenstrahl. Es wärmte meine Brust und vertrieb meine schweren Gefühle.

Die kleinen Sommersprossen tanzten auf des Menschen Nase, während er lachte, da er so fröhlich war.

»Ich bin nur ein Jahr in England, Mamma. Du musst mir nichts zu essen schicken, ich bin mir sicher, hier gibt es auch hausgemachte Pasta.«

Und wieder lachte dieser zauberhafte Mensch, er blieb stehen und war mir nun ganz nah. Jetzt erkannte ich, dass es ein Mädchen war. Eine noch sehr junge Frau, um genau zu sein. Sie hatte eine knabenhafte Figur, war viel kleiner als ich und trug ihre dunkelbraunen Haare ganz kurz.

»Natürlich schicke ich dir Fotos, das habe ich dir ja versprochen. Aber jetzt muss ich aufhören. Bis später, ciao!«

Die zarte Frau steckte das schwarze Ding wieder ein, in das sie hineingesprochen hatte, und blickte sich suchend um. Dann wechselte sie die Straßenseite und verschwand in der Gaststätte.

Verunsichert ging ich ihr nach und wartete, bis sie wieder herauskam. Sie trug nun auch eine dieser hohen Tassen und trank daraus, während sie die gepflasterte Straße entlangging.

Mein Herz flatterte regelrecht.

Ich verstand nicht, warum es das tat, aber meine Neugierde trieb mich voran, ich ließ die kleine Frau nicht mehr aus den Augen. Sie schlenderte ohne Eile, trank und blieb vor einem Laden mit einer Holztür stehen.

Art and Paper stand auf dem Schild, ich warf einen interessierten Blick durch das Fenster. Im Laden standen haufenweise Regale, über und über mit Farben, Papier und Pinseln bestückt.

Jetzt raste mein Herz regelrecht. Das hatte sie also vorhin mit Kunstladen gemeint! Das war ja ein Paradies für alle, die sich der Malerei verschrieben hatten.

Ich betrachtete die Kleine von der Seite. Konnte das eine Künstlerin sein? Meine vielleicht? War ich doch als Muse hier? Diese und viele andere Fragen huschten durch meinen Kopf, aber sie verunsicherten mich noch mehr. Schon wieder falschen Hoffnungen hinterherzujagen, wollte ich vermeiden. Und trotzdem trieb mich die Neugierde so weit, dass ich gleichzeitig mit der jungen Frau, nein durch sie hindurch in den Kunstladen hineinging.

Drinnen angekommen, musste ich mich erst einmal sortieren und verinnerlichen, was ich gerade getan hatte. Die Frau hatte mich nicht spüren können, ich sie ja auch nicht, aber gerade das war so irrsinnig, dass meine Knie schlotterten.

»Kann ich Ihnen helfen?«

Eine andere Frau kam heran. Meine Kinnlade klappte nach unten, denn ihre langen Haare waren bunt. Eine Hälfte blau, die andere pink. Ich rieb mir dir Augen und blinzelte erstaunt.

»Ich hoffe es«, antwortete die kleine Frau, der ich gefolgt war. »Haben Sie Farben der Marke Usaij?«

»Ja klar. Das sind die besten Farben auf dem Markt. Folgen Sie mir.«

»Oh Gott, mir fällt ein Stein vom Herzen!«

Ich konnte ihre Erleichterung regelrecht spüren und folgte der bunten Verkäuferin ebenfalls. Sie ging zwischen den mit Malutensilien vollgestopften Regalen hindurch.

»Ich male seit Jahren nur mit diesen Farben«, erzählte die Kleine mit den Sommersprossen unaufgefordert. »Sie hier kaufen zu können, ist mir lieber, als sie im Internet zu bestellen.«

»Das ist mir auch lieber.« Die Bunte blieb stehen, lächelte und strich ihre blauen Haare hinters Ohr. »Sie sind nicht von hier?«

»Aus Italien. Hört man das?«

Sie nickte und legte den Kopf schräg. »Der Akzent ist süß.«

»Und trotzdem versuche ich, ihn zu vertuschen.« Sie lief rot an. Ich fragte mich warum.

Beide sahen sich einige Sekunden in die Augen. Die Lippen der Verkäuferin formten sich zu einem Schmunzeln. »Wenn du noch was brauchst, melde dich.«

»Klar.« Wieder hielten sie einige Sekunden Blickkontakt, dann ging die mit den bunten Haaren wieder in den vorderen Teil des Ladens. Die junge Frau schaute ihr hinterher, ehe sie sich den Farben im Regal widmete.

Ich beobachtete jeden ihrer Handgriffe, sie holte sich eine große Packung mit den Hauptfarben, dann Pastellkreiden und noch ein paar besondere. Goldschimmer zum Beispiel. Und Kupferflocken. Auch Perlmuttglanz, verschiedene Pinsel und jede Menge Pasten, bis nichts mehr auf ihrem Arm Platz hatte und sie zu der Verkäuferin gehen musste, um alles auf dem Tresen abzulegen.

»Oh wow. Hast du ein Großprojekt vor?«, fragte die Bunte.

»Äh, nein. Ich brauche das alles für den Kunstunterricht. Hast du auch handgemachtes Büttenpapier da?«

»Wenn du mir deinen Namen verrätst.« Sie grinste, zeigte strahlend weiße Zähne und einen silbernen, kleinen Ring unter ihrer Lippe.

Ein schöner Schmuck, ich wusste gar nicht, dass so was möglich war. Bei uns gab es das nicht.

»Nur dann?«, konterte die Kleine.

Die Verkäuferin lachte. »Nein, aber ich bin zu neugierig auf den Namen der süßen Italienerin mit den niedlichen Sommersprossen.«

Die Kleine lief schon wieder rot an. Sie versuchte, es zu verbergen, und blickte zu Boden. »Sienna. Sienna Santis. Und du?«

Als ich ihren Namen hörte, wurde mir warm ums Herz, da ich sofort an die Erdfarbe Sienna und an Farbpülverchen denken musste. Hatte die Blau-Pinke auch einen Farbnamen? Gespannt horchte ich den beiden zu.

»Cecily Bell.«

Okay, schade. Aber er klang auch schön. Zumindest schien die Kleine angetan zu sein, das verriet mir ihr verlegener Gesichtsausdruck.

»Ich werde ab jetzt bestimmt Stammkundin in deinem Laden sein«, sagte sie.

»Es ist nicht mein Laden, aber ich freue mich schon jetzt, wenn du wiederkommst.«

Sie schwiegen sich einen Augenblick an. »Ähm. Das Büttenpapier?«, fragte Sienna schließlich.

Cecily streckte den Finger aus und zeigte auf einen Gang zwischen zwei hohen Regalen. »An der Tür da drüben stehen übrigens Körbe, das erleichtert den Einkauf.«

»Sind mir gar nicht aufgefallen«, nuschelte die Kleine verlegen zur Antwort.

Die Verkäuferin mit den blau-pinken Haaren blickte ihr hinterher, als sich Sienna einen der Körbe holte und zwischen den hohen Regalen verschwand. Dort nahm sich die italienische Künstlerin das handgemachte Papier, sie musste sich auf Zehenspitzen stellen und ordentlich durchstrecken, um noch ein besonderes Papyrus von oben nehmen zu können. Danach schlenderte sie durch die Gänge, entschied sich auch noch für Tusche und Feder und verschiedene Stifte.

Während sie diese auswählte, sog ich alle Eindrücke des wundervollen Ladens in mich auf und bedauerte, keinen festen Körper mehr zu haben, denn die Farbpülverchen zogen mich magisch an. Wie gern ich sie vermischt und etwas Neues daraus erschaffen hätte! Ich seufzte leise meinen Kummer hinaus und ging wieder zu Sienna, die inzwischen bereits bezahlt hatte und dabei war, mit drei großen Taschen den Laden zu verlassen.

»Bis zum nächsten Mal!« Cecily winkte ihr nach.

Sienna hatte keine freie Hand, um zu winken. Sie lächelte stattdessen breit und ließ die Sommersprossen tanzen. »Ganz bestimmt schon bald!«

»Ich freu mich«, sagte die Verkäuferin noch schnell. Aber die kleine Italienerin war bereits durch die Tür gegangen.

Eilig huschte ich ebenfalls hindurch. Diesmal achtete ich darauf, nur knapp hinter ihr zu sein und nicht mittendrin! Das war immer noch verstörend, wenn ich daran dachte. Ob ich mich je an das Leben eines Geistes gewöhnen würde, war fraglich. Im Moment hatte ich noch damit zu kämpfen ...

Umso besser für mich, dass ich etwas hatte, auf das ich mich konzentrieren konnte: Sienna.

Ich heftete mich an ihre Fersen, blieb immer nah bei ihr, aus Angst, sie womöglich aus den Augen zu verlieren.

Es tat mir leid, dass ich ihr nicht helfen konnte, die Einkäufe zu tragen, denn die vielen Farben und Pasten waren offenbar schwer. Immer wieder stellte sie die Taschen kurz ab, dann atmete sie tief durch und ging wieder weiter. Es dauerte einige Zeit, bis wir an das Ende der Pflastersteinstraße kamen.

Dort, an einer Straße, auf der wieder Autos fuhren, winkte die kleine Italienerin ein schwarzes Fahrzeug heran, welches am Straßenrand stehen blieb. Es hatte ein Schild mit der Aufschrift *Taxi* auf dem Dach, keine Ahnung, was das heißen sollte, aber ich verstand schnell, dass Sienna in dem Auto mitfahren würde.

Sie redete kurz durch ein offenes Fenster mit dem Lenker und öffnete die hintere Tür.

Ohne lange nachzudenken, krabbelte ich hinein und rutschte eilig ganz ans gegenüberliegende Fenster hinüber, denn schon stellte sie die Taschen ein Stück in mich hinein auf die Bank, setzte sich und schloss mit einem lauten Knall die Tür.

Oje. Nun saß ich hier und fragte mich, warum ich das überhaupt konnte. Weil das Mädchen die Tür geöffnet hatte? Weil ich zwar auf etwas sitzen und stehen, aber nichts anfassen konnte? Waren meine Geisterhände kaputt, vermochte ich sie deshalb nicht zu verwenden? Sienna riss mich aus meinen rasenden Gedanken.

»Ich muss in den Stadtteil Paintfield zum Kunsthaus Tooly.« Sie beugte sich etwas vor. »Ich glaube, es ist in der Artstreet vierzig. Ich hab die genaue Adresse dabei, Moment, ich schau nach.« Sie kramte in ihrer Jackentasche.

»Nicht nötig. Es ist die Nummer vierundvierzig, Madam. Toolys berühmte Galerie ist ein beliebtes Touristenziel.« Der Wagenlenker fuhr los.

Sienna lehnte sich entspannt zurück.

Mir hingegen wurde so richtig bange. Zum einen stand die Hälfte der vollgefüllten Taschen in mir drin – was ich nicht spürte und sich doch komisch anfühlte. Ich musste dem Drang widerstehen, wegzurutschen, denn das würde nichts bringen. Direkt neben mir war das Fenster und die restliche Bank war belegt. Das andere, was mir zu schaffen machte, war die Autofahrt selbst.

Klar, ich war schon mal ein kurzes Stück mit einer Kutsche unterwegs gewesen, aber das hier? Nein, es gab nichts, womit ich das vergleichen konnte! So viele andere Autos und andere Gefährte waren unterwegs. Ein Fahren, Stoppen, Kurve links, Kurve rechts. Oh Göttin. Obwohl ich tot war, wurde mir schlecht und als wir endlich angekommen waren, zögerte ich nicht, sprang aus dem Wagen, noch ehe Sienna aussteigen konnte.

Draußen stand ein hoher Eisenzaun, ich krallte mich daran fest und bemühte mich, meinen Atem unter Kontrolle zu bringen. Alles um mich herum wackelte wie bei einem Erdbeben, meine Wahrnehmung spielte verrückt. Die kleine sommer-sprossige Italienerin bekam von meinem Anfall zum Glück nichts mit. Sie bezahlte, stieg seelenruhig aus und bedankte sich beim Wagenlenker, während sie ihre Taschen aus dem Wagen holte.

Wie ein Betrunkener hing ich am Eisenzaun und mühte mich ab, nicht umzufallen. »Reiß dich zusammen, Dian«, motzte ich mich selbst an. Von außen betrachtet hatte das Autofahren nicht so schlimm ausgesehen!

Sienna hob den Kopf und blickte sich um.

Hatte sie mich gerade gehört? »Hallo?« Ich sagte es leise und vorsichtig.

Sie drehte sich nun genau in meine Richtung, aber da war natürlich keiner. Okay, doch. Ich stand da! Ein Geist, dem gerade übel war.

Ich nahm die Hände von dem Zaun, der Boden wankte immer noch, aber nun war es erträglich. Wahrscheinlich weil es in meinem Kopf ratterte, ich versuchte herauszufinden, ob mich Sienna nun gehört hatte oder nicht. Dann widmete sie sich wieder ihren Taschen und warf die Autotür zu.

Ich trat einen Schritt näher an sie heran. »Bitte erschrick nicht«, sagte ich so behutsam wie nur möglich.

Sie zuckte zusammen. »Wer ist da?« Ihre Stimme bebte, sie sah mit großen Augen umher.

»Dian«, erwiderte ich.

Eine Angst, rasend wie eine heftige Windböe, rauschte durch die kleine Italienerin. Sie ging rückwärts, dann eilte sie in die Einfahrt, um vor der Stimme zu flüchten. Vor mir!

»Das wollte ich nicht«, flüsterte ich kaum hörbar und sah ihr nach.

Dass sie Angst vor mir hatte, schmerzte in meiner Brust. Gleichzeitig spürte ich Freude – sie hatte mich definitiv gehört!

Aber um sie nicht noch mal zu erschrecken, hielt ich nun etwas Abstand.

Sie steuerte mit schnellen Schritten geradewegs zwei große, längliche Gebäude an. Die Auffahrt teilte sich in zwei Wege, an der Abzweigung standen große Steine, darauf waren Täfelchen aus Metall befestigt: Auf dem linken stand *Toolys Art School,* auf dem rechten *Tooly Galerie.*

Sienna blickte immer wieder über ihre Schulter, um zu überprüfen, ob ihr jemand folgte, und eilte Richtung Kunstschule. Am rechten Gebäude angekommen, stieß sie eine der hölzernen Flügeltüren auf, ließ die Taschen auf den Boden fallen, um beide Hände frei zu haben, damit sie die Tür schnell schließen konnte. Ihr Atem ging schnell, als sie sich an die Eingangstür lehnte und eine Hand auf ihre Brust presste, um sich zu beruhigen.

Es tut mir so leid, sagte ich in Gedanken zu ihr, da ich ihre Angst regelrecht spüren konnte.

Die kleine Italienerin kam nicht zur Ruhe, sie schreckte wieder auf. Von oben trabte jemand die Treppe herunter.

»Sam, bitte warte auf mich!« Es war die noch weit entfernte Stimme eines Mannes.

Schon konnten wir einen dürren, hochgewachsenen Jungen mit mittellangen schwarzen Haaren sehen, die ihm in die Stirn fielen. »Bin bald unten«, rief er monoton. Es war nicht dieselbe Stimme, die zuvor gerufen hatte. Der Junge, er war höchstens sechzehn Jahre alt, entdeckte Sienna und blieb auf dem Treppenabsatz stehen. Ganz kurz sah er in meine Richtung, dann wieder zu ihr. Er verzog unsicher den Mund. »Taro?« Die junge Frau irritierte ihn sichtlich und er wirkte erleichtert, als dieser Taro um die Ecke kam.

Dieser junge Mann war eher in Siennas Alter, von der Figur her deutlich muskulöser gebaut als der Bursche und trug eine grüne Stoffmütze. Schwarze Haarspitzen blitzten darunter hervor. »Du bist bestimmt die Neue von 8B?«, fragte er sofort.

»Äh ja.« Sienna stieß sich von der Tür ab, an der sie gelehnt hatte, blickte nervös hinter sich, obwohl da nur das Holz war, und schaute wieder zur Treppe. »Woher weißt du das?«

»Hier spricht sich alles schnell herum.« Er nahm die letzten Stufen, ging an dem dürren Jungen vorbei und streckte ihr die offene Hand entgegen, die sie verunsichert nahm.

Oje.

Ich hatte die selbstbewusste Frau mit meinen Ansprechversuchen ganz schön aus der Bahn geworfen ... Ich wusste nicht, wie ich mich bei ihr entschuldigen konnte, ohne es noch schlimmer zu machen ...

Wenigstens wurde sie durch den Mann von ihrem Schreck abgelenkt.

»Hi, ich bin Taro Le. Wir wohnen in 8C, sind also deine direkten Nachbarn.« Als er lächelte, wurden seine mandelförmigen Augen so schmal, dass er sicher kaum noch etwas sehen konnte. »Der hinter mir ist Sam, mein kleiner Bruder.« Er beugte sich etwas vor, um zu flüstern. »Er ist Autist und hat so seine Schwierigkeiten mit Neuen, also wundere dich nicht.«

Der Junge blickte zu Boden und drehte sich etwas ab. »Asperger-Syndrom und ich kann gut hören. Taro, wir müssen gehen, sonst kommen wir zu spät. Wir dürfen aber nicht zu spät kommen.«

»Wir haben noch Zeit.« Sein Bruder winkte ab.

Sienna griff nach ihren Taschen und hob sie hoch. »Lasst euch von mir nicht aufhalten.«

»Quatsch, ich kann dir zeigen, wo du hinmusst.«

»Dritter Stock, ich weiß genau wohin.« Das klang ablehnend. Sie lächelte, aber es sah gequält aus. Die Nervosität, die meine Stimme ausgelöst hatte, bemerkte ich trotzdem. Sie hing ihr noch wie eine unheilvolle Bedrohung im Nacken, darum blickte sie sich auch unsicher um.

»Ich sehe schon, du brauchst meine Hilfe nicht.« Taro fasste sich an die grüne Mütze und rutschte den dünnen Stoff ein klein wenig nach hinten.

Die kleine Frau wirkte gestresst. »Ich komm klar. Aber danke.«

Sam stand immer noch an derselben Stelle und schaute auf nichts Bestimmtes. »Hast du gehört, Taro? Sie kommt klar. Lass uns gehen.« Wieder blickte er ganz kurz in meine Richtung. Es wirkte mehr wie ein Versehen, denn sofort wanderte sein Blick irgendwo anders hin.

»Mein Bruder will zweimal die Woche in die Ausstellung ge-hen«, erklärte Taro in einem entschuldigenden Tonfall. »Wenn du später doch was brauchst, melde dich. Heut Morgen wurden deine Kartons angeliefert, ich hab den Wohnungsschlüssel in der Lampe neben der Tür für dich deponiert. Wusste nicht, wann du ankommst.«

»Du warst in meiner Wohnung?«

Er lächelte. »Ich bin das Mädchen für alles hier. Der Haus-meister sozusagen.«

Ihr Widerstand schien zu brechen. »Ach so. Gut, dann ... man sieht sich.«

»Ganz bestimmt.«

Sie nickte und steuerte auf die Treppe zu, an der Sam noch immer stand. »Viel Spaß in der Ausstellung. Ich freue mich auch schon, sie zu sehen.«

»Wird dir gefallen.« Der dürre Junge mit der monotonen Stimme huschte an ihr vorbei und verschwand mit Taro nach draußen.

Sienna ging ein paar Stufen rauf. Als die Tür hinter ihr ins Schloss fiel, hielt sie kurz inne und blickte nach unten. Ich wurde das Gefühl nicht los, dass sie ahnte, dass ich ihr folgte. Denn ab nun sah sie sich dauernd um. Das machte mich allerdings bald so nervös, dass ich Angst hatte, sie würde mich anblicken und nicht nur durch mich hindurchschauen.

Trotzdem musste ich in ihrer Nähe bleiben, sie jetzt aus den Augen zu verlieren, machte mir noch mehr Angst als alles andere. Diese junge Frau konnte mich hören, sie war meine einzige Hoffnung, um herauszufinden, wo ich war und wie ich mich aus meiner Lage befreien konnte. Falls es die Möglichkeit gab, wollte ich sie nutzen, nein ich musste sie nutzen! Als einsamer Geist auf der Erde herumzuirren, war keine Option.

Die kleine Italienerin fand die Wohnung 8B auf Anhieb, auch den Schlüssel, der in der Lampe hing. Kein sonderlich gutes Versteck, aber sie schien sich darüber kaum Gedanken zu machen, sondern beeilte sich, in die Wohnung zu kommen. Obwohl sie mir sofort den Weg versperrte, war ich schneller und schon plagte mich wieder das schlechte Gewissen.

Sie drehte den Schlüssel in Windeseile um und hängte auch noch eine kurze Kette, die am Türrahmen befestigt war, in eine Vorrichtung an der Tür, um sich sicher zu fühlen. Ich kam mir wie ein Eindringling vor. Aber was sollte ich sonst tun?

Sienna stellte die Taschen zur Seite, hängte ihre Jacke an einen Haken und ging sofort zu den Kartons, die neben zwei dick gepolsterten Sesseln standen, um die Lieferung in Augenschein zu nehmen. Sie wirkte zufrieden, bestimmt war alles angekommen, und ging in der Wohnung umher. Inspizierte die offene Küche, die Waschkammer, den kurzen Flur und die Schlafkammer. Die Möbel waren einfach, die Wände in Weiß gehalten. Das Bett war unbezogen, der Rahmen aus hellem Holz, ebenso der breite Schrank und das Nachtkästchen. Die junge Frau sah sich alles gut an und wirkte auf mich, als wäre sie ebenfalls zum ersten Mal hier. Danach ging sie in den Wohnraum zurück, schob einen halbtransparenten Vorhang zur Seite, öffnete eine gläserne Tür und trat hinaus an die frische Luft.

Auf dem Balkon stand ein Kübel mit einem verkümmerten Baum darin, ein weiterer mit einer fast kaputten Pflanze. Beide hatten schon lange kein Wasser mehr gesehen, und das, obwohl es gestern ewig geregnet hatte.

Auch jetzt bekamen sie nichts zu trinken. Sienna ging wieder zurück und begann damit, die Kartons auszuräumen und die Kammern wohnlich zu gestalten.

Ich lehnte mich inzwischen an die Wand neben der Eingangstür. Von dort konnte ich sie in Ruhe beobachten und ich versuchte, kein allzu schlechtes Gefühl zu empfinden, denn eines war klar: Ich überschritt aus reiner Verzweiflung eine Grenze.

Hatte ich denn eine andere Wahl? Ich verdrängte diese Gedanken und prägte mir jede Bewegung der kleinen Frau gut ein. Sie faszinierte mich, ich konnte kaum meinen Blick abwenden – und das war so falsch.

Sienna huschte zur Garderobe, aus ihrer Jacke kam Musik, sie holte das schwarze Ding von vorhin heraus. »Mamma, ich sagte doch, ich ruf an«, äußerte sie und legte es sich ans Ohr. »Ich muss mich erst mal einrichten, danach kümmere ich mich darum, den Kühlschrank zu füllen.«

Angetan schaute ich zu, wie sie sich auf einen der dick gepolsterten Sessel niederließ, ein Bein über die Armlehne legte und lange mit Mamma mithilfe des schwarzen Dinges redete, dessen Name mir nicht einfallen wollte. Sie erzählte von dem Kunstladen, der Frau mit den pink-blauen Haaren, Taro und Sam.

Die Tatsache, meine Stimme gehört zu haben, verschwieg sie. Ich fragte mich warum. Vielleicht hatte sie es inzwischen vergessen?

Oder ich hatte mir alles nur eingebildet. Wäre möglich, ich war schließlich nicht ganz bei mir.

Es klopfte an der Tür. Sienna verabschiedete sich von ihrer Mamma und sprang auf, um zu öffnen. Draußen stand Taro, er hatte eine Kiste mit Essen mitgebracht.

»Mein Einstandsgeschenk an dich.« Er lächelte, wieder wurden seine Augen sehr schmal. »Maja, deine Vorgängerin hat sich nämlich immer darüber beschwert, dass der Supermarkt zu weit weg sei.«

Sienna zog die Augenbrauen hoch. »Und du dachtest, der Weg wäre für mich ebenso beschwerlich?«

»Du machst es mir nicht leicht, was?«

»Ich bin klein, die meisten denken, sie müssten mir bei irgendwas helfen.«

»Du bist taff. Deine Größe bewerte ich nicht.«

Nun lächelte die Italienerin breit, sie war so wunderschön, wenn sie das tat. »Gute Antwort. Du kannst den Karton in die Küche bringen.«

Taro atmete übertrieben erleichtert aus und grinste. »Glück gehabt.« Er kam in die Wohnung und stellte sein Geschenk ab. »Tooly sagte mir, du kommst aus Mailand. Aber warum wolltest du ausgerechnet nach London? Stete Sonne gegen ewigen Nebel eintauschen?«

»Die Gelegenheit, ein Jahr bei dem berühmten Tooly zu studieren, konnte ich nicht ablehnen. Bist du auch sein Student, oder studiert dein Bruder hier und du passt auf ihn auf?«

»Wir beide. Ich konnte ein Drei-Jahres-Studium ergattern und bestand darauf, meinen Bruder mitzunehmen. Tooly war einverstanden, weil er mich haben wollte. Mittlerweile ist er auch von meinem Bruder fasziniert. Sam macht Kunst auf seine eigene Art, er malt Abstraktes. Ich fotografiere und erschaffe mit den Fotos samt Pinsel und Spachtel meine Gemälde. Was andere bequem mit dem Computer machen, erledige ich noch in guter alter Handarbeit, das ist meine Spezialität.« Er lehnte sich mit dem Hintern gegen die Küchenzeile, während er redete, und sah so aus, als würde er gern mehr über seine Kunst erzählen.

Sienna stand nicht weit von ihm. »Klingt interessant. Hoffentlich bekomme ich bald was davon zu sehen.«

»Auf was hast du dich spezialisiert?«

»Fantasy-Art. Ich male Drachen und modelliere einzelne Teile in 3D heraus.«

»Wow. Das klingt spannend.«

»Deswegen hat mich Tooly angenommen. Ich war froh, ein Jahr aus Mailand fliehen zu können. An meiner alten Schule haben sie mich immer *kleine Elfe* genannt. Wehe, das kommt hier auch vor.« Sie lachte gehaucht und rollte mit den Augen.

»Sagten sie das wegen deines Pixie-Haarschnitts oder deiner Fantasy-Malerei?«

»Das wäre ja ein Kompliment gewesen. Nein, sie meinten das äußerst abwertend wegen meiner Größe.« Sie seufzte. »Ich hoffe, das wird hier anders.«

»Sofern du dich von Aaren und Yaris fernhältst, ist alles okay. Gut, Mr Tooly ist sehr egozentrisch, aber keiner beschwert sich darüber, er ist schließlich der große Meister. Nur deine Vorgängerin Maja hat ihm mal die Meinung gegeigt und das ging nicht gut für sie aus. Am nächsten Tag war sie verschwunden, sie ist einfach abgehauen. Ich hab nie wieder etwas von ihr gehört, obwohl wir ein gutes Verhältnis hatten.«

»Ich verspreche, ich werde die Klappe halten und Toolys Marotten schweigend ertragen.« Sienna schmunzelte. »Wer sind Aaren und Yaris?«

»Du erkennst sie: Yin Yang.«

Sie schwieg kurz. »Ist das ein asiatisches Rätsel?«

Taro kicherte, er kratzte sich verlegen im Nacken. »Nein. Ich bin mehr Deutscher als Vietnamese. Mein Vater lebt in Vietnam, deswegen sehe ich ihn kaum. Er konnte mir daher nie Rätsel aus seiner Heimat beibringen.«

»Sehr schade.«

»Du wirst wissen, was ich meine, wenn du die beiden, also Yin Yang, gesehen hast. Geh ihnen am besten aus dem Weg. Glaub mir, du willst keinen Kontakt zu ihnen.«

Sienna tippte sich an den Kopf. »Abgespeichert. Und nun entschuldige mich bitte, ich muss die Einkäufe in den Kühlschrank stellen.«

Taro verstand die Anspielung sofort. »Man sieht sich im Kurs, Drachenlady.« Grinsend ging er zur Tür. »Drachenlady ist doch okay?«

Dieses herrlich erfrischende Lachen kam wieder aus ihrem Mund. »Solange du die Elfe nie erwähnst, ist es okay.«

»Bis morgen.« Der freundliche junge Mann verschwand.

Sienna kümmerte sich zuerst um die Nahrungsmittel, anschließend räumte sie weiter die Kartons aus.

Ein Zwiegespräch

Die Sonne war schon untergegangen, da öffnete Sienna eine Schale mit Essen und legte sie in den Ofen. Schnell breitete sich ein leckerer Duft in der Wohnung aus. Ich bedauerte, keinen Hunger zu verspüren. Das roch echt lecker! Und es sah auch lecker aus, am liebsten hätte ich mich zu ihr gesetzt und davon gekostet.

Ich hasste es, ein Geist zu sein, und überlegte fieberhaft, wann der beste Zeitpunkt wäre, einen weiteren Versuch zu starten, um mit ihr zu sprechen.

Gerade als ich mir einen Ruck geben wollte, stand sie auf, spülte ihren Teller und ging in die Waschkammer. Mein Bauchgefühl sagte mir, dass es ungebührlich wäre, ihr dorthin zu folgen, darum blieb ich, wo ich war. Neben der Eingangstür an die Wand gelehnt.

Das Drachenmädchen blieb lange fort. Ich hörte ein Wasserrauschen, dann plätscherte es. Sienna kam anschließend in anderer Kleidung aus dem Zimmer – einer dünnen Hose und einem Oberteil ohne Ärmel. Gähnend machte sie Licht neben den gepolsterten Sesseln. Die kleine Lampe tauchte den Raum in eine wohlige Atmosphäre.

Der Wind bewegte die Vorhänge nahe der gläsernen Tür, sie flatterten sanft hin und her. Sienna schloss die Glastür und sperrte den Wind damit aus, danach setzte sie sich auf einen Sessel und schaltete einen Fernseher ein. Wenigstens an das Gerät konnte ich mich noch gut aus Mias Manius' Erzählungen erinnern. Auch an Mikrowelle und an diese weißen Nasenlöcher in den Wänden. Ich grübelte. Ach, Steckdosen nannte man sie.

Ohne es zu wollen, starrte ich in den Fernseher, konnte mich dem Geschehen darin nicht mehr entziehen. Wir hatten von Mias Manius zwar in der Theorie gelernt, warum Menschen diese Geräte nutzten, doch diese bewegten Bilder nun mit eigenen Augen zu sehen, war fantastisch. Ich ging näher, stand eine Weile hinter Sienna, dann setzte ich mich in den freien Sessel neben ihr und blickte gespannt auf die flimmernden Bilder.

Die Geschichte handelte von einem Menschen, der sich Detektiv nannte und böse Menschen jagte. Ich kapierte nicht alles, da ich die vielen Menschendinge kaum verstand, aber ich glaubte bald zu wissen, wer der Bösewicht in dem Märchen war.

»Der alte Mr Miller ist sicher der Mörder«, rutschte mir irgendwann gedankenversunken über die Lippen.

»Das denke ich nicht, Dian«, sagte Sienna und sah mich an. Plötzlich wurde sie ganz steif. Schon sprang sie auf, panisch stürmte sie zur Tür, löste die Kette, drehte den Schlüssel und rannte in den Flur hinaus.

Das war alles so schnell gegangen! Was war geschehen?

Ich beeilte mich hinterherzukommen, zum Glück hatte sie die Tür offen gelassen.

Sienna pochte wie wild an der Tür zu Wohnung 8C. »Oh Gott, ich denke, ich werde verrückt!«, stieß sie aufgebracht heraus, als geöffnet wurde.

»Beruhige dich, was ist denn passiert?« Taro fuhr sich müde durch die mittellangen schwarzen Haare, die ganz verstrubbelt waren.

»Ich … ich … Oh, ich hab keine Ahnung!«, stammelte sie. »Hab einen Thriller geguckt, auf einmal saß jemand neben mir. Eine Sekunde später war er wieder verschwunden.« Sie schluckte. »Das klingt verrückt und ich kenne dich nicht, Taro, aber ich habe echt Angst und weiß nicht, wohin ich sonst gehen soll.«

»Schon gut. Komm rein und warte hier.« Taro eilte zu Siennas Wohnung, während sie in seiner blieb und ängstlich von einem Fuß auf den anderen trat.

War klar, dass dieser Mann jetzt nach mir suchte, aber nun stand ich in *seinem* Wohnzimmer. Gern wollte ich mich entschuldigen, aber das hätte die kleine Italienerin nur noch mehr verschreckt.

Oder sollte ich es doch wagen? Ich war hin- und hergerissen und schaute verunsichert umher. Diese Räume wirkten anders, sie waren schon länger bewohnt, das erkannte ich an den vielen Dingen, die überall herumstanden und lagen.

Anstatt der gepolsterten Sessel wie in Siennas Wohnung hatte Taro ein blaues Sofa, über dessen Rückenlehne eine orangegefarbene Decke hing. Gleich dahinter stand ein Schreibtisch. Das Regal darauf quoll über von Malzeug, Farbtiegeln, Pinseln, Stiften und Papier.

Mein Blick blieb an einem Gemälde hängen, welches neben dem Schreibtisch an der Wand hing. Es zog mich regelrecht in seinen Bann und vertrieb kurzzeitig meine Gedanken an Sienna und die Tatsache, dass sie mich gesehen hatte.

Das Bild zeigte Sam als Kind auf einer Schaukel, die an zwei hohen Häusern befestigt war. Direkt darunter war ein Wald im Sonnenuntergang. Das sah so echt aus, mein Kopf sagte mir aber, dass es nicht echt sein konnte. Auch wenn ich mich anstrengte, ich war nicht in der Lage zu erkennen, was gezeichnet und was fotografiert war.

Die Tür bewegte sich, ruckartig fuhr ich herum. Taro war zurück. »In deiner Wohnung ist niemand«, versicherte er und drückte die Tür hinter sich ins Schloss.

Sienna ging sofort zu ihm und zeigte ihm ihre ausgestreckten Finger, die immer noch zitterten. »Ich habe mir das nicht eingebildet.«

»Vielleicht bist du nur eingeschlafen und hast geträumt?«

»Ich war wach. Ganz sicher.«

»Oder du hast einen Schatten gesehen. In deiner Wohnung brannte nur eine kleine Lampe. Das in Verbindung mit einem Thriller kann schon mal die Sinne täuschen. Ich habe den Fernseher ausgemacht. Hoffe, das war in Ordnung?«

Sie nickte und schlug die Zähne zusammen. »Es klingt verrückt, aber da saß wirklich jemand neben mir. Vor ein paar Stunden habe ich diese Stimme schon einmal gehört, ich glaube, ich werde von einem Geist verfolgt.« Als sie das aussprach, wurde sie kreidebleich, selbst die Sommersprossen erblassten.

»Einem Geist?«

Sienna schlang ihre Arme um den Oberkörper, so als wäre ihr kalt. »Ich denke, er heißt Dian.«

Taro schwieg einige Sekunden lang. Dann lachte er auf. »Du hast ganz bestimmt geträumt.«

Sie grummelte wütend und schenkte ihm einen bösen Blick. »Du glaubst mir nicht. Auch gut. Aber ich kann jetzt nicht in meine Wohnung zurückgehen, denn meine Angst ist real. So wie die Stimme und der weißhaarige Junge, den ich gesehen habe.«

Was?

Hatte sie das wirklich gerade gesagt? Mir fiel ein Stein vom Herzen. Sie hatte mich tatsächlich gesehen! Ich war also nicht völlig verloren!

Nun guckte Taro interessiert. »Ein weißhaariger Junge?«

»Oder weißblond, ich habs nicht so genau sehen können.« Sie rollte mit den Augen. »Er war etwa in unserem Alter und hatte spitze Ohren. Das Bild passt nicht zu dem australischen Psychothriller! Verstehst du mich jetzt?«

Der junge Mann machte eine einladende Handbewegung. »Komm, setz dich aufs Sofa. Ich hol uns was zu trinken.«

Sienna folgte der Einladung nur zu gern. Nachdem sie auf der durchgesessenen blauen Couch Platz genommen hatte, faltete sie die Hände und klemmte sie zwischen die Knie, da sie so zitterte.

Auch Taro bemerkte es, als er mit zwei Gläsern zurückkam und sie auf dem grauen Beistelltisch abstellte, dessen Lack schon an manchen Stellen abgesplittert war.

Der junge Mann setzte sich, sein Blick glitt ehrlich besorgt über die zarte Italienerin. »Ein weißblondhaariger Junge mit spitzen Ohren namens Dian«, fasste er zusammen. »Ich sehe, dass dich das Erlebnis mitnimmt, aber ich denke, meine Vermutung mit dem Einschlummern entspricht der Wahrheit. Du bist eine Fantasy-Art-Künstl...«

»Ich kann sehr wohl zwischen Traum und Realität unterscheiden«, platzte sie dazwischen. »Nur meine Kunst ist geprägt von Fantasie, mein Kopf ist völlig klar dabei!«

»Okay«, sagte er langsam. »Hast du eine andere Erklärung für das Phänomen?«

»Ein Geist verfolgt mich«, schoss es aus ihr heraus.

»Sofern man an phantastische Geister mit spitzen Ohren glaubt. Hast du noch eine andere Theorie?«

Sienna presste die Lippen zu einer Linie zusammen und schwieg. Überlegte sie sich nun eine Theorie oder war sie beleidigt? Ich war mir nicht sicher, aber ich fand, dass jetzt der passende Moment war, um mit ihr zu sprechen. Endlich war sie nicht allein, der junge Mann würde ihr Sicherheit geben.

»Ich bin ein Elbe«, sagte ich mit der sanftesten Stimme, die ich auf Lager hatte.

Die Italienerin hielt die Luft an und riss die Augen auf. »Er hat wieder gesprochen!«

Taro blickte misstrauisch. »Was sagt er?«

»Dass er ein Elbe ist.« Sie schluckte hörbar.

Er neigte den Kopf etwas zu ihr und schob die Augenbrauen verwundert zusammen. »Ein Elbe? Frag ihn doch, was er will.«

Seinem Tonfall nach sollte das als Scherz gemeint sein, doch Sienna machte eine angestrengte Miene. Ich musste mir ein Lachen verkneifen. »Entschuldige, aber ich kann keine Gedanken lesen. Du musst schon mit mir sprechen.«

Sie rutschte hektisch ein Stück auf dem Sofa zurück. »Oh Gott.« Wieder versuchte sie, das Zittern ihrer Hände zu verbergen, indem sie Fäuste ballte und sie knetete.

Taro runzelte fragend die Stirn. »Was sagt er?«

»Dass er meine Gedanken nicht lesen könne.«

Der junge Mann bemühte sich, ernst zu bleiben. »Aber du hast doch eben versucht, ihn in Gedanken etwas zu fragen? Oder nicht?«

Sie nickte und nahm einen tiefen Atemzug, wohl um sich zu beruhigen. »Ja. Keine Ahnung, warum der Geist das wusste. Das macht mir echt Angst.«

Dass sie sich so ängstigte, wollte ich nicht. »Dein Gesichtsausdruck sprach Bände, darum konnte ich erraten, was du tust«, erklärte ich sanft.

»Du kennst mich doch gar nicht«, rief sie empört.

»Erst seit heute Mittag. Ich habe dich in den Kunstladen begleitet.«

Sie krallte sich in den Stoff der blauen Couch. »Und dann bist du mir hierher gefolgt? Bist du ein Geisterspanner oder was stimmt nicht mit dir?«

»Ich brauche deine Hilfe. Kannst du mir helfen?«

Sienna blickte entsetzt. »Bist du verrückt? Du machst mir Angst! Ich will, dass du mich in Ruhe lässt.« Ihre Stimme ging hysterisch nach oben.

Ich konnte ihre Furcht vor mir regelrecht spüren, aber ich brauchte ihre Hilfe. »Sienna, ich weiß nicht, wohin ich gehen soll. Ich weiß noch nicht mal, wo ich bin.«

»In London, Großbritannien, du unsichtbarer Stalker!« Sie atmete aufgebracht. »Und nun geh bitte!«

»Schhh«, machte Taro, dessen Aufmerksamkeit nun völlig geweckt war. »Sam schläft schon.«

»Sorry«, nuschelte sie.

»Dein Gespräch eben hörte sich an, als wäre da tatsächlich wer.«

»Glaubst du mir jetzt?«

»Ich bin mir nicht sicher. Lust auf ein Experiment?«

»Welches?«

»Sag dem Spitzohr, er soll dir sagen, wie der Bettbezug in meinem Zimmer aussieht.«

Siennas Gesicht entspannte sich ein wenig, der Vorschlag schien ihr zu gefallen. »Hallo, Elbe, kannst du ...«

»Ich höre euch reden«, unterbrach ich sie. »Du musst das Gesagte nicht wiederholen. Aber Taro kann mich nicht hören. Sag ihm bitte, dass ich nicht durch geschlossene Türen gehen kann. Erst wenn er seine Kammertür öffnet, kann ich den Bettbezug sehen.«

Sie hob eine Augenbraue. »Du kannst nicht durch geschlossene Türen gehen?«

»Nein«, bestätigte ich.

»Eine wichtige Info«, sagte sie zu mir, ehe sie sich wieder Taro zuwandte. »Du musst ihm die Tür öffnen, damit er hineingucken kann.«

»Krass.« Taro kicherte amüsiert, stand auf und ging zu seiner Kammer.

»Dunkelblau mit weiß-grauen Mustern«, sagte ich, noch ehe er die Tür komplett geöffnet hatte.

Sienna wiederholte meine Angaben. Taros Kinnlade klappte nach unten. Er blieb an seiner Zimmertür stehen und blickte in seine Kammer, als müsste er sich selbst davon überzeugen, dass die Italienerin recht hatte.

»Welche Farbe hat mein Schrank?«, wollte er wissen.

»Schwarz glänzend mit einem Spiegel«, teilte ich Sienna mit, die es sogleich wiederholte.

Taro konnte es kaum glauben. »Was liegt auf meinem Nachtkästchen?«

»Ein flaches weißes Dings zum Reinsprechen, es hängt an einer langen schwarzen Schnur.«

Sienna lachte auf. »Ein Handy.« Sie kicherte, aber es wirkte angespannt.

»Mir ist deine Welt so fremd wie dir meine«, erwiderte ich eingeschnappt.

»Schon gut.« Ihr sonderbares Kichern verstummte. »Brauchst du noch einen Beweis, Taro?«

Er kratzte sich an der Wange und überlegte.

Ich huschte in seine Kammer hinein und sah mich um. »Zwischen Bett und Fenster liegen Socken, eine schwarze Hose und zwei zerknitterte Bücher«, sagte ich und ging wieder in den Wohnraum. »Er sollte besser auf seine Bücher aufpassen, sie sind sehr wertvoll.«

»Taro, du musst deine gebrauchten Socken in die Waschmaschine stopfen und nicht auf dem Fußboden liegen lassen. Dian hat sich außerdem gerade darüber beschwert, dass du deine Bücher nicht ordentlich behandelst.« Obwohl sie jetzt fröhlicher klang, flatterte ihre Stimme immer noch nervös.

»Das klingt alles sehr überzeugend«, erwiderte Taro, als er wieder zurückkam und sich setzte. »Aber etwas in mir sagt, dass du das alles auch erraten könntest.«

Er glaubte ihr also immer noch nicht? »*Erotische Gutenacht-geschichten für Männer* heißt das eine Buch«, teilte ich Sienna mit. »Das andere ist von einem Stephen Hawking und heißt: *Kurze Antworten auf große Fragen.*«

Diese Angaben verschlugen Taro die Sprache. War ihm der Beweis genug?

Er nahm einen Schluck von seinem Getränk und dachte darüber nach. »In diesem Raum ist also ein Elbe«, sagte er schließlich kopfschüttelnd und behielt das Glas in der Hand. »Du konntest ihn vorhin sehen. Warum jetzt nicht mehr?«

Sienna zuckte mit den Schultern. »Woher soll ich das wissen?«

»Frag ihn doch«, bat er auffordernd und stellte das Glas auf dem Beistelltisch ab. Dann lehnte er sich zurück und verschränkte die Arme vor der Brust.

Sie legte den Kopf schräg. »Du willst mich weiter testen?«

»Würdest du das nicht?«

Sie zögerte. »Doch.«

»Wenn er dir nicht glaubt, kann er mich gern noch weiteren Prüfungen unterziehen«, meinte ich mutig.

»Er würde trotzdem zweifeln, so ticken Menschen nun mal.«

»Glaubst du mir denn?«

»Inzwischen bin ich mir fast sicher, dass ich nicht spinne. Aber nur fast.«

»Wirst du mir nun helfen?« Hoffnung machte sich in mir breit. Meine einzige Chance saß gerade vor mir. Vielleicht konnte sie die Verbindung zu meinem Clan herstellen? Zu Nana Rachél?

»Wobei brauchst du denn Hilfe?«, fragte sie nach.

Taro beobachtete sie stirnrunzelnd.

»Ich weiß nicht, warum ich hier bin. Ich glaube, ich bin tot, aber ich weiß es nicht so ganz genau.«

»Du bist ein Geist, ganz bestimmt bist du tot.« Sie verzog traurig den Mund, ich spürte eine schwermütige Gefühlswelle von ihr ausgehen. »Tut mir leid. Das war gerade unsensibel. Wie bist du denn gestorben?«

»Keine Ahnung.« Ich setzte mich im Schneidersitz auf den Boden und dachte nach. »Vielleicht bin ich ertrunken. Da war ein Brunnen, ich sank unter Wasser.«

»Kein angenehmer Tod«, meinte sie leise.

»Ich war erst zwanzig Jahre alt.«

»Also habe ich vorhin richtig geschätzt. Ich werde in vier Monaten einundzwanzig. Es muss schlimm sein, schon so jung gestorben zu sein.«

Taro räusperte sich, er löste seine Arme aus der Verschränkung. »Dein Zwiegespräch ist interessant. Aber mal ehrlich: Können Elben überhaupt sterben? Es gibt sie doch gar nicht. Wenn es sie gäbe, hätten wir längst davon gehört, findest du nicht? Es gibt auf der Erde ja noch nicht mal ein Volk mit spitzen Ohren, die mit Elben, Elfen oder Ähnlichem vergleichbar wären. Archäologen oder andere Forscher hätten mit Sicherheit davon berichtet, so eine Entdeckung wäre schließlich eine Sensation. Ob Orks, Trolle oder andere Fabelwesen – sie entstammen doch einem Mythos und kommen aus einer Zeit, in der an Flüche und Hexen geglaubt wurde. Aus einer Zeit, in der Stürme und Erdbeben als dämonische Zeichen betitelt wurden oder eine Sonnenfinsternis für Krankheiten verantwortlich gemacht wurde.« Er beugte sich vor und legte seine Unterarme auf die Oberschenkel. »Wenn du von einem weißhaarigen Jungen mit spitzen Ohren redest, denke ich sofort an Legolas von J. R. R. Tolkien. Es fehlt jetzt nur noch der Zwerg Gimli und schon könnten wir über die Unterschiede der Filme und Bücher diskutieren.«

Er sagte das mit so einer Überzeugung, dass es Siennas Denken wohl in eine andere Richtung lenkte. Sie begann offenbar ebenfalls zu zweifeln und wurde schlagartig nachdenklich.

Taro setzte sich wieder gerade hin. »Es mag Geister geben, Drachenlady. Aber tote Elben, die Hilfe brauchen?«

Sie kaute auf ihrer Unterlippe herum und wirkte abwesend. »Wenn ich nicht an seine Echtheit glaube, würde das ja bedeuten, ich werde verrückt.«

»Oder durch den Umzug bist du so gestresst, dass dir dein Gehirn einen Streich spielt.«

Sie ließ ihre Schultern hängen. »Oh, jetzt hast du mich verunsichert.«

»Ein Arzt könnte weiterhelfen.«

Ich war geschockt. »Du brauchst keinen Heiler, es gibt mich wirklich!«

Sienna blickte in die Richtung, aus der meine Stimme kam, aber sie schaute durch mich hindurch. »Wer oder was bist du wirklich?«

Ich stockte. Sollte ich bei der Wahrheit bleiben, die sie wahrscheinlich sofort als Märchen oder Hirngespinst abtun würde, oder so tun, als wäre ich ein toter Mensch? Könnte mich diese Lüge weiterbringen? Ich wog ab, aber mein Bauch zwickte sofort unangenehm. Rachél hatte mich gut erzogen, Lügen war ein Vergehen, für das es keine Entschuldigung gab. Es würde meiner wahren Natur widersprechen, würde ich jetzt eine Lüge auftischen, und es wäre ein Verrat an meiner Nana.

»Mein Name ist Dian«, antwortete ich deshalb ehrlich und mit fester Stimme. »Ich bin ein Elbe, habe spitze Ohren, meine Haare sind glatt und lang und weißblond, also nicht ganz weiß, aber nah dran. Meine Augenfarbe ist blaugrau wie die Mondin am Himmel. Ich starb, weil ich in den Seelenbrunnen stieg. Hier auf der Erde zu landen, war bestimmt ein Versehen. Würden alle Elben nach ihrem Tod hierherkommen, hätte ich sicher noch einen anderen meiner Art getroffen. Und ja, auch Elben können sterben, allerdings werden wir zuvor viele Hunderte bis Tausende Jahre alt. Unser Clan bildet übrigens Musen aus, ich denke, dass ich deshalb den Weg zu dir gefunden habe. Offenbar hat mich deine Begabung angezogen. Und jetzt brauche ich dringend deine Hilfe. Du bist die Einzige, die mich hören kann. Ich will nicht hierbleiben, ich möchte wieder zurück in unser Reich. Die Erde ist mir völlig fremd, sie macht mir Angst. Bitte hilf mir, Sienna. Du bist meine einzige Hoffnung, ich brauche dich. Bitte zweifle nicht an der Existenz von Elben, ich bin doch hier, es gibt mich wirklich ...« Meine Stimme brach. Die eigenen Worte zu hören, führte mir meine Notlage noch deutlicher vor Augen. »Ich bin verloren ohne dich«, flüsterte ich kummervoll. »Ich weiß nicht, wohin ich gehen soll. Ich habe keinen Platz in deiner Welt.« Und ehrlich gesagt auch nicht in meiner, aber das behielt ich für mich.

Das Gefühl dazuzugehören hatte mir bisher nur Nana geben können. Und jetzt waren wir getrennt worden, und das, obwohl ich doch schon entschieden hatte, sie zu verlassen. Aber das war eine andere Situation gewesen, denn noch vor wenigen Stunden hatte ich mich nach meiner Bestimmung gesehnt. Das jetzt war anders. Ich hatte keine Kontrolle über mein Dasein nach meinem viel zu frühen Tod.

Ich seufzte.

Sienna sagte nichts darauf.

»Was hast du?«, fragte Taro besorgt.

Sie rang um Worte. »Ich brauche einen Arzt«, antwortete sie schließlich. »Du hast recht. Die Stimme eines zwanzigjährigen, toten Elben zu hören, der mich um Hilfe bittet und behauptet, auf mich angewiesen zu sein, klingt nach einer echten Psychose.«

»Psychose?«

»Dian sagte mir gerade, dass er eine Muse sei. Das kommt mir immer fantastischer vor und je länger ich dieser charmanten Stimme zuhöre, desto mehr erinnere ich mich selbst an Menschen, die Außerirdische hören können oder anderem Wahnsinn verfallen sind. Das macht mir gerade Angst.«

Taro nickte verständnisvoll. »Gleich morgen früh kann ich dich zu einem Therapeuten bringen.«

»Nein.« Sie sprang auf. »Ich muss sofort zu einem Arzt. Ich kann unmöglich schlafen, wenn das nicht geklärt ist. Ich würde ständig denken, jemand würde neben meinem Bett stehen und mich beim Schlafen beobachten. Ich fühle mich nicht mehr sicher.«

»Daran habe ich nicht gedacht, tut mir leid. Aber um diese Uhrzeit hat keine Praxis mehr geöffnet, uns bleibt nur die Notaufnahme.«

»Die Notaufnahme für Verrückte.« Tränen traten in ihre Augen, sie ging ein paar Schritte hin und her. »Oh Gott. Du denkst bestimmt, ich wäre total verrückt. Den ersten Eindruck habe ich total verbockt. Ich bin normalerweise nicht so.«

»Hey, keine Sorge.« Er winkte ab und erhob sich von der Couch. »Wir sind Künstler. Verrückt zu sein, wurde uns praktisch in die Wiege gelegt. Ohne einen an der Waffel könnten wir nie weltberühmt werden. Wer weiß, vielleicht bringt dich dieses Geisterquatschen groß raus?«

Sie schmunzelte und wischte sich ihre Wange trocken. Aber sofort bildeten sich neue Tränen, die hinunterkullerten.

»Zieh dich besser um«, schlug er vor. »Deine Schlafklamotten sind zwar sexy, aber ich glaub nicht, dass du so ins Krankenhaus spazieren möchtest.«

Sie sah sofort an sich hinunter und zupfte an dem Oberteil. »Das ist simple Baumwolle und gar nicht sexy. Aber du hast recht, ich zieh mich um.«

»Soll ich mitkommen?«, fragte er, da sie keine Anstalten machte, zu gehen.

»Ich fühle mich nur so beobachtet«, nuschelte sie, während sie nun doch zögerlich zur Tür ging. »Könntest du mir bitte inzwischen ein Taxi rufen?«

»Rede keinen Blödsinn. Ich fahre dich.«

»Du hast ein Auto? Was ist mit deinem Bruder?«

»Ich hinterlasse ihm eine Nachricht. Und ja, ich habe mir einen Wagen zugelegt. Sam kann nicht mit öffentlichen Verkehrsmitteln fahren – zu viele Leute – und Taxis findet er unhygienisch.«

»Okay. Dann nehme ich dein Angebot gern an. Du hast schließlich meinen psychotischen Anfall gerade miterlebt, schlimmer kann es nicht werden.« Sie lächelte verlegen und biss sich auf die Lippe.

Taro lachte leise. »Mach dir keinen Kopf. Zieh dich an, dann fahren wir, damit du deine Sorgen loswirst.«

»Meine Sorgen heißen Dian«, versuchte sie zu scherzen, ohne dass sie dabei lachte.

»Egal wie du sie nennst, bald wird es dir besser gehen. Ganz bestimmt.«

»Ich hoffe es.« Sienna huschte aus der Nachbarwohnung und eilte zu ihrer eigenen. Ich folgte ihr bedröppelt, obwohl ich wusste, dass sie sich wegen mir unwohl fühlte.

Dort angekommen schlüpfte sie in eine weite blaue Hose, über das Oberteil zog sie ein zweites, anstatt es zu wechseln. Ich ahnte warum. Und fühlte mich noch schlechter deswegen.

»Es tut mir leid«, sagte ich schuldbewusst.

Sie hielt sich die Hand vor den Mund. Ihre Finger zitterten wieder stärker. Ganz langsam ging sie zurück, bis ihr Rücken die Wand berührte, doch diese gab ihr keinen Halt. Ich hatte das Gefühl, als würde sie am liebsten darin versinken wollen, damit sie mir entfliehen konnte.

Ein beklemmendes Gefühl legte sich um meine Brust und schnürte sie ab, kurz hielt ich den Atem an. »Das wollte ich nicht«, hauchte ich entschuldigend.

Sie schluchzte auf, bedeckte das Gesicht mit beiden Händen und rutschte mit dem Rücken an der Wand hinab. Ihre starke Fassade war durchbrochen, nun zeigte sie deutlich, wie fertig sie das alles machte.

Machtlos stand ich da und wusste nicht mehr weiter. Hätte sie so gern in den Arm genommen. Sie getröstet und bewiesen, dass es mich gab. Dian, den Elben aus der anderen Welt.

Ihr Schluchzen dauerte nur kurz an, schon atmete sie tief ein, rieb sich über das Gesicht, um die Tränen zu trocknen, und legte wieder die Miene der starken jungen Frau auf.

»Ich bin nicht verrückt, ich bin nicht verrückt, ich bin nicht verrückt ...« Sienna stand ganz langsam auf und schaute umher. »Bist du noch da?«

Als wäre ich in der letzten Minute verschwunden! »Ja«, antwortete ich ehrlich.

»Oh, ich brauche dringend einen Doktor.« Sie eilte zur Garderobe, schnappte sich ihre Jacke und rannte in den Flur.

Es war falsch, trotzdem folgte ich dem Drachenmädchen und Taro in seinem blauen Wagen in die Notaufnahme. Mir war kotzübel, als wir dort ankamen. Bei Taro mitzufahren, war auch nicht besser gewesen als meine vorherige Taxifahrt.

Der Heiler im Krankenhaus fand keine Krankheit – war mir klar. Sienna hatte auf Medizin gehofft, die mich wegzauberte. Sie bekam jedoch nur einen beruhigenden Kamillentee und

Pillen, die ihr helfen sollten einzuschlafen. Und den Namen eines weiteren Heilers zusammen mit einer langen Zahl, die der Doktor *Telefonnummer* nannte.

Dann fuhren wir wieder zurück.

Mich ereilte während der Autofahrt ein neuerlicher Schwindel, das lag wahrscheinlich zum Großteil daran, dass ich direkt in der Italienerin sitzen musste, da ich nicht auf die hintere Bank konnte, weil nur die vorderen Türen geöffnet worden waren.

Als Taro endlich vor dem Wohnhaus parkte, den blauen Wagen abstellte und Sienna die Tür öffnete, war ich total durcheinander. In einem Menschen zu sitzen, bedeutete für mich, von meinem eigenen Körper nur den Teil wahrzunehmen, der aus der Person herausragte.

Erleichtert stieg ich aus, alles an mir schlotterte, aber ich folgte Taro und Sienna trotzdem. Wankend mühte ich mich ab, die beiden nicht aus den Augen zu verlieren.

Wir blieben vor Siennas Wohnung stehen. Ich stützte mich mit einer Hand an der Wand neben der Eingangstür ab, um das Gleichgewicht zu halten, und atmete tief durch.

»Siehst du, der Ortswechsel hat die Stimme in deinem Kopf vertrieben«, beruhigte Taro seine neue Nachbarin. »Es war bestimmt nur der Stress. Morgen sieht die Welt wieder rosig aus, versprochen.«

Tolles Versprechen. Es konnte aber nur eingehalten werden, wenn ich den Mund hielt.

»Ich hoffe es.« Sie sperrte ihre Tür auf. »Danke, für alles. Bitte behalte unseren Ausflug für dich. Wenn das die anderen Studenten erfahren, dann habe ich von vornherein einen schweren Stand.«

»Keiner wird etwas erfahren.« Er machte eine Geste, als würde er seinen Mund zusperren und den Schlüssel wegwerfen.

Ein weiteres Versprechen. Ob er es einhalten würde? Taro wirkte nett, aber meinte er es auch ehrlich?

»Jetzt koche ich mir erst einmal den Kamillentee und dann versuche ich mein Glück mit den Schlaftabletten. Bis morgen, Taro.«

»Bis morgen. Melde dich, wenn du was brauchst.« Er zwinkerte Sienna zu, ehe er ihr den Rücken kehrte und bald darauf in seiner Wohnung verschwand.

Sie ging sofort in ihre Küche, um Wasser aufzukochen. Der Tee dampfte, als sie die Tasse mit in ihre Schlafkammer nahm.

Ich setzte mich in einen der dick gepolsterten Sessel im Wohnraum. Wollte ihr Ruhe und Erholung geben und überlegte, wie ich es anstellen konnte, dass sie mir glaubte und nicht dachte, sie wäre geisteskrank. Dass sie an so was glaubte, machte mich nämlich total fertig. Ich war schließlich keine Krankheit, ich hatte einen Namen!

Grübelnd saß ich dort bis zu Morgengrauen, dann stand ich auf, ging zum Fenster und betrachtete die aufsteigende Sonne, welche über den Häuserdächern aufging. Ich hätte so gern ihre Wärme gespürt, aber sie berührte mich genauso wenig wie der Regen. Ich blieb stehen und versank in meinen eigenen Gedanken, erinnerte mich an mein verlorenes Zuhause und hoffte, Rachél würde es gut gehen. Gern hätte ich ihr die Sorgen genommen und gesagt, dass es mich noch irgendwie gab und ich nicht vollständig verschwunden war.

Ich fuhr herum. Sienna kam in den Raum. Augenreibend und gähnend. Die Pillen wirkten wohl noch nach, aber sie machte den Eindruck, als hätte sie gut geschlafen.

»Guten Morgen«, rutschte es mir gedankenlos heraus. Ich bereute den Satz, noch ehe er ganz ausgesprochen war.

Sie versteifte sich. »Nein«, hauchte sie entsetzt. »Nicht schon wieder.«

»Bitte verzeih mir.«

»Es gibt dich nicht. Es gibt keine Elben. Das sind Fantasie-
gestalten. Also hör auf, dich zu entschuldigen.«

Ich musste schlucken. Dass sie nicht an mich glaubte,
schmerzte sehr. Es war fast so, als würde ich tatsächlich nicht
mehr existieren. Welch Ironie – nur durch sie fand ich Bestätigung, dass es mich immer noch gab. Zumindest den Teil von
mir, der von mir übrig war und mit dem sie reden konnte.

»Wie kann ich dir beweisen, dass ich echt bin?«, fragte ich
vorsichtig. All meine gestrigen Beweise hatte sie anscheinend
nicht gelten lassen. Vielleicht gab es etwas anderes, Besseres?

Sienna ignorierte meine Frage, schloss einen Moment die
Augen, atmete tief durch und begann laut zu sprechen, als
müsste sie ihre eigenen Worte selbst hören, um ihnen Glauben
zu schenken. »In einer halben Stunde öffnet Dr Patton. Er ist
ein guter Psychotherapeut und wurde mir empfohlen. Ich
werde dort anrufen und ihm sagen, dass mich sein Kollege vom
Krankenhaus angewiesen hat, auf einen sofortigen Notfallter-
min zu bestehen.«

Das zu sagen, beruhigte sie ein wenig, eine spürbare Anspannung blieb aber. Sie brühte sich wieder eine Tasse von dem
Tee aus dem Krankenhaus auf, setzte sich an den kleinen Esstisch und beschäftigte sich mit dem Ding, das Handy hieß.

Ich überlegte fieberhaft, was ich jetzt tun konnte.

Es klopfte an der Tür. »Ich bins.« Taro klang gedämpft.

Sienna legte das Handy beiseite, stand auf und öffnete die
Wohnungstür. »Guten Morgen.«

»Sorry, dass ich störe. Aber ich habe die halbe Nacht wach
gelegen und nachgedacht«, erklärte er ihr und kam herein.
»Dann habe ich das Internet nach solchen Stimmphänomenen
durchforstet und bin auf ein Forum gestoßen, in dem es um pa-
ranormale Aktivitäten geht. Aber dort tummeln sich keine

durchgeknallten Leute, nur welche, die ernsthaft über unerklärliche Phänomene diskutieren. Und jetzt kommts: Sie empfehlen in Fällen wie deinem, einen spirituellen Heiler aufzusuchen, ehe man zu einem Arzt geht.«

»Einen Quacksalber? Wozu?«

»Wenn man den Weg zum Psychiater einschlägt, bleibt man meistens jahrelang dort hängen. Den Geistheiler sollte man deswegen zuerst befragen – um auszuschließen, dass man von einem richtigen, echten Geist heimgesucht wird.«

Sienna wurde stutzig. »Du bist dir auch nicht mehr sicher, ob ich mir das alles nur einbilde?«

»Ey, ich weiß es nicht. Je mehr ich darüber gelesen habe, desto mehr Fragen hat das alles aufgeworfen.«

»Du glaubst nach deinen Internetrecherchen nun plötzlich an Elben mit spitzen Ohren?«

Taro legte seinen Kopf schief, zog die Schultern nach oben und hob die Hände an. »Kann schon sein, dass es so was tatsächlich gibt. Das war schon komisch gestern, oder? Die Titel der Bücher waren nämlich alle korrekt. Jedes Wort! Das wurde mir erst so richtig bewusst, als ich schlafen ging und mein Blick auf die Bücher fiel, die auf dem Boden lagen.«

»Ist das dein Ernst?« Sienna rollte mit den Augen. »Du bringst mich echt durcheinander. Mal redest du mir diese Stimme aus, dann wieder ein.«

»Ich weiß. Tut mir leid. Wenn du magst, können wir gleich in die Stadt fahren. Gegenüber dem Kunstladen ist ein Esoterikschuppen, die kennen bestimmt einen dieser Heiler.«

Sie stöhnte total genervt. »Okay, ich lass mich drauf ein, weil ich wirklich schnell Hilfe brauche. Aber wenn wir an einen abgedrehten Spinner geraten, dann schuldest du mir starke Beruhigungspillen. Mit dem ganzen Wirrwarr im Kopf kann ich heute Mittag unmöglich am Kurs teilnehmen.«

»Ich könnte dir was zum Rauchen besorgen«, sagte er mit gesenkter Stimme. »Rezeptfrei.« Er grinste breit. Seine schmalen Augen verschwanden fast dabei.

Sie guckte entsetzt drein. »Wenn ich jetzt sage, ich nehme keine Drogen, wirst du mir bestimmt erklären, dass Beruhigungspillen auch nicht ohne sind?«

Er lachte auf. »Du hast mich durchschaut.«

Sienna lachte ebenfalls. Ich genoss es, die Sommersprossen tanzen zu sehen und dieses erfrischende Lachen zu hören. Schon zu lange hatte sie uns ihre Fröhlichkeit vorenthalten und für ein paar Sekunden wirkte sie völlig unbeschwert.

Taro ging rückwärts in Richtung seiner Wohnungstür. »In zehn Minuten hole ich dich ab. Okay? Dann sind wir rechtzeitig zurück und du kommst pünktlich zu deinem Kurs.«

»Ich nehme dich beim Wort.«

Der junge Mann verschwand. Sie zögerte nicht, holte sich andere Kleidung aus dem Schlafraum, ging damit in die Waschkammer und sperrte von innen zu. Nur wenige Minuten vergingen, in denen ich verunsichert im Wohnraum auf die nächsten Schritte wartete. Als Taro wie versprochen zurückkam, war sie bereits fertig angezogen und schlüpfte noch schnell in graugrüne Schuhe.

Wortlos folgte ich ihnen. Keine Ahnung, was ein Geistheiler war, aber ich hegte die Hoffnung, dass mich dieser sehen oder zumindest hören konnte. War er vielleicht eine Art Doktor für Tote? Für Geister wie mich? So etwas in der Richtung musste das sein. Vielleicht war er meine Rettung.

Mystery Moon

Ich schickte ein lautloses Stoßgebet zur Mondin, als ich den blauen Wagen auf dem Parkplatz stehen sah. Schon bei dem Gedanken, wieder in Sienna sitzen zu müssen, wurde mir schwummrig. Natürlich hätte ich auch im Auto auf die hinteren Sitze krabbeln können, aber wenn die beiden später wieder ausstiegen, wäre ich womöglich zu langsam und sie würden mich aus Versehen im Wagen einsperren.

Die Autofahrt war die reinste Hölle für mich. Mein Kopf ragte weit aus der kleinen Italienerin hinaus ... Hätte ich mich lieber in Taro setzen sollen? Ich guckte zu ihm hinüber. Er trug heute wieder diese grüne Stoffmütze, unter der die Spitzen seiner pechschwarzen Haare herausragten, und quatschte Sienna mit Erkenntnissen voll, die ihm seine Recherche beschert hatte. Es gab anscheinend noch mehr Menschen mit der Gabe, Geister sehen zu können. Leider hatte er so kurzfristig keinen einzigen ausfindig machen können, der imstande war, Elben oder andere Märchenfiguren zu sehen.

Märchenfiguren ... Mir war nie klar gewesen, wie Menschen uns tatsächlich wahrnahmen und welche sonderbaren Geschichten sie über uns erzählten.

An meine echte Version, nämlich die, dass wir Musen waren, glaubten weder Taro noch Sienna.

»Eine Muse ist immer weiblich«, erklärte der junge Mann mit den mandelförmigen Augen während der Autofahrt. »Sie sind Schutzgöttinnen der Künste.«

Entsetzt riss ich die Augen auf und presste gleichzeitig die Lippen fest aufeinander, damit sich Sienna vor meinem lautstarken Protest nicht erschreckte. Es kostete mich einiges an Mühe, still zu sein.

Die zarte Künstlerin bemerkte meine Empörung nicht, im Gegenteil. Sie wusste sofort, wovon Taro sprach, und bestätigte ihn auch noch. »Stimmt. Griechische Mythologie.«

»Auch in anderen Kulturen gibt es die Legenden von Musen. Aber es handelt sich immer um weibliche Göttinnen und nie um Elben oder Elfen. Unsere Kunst passt ja auch nicht zu den Spitzohren, findest du nicht? Büsche und Blumen mit einem Fingerschnipsen zum Erblühen bringen, das schon eher.«

Sie zuckte mit den Schultern. »Keine Ahnung. Ich weiß momentan nur, dass ich gar nichts weiß und völlig neben mir stehe.«

»Im Internet hieß es, dass der Glaube an Elben der nordischen Mythologie und mittelalterlichem Aberglauben entstamme. Ab dem neunzehnten Jahrhundert erzählte man sich dann Geschichten von kleinen Wesen mit Flügeln. Erst durch Romane wie die von Tolkien wurden Elben wieder populär ...«

Ich stöhnte genervt auf, ohne einen Ton von mir zu geben. Sienna versuchte ohne Unterlass, ihre Nervosität zu verbergen. Das spürte ich.

Meine Stimme zu hören, hätte sie nur noch mehr verschreckt.

Es war hart, keinen Einwand zu erheben, denn was Taro da von sich gab, stimmte einfach nicht. Ich war keine Sagengestalt und meinen Clan sowie viele andere gab es auch. Gut, wir lebten im Einklang mit der Natur, das stimmte schon, aber wir verfügten über echte Magie und manche von uns besaßen komfortable Häuser mit mehreren Etagen.

So wie mich Taro gerade darstellte, wäre ich vor meinem Tod ein spitzohriges Pflanzengeisterchen gewesen, an das Menschenkinder nur glaubten, weil es Puppen und Filme darüber gab. Wie dämlich.

Wenigstens lenkte mich das Gespräch von den kurvigen Straßen und dem ständigen Beschleunigen und Bremsen ab. Ich zwang mich, aus dem Fenster zu sehen, um Siennas Körper nicht so stark in meinem wahrzunehmen.

Als wir hielten und sie endlich die Tür öffnete, war ich schneller draußen, als ich bis drei zählen konnte. Ich atmete ein paar Mal tief ein und aus und fing mich diesmal schneller. Zum Glück! Denn die beiden marschierten sofort los, verließen den Parkplatz und gingen durch eine Gasse. Ich musste mich beeilen, um Schritt zu halten, denn schon bald kamen wir auf die gepflasterte Straße, auf der keine Autos fuhren. Ich erinnerte mich wieder intensiv an den Moment zurück, in dem ich Sienna das erste Mal gehört hatte, als wir an genau derselben Stelle vorbeikamen.

Ich nahm auch wieder das große Schild wahr, welches sich hoch oben über den ganzen Weg spannte. Jemand hatte jetzt bunte Bälle an Schnüren daran befestigt. Sie bewegten sich scheinbar schwerelos im leichten Wind, ich fand sie wunderschön.

Schon wenig später konnte ich den wundervollen Kunstladen *Art and Paper* sehen, der leider noch geschlossen hatte. Es war noch sehr früh am Tag, nicht alle Händler boten schon jetzt ihre Waren an.

Nur die Tür des Ladens, in den Taro Sienna schleifen wollte, stand schon weit offen. Die Außenfassade war grau-blau und mit vielen glitzernden Sternen und kryptischen Symbolen verziert, über dem breiten Fenster neben der Eingangstür stand: *Mystery Moon.*

Mein Herz hüpfte vor Freude. Die Mondgöttin war diesen Leuten bekannt?! Ich rannte mit großen Schritten voraus und betrat den Laden noch lange vor meinen Begleitern.

Staunend sah ich mich um. Hinter der Theke stand eine üppig gebaute Frau mit buntem Kopftuch, die sich diesem Handy-Sprechdings widmete. Die hängenden goldenen Ohrringe des schon in die Jahre gekommenen Menschen waren ständig leicht in Bewegung, sie passten gut zu den großen Fingerringen, die sie trug. Ihre langen Nägel waren knallrot angemalt, sie gaben ein klackerndes Geräusch von sich, während sie auf die Oberfläche des Handys tippte.

Sonst war keiner hier. Mit einem aufgeregten Bauchflattern schlenderte ich durch den Laden. Kräuterduft begleitete mich. Wohin ich ging, lagen wunderschöne Kristalle, bunte Steine, Karten zum Wahrsagen und – oh, ich war kurz vorm Ausflippen – an einer Wand stand ein Regal mit Büchern. Eines davon zeigte einen gezeichneten Elben! Ich berührte es, hätte es so gern in die Hand genommen und darin geblättert. Doch ich war nicht in der Lage, es hochzuheben. Kaum wollte ich es anheben, griff ich ins Leere. Mir blieb lediglich, es mit den Fingerspitzen zu streicheln.

Warum war das so? Ich nahm mir vor, diesen Geisterdoktor danach zu fragen. Wenn sich einer damit auskannte, dann wohl er. Bei uns zu Hause gab es auch Spezialisten für alle erdenklichen Themengebiete. Gelehrte, die das geheime Wissen unserer Vorfahren in sich trugen.

Bestimmt war es hier nicht anders.

Endlich betraten Taro und Sienna den Laden. Sie kamen im Gegensatz zu mir nur sehr langsam herein und verschafften sich erst einmal einen Überblick.

»Einen wunderschönen guten Morgen«, säuselte die alte Frau mit dem bunten Kopftuch. Sie stand sofort auf und kam mit schleppenden Schritten nach vorn. Die langen Ohrringe baumelten schwungvoll hin und her, sie selbst bewegte sich aufgrund ihres massigen Körpers nur schwerfällig. »Kann ich Ihnen weiterhelfen, oder wollen Sie sich umsehen? Suchen Sie etwas Bestimmtes?«

Taro und Sienna tauschten fragende Blicke aus. Sienna hob unsicher die Schultern. Noch gestern im Kunstladen war sie so selbstbewusst gewesen. Aber jetzt? Sie brachte kein Wort über die Lippen.

Der junge Mann gab sich einen Ruck. »Wir sind auf der Suche nach einem Geistheiler und haben gehofft, dass Sie uns jemand Seriösen empfehlen können.«

»Das kann ich. In der Tat.« Die sympathische Verkäuferin nickte, die langen Ohrringe schaukelten noch heftiger. »Sie hat wohl die Vorsehung hergeschickt, das Universum weiß immer, was es tut. Denn diese Woche ist ein großartiger Heiler aus Peru bei uns zu Gast, leider weiß ich nicht auswendig, ob noch ein Termin frei ist. Er ist immer schnell ausgebucht, aber ich kann nachfragen, wenn Sie möchten.«

Wieder tauschten die beiden einen Blick. Sienna nickte nur. Taro ergriff das Wort: »Ja bitte. Aber wenn kein Termin mehr frei ist, bräuchten wir jemand anderen.« Er machte eine kleine Pause. »Es ist dringend«, sagte er mit Nachdruck.

»Verstehe. Bitte warten Sie kurz, ich muss ins Büro, um im Terminplaner nachzusehen«, entschuldigte sich die rundliche Verkäuferin. Sie verschwand angestrengt atmend durch die Tür hinter der Theke.

»An Vorsehung glaube ich nicht, eher daran, dass wir Glück haben.« Taro grinste breit, er wollte wohl die Stimmung auflockern, denn sie kaute schon wieder nervös auf ihrer Lippe.

Sie zeigte ihre Anspannung angesichts dieser Situation gut sichtbar nach außen und wirkte neben dem gut gebauten Taro im Moment noch kleiner, als sie ohnehin schon war. Das war wahrscheinlich auch der Grund, aus dem er seinen Arm schützend um ihre Schulter legte. Eine innige, vertraute Geste, obwohl sie sich erst gestern kennengelernt hatten. Ich versuchte, Siennas Stimmung zu ergründen. Sie blickte zu ihm hoch und lächelte tapfer.

In meiner Brust wurde es wieder ganz schwer, ich ließ die Schultern hängen. Nur wegen mir ging es ihr so schlecht. Ich musterte sie besorgt, hätte ihr so gern was Nettes gesagt. Etwas, damit sie wieder fröhlich wurde. Oder selbst meinen Arm um sie gelegt, um sie zu trösten und ihr Halt zu geben.

Ich horchte auf, denn Schritte kamen näher – sie klangen anders als die der alten schwerfälligen Frau. Diese waren jünger, agiler und als ich sah, wer mit einem kleinen schwarzen Buch in der Hand um die Ecke kam, musste ich lächeln.

Die hübsche Verkäuferin mit den blau-pinken Haaren erkannte Sienna sofort.

»Eine italienische Künstlerin braucht einen Curandero?«, fragte Cecily mit einem Schmunzeln im Gesicht. Es ebbte ab, als ihr Blick auf Taro fiel. »Oder brauchen Sie den Termin?« Sie räusperte sich verlegen. »Entschuldigung, ich wollte nicht vorschnell sein.« Ihr Blick glitt nun zu Taros Hand, die er im selben Moment hastig von Siennas Schulter nahm.

»Du arbeitest hier auch?«, fragte Sienna erstaunt.

»Das ist der Laden meiner Oma.« Sie deutete mit dem Daumen hinter sich. »In der Früh komme ich immer her, wir frühstücken gemeinsam, ehe ich anschließend den ganzen Tag im Kunstladen stehe.«

»Ihr kennt euch?« Taro blickte fragend zwischen den beiden hin und her.

»Ja. Nein, ja – nicht wirklich«, stammelte Sienna. »Hab mich gestern mit Usaij Farben eingedeckt.«

Er lächelte charmant. »Die Drachenlady steht auf Qualität.«

»Wie man sieht«, kommentierte Cecily schnippisch, während sie den jungen Mann ausgiebig musterte. »Äh, wegen des Termins ...?« Sie strich sich die farbenfrohen Haare hinter das Ohr und klappte das Buch in ihren Händen auf. »Aufgrund einer Absage wäre heute einer um elf Uhr frei geworden. Wollt ihr ihn haben?«

Sienna verzog traurig den Mund. »Elf Uhr? Ich muss um zwölf im Kurs sein. Schade, wäre ja auch zu schön gewesen.«

»Wie lange dauert denn so ein Termin bei diesem Heiler für gewöhnlich?«, fragte Taro nach.

»Zwischen dreißig und vierzig Minuten, je nachdem. Manchmal auch etwas kürzer oder länger«, antwortete Cecily. »Es tut mir leid, der Curandero ist ansonsten total ausgebucht, ich kann euch leider keinen anderen Termin anbieten.«

»Schon gut«, antwortete Sienna. »Es gibt doch bestimmt noch andere Spezialisten in London, oder?«

Cecily legte das schwarze Buch auf der Theke ab. »Kommt darauf an, wofür du ihn brauchst?« Ihr Blick schwenkte zu Taro. »Oder soll es ein Termin für euch beide sein?«

Dieser schüttelte heftig den Kopf.

»Nein, nein, schon richtig. Nur ich allein brauche ihn«, antwortete die zarte Italienerin hastig. »Aber ich kann dir echt nicht erklären warum.« Sie hob entschuldigend die Schultern.

Cecily quittierte diese Antwort mit einem argwöhnischen Blick. »Na ja, ich habe hier hinten Visitenkarten von allen möglichen Leuten«, erklärte Cecily und holte aus einer Schublade kleine Kärtchen heraus, die sie auf der Theke verteilte. »Von Feng-Shui bis Yoga ... Engelmeister, Reiki-Meister und Geistheiler, die deine Wirbelsäule gerade machen, oder welche, die dich auf sonderbare Art hypnotisieren. Auch mit Klangschalen-Therapeuten, Auraclearing, Aura-Chirurgie, Kristallheilung, Epigenetik, Quantenheilung, Rückführung, Energiemedizin und Tarot kann ich dienen. Aber mal ehrlich: Nur wenige sind gut. Die meisten von denen sind Schrott und total verpeilt. Ich kann dir nur helfen, wenn du mir sagst, um was es geht. Sonst rennst du womöglich von einem spirituellen Irren zum anderen und dein Portemonnaie wird immer leichter, aber das ist auch das Einzige, was sie für dich tun können.«

»Cecily«, kam tadelnd von der Großmutter aus dem Hinterzimmer. Ihr Atem ging laut, die Schritte waren schwer, als sie sich uns näherte. Sie blieb im Türrahmen stehen und hielt sich daran fest. »Du sollst nicht abfällig reden, das bringt schlechtes Karma.«

»Ich berate nur, Oma«, stellte sie mit sanfter Stimme klar. »Lass mich nur machen. Geh du in Ruhe fertig frühstücken, ich kümmere mich gut um deine Kunden.«

»Fein«, antwortete die Großmutter. »Du kannst ihnen auch von jeder Visitenkarte eine geben, dann können sie zu Hause in Ruhe überlegen, welcher Heiler der richtige ist.«

»Gute Idee.« Lächelnd blickte sie ihrer Oma hinterher, dann wurde sie wieder ernst und wandte sich Sienna zu. »Wenn du auf Nummer sicher gehen willst, dann ist der Schamane aus Peru die beste Wahl«, flüsterte sie. »Ich werde dich bestimmt zu keinem von diesen durchgeknallten Eso-Typen gehen lassen, dafür bist du mir viel zu sympathisch.«

Sienna blickte verlegen, dann sah sie zu Taro hoch. »Ich möchte doch zu einem richtigen Arzt gehen.«

Er schüttelte den Kopf. »Du kannst auch morgen mit dem Kurs beginnen. Tooly ist da ziemlich locker, ich sage ihm einfach, dass wir noch Materialien besorgen müssen. Dann fragt er nicht nach, denn fehlende Pinsel machen ihn wahnsinnig.«

»Meinst du?«

»Ganz sicher.«

Sienna presste die Lippen aufeinander und überlegte.

»Du wirst beim Doc bestimmt länger auf einen Termin warten müssen«, überzeugte Taro sie. »Und wenn du nicht schwindeln willst, können wir später im Kunstladen ja noch etwas für den Kurs kaufen.«

»Stimmt«, gab sie zu und nickte. »Okay. Dann nehme ich den Termin um elf bei diesem Curand... wie auch immer.« Sie hielt inne. »Was macht der eigentlich genau?«

Cecily grinste so breit, dass man den kleinen Ring über ihrer Zahnreihe gut sehen konnte. »Der Curandero kann alles, was die Esoteriker nur vorgeben, zu können.«

»Klingt gut. Auch wenn ich mich damit nicht auskenne.« Die Italienerin schmunzelte.

Cecily zog die Schublade wieder auf und wischte alle Karten von der Theke direkt hinein. »So, aufgeräumt. Ich habe noch eine gute Dreiviertelstunde. Wollen wir uns beim Coffeeshop an der Ecke was holen?«

Sienna und Taro nickten. Kurz darauf schlenderten sie zu dritt den gepflasterten breiten Weg entlang. Eigentlich zu viert, denn ich ging ja direkt neben ihnen ...

Sie holten sich jeweils eine dieser hohen Bechertassen, plauderten über Farben und Kunst und schlenderten den Weg äußerst langsam wieder zurück. Manchmal blieben sie, im Gespräch vertieft, stehen und fachsimpelten. Nur zu gern hätte ich mitgeredet, ihnen von meinen Experimenten mit Pflanzenfarben, geriebenem Holz und Pilzen erzählt. Stattdessen lauschte ich schweigend und beobachtete die anderen Menschen um uns herum.

Ein Junge fuhr mit Schuhen, an deren Sohlen Räder befestigt waren, an uns vorbei. Ich staunte nicht schlecht! Das gefiel mir so gut, dass ich am liebsten auch solche Räderschuhe gehabt hätte.

Während ich ihm fasziniert nachschaute, hörte ich ein Knacken. Zuerst nur leise, dann immer deutlicher. Intuitiv sah ich nach oben zu dem gebogenen, meterhohen Schild, an dem die schwebenden, farbenprächtigen Bälle baumelten.

Das Geräusch war nicht mehr zu hören. Ich wandte meinen Blick den dreien zu, die nur wenige Meter von mir entfernt standen. Sienna zeigte auf dem Handy gerade Fotos von ihren Kunstwerken.

Cecily war begeistert, als sie die einzigartigen und sehr liebevoll gestalteten Drachen erblickte. »Ein Original kann ich mir bestimmt nicht leisten«, sagte sie und betrachtete einen blauen genauer. Er hatte in 3D herausgearbeitete, nach hinten gebogene Hörner und kleine Flügel, welche zart schimmerten. »Verkaufst du auch Kunstdrucke? Den hätte ich gern, er sieht mega aus, ich liebe ihn und vor allem seine Augen! Mann, wie die strahlen. Einfach sensationell.«

Über uns knackte es wieder.

Es durchzuckte mich wie ein Blitz.

Im nächsten Moment passierten zwei Dinge gleichzeitig: Das mindestens sechs Meter lange Schild löste sich aus der Verankerung, es fiel und ein Beschützerinstinkt, so überwältigend wie eine Naturgewalt, ergriff von mir Besitz.

Mein Herz wurde heiß, diese Hitze breitete sich in dem Bruchteil einer Sekunde in meinem ganzen Körper aus, sie explodierte regelrecht. Ich spürte auf meiner Stirn die Wärme des Zeichens der Mondgöttin, die sich öffnende Seerosenblüte, und in meinen Handflächen glühten die beiden Schlüssel.

Sie sahen genauso aus wie der Schlüssel, den ich um meinen Hals hängen hatte. Ohne auch nur einen einzigen weiteren Gedanken zu verschwenden, packte ich Sienna – die nur noch einen knappen Zentimeter davon entfernt war, von dem massiven Schild erschlagen zu werden – und zog sie schwungvoll zur Seite.

Sie quietschte. Taro und Cecily sprangen vor Schreck auseinander, noch ehe das Schild mit einer immensen Wucht auf den Boden knallte. Das Metall schlug kleine Funken, Pflastersteine brachen entzwei, Glas klirrte. Der laute Knall echote zwischen den Hausfassaden hin und her und war noch immer zu hören.

Menschen schrien, aber ich konnte keine Stimme von der anderen unterscheiden, denn all die Geräusche vermischten sich zu einem einzigen Sturm, der in meinen Ohren toste und wie Wind heulte.

Ich sah aus dem Augenwinkel, dass das Handy, welches den blauen Drachen zeigte, auf dem harten Boden landete. Über das Glas zogen sich sofort spinnwebenartige Risse, das Drachenbild wurde schwarz. Kaffee schwappte aus dem hohen Becher und verteilte sich darüber, ehe er ein Stück weiterschlitterte und endlich liegen blieb. Die anderen beiden Becher lagen etwas entfernt. Vor Schreck hatten Sienna, Taro und Cecily alles losgelassen.

Kaum war die gefährliche Situation vorbei, erlosch das Leuchten in meinen Händen. Auch das Zeichen der Mondin konnte ich auf meiner Stirn nicht mehr spüren.

Erst jetzt nahm ich die Umgebung wieder richtig wahr, bemerkte, wie Sienna panisch kreischte und obwohl sie bereits in Sicherheit war, rannte sie noch einige Schritte von dem Geschehen fort und direkt in Taros Arm. Er hielt sie fest und hatte auch noch einen Arm für Cecily frei. Beide Frauen krallten sich an ihm fest, sie schlotterten wie Espenlaub.

»Oh Gott, ich dachte, es hätte dich erwischt«, japste Cecily, löste sich von Taro und fasste sich bestürzt an die Stirn.

Menschen kamen herbeigeeilt.

»Jemand verletzt?«

»Rufen Sie die Polizei! Das muss sofort gemeldet werden!«

»Das Stadtamt ist dafür zuständig!«

Chaos brach aus, die Menschen redeten aufgeregt durcheinander, doch keiner wusste so recht, was zu tun war. Alle waren noch damit beschäftigt, das Unglück zu begreifen.

»Geht es dir gut?«, fragte ich Sienna besorgt. Sie machte keine Anstalten, sich aus Taros schützendem Arm zu lösen. Brauchte den Halt, den er ihr gab, sonst wäre sie wahrscheinlich gefallen.

»Nein«, gab Sienna bebend von sich und blickte in die Richtung, in der sie mich vermutete. »Ich hab dich wieder sehen können, Dian.«

»Du hast mich gesehen?«

»Ja. Du hast golden gestrahlt wie ein Engel.«

Cecily war sichtlich verwirrt. »Mit wem redest du? Hast du dir den Kopf gestoßen?«

Sienna machte sich von Taro frei, der noch immer unter Schock stand, aber die Fassung bewahrte. »Du konntest ihn wieder sehen?«, fragte er so ruhig wie möglich, doch seine Stimme flatterte hörbar.

Die Italienerin nickte. Sie bückte sich, nahm das kaputte Handy vom Pflasterboden auf und wischte es notdürftig sauber. »Ich sah ihn aber nur ganz kurz, dafür klar und deutlich. Er hat mir das Leben gerettet.«

Taro und Sienna tauschten einen langen Blick.

Cecily neigte sich leicht vor. »Das Leben gerettet?«

»Ohne ihn wäre ich jetzt bestimmt tot.«

Diese Erkenntnis brachte alle drei einen Augenblick zum Schweigen. Das Geschehen um sie herum wirkte dadurch noch chaotischer.

Cecily schüttelte verblüfft den Kopf. »Du siehst Engel?«

Ich schnaubte empört. »Ich bin kein Engel«, stellte ich sofort klar. Dass man mich mit Märchenfiguren verglich, war eine Sache, eine andere war es, mit Himmelswesen gleichgestellt zu werden!

Sienna konnte mich natürlich hören. Ebenfalls den Ernst, der in meiner Stimme gelegen hatte. »Auch wenn du mich für durchgeknallt hältst ... ich höre seit gestern einen Elben namens Dian. Ich konnte ihn gestern kurz sehen und vorhin auch wieder.«

Die verdatterte Cecily antwortete nicht darauf.

»Wir sollten von hier verschwinden«, meinte Taro und machte einen Schritt rückwärts, was die beiden Frauen dazu bewegte, ihm zu folgen.

Sie rannten beinahe.

Zwischen *Mystery Moon* und *Art and Paper* blieben sie stehen, schnauften erst mal tief durch und beobachteten aus der Ferne das chaotische Geschehen rund um das vom Himmel gefallene Schild mit den hübschen bunten Bällen.

»Brauchst du deswegen den Curandero?«, bohrte die junge Verkäuferin nach. »Weil du diese Stimme hörst?«

»Bisher dachte ich an eine Psychose oder vielleicht sogar an einen Gehirntumor. Ich hatte Panik, wenn ich nur daran dachte, und habe mich nicht getraut, es auszusprechen. Aber jetzt?« Die Drachenlady sah nach oben und rang um Worte. »Wie kann ich an dem Elben zweifeln, wenn ich ihm mein Leben verdanke?« Ihr Blick wanderte zu Taro. »Brauche ich jetzt einen Arzt, einen Heiler oder gar niemanden? Oh, ich bin total durcheinander und verstehe die Welt nicht mehr.«

Der junge Mann mit den mandelförmigen Augen dachte stirnrunzelnd darüber nach und rückte sich die grüne Mütze zurecht. »Also ... ich konnte ihn nicht sehen, aber ich denke, ich habe mitbekommen, wie du zurückgezogen wurdest. Jetzt wo ich darüber nachdenke, glaube ich, dass deine Körperbewegungen irgendwie unnatürlich waren.«

»Aber du bist dir auch nicht sicher?«

Er zuckte mit den Schultern. »Ich kann dir nichts bestätigen, was ich nicht sicher weiß. Vielleicht solltest du das doch medizinisch abklären lassen, damit du Gewissheit hast. Es gibt tatsächlich Menschen, die aufgrund eines Gehirntumors Halluzinationen haben oder Stimmen hören. Ich habe auch schon daran gedacht, aber ich wollte dich nicht noch mehr beunruhigen. Ich meine, die Möglichkeit besteht, dass du ernsthaft krank bist. Ich hoffe es zwar nicht, aber wer von uns kann das schon ausschließen?«

»Du hast recht, aber es gibt auch Dinge auf dieser Welt, die wir nicht medizinisch erklären können.« Cecily deutete auf den Laden ihrer Großmutter. »Ich bin keine Esoterikerin, aber sehr spirituell und habe schon Dinge miterlebt, die es aus wissenschaftlicher Sicht gar nicht geben dürfte.«

Ein fragender Ausdruck huschte über Siennas Gesicht. »Glaubst du wirklich, ein toter Elbe könnte mich verfolgen?«

»Hm. Eher nicht«, erwiderte sie nachdenklich. »Das sind laut Überlieferung magische Wesen aus der Anderwelt, sie haben keinen Körper so wie wir und können dementsprechend auch gar nicht sterben?«

Taro vergrub die Hände in den Hosentaschen und runzelte wieder die Stirn. »War das eine Frage?«

»Ganz ehrlich? Ich weiß nicht, ob Elben sterben können oder nicht. Wie kommt ihr denn drauf, dass er tot ist? Ähm, falls er existiert.«

»Er hat es mir gesagt«, offenbarte ihr Sienna das Unglaubliche.

»Mhm«, machte Cecily grübelnd.

Ich verdrehte die Augen.

Dieses Hin und Her nervte mich tierisch. Jetzt waren es drei Menschen, die an mir zweifelten. Was musste denn noch geschehen? Was brauchte die kleine Italienerin, damit sie die Realität anerkannte? Mir fiel echt nichts mehr ein!

Es reichte mir. »Hört bitte mit dem sinnlosen Gequatsche auf«, platzte es aus mir heraus. »Um elf wird euch dieser Curandero hoffentlich bestätigen, dass es mich gibt. Und wenn er es nicht kann, ist er auch einer von diesen Scharlatanen, von denen Cecily vorhin gesprochen hat.« Ich trat näher an Sienna heran, damit sie meine Stimme klar und deutlich hörte. »Ich habe dich gestern um Hilfe angefleht und euch genügend Beweise geliefert. Warum zweifelst du immer noch? Du konntest mich vorhin sogar sehen! Ohne mich wärst du zerquetscht worden. Erinnere dich: Du standest direkt unter dem Schild!« Ich schnaubte, so wütend war ich. Klar, ich hatte sie nicht bewusst gerettet, es war mehr ein innerer Zwang gewesen, aber sie konnte mir diese gute Tat nicht einfach wieder absprechen! Das war unfair! Ich war derjenige, der hier als Geist festsaß und Hilfe brauchte. Sie mir zu verwehren, war falsch.

Sienna reagierte nicht auf meine Wut. Sie stand nur steif auf der Stelle, versuchte wahrscheinlich, meine Worte zu verinnerlichen, während Taro und Cecily weiter darüber diskutierten, ob ich existierte oder eben nicht. Die Hilflosigkeit übermannte mich. Mein Kinn zitterte. Ich spürte, wie sich eine Träne löste und über meine Wange kullerte. Schniefend wischte ich sie fort. Mein Leben hatte sich in Luft aufgelöst. Sollte es ab nun nur noch daraus bestehen, den Menschen ungebeten zu folgen? Unwillkommen in einer mir fremden Wohnung zu sitzen und darauf zu warten, dass etwas geschieht?

Dass mich Sienna nicht als Lebewesen mit Herz und Seele anerkannte, war vernichtend für mich. Ich konnte die Tränen nicht weiter zurückhalten, wieder schniefte ich.

»Weinst du?«, fragte mich das Drachenmädchen flüsternd.

»Es geht mir nicht gut«, gestand ich ihr.

Sie drehte sich etwas von den anderen ab. »Ich denke, ich glaube dir.« Der verunsicherte Klang ihrer leisen Stimme verriet das Gegenteil.

»Genau ... und in ein paar Minuten denkst du wieder, du wärst krank.«

»Wärst du an meiner Stelle nicht verunsichert?«

»Ich hätte mich an meine Großmutter gewandt oder an die Gelehrten, um sicherzugehen.«

»Du weißt, dass ich deswegen um elf einen Termin bei dem Curandero habe?«

Ich schwieg einen Moment. »Hab schon verstanden«, nuschelte ich. »Könntet ihr bis dahin bitte aufhören zu diskutieren? Diese Unwahrheiten über mein Volk schmerzen mich sehr.«

Sie presste die Lippen zusammen. »Das war nicht unsere Absicht. Tut mir leid.«

Ihre Begleiter hatten aufgehört zu reden und lauschten Siennas Worten.

»So geht das seit gestern Abend«, sagte Taro leise.

Cecily schob nachdenklich die Augenbrauen zusammen und runzelte die Stirn. »Dann ist dein Elbe gerade da?«

Sienna nickte.

»Ich denke, du brauchst keinen Curandero, ich habe eine andere, viel bessere Idee. Kommt mit.« Sie steuerte auf den Laden ihrer Großmutter zu.

»Musst du nicht zur Arbeit?«, fragte Taro und deutete unauffällig zum Kunstladen.

Dort stand eine Brünette mittleren Alters hinter der gläsernen Eingangstür und beobachtete uns kritisch.

Cecily wandte sich um.

»Mist. Zeit vergessen. Das ist meine Chefin. Wartet kurz, bin gleich wieder da.« Sie rannte hinüber und verschwand im Laden. »Hab meine Schicht verschoben, ich kann später anfangen«, teilte sie uns mit, als sie wieder zurückkam und sofort auf *Mystery Moon* zuging.

Sienna und Taro folgten ihr wortlos, ich ebenso. Wir gingen durch das Geschäft, in den Hinterraum und nahmen eine Treppe nach oben.

Es war ein gemütlicher Raum, in den uns Cecily brachte. Helle Möbel, eine Regalwand war gefüllt mit Büchern, an den anderen Wänden hingen wunderschöne Bilder, welche die Natur zeigten. Wälder, Wiesen, ein Bach – der Anblick wärmte mein Herz. Ich vermisste den Wald hinter unserem Haus. Meine Spaziergänge, das Pfeifen zusammen mit den Singvögeln ... Ganz kurz versank ich in den Bildern und schwelgte in Erinnerungen, die meine Sehnsucht nach Normalität aber leider nur verstärkten.

»Setzt euch.« Cecily zeigte auf einen weißen Tisch mit vier Stühlen in der Mitte des Raumes. Während die beiden anderen Platz nahmen, holte sie ein paar Bücher aus dem Regal. Sie legte diese auf dem Tisch ab und setzte sich ebenfalls.

»So«, begann sie, nahm das erste Buch vom Stapel und klappte es so auf, dass nur sie den Inhalt sehen konnte. »Nun sag deinem Elben, er soll beschreiben, was ich sehe.«

Sienna war kurz still. »Er kann dich gut hören, ich muss nichts ausrichten«, erklärte sie schließlich. »Und ehrlich gesagt, hatten wir so ein Buchexperiment gestern schon.«

»Wie meinst du das?«

»Taro hat Dian getestet, doch das hat unsere Zweifel auch nicht ausgeräumt.«

Cecilys fragender Blick ging zu dem jungen Mann. »Was habt ihr seit gestern gemacht?« Sie war entsetzt. »Eure

Gehirnwindungen verknotet? Wenn euch das mit dem Test schon selbst eingefallen ist, warum die Zweifel? Hat es nicht geklappt?«

»Na ja, irgendwie schon.« Taro zog verunsichert die Schultern nach oben. »Sienna nannte mir die Farbe meiner Bettwäsche, Details über den Kleiderschrank und die Titel der Bücher, die am Boden lagen. Aber das hätte sie auch erraten können.«

Cecily stöhnte. »Kopfmenschen ...«, beschwerte sie sich. »Wir machen das jetzt ordentlich, okay?«

Beide nickten. Sienna rutschte unbehaglich hin und her. Schon wieder lag ihr die Anspannung im Nacken. Taro nahm unter dem Tisch ihre Hand und hielt sie fest. Sie sahen sich kurz an, Sienna schenkte ihm einen dankbaren Blick.

»Teile uns mit, was du siehst«, bat Cecily an mich gerichtet und stellte das Buch über Kräuter noch etwas auf, damit die anderen beiden es ganz sicher nicht einsehen konnten.

Ich ging hinter sie und erkannte die Pflanze sofort, die gab es bei uns auch. »Ich sehe zwei Bilder einer Brennnessel. Die Überschrift lautet: *Eine Kriegerin und wahre Heilerin.*«

Sienna lauschte meinen Worten und gab sie weiter.

»Wow, ist das cool! Er kann sogar lesen!« Cecily nahm übermütig ein anderes Buch. »Was steht da?« Sie tippte auf den ersten Absatz.

»Das Volk der Azteken lebte einst in dem Gebiet, wo heute Mexiko liegt. Ihr Reich war mächtig, doch das schützte sie nicht vor dem Aussterben. Durch die Spanier wurde die Hauptstadt Tenochtitlán im Jahre 1521 völlig vernichtet, nachdem sie 107 Tage lang belagert wurde und schlussendlich in Flammen aufging ...« Ich las und las und las, das Drachenmädchen wiederholte es. Keiner von uns beiden stoppte. Wir erreichten bald einen Punkt, an dem keiner mehr aufhören konnte – oder wollte. Taro rutschte mit seinem Stuhl neben Cecily, um mitlesen zu können, bald mussten sie umblättern. Dann noch einmal und noch mal.

Wir schafften fast ein ganzes Kapitel, bis alle aufgestauten Gefühle von Sienna abfielen und sie so weinen musste, dass sie nicht mehr sprechen konnte. Sie vergrub das Gesicht in ihren Händen, ihr Schluchzen war herzzerreißend.

Taro und mir traten ebenfalls Tränen in die Augen. Cecily weinte nun auch mit ihrer neuen Freundin mit. Sie gaben sich gegenseitig Halt, denn alle hatten nun endlich verstanden, dass ich kein Hirngespinst war.

Es gab kein Zurück mehr. Die zarte italienische Künstlerin hatte tatsächlich eine Verbindung zu einem richtigen Elben. Keiner dieser drei Menschen, die gerade im Obergeschoss des *Mystery Moon* saßen, würde das noch einmal infrage stellen.

Doch eine Muse

In dem hellen Raum war es still geworden. Sienna wischte sich nach einiger Zeit die Wangen trocken und setzte sich wieder gerade hin. Ihre Augen waren etwas verquollen, unter den Sommersprossen hatten sich einige rötliche Flecken gebildet.

»Das bleibt aber bitte unter uns«, sagte sie so leise, als müsste sie ihr Geheimnis vor der Welt verbergen.

»Ist doch klar«, bestätigte Cecily, Taro nickte zustimmend. »Wenn das jemand erfahren würde, ginge das weltweit durch alle Kanäle. Na ja. Wenn man uns glauben würde ...«

»Deine Kunstwerke würden sich aber gut verkaufen«, scherzte Taro vorsichtig.

Cecilys Augen blitzten auf. »Fürs Erste hast du dir hundert Pfund gespart, denn den Termin bei dem Curandero können wir wieder absagen.« Sie lächelte amüsiert, der silberne Ring unter ihrer Oberlippe blitzte hervor.

Taro nickte. »Und du kannst doch pünktlich in den Kurs.«

»Ich glaube, ich nehme mir trotzdem frei«, meinte Sienna. »Das alles war etwas viel. Der Umzug, Dian, der Schreck vorhin.«

»Und wir zwei.« Ihr Nachbar kicherte und Cecily stimmte mit ein. »Du bist jetzt schon fix und fertig und dabei bist du Aaren und Yaris noch nicht mal begegnet.«

»Ich sollte ihnen doch aus dem Weg gehen?«

»Wäre besser für dich.«

»Bevor ihr weiterplaudert – mir brennt eine Frage auf der Zunge«, platzte Cecily dazwischen. »Was sagt Dian jetzt zu dem Ganzen?«

»Ich bin erleichtert, dass ihr nicht mehr zweifelt, das war echt hart für mich«, antwortete ich. »Und jetzt sehne ich mich danach, dass mich jemand aus meiner Lage befreit.« Ich machte eine kleine Pause, während Sienna das Gesagte wiederholte. »Bitte. Ich brauche Hilfe. Ich fühle mich so verloren«, fügte ich leise hinzu. Angst ließ meine Stimme vibrieren.

Die Augen der italienischen Künstlerin füllten sich erneut mit Tränen. »Es tut mir so leid, Dian. Es war nicht meine Absicht, dich leiden zu lassen.«

»Ich weiß«, flüsterte ich. »Aber vielleicht musste das alles ja so kommen, weil ich derjenige bin, der die Hilfe dieses Heilers braucht? Vielleicht kann er mich aus meiner Lage befreien? Weißt du, ich ertrage den Gedanken nicht, ab nun für immer auf der Erde verweilen zu müssen. Er weiß hoffentlich, was zu tun ist.«

»Ich bringe dich zu dem Curandero«, versprach sie mir und die Art, wie sie es sagte, beruhigte mich. Ab nun würde ich mich immer auf sie verlassen können.

Kurz vor elf Uhr saßen wir eine Tür weiter im Flur vor dem Behandlungsraum des geheimnisvollen Heilers aus Peru. Der schwere Geruch von verbranntem Holz drang unter dem schmalen Spalt der Tür hindurch. Ich atmete ihn tief in meine Lungen ein, er machte mich ruhiger, auch mein Herz, welches zuvor noch aufgeregt gepocht hatte.

Cecily war vor wenigen Minuten gegangen, da sie zur Arbeit musste. Taro hingegen blieb weiterhin an Siennas Seite, die beiden verstanden sich wirklich gut und wirkten manchmal, als würden sie sich schon ewig kennen.

Ein bisschen bedauerte ich, dass ich mich bald von ihnen würde verabschieden müssen. Aber hierzubleiben war immer noch keine Option. Mir fehlte Schlaf und Nahrung, auch wenn ich beides in dieser Welt nicht brauchte. Ich war auf die Italienerin angewiesen und würde ich hierbleiben, wäre sie dazu verdammt, mich auf ewig ertragen zu müssen. Und ich sie im Gegenzug auch. Nein. Ich musste von hier fort, und zwar schnell. Das war besser für alle, ich gehörte nicht hierher, ich wollte nach Hause zu Nana, obwohl ich wusste, dass das als Toter nicht ging. Der Heiler war bestimmt in der Lage Rachél die Nachricht zu übermitteln, dass ich ins Totenreich wandern musste, um den Geistkörper und meine Hilflosigkeit loszuwerden. Ich wollte nicht dorthin, aber ich musste. Alle mussten es, wenn sie gestorben waren. Nun war meine Zeit gekommen, diesen Weg zu gehen. Ich war bereit dafür.

Als die Tür aufging und ich den Curandero erblickte, überkam mich deshalb eine Woge der Hoffnung, wie ich sie schon lange nicht mehr gespürt hatte. Der Mann wirkte nicht nur weise, er hatte eine freundliche Art, die ich auf Anhieb mochte.

»Bitte, setzt euch an den Tisch«, lud er Sienna und Taro mit spanischem Akzent ein. Sein freundliches, sonnengebräuntes Gesicht war voller tiefer Falten, er trug eine farbenfrohe Mütze mit Perlenstickereien und Ohrenklappen, an denen bunte Quasten hingen. Um seinen Hals baumelte ein Amulett aus Holz – eine wunderschöne Schnitzerei, die einen Jaguarkopf zeigte. Das Stück sah aus, als wäre es sehr wertvoll.

Der Peruaner lächelte mit einem liebevollen Ausdruck im Gesicht, als er sich ebenfalls setzte. Die Falten um seine Augen gruben sich dabei tiefer in seine Haut, das machte ihn noch sympathischer.

In der Mitte des großen hellen Holztisches stand eine brennende weiße Kerze, rundherum lagen Natursteine, die einen Kreis bildeten. Gleich neben dem Kreis befand sich ein Schälchen aus rotem Ton. Er zog es näher an sich heran und holte ein kleines Stück Holz heraus, welches er mithilfe der Kerze anzündete.

Sofort verbreitete sich ein süßlich-herber Duft, über dem Curandero bildete sich eine schwebende Nebelwolke, die einige Sekunden dort hängen blieb, ehe sie sich auflöste.

Er legte das Holz auf dem Rand des Schälchens ab und blickte die Ratsuchenden an. »Sehr schön, dass ihr hier seid. Welches Anliegen habt ihr mitgebracht?« Seine Stimme klang großväterlich und warm. Sie erinnerte mich an Rachél, die mit ihrer weichen Stimme stets meine schlechte Laune vertrieben oder mir Mut zugesprochen hatte. Ich vermisste Nana so sehr, dass es schon wehtat.

Sienna blickte kurz zu Taro und atmete tief durch. »Ich habe eine verstorbene Seele mitgebracht. Es ist ein Geist«, sagte sie dann. »Ich kann ihn nicht immer sehen, aber hören und mit ihm sprechen.«

Der weise Mann verzog keine Miene, stattdessen nickte er bedeutungsschwer. Ich wusste, dass das, was er gleich sagen würde, all meine Fragen beantworten würde. Mein Herz schlug schneller, als er den Mund öffnete und zu reden begann.

»Die Seele eines Verstorbenen gleitet normalerweise von selbst aus dieser Welt ins helle Licht. Doch manchmal geschieht etwas Unvorhergesehenes und das Licht wird nicht gesehen. Dann bleiben diese Seelen hängen und müssen warten, bis ihnen jemand den Weg in die Weiße Stadt zeigt.«

»Weiße Stadt?«

»Der Ort hinter dem Lichttunnel. Es ist ein Ort der Heilung, dort werden die Seelen der Verstorbenen behütet und betreut.

Und wenn sie durch den Tod ihres Körpers verwirrt sind, wird ihnen geholfen. Eine Seele, die auf der Erde verbleibt, verkümmert hingegen. Manchmal wird sie wütend, weil es keinen Ausweg gibt, oder traurig, denn es gibt nichts, was sie selbst tun kann, um sich aus der Situation zu befreien. Sie brauchen sozusagen jemanden, der den Weg weist, ihn für sie beleuchtet.«

»Er hat mich mehrfach angefleht, ihm zu helfen«, hauchte Sienna, sich selbst anklagend. »Ich habe gezweifelt und gedacht, ich wäre verrückt oder krank.«

»Deine Gabe ist außergewöhnlich, da du Seelen hören kannst«, erwiderte der Curandero anerkennend. »In der industriellen westlichen Kultur wird nicht gern über den Tod gesprochen, er wird lieber totgeschwiegen.« Er schmunzelte über die Doppeldeutigkeit, dann wurde er wieder ernst. »Mach dir deshalb keine Vorwürfe, solche Zweifel zu haben, ist ganz normal.«

Taro blickte interessiert. »Kannst du diese verstorbene Seele denn jetzt sehen?«

»Ich sehe nur, was ich sehen soll«, lautete die Antwort des weisen Mannes. »Manchmal bleibt mir etwas verborgen, manchmal sehe ich Dinge, die andere nicht sehen. Das Universum ist voller Geheimnisse. Aber ich kenne mich mit den Naturgesetzen aus, mit starken Ritualen, heilenden Worten und noch vielem mehr. Ich habe verbündete Kraftgeister, die mir helfen, das zu erkennen, was sich vor mir verbirgt.«

Sienna stieß erleichtert ihren Atem aus. »Das klingt, als könntest du ihm helfen.«

Der Curandero lächelte. »Wir werden der Seele jetzt den Weg beleuchten«, sagte er, schob seinen Stuhl zurück und stand auf. Auf der anderen Seite des Raumes lagen ein Stapel Decken und einige Felle auf dem Boden, an denen er sich zu schaffen machte.

»Danke für alles«, sagte ich zu Sienna, da ich das Gefühl hatte, bald für immer von hier zu verschwinden. Gleich würde ich die Erde verlassen, zu der ich mir immer eine Verbindung ersehnt, aber sie nie bekommen hatte. Ich würde die Erinnerungen an meinen Besuch und an Sienna ewig im Herzen tragen. Ihr Lachen würde mir fehlen.

»Gute Reise, Dian«, flüsterte sie kaum hörbar. »Es war schön, dich kennengelernt zu haben. Ich werde immer an dich denken.«

»Ich auch an dich.«

»Du hast mir das Leben gerettet. Ich werde dir jeden Tag dafür danken.« Sie lächelte. Ein bezauberndes Lächeln. Ich prägte es mir ein, auch die niedlichen Sommersprossen und den Kurzhaarschnitt, aber vor allem ihr liebes, zartes Gesicht.

»Kommt, wir bilden einen Kreis.« Der Curandero hatte drei braun gescheckte Felle auseinandergefaltet und auf dem Boden ausgebreitet.

Taro und Sienna setzten sich im Schneidersitz auf die Felle. Der Peruaner legte noch einige Dinge in die Mitte, die er zum Arbeiten brauchte: eine Feder, drei Kerzen und allerlei Kräuterzeug. Das kannte ich schon von den elbischen Heilern und als er sich setzte, eine Rassel in die Hand nahm und sie schüttelte, musste ich wieder an zu Hause denken. An die Bestimmungsfeier und das Rasseln, das während der Zeremonie erklungen war.

Er begann leise zu singen.

Oh, welch wunderschöne Melodie! Ich setzte mich neben Sienna auf den Boden, sie beobachtete den weisen Mann neugierig, ich hingegen schloss die Augen und lauschte seinen Gesängen und Gebeten, die ihn in eine Trance brachten. Er murmelte zwischendurch immer wieder etwas in einer fremden Sprache, ich fühlte mich so geborgen wie schon lange nicht mehr. Denn obwohl ich die Worte nicht verstand, lösten sie ein Wohlgefühl in mir aus.

Und plötzlich wurde es ganz hell, ich schlug erstaunt die Augen auf. Direkt über dem Kreis, den wir sitzend bildeten, erschien ein sonnengleiches Licht, nur nicht so grell wie sie. Es versprühte Liebe und Wärme, ich blinzelte, es war unglaublich – dann sah ich eine Stadt. Weiß und strahlend, die Gebäude schimmerten so intensiv, dass deren Lichtpartikel sogar über die Gesichter von Taro, Sienna und dem Heiler tanzten.

Ich spürte sie mit allem, was mich ausmachte, und hörte sogar die melodische Einladung, in diese Stadt zu kommen und dort zu verweilen. Der Ruf, der aus dem Nichts zu kommen schien, war so unendlich eindringlich, dass ich glaubte, es würde mich gleich zerreißen, wenn ich ihm nicht folgte. Ich erhob mich, konnte den Blick nicht abwenden, war dieser Stadt mit allen Sinnen verfallen. Dort musste ich hin, dort würde mein Platz sein.

Dann wurde es dunkel.

Bei der Mondin! Was war passiert? Hätte ich schneller sein sollen? Warum war sie fort? Wo war die Stadt hin?

Ich nahm den Raum um mich herum wieder wahr. Taro, den Schamanen und Sienna. Die Schwere der Traurigkeit erfüllte mich und traf mich mit voller Kraft, sodass ich bedrohlich wankte.

»Ich bin immer noch hier«, hauchte ich verzweifelt.

Doch meine Freundin kam nicht dazu, mir zu antworten. Es war der Curandero, welcher sein Wort erhob. »Diese Seele ist anders. Die Geister sagen, er müsse seinen Weg selbst finden, wir können ihm heute nicht helfen.«

Ich hielt die Luft an. Auf wackeligen Beinen machte ich einen Schritt rückwärts und atmete scharf aus. »Aber ich weiß doch nicht wie?!«

Der weise alte Mann wandte mir seinen Blick zu und sah mir direkt in die Augen. Mein Herz flatterte spürbar. »Wenn du verstanden hast, wer du bist, wird sich dir der Weg von selbst öffnen.«

Taro und Sienna starrten den Curandero mit offenen Mündern an.

»Wer soll ich schon sein?«, fragte ich. »Mein Name ist Dian, ich stamme vom Clan der silbernen Mondgrotte ...«

Der Peruaner hob die Hand, die Handfläche zu mir gedreht, um mich zu stoppen. »Mein Junge, beschäftige dich weiter mit Halbwahrheiten oder erkenne den wahren Kern.«

Ich schlug die Zähne aufeinander und grummelte. »Das ist der wahre Kern!«

»Das ist die halbe Wahrheit. Wenn du an ihr festhältst und weiter nur das Oberflächliche betrachtest, wirst du niemals deine Bestimmung finden.«

Nun schwieg ich. Wusste nicht mehr, was ich darauf antworten sollte. Musste nachdenken, er hatte mir gerade eine Botschaft mitgeteilt, die ich jedoch nicht verstand. Wahrscheinlich verhinderte die Wut, die ich gerade verspürte, dass ich darüber nachdenken konnte. Es war aber nicht nur die Wut über meine aussichtslose Situation, sondern auch die Tatsache, dass er das mit der Bestimmung angesprochen hatte.

Leider war die Tür des Raumes geschlossen, ich konnte nicht entfliehen und nach draußen rennen – um durchzuatmen und Abstand zu gewinnen. Der Weg war mir versperrt, darum musste ich hierbleiben und mich dem Ganzen stellen.

»Bitte, du musst mir helfen, ich kann nicht hierbleiben. Ich will Sienna nicht zur Last fallen, aber das muss ich, denn ich weiß nicht, wohin ich sonst gehen soll. Ich wäre allein, verstehst du? Mutterseelenallein! Ich flehe dich an, bitte, öffne mir noch einmal den Weg zur Weißen Stadt, ich habe gehört, wie sie nach mir ruft, aber ich bin zu langsam gewesen, um durch das Licht hinüberzugehen.« Die letzten Worte kamen nur noch leise aus meinem Mund. Mein Herz schlug panisch und traurig zugleich.

Ich hatte das Gefühl, meine Füße würden nicht mehr auf dem Boden stehen, kraftlos sackte ich auf die Knie.

»Wir werden woanders Hilfe finden.« Sienna sah in meine Richtung, aber ein wenig an mir vorbei. Nicht so wie der Curandero, der mich mit seinem Blick fixierte, ja schon fast durchbohrte.

»Erkenne den wahren Kern«, wiederholte er mit Nachdruck. »Dann findest du deine Bestimmung.«

»Ich bin tot, was hilft mir da noch eine Bestimmung?«

»Es tut mir leid, dass ich dir das jetzt sagen muss, aber du bist nicht tot.«

Ich hob den Kopf. »Bin ich nicht?« Kurz wurde mir schummrig vor Augen. Konnte das tatsächlich sein? War ich echt noch am Leben? Oh Mondin!

»Nein, du bist nicht tot. Du bist auf der Erde nur körperlos.«

Was sagte er da? »Wo ist mein Körper hin?«

Der Peruaner lachte leise. »Du hast ihn nicht verloren, du trägst ihn noch. Er hat auf der Erde nur keine feste Form.«

»Darum kann ich etwas berühren, aber nicht hochheben?«

Er nickte.

»Warum konnte ich Sienna bei dem Unglück retten? Da habe ich sie auch angefasst.«

»Ein Unglück?«, fragte er und sah zu den beiden.

Taro klärte ihn auf. »Ein Schild hätte sie fast erschlagen. Dian hat sie rechtzeitig wegziehen können.«

»Ahhh«, machte der sonnengebräunte Mann gedehnt. »Verstehe.« Er blickte mich wieder an, schmunzelte und zwinkerte mir zu. »Vielleicht bist du der Lösung näher, als du denkst.

Wenn du deine Bestimmung erkannt hast, wirst du dein Leben und alles, was dazugehört, wieder selbst steuern können.«

Das waren seine letzten Worte an mich gewesen – mehr hatte er mir nicht verraten. Wir blieben nicht mehr lange, da sein nächster Klient bereits auf ihn wartete.

Das Geschehen der letzten Stunden hatte wenigstens den Vorteil, dass mich Taro im Auto hinten mitfahren ließ. Endlich konnte ich allein auf der Rückbank sitzen und verkraftete dadurch die kurvenreiche Fahrt viel besser.

Sonst hatte sich für mich kaum etwas verändert. Taro spielte zwar mit, aber ich konnte an seinem Gesicht ablesen, dass er es dämlich fand, einem Unsichtbaren die Autotür zu öffnen. Ich nahm es ihm nicht übel, schließlich konnte er nicht hören, wie ich sagte: »Danke, bin ausgestiegen.«

Sienna gab das zwar so an ihn weiter, doch er brauchte bestimmt noch Zeit, um die Situation zu verinnerlichen. Für sie war inzwischen alles klar. Sie sah mich immer noch nicht, fand sich aber schnell zurecht, auch dass ich in ihrer Wohnung war. Sie hatte nichts dagegen, ab nun wohnte ich offiziell bei ihr.

»Mein Schlafzimmer, Badezimmer und Klo sind für dich absolut tabu«, stellte sie sofort klar. »Du kannst im Wohnzimmer, der Küche oder auf dem Balkon sein, ich lass dir bei schönem Wetter die Tür offen.«

»Das bedeutet mir viel«, antwortete ich dankbar.

»Wenn du ein Bett haben möchtest, kann ich dir eine Klappmatratze besorgen. Wir könnten sie hier neben dem Regal hinlegen. Wie findest du das?«

»Der Sessel wird reichen, ich muss nicht schlafen«, erklärte ich. »Aber wenn ich dich um etwas bitten dürfte, wäre das, fernsehen zu können. Das würde meine Langeweile vertreiben und mich vom Grübeln abhalten.«

Auf die Lippen des Drachenmädchens stahl sich ein Lächeln. »Klar. Komm, wir gucken, was auf den verschiedenen Sendern läuft, damit du etwas ansehen kannst, was dir auch gefällt.« Sofort holte sie die Fernbedienung und klickte sich durch die Programme.

Nach kurzer Überlegung entschied ich mich für eine Comedysendung, da sie mir erklärte, dass es meine Stimmung heben und mich bei Laune halten würde.

Sienna ließ den Fernseher laufen und machte sich ohne mich davon, um ein neues Handy zu besorgen, denn ihres war total hinüber. Zuerst war ich etwas eingeschnappt, dass ich nicht mitdurfte, aber ich verstand auch, dass sie Zeit für sich brauchte. Außerdem hatte ich genügend Ablenkung von meinem Heimweh. Ich starrte teilnahmslos in die Flimmerkiste und vergaß, dass Zeit überhaupt existierte.

Später, Sienna war schon wieder einige Zeit zurück und hatte bereits zu Abend gegessen, kam sie mit einer Tüte Chips und zwei dampfenden Teetassen ins Wohnzimmer, sie stellte alles auf dem Beistelltisch ab.

Eine Tasse schob sie über den Tisch direkt zu dem Sessel, der ab nun meiner war. »Für dich.«

Eine lieb gemeinte Geste. »Ich kann nicht daraus trinken«, bedauerte ich. Was hätte ich nur dafür gegeben, davon kosten zu können!

»Aber du kannst ihn riechen und ich will dir zeigen, dass du ab nun mein Mitbewohner bist. Wir haben jetzt eine WG, ist das nicht toll? Ich muss alleine putzen und du lümmelst den ganzen Tag vorm Fernseher herum.« Ihr erfrischendes Lachen erfüllte den Wohnraum und brachte mich zum Kichern.

»So habe ich mir mein Leben immer vorgestellt«, meinte ich ironisch.

»Morgen gehen wir miteinander zu meinem Kunstkurs.«

Ich setzte mich gerade hin, sie hatte meine volle Aufmerksamkeit. »Du nimmst mich mit?«

»Hallo? Du bist doch Muse, oder nicht? Ich wäre schön blöd, wenn ich das nicht zu meinem Vorteil nutzen würde.«

»Ja, das wärst du.«

Sie kicherte, legte die Beine auf den Beistelltisch und überkreuzte sie an den Knöcheln. Die Chipstüte raschelte, sie stopfte sich ein paar der Leckereien in den Mund und kaute genüsslich, während sie mit mir eine spannende Serie anschaute, die Navi CIS hieß.

»Danke für den Tee«, flüsterte ich irgendwann.

Sie kaute schnell und schluckte hinunter. »Bitte gerne. Ich mag dich, Dian. Denke, wir können gute Freunde werden.«

»Das wünsche ich mir.«

Ihr Blick ging in meine Richtung, sie sah jedoch nur den gut gepolsterten Sessel. Ich konnte mir vorstellen, dass das gewöhnungsbedürftig für sie war. »Ab jetzt bist du meine Muse«, sagte sie halb scherzend. »Also streng dich gefälligst an.«

»Werde ich. Versprochen.« Ihr Sinneswandel machte mich glücklich. Meine Situation war dadurch etwas leichter geworden, obwohl ich starkes Heimweh hatte. Nun, da ich wusste, dass ich nicht tot war, wollte ich zu Nana zurück. Aber ich wusste nicht, wie. Wenigstens akzeptierte mich Sienna nun und ich konnte aufhören, um Hilfe zu betteln.

Die Serie lenkte mich ab, wir verfielen in ein Schweigen und verfolgten das Geschehen im Fernseher. Irgendwann wurde ich so müde, dass ich tatsächlich einschlief, bemerkte es allerdings erst, als Sienna laut plappernd in der Küche stand und sich Frühstück machte, sodass ich davon aufwachte. Das nagelneue Handy klemmte zwischen Wange und Schulter, sie schnitt Brot und erzählte ihrer Mamma von dem Vorfall mit dem massiven Straßenschild.

Ich streckte mich und war verwundert, dass ich überhaupt geschlafen hatte. Doch das ließ mich hoffen, denn dadurch hatte ich ein kleines Stück Normalität zurück.

Um meine Freundin nicht zu stören und aus Versehen anzusprechen, ging ich auf den Balkon und betrachtete den ankommenden Morgen. In dieser Gegend wuchsen viele Bäume, aber sie waren weit davon entfernt, ein Wald zu sein. Ein Haus reihte sich an das andere, dazwischen waren Straßen und Gehwege mit etwas Grün und schon wieder ragten Gebäude aus der Erde.

Ich musste zugeben, die Häuser mit den Backsteinen sahen hübsch aus, die meisten jedenfalls, denn die Dächer schauten echt komisch aus. Warum benutzten die hier Steine zum Abdecken? Gras würde sich an die Gebäude anschmiegen, es käme einer Huldigung der Mutter Erde gleich und würde kleinen Tieren Unterschlupf bieten.

Der Anblick dieser Häuser war für mich schön und verstörend zugleich.

»Dian, bist du da?«

»Auf dem Balkon«, antwortete ich, mein Blick wanderte nach unten zu den Töpfen. »Kannst du die Blumen gießen? Sie sehen ziemlich traurig aus, ich glaube, eine wird es nicht überleben.«

Ich hörte Wasser rauschen. Sienna kam mit einem Topf und goss es auf die vertrocknete Erde.

»Danke«, sagte ich.

»Es fühlt sich so an, als hättest du eine besondere Verbindung zu Pflanzen?«

»Schon. Ja.«

»Würdest du mir beim Frühstück Gesellschaft leisten und von deiner Heimat erzählen?«, fragte sie.

»Sehr gerne.«

Wir gingen hinein. Ich sah, dass sie inzwischen meine Tasse mit dem Tee vom Vorabend in die Spüle gestellt hatte. Aber das machte nichts, sie brühte mir einen neuen auf und während sie ihr Honigbrot aß, roch ich immer wieder an dem Kräuterdampf und erzählte ihr dabei von meiner Heimat. Natürlich auch von Mias Manius, Mehal, Jasira und Keli. Sienna erklärte mir, was Mobbing in ihrer Welt bedeutete und wie man sie in ihrer vorherigen Schule wegen ihrer knabenhaften, kleinen Figur gemobbt hatte. Wow. Solche Vollidioten gab es hier also auch.

Ich genoss das Gespräch mit ihr sehr, es fühlte sich ein klein wenig an, als wäre ich etwas mehr auf der Erde angekommen und nicht gänzlich unsichtbar.

Gegen Mittag machte sich die kleine Künstlerin fertig und zog sich ihre Lieblingslatzhose an, die ihr immer tolle Ideen bescherte, wie sie mir erklärte. Dann musste sie lachen, als sie begriff, dass ich ihr ja ab nun auf die Sprünge helfen würde, sollten ihr die Ideen ausgehen. Aber was ich bisher von ihren Kunstwerken gesehen hatte, brachte mich zu dem Schluss, dass sie meine Hilfe gar nicht brauchte.

Trotzdem war ich guter Dinge, als wir gemeinsam das Wohnhaus verließen und das erste Mal die Unterrichtsräume aufsuchten.

Sienna achtete darauf, sehr langsam durch die Türen zu gehen, damit ich genügend Zeit hatte, ebenfalls hindurchzutreten. Ihre rücksichtsvolle Art fand ich unglaublich und vom Schulungsraum war ich hellauf begeistert.

Er war geräumig, jeder Künstler hatte seinen eigenen Platz mit Staffelei, Zeichentisch und verstellbarem Sitzhocker.

Während sich Sienna mit den anderen Studenten bekannt machte, ging ich staunend umher, konnte mich nicht sattsehen. Es gab kleine Schränke auf Rollen, Sienna bekam ihren eigenen, er war sogar schon mit ihrem Namen versehen und sie verstaute sofort ihre teuren Farben darin. Ich blickte umher, es sah so aus, als würde jeder mit seinen ganz eigenen speziellen Farben malen. Das faszinierte mich und ich war gespannt auf den Lehrer Tooly.

Doch dieser ließ sich nicht blicken. Es kam eine Lehrerin namens Hughes mit knallroten Haaren, rot angemalten Lippen und einer schrillen Stimme, die in dem riesigen Raum manchmal vibrierte, wenn sie lauter redete. Das schien Sienna nicht zu stören, sie lauschte interessiert und fühlte sich sichtlich wohl in der Gruppe, in der sie schnell Anschluss fand.

Ich redete kein Wort, wie abgemacht, um sie nicht durcheinanderzubringen. Bevor wir losgegangen waren, hatte sie mir erklärt, dass sie Angst hatte, wieder gemobbt zu werden. Das verstand ich. Natürlich würde das sonderbar auf ihre Mitschüler wirken, wenn sie mir antworten würde. Für andere Menschen war ich ja nicht vorhanden.

Es war auch gar nicht notwendig, etwas zu sagen, ich erlebte auch ohne Worte vieles, was ich mir schon immer gewünscht hatte. Den unterschiedlichen Künstlern bei der Arbeit zuzusehen, machte mich total glücklich! Doch schon nach zwei Stunden war Pause und alle hörten auf zu malen und fanden sich in kleinen Gruppen zusammen, um sich zu unterhalten. Nach der Pause übernahm ein anderer Lehrer den Unterricht. Ein dicker Mann mit Halbglatze, das Hemd spannte an seinem Bauch so, dass einige Knöpfe aussahen, als würden sie bald flüchten wollen und damit die behaarte Haut freigeben.

Mr Turner unterrichtete nur im Sitzen, aber auch das bescherte ihm bald einige Schweißperlen auf der Stirn, die er sich immer wieder abwischen musste. Es war absurd, dass ausgerechnet er den Schülern beibrachte, wie man fließende Bewegungen auf der Leinwand festhalten konnte. Als Vorlage hatte er ein Bild mitgebracht – von einer Frau, deren Gesicht auf der einen Seite menschlich war, dann in Wasser und danach in eine Naturlandschaft überging.

Die kreative Italienerin war mit Eifer bei der Sache, sie verdünnte ihre Farben und schaffte es mit spielender Leichtigkeit, den Anweisungen zu folgen.

Ich stand lächelnd hinter ihr, es machte mich unsagbar stolz, an ihrer Seite zu sein. Doch dann bemerkte ich, dass eine dunkelhäutige Frau Schwierigkeiten hatte, das vorgegebene Gesicht zu Papier zu bringen. Sie knetete verkrampft ihre Finger, blickte sich verstohlen um und spannte sich total an. Ich ging zu ihr und sah sofort, dass lediglich das Mischverhältnis von Farbe und Wasser nicht stimmte. Die Pasten waren einfach zu dickflüssig.

Ohne lange darüber nachzudenken, machte ich eine Bewegung nah an ihrer Schulter, die einer Berührung gleichkam. Die Bewegung erinnerte mich an die Bestimmungsfeier und daran, wie die anderen zehn ihre Schützlinge durch das ovale Spiegelfenster angestupst hatten, ohne sie jemals richtig zu berühren.

Die Frau reagierte sofort, goss etwas Wasser nach und siehe da: Der fließende Übergang von Gesicht zu Wasser zu Naturlandschaft gelang mühelos.

Bei der Mondin! Es fiel mir wie Schuppen von den Augen. *Das* war es! *Das* musste es sein!

Vor Aufregung raste mein Herz so schnell, als wäre ich bergauf gerannt.

Um mir meine Erkenntnis selbst zu beweisen, suchte ich einen anderen Studenten, dem ich helfen konnte. Ich fand einen schlanken Mann mittleren Alters, er trug eine schwarze Brille auf der Nase, die ihm andauernd nach unten rutschte. Ich betrachtete sein Bild, der Übergang von Gesicht zu Wasser stimmte nicht und je mehr er daran herumfeilte, desto komischer sah es aus. Den Teil mit dem Gesicht hingegen hatte er in

Perfektion gezeichnet, er hatte sehr wohl was drauf und war talentiert.

Ich machte die Bewegung der Musen auch bei ihm sachte an der Schulter. Sofort nahm er einen breiten Pinsel, tauchte ihn unter Wasser und wischte damit über den Übergang. Perfekt! Die bereits eingetrocknete Farbe löste sich wieder und schon hatte es mehr Wasseroptik als zuvor.

So einfach war die Lösung, sie hatte direkt vor meiner Nase gelegen! Mein Körper kribbelte, am liebsten hätte ich gejuchzt und Luftsprünge gemacht. Ich konnte mich nicht zurückhalten, eilte zu Sienna und flüsterte, obwohl ich das nicht musste.

»Ich weiß jetzt, was der Curandero gemeint hat«, erklärte ich ihr leise. Sie hielt inne und lauschte unauffällig. »Meine Bestimmung ist hier auf der Erde. Mehal und die anderen neun begleiten nur einen einzigen Schützling sein Leben lang. Ich bin hier auf der Erde, weil ich sie alle inspirieren kann.« Ich musste vor Freude leise lachen und erklärte ihr, was ich gerade erlebt hatte. »Ich bin doch eine Muse, Drachenlady. Und du bist mein Anker auf der Erde. Du sorgst dafür, dass ich mich nicht so unsichtbar fühle. Nur durch dich bin ich kein bloßer Gedanke, sondern noch am Leben.«

Sienna schmunzelte leicht und nickte unauffällig, ehe sie wieder weitermalte. Ich setzte mich auf den Fußboden neben sie und bewunderte jeden ihrer Pinselstriche. Sie war nun meine Familie. Ich musterte sie von der Seite, mein Blick strich langsam über ihr zartes, schönes Gesicht. In diesem Moment wurde ich mir meiner bedingungslosen Liebe und tiefen Verbundenheit zu ihr bewusst.

Drittes Rad

Tage vergingen. Sie begannen und endeten immer gleich. Mit gemeinsamen Frühstücken und Abendessen. Manchmal kam Taro vorbei, auch Cecily besuchte uns. Meistens saß ich in meinem Sessel und schaute den Comedysender.

Ein paar Mal setzte ich mich zu Sienna und ihren Freunden, dann quetschten sie mich über meine Heimat aus. Ansonsten blieben sie lieber unter sich.

Ich hielt mich weitestgehend im Hintergrund, damit Sienna sich hier in London gut einleben und mit ihren neuen Freunden auch mal was unternehmen konnte. Sie sollte einen normalen Alltag haben, das war uns beiden wichtig.

Beim Kunstunterricht waren wir allerdings unzertrennlich – ich liebte es, ihr beim Malen zuzusehen! Sie hielt den Pinsel so elegant, manchmal wirkte sie wie eine strahlende, begabte Prinzessin, welche die Schönheit ihres Königreiches auf die Leinwand brachte. Egal welche Aufgabe ihr die Lehrer gaben, sie meisterte alle mit Bravour. Meistens fühlte ich mich, als wäre sie meine Muse und nicht umgekehrt, denn sie inspirierte eher mich und brauchte meine Hilfe gar nicht. Darum widmete ich mich den anderen Schülern und half, wo ich konnte.

Über eine Woche lang geschah nichts Besonderes, dann lag endlich Siennas Studentenausweis im Briefkasten, der ihr freien Zutritt zu Toolys Galerie verschaffte. Sie hatte schon sehnsüchtig darauf gewartet und verabredete sich prompt für den Abend mit Taro und Sam.

Sienna und ich gingen gerade den von Bäumen gesäumten Weg von den Wohnungen zu der Ausstellung hinüber, da sah ich Yin Yang, von denen Taro immer gesprochen hatte.

Mein erster Impuls war es, Sienna anzustupsen, doch ich konnte sie immer noch nicht so berühren, wie ich es bei dem Unglück in der Einkaufsstraße gekonnt hatte, auch wenn ich es mit aller Kraft wollte. Die beiden Schlüsselzeichen in meinen Händen waren seitdem nicht wieder aufgetaucht und ich hatte keine Ahnung, wie und ob ich sie aktivieren konnte.

»Schau, wer da drüben aus dem Taxi steigt«, platzte es aufgeregt aus mir heraus. »Das müssen die sein, vor denen du dich in Acht nehmen sollst.«

Siennas Blick wanderte sofort zur Einfahrt hinüber. Sie kam ins Stocken und blieb stehen, was mich nicht verwunderte.

Die beiden Männer waren etwa in ihrem Alter, sie waren gut gebaut und gut gekleidet – der eine trug nur schwarze Kleidung, eine Jeans und ein Poloshirt, der andere war komplett in Weiß gehüllt, ebenfalls in Jeans und Poloshirt. Sogar ihre Sonnenbrillen waren schwarz und weiß, ebenso die Schuhe.

Doch das war nicht der Grund, aus dem wir beide versteinert zu ihnen hinüberstarrten.

Es waren die Haut- und Haarfarben der beiden. Der mit der schwarzen Kleidung trug kurze schwarze Locken und hatte eine sehr dunkle Hautfarbe. Der andere schimmerte beinahe weiß, seine Haut wirkte fast schon blassrosa, sogar seine Augenbrauen waren ohne Farbe.

»Man könnte meinen, das wäre Kunst«, flüsterte ich, obwohl es keinen Grund gab, meine Stimme zu senken, sie konnten mich ohnehin nicht hören. »Die zwei haben aber etwas

Unheimliches an sich.« Das lag bestimmt an Taros Warnungen, denn ich fand Yin Yang wunderschön, sie faszinierten mich.

Sienna riss ihren starren Blick von den beiden los und setzte sich wieder in Bewegung.

Ich hielt Schritt, drehte mich aber ständig zu dem schwarzen und dem weißen Mann um.

Sogar die glänzenden Lackkoffer, die sie bei sich hatten, trugen ihre jeweiligen Farben. Und obwohl sie Sonnenbrillen aufhatten, konnte ich mir ihre überaus arroganten Blicke lebhaft vorstellen. Dieser Gesichtsausdruck war mir durch Mehal bestens vertraut, ebenso die übertrieben stolze Kopfhaltung, Keli war ein Meister darin.

Unser Weg machte eine Biegung, ein paar Bäume verdeckten mir die Sicht auf Yin Yang. Ich richtete meinen Blick wieder geradeaus und sah Taro und Sam, die vor dem Eingang der Galerie auf einer niedrigen Mauer saßen.

»Hallo, Sienna. Hi, hallo, salve, ciao«, sagte Sam mit seiner monotonen Stimme, als wir bei ihnen ankamen, und blickte dabei auf den Boden hinunter. »Deine Ankunft ist drei Minuten und vierundzwanzig Sekunden zu spät. Das ist nicht viel, aber es ist zu spät.«

»Ich habe mich mit meiner Mutter am Telefon verplappert, kommt nicht wieder vor«, entschuldigte sie sich und sah zu seinem Bruder. »Yin Yang sind eben angekommen, du hättest mich echt besser vorwarnen können. Ich hoffe, die haben nicht bemerkt, wie ich sie angestarrt hab.«

Taro grinste schelmisch. »Ein Albino und ein Schwarzer, die unzertrennlich sind – das kann man nicht so richtig erklären, das muss man mit eigenen Augen sehen.«

»Der Albino Aaren hat eine Pigmentstörung und muss die Sonne meiden«, äußerte Sam tonlos, als würde er einen Vortrag halten. »Wir müssen ihn meiden, er hat eine Sozialstörung.«

»Scht!«, machte Taro schnell. »Das sollst du doch für dich behalten!«

Sienna kicherte leise. »Du hättest dir wohl besser eine andere Erklärung überlegen sollen.«

»Was ist eine Sozialstörung?«, bohrte ich neugierig nach.

»Dian, das heißt, dass wir uns von ihnen fernhalten, weil sie anscheinend nicht so freundlich sind wie andere Studenten«, erklärte mir Sienna sehr leise.

Eine kleine Besuchergruppe ging gerade an uns vorbei und verschwand in der Galerie.

Taro rutschte von der Mauer. »Du kannst ja mal nach dissozialer Störung googeln, dann kann Dian den Grundcharakter der beiden selbst nachlesen. «

Sie weitete die Augen. »So arg?«

»Ich kann sie nicht leiden, sie quatschen meinen Bruder immer blöd an, wenn ich nicht dabei bin.«

Sam rutschte ebenfalls von der Mauer. »Aaren und Yaris sind so böse wie zwei Teufel.« Er flüsterte es nur. Seine sonst so monotone Stimme bebte, eine ernst gemeinte Warnung lag darin.

»Scht!«, machte Taro wieder. »Erwähne das um Himmels willen nie vor Tooly.« Er wandte sich wieder Sienna zu. »Es sind seine absoluten Lieblinge, darum wohnen sie auch in seinem Privatgebäude in der Erdgeschosswohnung. Ich mache immer einen weiten Bogen um die Typen und bemühe mich, sie kaum anzugucken.«

»Oh Gott, jetzt hab ich wirklich Angst vor den beiden«, gestand Sienna und schnitt scherzhalber eine entsetzte Grimasse.

»Wir sind keine Teufel«, meinte Sam mit ernster Miene und ging zur gläsernen Schiebetür, die sich von selbst öffnete. »Vor uns musst du keine Angst haben.« Er grinste kurz in meine Richtung, dann wurde seine Miene wieder ausdruckslos.

»Das weiß ich doch.« Sie lächelte und folgte den beiden in den Eingangsbereich.

Dort zeigten alle drei ihren Ausweis und konnten damit ohne weiteres das Drehkreuz passieren.

Taro und Sam kannten die Ausstellung bereits in- und auswendig, für Sienna und mich hingegen, war alles neu.

Mich verwunderte der starke Geruch nach Minze und Orange, er erinnerte mich an ein Putzmittel von Sienna. Ihr selbst fiel der Duft bestimmt nicht auf, denn sie quatschte begeistert mit ihren Begleitern über die Kunstwerke und ließ sich herumführen.

Ich bummelte etwas hinter ihnen, wollte mich von den Bildern beeindrucken lassen und nicht von den Geschichten, die man über sie erzählte. Denn Sam hatte zu jedem Stück eine ausführliche Erklärung parat und manchmal hatte ich das Gefühl, er würde mich ansehen, wenn er durch mich hindurch auf ein Bild schaute.

Das war sehr unangenehm.

Es waren nur wenige andere Menschen hier, was gut war. So konnten wir in Ruhe alle Werke bestaunen, ohne anstehen zu müssen.

Die Galerie war in mehrere Bereiche unterteilt, wir marschierten zuerst in die Schülerausstellung, denn von den beiden Brüdern hingen dort auch einige Bilder.

»Bald wird wieder neu umgestaltet«, erklärte Taro der Italienerin. »Bin gespannt, welche Werke Tooly von dir ausstellen wird.«

»Bestimmt den silbernen Drachen«, vermutete Sam.

»Das Original liegt in Mailand«, erklärte Sienna. »Er wird bestimmt nur Bilder zeigen, die während des Unterrichtes entstanden sind, oder?«

Taro nickte.

Das gefiel Sam nicht so recht und er schnaubte. »Der silberne Drache ist am schönsten!« Er schrie es fast.

Die beiden ignorierten seinen viel zu lauten Einwand und gingen einfach weiter. Schon nach ein paar Schritten hatte Sam den Drachen vergessen und überholte seine Begleiter. »Da vorne sind Bilder von Aaren und Yaris.«

»Genial«, hauchte Sienna, als wir angekommen waren.

Während sie mit Taro fachsimpelte, warf ich einen kritischen Blick auf eines der Bilder. Es war – wie sollte es anders sein – in Schwarz und Weiß gehalten und bestand aus Mustern und gehenden Menschen, die einem beim Anblick das Gefühl vorgaukelten, sie würden ständig in Bewegung sein.

Aber etwas stimmte damit nicht und ich kam nicht darauf, was es war.

Vielleicht fühlte ich aufgrund der warnenden Vorgespräche eine tiefe Abneigung gegen Yin Yang, obwohl sie mich in Wahrheit faszinierten? Aber was hatte das mit diesem Gemälde zu tun? Ich tippte mit dem Zeigefinger an meine Lippe und überlegte. Die Technik, die Idee – alles perfekt. Also was störte mich daran?

Ich ging zum nächsten Bild, aber auch da empfand ich dasselbe, und das, obwohl es einen Tiefgang hatte wie sonst kaum ein Werk in dieser Galerie.

Es zeigte einen leeren Raum mit einem deckenhohen, kaputten Fenster. Ein kleines Kind saß davor und blickte mit Tränen in den Augen hinaus. Man spürte sofort, dass es vernachlässigt wurde, vielleicht hatte es auch Gewalt erlebt. Ich hatte keine Ahnung, warum Aaren und Yaris die Emotionen dieses Kindes so gut hatten einfangen können, warum sie so ein Motiv überhaupt gezeichnet hatten. Es war fast so, als hätten sie dessen Schmerz selbst erlebt oder etwas ähnlich Schreckliches. Aber konnte das sein? Oder ging nur gerade meine Fantasie mit mir durch? Sienna hatte schließlich auch keinen Kontakt zu echten Drachen und malte sie so detailreich, als hätte sie alle mit eigenen Augen gesehen.

Leider konnte ich nicht länger stehen bleiben, um es zu betrachten, denn der Geruch von Minze und Orange war hier besonders stark, ebenso ein anderer, undefinierbarer Duft, der sehr unangenehm war.

Trotzdem blieb ich beim nächsten Werk wieder stehen.

Es sah auf den ersten Blick aus wie zerknüllter Stoff, doch dann sah ich die verzerrten Gesichter darin – natürlich alles in Schwarz und Weiß. Sie schrien, lachten, weinten, viele Emotionen lagen darin. Und wieder beschlich mich ein ungutes Gefühl, doch ich konnte es nicht ergründen.

Um dem penetranten Geruch zu entfliehen, beeilte ich mich zu den anderen, die bereits in den nächsten Bereich gingen. Wir sahen uns nun Skulpturen an, bei denen es angenehm nach fast gar nichts roch, anschließend ging es in Toolys Sonderausstellung. Kotz. Schon wieder Minze und Orange. Die Reinigungsmenschen hatten wohl mit dem Putzmittel übertrieben.

»Wie verrückt«, flüsterte ich mir selbst zu, da ich zum ersten Mal die Bilder des Meisters sah. Seine Werke waren eine eigenartige Mischung aus Klimt, Monet und Van Gogh, aber im Gegensatz zu diesen Berühmtheiten waren Toolys Bilder verstörend düster. Lediglich die Elemente aus Blattgold und Silber peppten das Ganze etwas auf.

Sienna war begeistert, ich hingegen konnte nicht glauben, dass sie nicht fühlte, was ich gerade fühlte: einen Kloß im Hals.

Neugierig stieg ich über die Absperrung, die Toolys Bilder von den Besuchern trennte, und als ich einem Bild ganz nah war, fiel mir auf, dass zwischen der Minze und der viel zu starken Orange ein weiterer Geruch lag, so wie zuvor im Yin Yang Bereich.

Ich schenkte dem Duft keine weitere Beachtung, sondern streckte die Hand aus und fuhr langsam mit den Fingerspitzen über die grobe Struktur von Toolys Malerei. Aahh! Gruselig! Sofort zog ich die Hand wieder zurück, denn es schüttelte mich regelrecht.

Was war das, verdammt noch mal?

Ich ging einige Schritte von dem Bild fort und betrachtete es aus der Ferne, aber ich verstand nicht, was diese sonderbaren Gefühle in mir auslöste.

Verunsichert sah ich mich um, viele von Toolys Bildern fand ich trotz der immer wiederkehrenden Düsternis relativ schön, doch die meisten beunruhigten mich. Ich ließ den unangenehmen Geruch, der in der Nähe dieser Bilder stärker war als überall sonst, hinter mir und suchte Sienna und die anderen. Sie waren bereits im nächsten Raum. Hier hingen ebenfalls Kunstwerke von Tooly. Doch diese waren anders, etwas heller. Mit Metallstücken, Holz und Steinen und wieder dieser eigenartigen Struktur dazwischen.

Ich hatte bisher geglaubt, jede Facette von Malerei zu kennen, doch als ich ein weiteres Mal über die Absperrung stieg, um eines der geschützten Bilder anzufassen, schauderte es mich wieder.

»Etwas stimmt nicht mit diesen Werken«, teilte ich Sienna mit.

»Was soll damit sein?«

»Diese Körnung in den Farben ist mir nicht geheuer. Die ganzen Bilder wirken irgendwie komisch, findest du nicht?«

Sienna schüttelte zur Antwort nur den Kopf, da eine Touristengruppe an uns vorbeiging und sie offenbar nicht durch vermeintliche Selbstgespräche auffallen wollte. »Tooly malt mit selbst hergestellten Naturfarben«, flüsterte sie schließlich unauffällig, während sich die Gruppe immer weiter entfernte.

»Das ist kein Geheimnis«, meinte Taro, der zugehört hatte. »Obwohl, es ist schon eines. Die Einzigen, die mit Toolys Farben malen dürfen, sind Aaren und Yaris. Ich bezweifle aber, dass er ihnen das Rezept gegeben hat. Es ist streng geheim.«

»Die Bilder von Yin Yang sind ebenso gruselig wie die von Tooly. Ein sonderbarer Geruch umgibt die Malereien«, merkte ich an, Sienna teilte es Taro mit.

»Keine Ahnung, was der übersinnliche Elbe da riecht«, bekam sie zur Antwort. »Manche Farben stinken einfach, dadurch werden sie aber nicht gruselig.«

»Kann am alten Leinöl liegen, Dian.« Sam hielt sich demonstrativ die Nase zu. »Mir wird bei dem Geruch auch immer schlecht.«

Das ließ ich so stehen. Sams übertriebenes Würgegeräusch war eindeutig und zeigte mir, dass ich mir das nicht einbildete.

Wir schlenderten weiter. Sam mimte den perfekten Führer, erklärte alle Räume, sogar über die Beleuchtung an der Decke hatte er einiges zu erzählen. Manchmal band mich der dürre Junge in das Gespräch mit ein, indem er mich direkt anzusehen schien und meinen Namen sagte, das fühlte sich toll an. Als könnte er mich dadurch besser wahrnehmen.

»Dort ist Toolys Privatbereich. Eintritt verboten«, sagte er tonlos und zeigte in die entsprechende Richtung.

Ich schaute sofort hinüber. Nicht weit vor uns ging ein schmaler Flur ab, am Eingang hing ein Schild mit der eindeutigen Aufschrift *Betreten verboten* an einer Kette, die quer über den Durchgang gespannt war. Während meine Begleiter sich weiter in der Ausstellung umguckten, ignorierte ich das deutliche Verbot, stieg über die Kette und huschte um die Ecke. Da mich ohnehin keiner sehen konnte, war mir egal, dass ich nicht hier sein durfte. Je weiter ich den Flur entlangging, desto stärker wurde auch der sonderbare Geruch und dieser schürte meine Neugierde sogar. Ich stieg über eine weitere Kette, die am anderen Ende des Flurs als Absperrung diente, und ging über eine Treppe nach unten. Inzwischen war ich weit von Sienna entfernt, aber meine Neugierde trieb mich immer weiter in die verbotenen Kellerräume und schon bald wurde ich belohnt.

Da war ein Atelier! Es war riesig – mit breiten Deckenlampen, doch keine war eingeschaltet. Weiter hinten brannte jedoch Licht, ich steuerte darauf zu, vernahm leise Musik und sah ... Tooly. Hier vergrub er sich also, anstatt sich um seine Schüler zu kümmern. Mich hatte schon gewundert, warum er seine Studenten nicht selbst unterrichtete, anscheinend malte er lieber für sich allein. Das fand ich nicht so schlimm, er war schließlich Künstler und viele davon hatten ihre Marotten.

Ich trat näher an ihn heran und musterte ihn ausgiebig. Er stand vor einer Staffelei, war völlig in seine Arbeit versunken. Seine dünnen Haare ähnelten einer toupierten Helmfrisur – drahtige graue Locken, die in alle Richtungen abstanden. Ich ging um ihn herum und betrachtete ihn von vorn. Die Augenbrauen waren ebenso grau wie die Haare, am rechten Nasenflügel hatte er eine kleine Warze und seine Augen waren von einem trüben Braun. Tooly war nicht schön, aber auch nicht hässlich, er wirkte etwas ungepflegt. Vielleicht malte er aber auch seit Tagen hier unten und müffelte deswegen wie zu lang getragene Socken.

Das Landschaftsbild mit schwarzen Gewitterwolken über einer tiefgrünen Wiese, an dem er gerade malte, war sicherlich zwei Meter breit. Die aufgespannte Leinwand schien dick zu sein. Ich ging drumherum, prägte mir alles ein, denn diese stabile Spanntechnik fand ich sehr interessant.

Ich erkannte, dass ich durch meine Anwesenheit hier auf der Erde einen entscheidenden Vorteil gegenüber den anderen

Clanmitgliedern hatte. Die Musen in meiner Heimat konnten ihren Schützlingen nur mithilfe des ovalen Spiegels Ideen in den Kopf pflanzen. Ich hingegen war in der Lage, von den Menschen zu lernen und fast schon direkt mit ihnen in Kontakt zu treten.

Ganz langsam ließ ich deshalb meinen Blick über den Tisch neben Tooly gleiten. Der Meister war außergewöhnlich gut ausgerüstet. Pinsel aller Arten steckten in Gläsern, die ganze Regalwand quoll von Farbtiegeln und Tuben über. Umso verwunderlicher war es für mich, dass nur weniges auch richtig benutzt aussah. Er hatte wohl seine Lieblingsfarben und die standen, in Einmachgläser gefüllt, neben ihm. Das mussten die selbst gemachten sein, von denen Taro gesprochen hatte. Das war mein absolutes Fachgebiet. Wenn Tooly mit Naturpigmenten arbeitete und sie vielleicht sogar selbst pulverisierte und nicht nur anrührte, hatte er meinen ganzen Respekt.

Ich sah mich weiter um. Meine Nase erschnupperte wieder den penetranten Geruch von vorhin. Aber es war nicht der von Minze und Orange, welcher ebenfalls im Raum schwebte. Ich sah schnell, woher die anderen Gerüche stammten. Auf dem Tisch neben Tooly standen Fläschchen mit ätherischen Ölen, also war das doch kein Putzmittel gewesen, das ich oben in der Galerie andauernd gerochen hatte.

Nein, dieser penetrante und unangenehme Geruch war völlig anders, er hatte eine niedere Energie. Ich folgte der unsichtbaren Spur in der Luft, überlegte, ob ich so etwas schon mal gerochen hatte, und kam schließlich darauf. Es war ein beiges Farbpulver in einem großen Glas. Der Deckel war geschlossen, doch das hielt den Duft nicht davon ab, die Umgebungsluft zu verpesten.

Ich ging mit meinem Gesicht nah an das Glas.

Und musste würgen.

Es roch nach Tod.

Fluchtartig machte ich einige Schritte rückwärts. Der Raum schien sich zu bewegen und zu wabern. Erst jetzt fielen mir noch weitere Gläser auf, allesamt mit Farbpulvern in Schwarz, Braun und Rottönen gefüllt. Dieser abartige Geruch – es war eine eklige Mischung aus Verwesung und Vergangenheit – ließ mich abermals würgen. Was zur Hölle war in den Gläsern?

Angst ließ meine Brust beben. Ich eilte, so schnell mich meine Füße tragen konnten, aus dem Keller, stolperte die Treppe hoch und wäre fast über die Absperrkette gefallen. Sie rasselte, das *Betreten verboten* Schild wackelte hinter mir.

Ich rannte weiter und hätte ich einen Körper gehabt, wäre ich mit einer Frau zusammengestoßen, die plötzlich um eine Ecke kam. So jedoch huschte ich direkt durch sie hindurch und hatte das Gefühl, dass sie es spürte, denn sie wich erschrocken zur Seite. Aber ich hatte jetzt keine Zeit, mich darum zu kümmern, ich musste zu Sienna.

Hektisch suchte ich alle Räume ab, irrte eine Weile zwischen Skulpturen und Installationen herum, bis ich bemerkte, dass es einen zweiten Stock gab. Ich nahm immer zwei Stufen auf einmal, durchforstete die komplette Etage und bekam noch mehr Panik, denn meine Freunde waren nirgends zu finden.

Im dritten Stock fand ich die drei schließlich in einem Café, draußen auf der Dachterrasse sitzend. Gemütlich genossen sie im angenehmen Sonnenschein des warmen Nachmittages ein Stück Torte.

Die Hektik trieb mich voran, doch ich war gezwungen, im Café vor der Terrasse zu verharren, bis mir jemand die Glastür öffnete, denn sie versperrte mir den Weg. Keuchend und nach Atem ringend stand ich da, versuchte, durch das Glas hindurch auf mich aufmerksam zu machen, und rief nach meiner Freundin, aber sie konnte mich nicht hören.

Als eine Kellnerin endlich mitsamt einer Bestellung durch die Glastür ging, huschte ich mit ihr ins Freie.

Dort holte ich erst einmal Luft und atmete tief ein, bis der eklige Geruch aus Toolys Atelier halbwegs aus meiner Nase verschwunden war.

Dann stürzte ich aufgeregt zu Sienna und ihren neuen Freunden Taro und Sam.

»Mit Tooly stimmt etwas nicht, er arbeitet mit Pulver, das nach Tod riecht«, offenbarte ich total aufgebracht und versuchte, mich zusammenzureißen.

»Wo warst du?«, fragte Sienna unauffällig und blickte Taro dabei an, der verwundert guckte und nicht sofort verstand, dass diese Worte an mich gerichtet waren.

»In seinem Atelier, unten im Keller«, antwortete ich wahrheitsgemäß. »Was ist mit dem Pulver? Weißt du, was das ist?«

»Bestimmt war es nur vergammelt. Das kann schon mal passieren, vielleicht ist es feucht geworden.«

»Nein, es riecht nach Tod. Ganz sicher! Ich kenne den Unterschied zwischen vergammelt und tot! Das Zeug im Keller roch eindeutig nach Verwesung«, fuhr ich unbeirrt fort. »Tooly malt damit, deswegen fühlen sich die Bilder in der Galerie so gruselig an. Bitte glaube mir, mit ihm stimmt etwas nicht, kein normaler Künstler würde mit so etwas Grässlichem seine Bilder verunreinigen und verschandeln!«

Sienna lauschte meinen Worten, sie fuhr sich währenddessen mit ihren Fingern nachdenklich über die Stirn.

Taro hob fragend eine Augenbraue. »Was sagt er?«

»Wirres Zeug über ein Pulver aus Toolys Atelier, das nach Verwesung riecht«, fasste sie leise zusammen und blickte neben sich ins Leere, dorthin, wo sie mich vermutete. »Wir reden später darüber. Jetzt ist es unpassend.« So unauffällig wie möglich zog sie mit dem Zeigefinger einen Kreis in der Luft, um mir zu verdeutlichen, dass auf der Dachterrasse viel zu viele Gäste saßen.

Ich schlug die Zähne zusammen und grummelte. »Ist gut. Dann später.« Notgedrungen ging ich auf Abstand und hasste meine Situation mehr denn je.

Unsichtbar zu sein, war gerade nicht zu ertragen, denn ich wollte über meine Entdeckung reden und wurde das Gefühl nicht los, dass dieser Todesgeruch noch überall an mir klebte wie eklige, alte Spinnweben.

Kurz war ich neidisch auf Sam. Dieser rührte gelangweilt in seiner heißen Schokolade und wischte auf dem Handy herum, während sich Taro und Sienna weiter unterhielten.

Ich grummelte wieder, setzte mich auf das Geländer der Terrasse und wartete ungeduldig, bis diese blöde Kaffeepause vorbei war. Aber darauf konnte ich lange warten, denn schnell wurde mir klar, warum meine kleine Freundin ausgerechnet jetzt nichts von dem gruseligen Farbpulver hören wollte: Sie flirtete mit Taro, der unter dem Tisch vorsichtig auf Tuchfühlung ging und sie sachte am Oberschenkel berührte.

Das versetzte mir einen heftigen Stich ins Herz, ich hielt die Luft an und presste die Lippen zu einer Linie aufeinander.

In den letzten Tagen hatte ich immer wieder mal beobachtet, wie der junge Mann die Hand der hübschen Italienerin genommen und gedrückt hatte, aber das jetzt war anders. Es hatte nichts mehr mit einer freundschaftlichen Geste zu tun, nein. Taro streichelte nun mit dem Daumen äußerst zärtlich über ihren Handrücken und ließ sich Zeit damit.

Als ich den Blick hob und Siennas schmachtenden Gesichtsausdruck sah, wusste ich, dass es ihr gefiel. Ich war zu weit weg, um zu hören, worüber sie redeten. Das musste ich auch gar nicht, denn Taro himmelte die junge Frau gerade ebenfalls ungeniert an und sie erwiderte seine Geste, indem sie seine Hand streichelte. Sein Bruder Sam war in sein Handy vertieft. Das Geschehen neben ihm störte ihn offenbar nicht.

Ich überlegte, ob es mich stören durfte, denn ich mochte Taro sehr gern, er tat Sienna wirklich gut, und atmete endlich aus. Irgendwie war ich nicht in der Lage, den Blick abzuwenden, und starrte etwas hilflos auf die beiden Turteltauben, die sich wohl oder übel gerade ineinander verliebten. Oder waren sie schon länger ineinander verliebt und ich hatte es nur noch nicht bemerkt? Ich war mir nicht sicher.

Einen Großteil meiner Zeit auf der Erde hatte ich bisher vor dem Fernseher vergeudet, lediglich die Kunstunterrichtsstunden hatten Farbe und Fröhlichkeit in mein Leben gebracht.

Ansonsten nahm ich an nichts teil – konnte ich ja auch gar nicht, schließlich war ich in meiner Bewegungsfreiheit eingeschränkt.

Meine Körperlosigkeit machte mir in genau diesem Augenblick sehr zu schaffen. Mein Leben zog an mir vorbei, ich würde immer darauf angewiesen sein, dass Sienna mir Beachtung schenkte und mir die Türen öffnete. Vor allem die zu ihrer Wohnung.

Und nun störte ich sie auch noch mit meinem Gequatsche über das Todes-Pulver, während sie sich Zweisamkeit mit ihrem potentiellen neuen Freund wünschte. Oder störte mich diese Situation, weil mich das Gefühl überkam, dass Taro sie mir ein Stück weit wegnahm?

Deprimiert rutschte ich vom Geländer und schlenderte sinnbefreit auf der Terrasse herum. Etwas anderes hatte ich nicht zu tun.

Ich überlegte, noch einmal in den Keller hinunter zu gehen und Toolys Atelier zu durchstöbern. Womöglich würde ich ja einen eindeutigen Beweis dafür finden, dass er irgendetwas Totes zu Pulver verrieben hatte und es für seine Kunstwerke verwendete. Der Grund für diese Tat war mir allerdings nicht schlüssig, vielleicht war er einfach nur verrückt. Oder ich wurde verrückt, weil ich mich nicht frei bewegen und richtig leben konnte.

Mein Gefängnis war groß. Es bestand aus einem ganzen Planeten. Fast einundfünfzig Milliarden Hektar Fläche, wie uns Mias Manius gelehrt hatte. Mein Wohlfühlradius, der mich vor dem Durchdrehen bewahrte, betrug aber nur ein paar Schritte rund um Sienna herum. Ohne die Drachenlady würde ich gänzlich in der Unsichtbarkeit verschwinden und mich dabei selbst verlieren.

Mein Blick ging nach oben. Die Sonne schien. Alle um mich herum genossen das warme Wetter, sie aßen Eis und fühlten sich sichtlich wohl.

Ich konnte die Sonne nicht spüren.

Es machte keinen Unterschied, ob sie schien und alles wärmte oder es kalt war und regnete, denn der Regen machte mich nicht nass. Meine Erinnerungen an das Gefühl von Wasser auf der Haut verblassten täglich immer mehr. Wie hatte es sich angefühlt, die blanken Zehen in den Teich zu stecken? Und wie brannte Feuer gleich noch mal auf der Haut? Mein Kopf sagte mir, dass Nanas Brot einen würzigen Nachgeschmack hatte, aber wie hatte es in Wirklichkeit geschmeckt? Wie fühlte sich klebriger Honig zwischen den Fingern an? Das flauschige Fell eines Kaninchens?

Meine Gedanken verdarben mir die Stimmung endgültig.

Ich schlenderte zum Geländer zurück und blickte hinunter auf den kleinen Park, durch den sich die vielen kleinen Wege des Campus zogen. Dort stand eine große Eibe, ihre Wurzeln waren mit Efeuranken überwuchert. Die Sehnsucht nach Nana Rachél übermannte mich. Ich versuchte, mich zu erinnern, wie ihre Haut gerochen hatte – dann fiel es mir wieder ein: nach

Veilchenwasser und Geborgenheit. Ich bereute zutiefst den Moment, als ich nach der Seerosenknospe getaucht und sie gepflückt hatte. Aber die Zeit ließ sich nicht mehr zurückdrehen.

Tieftraurig wandte ich mich um und schaute zu den dreien, die immer noch am Tisch saßen. Sam mit dem Handy in der Hand, während Taro gerade dabei war, sich zu Sienna zu neigen und ...

... sie zu küssen.

Mein Bauch grummelte und zwickte.

Für Sam war es kein Problem, das dritte Rad am Karren zu sein, er beschäftigte sich gerade mit seinem eigenen Leben. Für mich aber schon. Das Gefühl, zu stören und nicht dazuzugehören, wurde im Sekundentakt stärker und ließ mich zittern.

Der Boden, auf dem ich stand, gab nach. Alles fühlte sich dunkel und bedrohlich an.

Ich hatte Angst, zu fallen.

Nur zwei **Farben**

Der Kuss – er war kurz, jedoch voller Zärtlichkeit gewesen – veränderte alles für mich. Erst jetzt verstand ich die Tragweite meiner ausweglosen Situation in vollem Umfang. Ganz kurz hatte ich alles drumherum vergessen. Bestimmung hin oder her, Wohngemeinschaft hin oder her – ich konnte doch nicht mein ganzes Leben bei Sienna verbringen! Und sie ihres auch nicht mit mir!

Bisher hatte ich immer nur an den nächsten Tag gedacht, nun schwirrte mein Kopf, denn ich spulte in Gedanken viele Jahre vor und plötzlich hatte ich ein Bild vor Augen: Sienna als alte Frau beim Kaffeetrinken im Kreis ihrer Familie, die Enkelkinder spielen und rennen herum. Da mich das Pech verfolgte, konnte auch in diesem Szenario keiner der süßen Nachkommen meine Stimme hören ...

Elben wurden Hunderte von Jahren alt, manche schafften es bis zur Jahreszählung dreitausend. Eine schöne Zeitspanne, möchte man meinen, aber es war die reinste Folter für mich, auch nur daran zu denken, diese für mich wertvollen Jahre hier verleben zu müssen.

Ohne vom Regen berührt zu werden, ohne je wieder etwas zu essen. Ohne eigene Familie, ohne jemanden, der sich von mir in den Arm nehmen ließ oder umgekehrt. Kein Wind, der durch meine Haare strich, kein taufeuchtes Gras zwischen meinen Zehen. Ich würde nie wieder in den Wald gehen, Pilze, Steine, Blüten und Hölzer sammeln können, um sie zu reiben und in Farbpigmente zu verwandeln. Ich würde nie wieder ein Buch nehmen und durchblättern können.

Das, was Sienna gerade erlebte, die aufkommende Liebe, das Bauchflattern und noch vieles mehr, würde ich nie am eigenen Leib erfahren können.

Hilfe! Das alles plötzlich mit völliger Klarheit und direkt vor Augen zu sehen, zog mir den Boden unter den Füßen weg. Ich wankte bedrohlich.

Weder Sienna noch Taro oder Sam bekamen von meinem Drama etwas mit. Wie auch? Keiner interessierte sich im Moment dafür, wie es mir ging oder ob ich noch bei ihnen war. Für alle war es selbstverständlich, dass ich ihnen folgte – oder auch nicht. Ich fragte mich, wann ihnen mein Fehlen auffallen würde, denn als sie bezahlten und das Café verließen, achtete keiner auf meine Anwesenheit.

Ich war unsichtbar. Es gab mich nicht.

Nur sehr langsam trottete ich hinter ihnen her und versuchte, nicht allzu argwöhnisch auf das Händchenhalten der beiden Turteltauben zu gucken. Nicht dass ich es ihnen nicht vergönnt hätte, nein. Die beiden passten gut zusammen. Ich fühlte mich dadurch aber noch mehr als drittes Rad am Wagen und völlig überflüssig.

Sam genoss seine menschlichen Freiheiten und verschwand von selbst in der Wohnung 8C. Ich war dazu verdonnert, vor der Eingangstür von 8B zu verharren und das süße, flüsternde Abschiedsgesäusel der frisch Verliebten mit anhören zu müssen. Das würde ab nun bestimmt zum Ritual werden und ich musste warten, bis sie beschlossen, mich in die Wohnung hineinzulassen.

Krampfhaft mühte ich mich ab, keinen genervten Ton von mir zu geben, denn ich wollte mich dringend in den gepolsterten Sessel setzen, um mich dann von einer sinnlosen Fernsehsendung auf andere Gedanken bringen zu lassen.

Taro lehnte mit der Schulter am Türrahmen, Sienna mit dem Rücken am Türblatt und obwohl sie hineingehen hätten können, blieben sie im Flur stehen und redeten über irgendwelche Lieder und Musikkünstler, die ich nicht kannte.

Ich hasste meine Situation mehr denn je, schluckte meinen Verdruss hinunter, obwohl ich davon Bauchweh bekam, und ließ die beiden schlussendlich allein.

Nur ganz langsam schlenderte ich den Flur entlang und da er eine Biegung machte, ging ich einfach weiter. Hier hinten waren noch zwei Wohnungen und eine offen stehende Tür, durch die frische Luft von draußen ins Studentenhaus drang. Ein Keil unter der Tür verhinderte, dass sie zufiel. Das versicherte mir, dass ich getrost hindurchgehen konnte, ohne ausgesperrt zu werden. Ich schlenderte weiter, der feste Fußboden verwandelte sich in ein graues Gitter, Stufen führten nach unten und endeten in einem verwachsenen Innenhof.

Nun war ich schon hier, also ging ich neugierig weiter.

Die Gitterstufen gaben keinen Ton von sich, obwohl ich sie mehr hinuntertrampelte, als dass ich ging, denn ich hatte es eilig. Der Innenhof lockte mich an, die Unsicherheit aber rief mich zurück zu Sienna. Ich wollte keinesfalls den Moment verpassen, in dem sie die Wohnung betreten würde, aber ich wollte auch diesen Ort für mich entdecken, also beeilte ich mich.

Schon als ich den ersten Blick von oben in den Hof geworfen hatte, war klar gewesen: Es war der Efeu an den Backsteinwänden, der mich magisch anzog.

Unten angekommen, drehte ich mich im Kreis und fühlte mich für einen kurzen Augenblick in die magische Höhle des

Seelenbrunnens zurückversetzt. Da waren Ranken, wohin ich nur blickte, und ein verwachsener Durchgang in einer Hauswand. Ich ging nicht hindurch, konnte aber einen flüchtigen Blick auf knallrote Rosen erhaschen, die auf der anderen Seite aus einem Blumentrog wucherten.

Meine Neugierde wäre groß genug gewesen, auch den anderen Hof oder Garten zu erkunden, aber ich musste mich zuerst hier umsehen und das tat ich auch. Das links von mir musste einmal ein Blumenbeet gewesen sein, nun wuchsen dort Brennnessel, Löwenzahn und ein kriechendes Gewächs mit kleinen weißen Blüten. Auch die halb vergammelte Wurzel eines ehemaligen Baumes lag in einer Ecke im Kies.

Ein kleiner Metalltisch mit passenden Stühlen und einem Aschenbecher samt Zigarettenstummeln stand in der Mitte des Innenhofes. Der abgestandene Tabakgeruch verpestete etwas die Luft, aber ansonsten war das hier ein Ort, der mich zum Verweilen einlud.

Wäre da nicht die Unruhe gewesen, die mich wieder über die Treppe nach oben jagen ließ. Widerwillig riss ich mich von dem Innenhof fort und hastete den Weg zurück. Gerade noch rechtzeitig, denn Sienna war schon dabei, die Tür aufzuschließen.

Ich rannte und huschte ausnahmsweise durch sie hindurch, wollte sichergehen, dass sie sich nicht doch noch weiter mit Taro unterhielt und ich wieder wie ein störender Blödmann danebenstehen musste.

Also setzte ich mich in den gut gepolsterten Sessel, schaute auf den schwarzen Fernseher und hoffte, Sienna würde bald hereinkommen und ihn für mich einschalten.

Sie kam auch nach einer Weile und einem letzten zärtlichen Abschiedskuss mit Taro. Doch dann klingelte das Handy. Der Fernseher blieb dunkel ...

Ich hätte sie auch darum bitten können, aber ich wollte die liebe Italienerin nicht beim Telefonieren stören, und sie dachte leider nicht von selbst daran, ihn mir einzuschalten.

Aus dem Augenwinkel bekam ich mit, dass die Sonne untergegangen war und es allmählich dunkel wurde. Ich wandte den Blick nicht vom schwarzen Fernseher ab, wozu auch. Sienna telefonierte lange mit ihrer Mamma aus Mailand, danach quatschte sie mit Cecily.

Keiner von beiden verriet sie etwas über das Techtelmechtel mit Taro. Sonst ließ sie nichts aus und berichtete vor allem ihrer Mutter alles, was sie in den letzten Tagen erlebt hatte, auch das in meinen Augen Sinnlose. Über die Torte und die Ausstellung konnte sie stundenlang reden, aber dass ich – ihr unsichtbarer Mitbewohner – gerade auf ihrem Sessel saß, war keiner Silbe wert.

Ich rollte mit den Augen und blies die Luft nach oben aus. Wie gern hätte ich mich jetzt zurückgelegt und ein wenig geschlafen. Bestimmt hätte das meine Laune etwas gehoben. Mein letztes Schläfchen war lange her. Eigentlich hatte ich bisher nur ein einziges Mal geschlafen, seit ich auf der Erde war. Warum war das so? Hm …

Sienna riss mich aus meinen Gedanken. »Dian? Bist du da?«

»Äh ja.« Ich räusperte mich und setzte mich gerade hin.

Sie lächelte. »Dachte schon, wir hätten dich in der Ausstellung vergessen und ich müsste dich abholen.«

Was für sie ein Scherz war, war für mich bitterer Ernst und fuhr schmerzhaft in meine Magengrube. »Und ich dachte schon, meine Abwesenheit würde dir erst in ein paar Tagen auffallen.« Okay. Viel zu pampig. Aber so war meine Stimmung nun mal und verstellen wollte ich mich auch nicht.

»Sag so was nicht«, antwortete sie, öffnete den Kühlschrank und holte sich einen Schoko-Banane-Joghurt heraus. »Ich würde dich schon eher vermissen.« Sie kicherte über ihren eigenen Witz. Dann zog sie den Deckel ihrer Leckerei ab und schleckte ihn genüsslich ab.

»Liebst du Taro?«

Sie hielt in der Bewegung inne.

Hatte sie meine Frage schockiert, oder was war los? »Entschuldigung. Das geht mich nichts an«, sagte ich hastig.

»Frag nur.« Sie winkte ab und wurde nachdenklich. »Ich mag ihn schon.«

»Das klingt nicht sehr überzeugend.«

Sie zögerte kurz. »Weißt du, ich mag Cecily auch auf diese Weise.«

Oha. »Sie ist eine Frau!«, beschwerte ich mich.

Sienna schmunzelte, dann wandelte sich ihr Schmunzeln zu einem Grinsen. Sie schaute zu dem Sessel, auf dem ich saß, und zog beide Augenbrauen hoch. »Finden bei euch etwa nur Männer und Frauen zusammen?«

»Ja.« Was für eine Frage.

»Also, bei uns ist das anders.«

Ich spitzte die Ohren. »Auch Frauen küssen sich?«

»Oder zwei Männer.« Sie grinste wieder. »Oder mehrere gleichzeitig, je nachdem.«

Kopfschüttelnd verschränkte ich die Arme. »Du veräppelst mich gerade.«

Sie holte aus der Schublade einen Löffel, setzte sich auf den Barhocker und aß ihren Joghurt. »Tu ich nicht.«

Ich hob eine Augenbraue und wartete, aber sie redete nicht weiter. »Das heißt, du könntest Taro heiraten oder auch Cecily? Oder beide gleichzeitig, je nachdem?«

»Genau. Aber die meisten Menschen finden sich in verschiedenen Geschlechtern zusammen. Das klassische Mann-Frau-Gespann eben.«

»Warum du nicht?«

Sie zuckte mit den Schultern. »Ich mache da keinen großen Unterschied, es kommt auf den Charakter an.«

Ich dachte darüber nach. »Taro und Cecily haben einen guten Charakter«, stellte ich schließlich fest. Ich konnte beide gut leiden.

»Gibt es ein Mädchen bei dir zu Hause, an das du denkst?«

»Nein.«

»Warum nicht? Bist doch ein Hübscher.«

»Die Mädchen in meinem Alter aus meinem Clan mochten mich nicht. Und Rachél ließ mich nie in die umliegenden Dörfer anderer Clans.«

»Ihr hattet keinen Kontakt zu den Nachbardörfern?«

»Es lag an mir«, erklärte ich mit trauriger Stimme. »Zu viele haben all die Jahre mit dem Finger auf mich gezeigt.«

Sienna war kurz still. »Das tut mir so leid, Dian.«

Ich wollte antworten, doch jemand klopfte an die Tür.

Sie schaute unwillkürlich zum Eingang hinüber. »Ja?«

»Ich bins«, antwortete Taro, sie öffnete ihm.

»Knochenmehl«, platzte er heraus.

»Bitte was?«

»Das stinkende Pulver in Toolys Atelier. Sam hat es gerade noch mal angesprochen, er meinte, das sei bestimmt Knochenmehl.«

Sofort sprang ich auf und freute mich, dass zumindest Sam mich an diesem Nachmittag wahrgenommen hatte. Ich trat neben Sienna. »Wozu nimmt Tooly das?«

Sie schaute in meine Richtung. »Vielleicht grundiert er damit seine Leinwand?«

Taro nickte bestätigend. »Das machte man früher so. Das Knochenmehl wurde mit Leim und Wasser vermischt und aufgetragen. Oder er rührt es als Bindemittel unter seine selbst gemachten Farben.«

Ich war geschockt. »Ich habe alles über Pigmente und Pülverchen gelernt, aber von geriebenen Knochen war nie die Rede gewesen. Ganz sicher nicht.« Daran würde ich mich erinnern!

»Auf der Erde wird dieses Mehl sogar als Pflanzendünger verwendet«, erklärte Taro ausführlicher. »Aber mach dir keine Sorgen, es stammt von Zuchtvieh und ich finde es gut, dass nach dem Schlachten alles verwendet wird – auch die Knochen und Hörner.«

Ich verzog angewidert das Gesicht, es schüttelte mich. »Das gefällt mir nicht. Aber jetzt weiß ich wenigstens, warum dieses Zeug nach Tod gerochen hat.« Eher gestunken. Widerlich.

»Na, dann ist ja alles klar.« Taro, der zuvor einfach irgendwohin geguckt hatte, um mit mir zu reden, sah nun Sienna an. Sie schwiegen und versanken jeweils in den Augen des anderen. »Okay, dann ... Gute Nacht.« Er flüsterte es nur.

Ich stöhnte genervt – aus Versehen zu laut.

Sienna begann zu kichern. »Gute Nacht, Taro.« Sie stellte sich auf Zehenspitzen und drückte ihm einen Kuss auf die Wange. »Daran musst du dich gewöhnen, Dian«, sagte sie, als Taro gegangen war. »Ich verstehe deine Situation, aber finde bitte einen Weg, damit klarzukommen oder dich abzuwenden.« Das klang nett und zurechtweisend zugleich.

Ich ging zu meinem Sessel und ließ mich hineinplumpsen. »Wird nicht wieder vorkommen.« Das war gelogen, beim nächsten Mal würde ich lautlos aufstöhnen, ganz bestimmt.

»Heute läuft der neue Avatar-Film. Hast du Lust?«, lenkte Sienna ein. »Der erste Teil hat dir schon so gut gefallen.«

»Hat er«, bestätigte ich und dachte voller Wehmut an die Botschaft des Filmes: die Verbindung zur Natur, die mir hier so sehr fehlte. Schlagartig vermisste ich wieder den Wald hinter Rachéls Haus, den kleinen Teich im Wald, an dem ich stets die Seele hatte baumeln lassen können, und die zwanzig weißen Kaninchen. Ob meine Sehnsucht nach zu Hause je weniger werden würde?

Der Film war toll. Aber leider viel zu schnell vorbei. Ehe Sienna sich ins Bett verkrümelte, schaltete sie für mich auf den Comedysender um, wofür ich ihr sehr dankbar war. Für die nächste Stunde funktionierte die Ablenkung, doch dann fing mein Gedankenkarussell wieder an, sich zu drehen.

Die Nacht verging in qualvoller Zeitlupe, was perfekt zu meiner bedrückten Stimmung passte. Ich zog die Füße an meinen Oberkörper heran, versank in dem gut gepolsterten Sessel und gab mich ungestört der Melancholie und meinem Heimweh hin.

Sienna schlief in dieser Nacht seelenruhig, schlurfte am Morgen ins Badezimmer und sang gut gelaunt ein Lied, während sie duschte. Ich kannte es nicht, aber es handelte von Liebe.

So musste es sein, wenn man verliebt war, dachte ich und seufzte leise. Dann schüttelte ich den Kopf, stand auf und ging nach draußen auf den Balkon. Mein Herz fühlte sich schwer an, die Beine bleiern und starr. So war ich normalerweise nicht – nicht mal in all den Jahren, in denen ich in der Schule schikaniert worden war, hatte es jemand geschafft, mein Gemüt mit solch zentnerschweren Steinen zu beschweren.

Wieder schüttelte ich mich, nahm ein paar tiefe Atemzüge und wollte mich zusammenreißen. Meine Situation war aussichtslos, aber ich wollte sie nicht mit dieser Schwere sehen, sondern versuchen, die Perlen herauszufischen. Das Gute in dem Ganzen zu finden.

»Dein Tee ist fertig!«, rief Sienna und zauberte mir damit ein Lächeln ins Gesicht. Die erste Perle an diesem Tag hatte sie mir eben gegeben. Bestimmt erwarteten mich noch mehr gute Dinge! Ich musste sie nur erkennen.

Meine Laune war schon viel besser, als ich mich an den Frühstückstisch setzte, den Duft meines Kräutertees und die Plauderei mit meiner lieben Freundin genoss.

Anschließend ging es in den Unterricht. Die schrille Stimme von Mrs Hughes tat heute meiner durchgeschüttelten Seele gut, denn sie lenkte mich von allem ab, was mich wieder traurig hätte machen können. Ich hing förmlich an ihren knallroten Lippen, denn sie verteilte intensiv rotes, gelbes und grellpinkes Farbpulver und zeigte den Studenten deren verschiedene Anwendungsmöglichkeiten. Sienna entschied sich, die Pigmente auf dem noch feuchten Malgrund zu verstreuen, gleichzeitig anzupusten, um sie im freien Fall zu verteilen und anschließend einzuarbeiten. Heraus kam ein wunderschönes Bild, welches einer Farbexplosion glich.

Viel zu schnell war der Freitagvormittag vorbei. Ich folgte Sienna wortlos in den Gruppenraum, lauschte den Gesprächen der Studenten und spürte Neid in mir hochkommen, als sie über Essen und Freizeitgestaltung redeten. Du bist unsichtbar, wiederholte ich mürrisch in Gedanken. Du nimmst nicht am Leben teil.

Zwei Tatsachen, die meine Stimmung wieder auf den Nullpunkt brachten.

Ich lehnte mich abseits an die Wand und bemitleidete mich selbst. Immer wieder ertappte ich mich dabei, mich an den Gesprächen beteiligen zu wollen, aber das ging ja nicht. Ich war hier, aber nicht vorhanden. Diese lähmende Erkenntnis erdrückte mich fast.

Etwas später war wieder Unterricht. Der übergewichtige Lehrer Mr Turner schwitzte bereits, als er den Raum betrat. Er setzte sich auf den zum Glück stabilen Drehsessel, ich mich auf den Schreibtisch neben ihm und ließ die Füße baumeln. Nicht mal mein Dasein als Muse konnte mich heute glücklich machen.

Ich stützte den Kopf mit beiden Händen, starrte hinunter auf den Boden und auf Mr Turners riesige, ausgetretene Schlappen und überlegte, ob ich abhauen sollte. Denn da mich Sienna nicht mal fragte, ob ich noch hier war oder warum ich seit dem Frühstück kein Wort gesagt hatte, fühlte es sich so an, als wäre es besser, zu gehen.

Sie brauchte mich nicht.

Ich sie aber schon.

Langsam ließ ich den Blick durch den Raum schweifen, beobachtete die Studenten und betrachtete ihre Malkünste. Als ich Sienna erblickte, wurde mir klar, dass ich sie ehrlich gesagt nicht verlassen wollte. Sie war zu wichtig für mich geworden. Ich liebte sie einfach! Die kleinen Sommersprossen auf der Nase, die dunklen Wimpern, dieser süße Kurzhaarschnitt und ihre Lieblingslatzhose, in der sie frech und hübsch zugleich aussah. Mir war bewusst, dass ich nur eine kleine Nebenrolle für sie spielte, aber sie war alles, was ich im Leben noch hatte.

Erst am späten Nachmittag verließen wir die Unterrichtsräume und steuerten auf den Ausgang zu. Durch die Glasscheibe schimmerte es blau und pink.

»Cecily«, sagte ich, als ich sie erkannte, und musste mich räuspern. Da ich so viele Stunden nicht gesprochen hatte, war meine Kehle trocken.

Sienna reagierte nicht auf mich, sie strahlte sofort über beide Ohren und begann, schneller zu gehen. Sie stieß die Tür auf. »Was für eine Überraschung«, sagte sie erfreut. »Hey, so schön dich zu sehen!«

Cecily lächelte so breit, dass ihr silberner Ring wieder unter der Oberlippe hervorblitzte, und strich sich verlegen die blauen

Haare hinter das Ohr. »Dachte, du hättest vielleicht Lust auf ein Picknick?« Sie zeigte auf einen braunen Korb, der zu ihren Füßen stand. Erst jetzt bemerkte ich die flippigen Schuhe. Sie hatten eine dicke schwarze Sohle, der Rest sah aus, als hätte man ein Comicheft umfunktioniert. Sogar die Schnürsenkel waren gemustert.

»Ein Picknick? Ich bin am Verhungern«, stöhnte Sienna übertrieben laut und lachte.

»Hab Fish und Chips und Apfelkuchen dabei.«

»Perfekt.« Die Sommersprossen auf ihrer Nase tanzten fröhlich. »Wollen wir in den kleinen Park hinübergehen? Sind nur ein paar Minuten Fußweg.« Sie zeigte mit dem Finger in die entsprechende Richtung.

Auch Cecily strahlte, sie nahm den Korb hoch. »Total gern. Hab bis vorhin gearbeitet und bin froh, endlich die Beine ausstrecken zu können.«

»Kann ich trotzdem zuerst den Rucksack in die Wohnung bringen?«, fragte Sienna. »Er ist schwer, ich will ihn nicht mitschleppen müssen. Die Ordner können hierbleiben.«

»Ja, sicher.«

Die beiden schlenderten den Weg zum Wohngebäude entlang und plauderten über nichts Bestimmtes. Cecily folgte Sienna mit in die Wohnung, blieb aber an der Eingangstür stehen, während sich die kleine Italienerin frisch machte und die Hände wusch. Ich durfte nicht mit in den Waschraum, aber ich schaute durch die offen stehende Tür. Da sie immer wieder mit den Fingern auf der Leinwand wischte, hinterließ ihre Kunst leider Spuren, die sie nun beseitigte, indem sie ordentlich die Fingernägel bürstete.

Ich drehte meinen Kopf und schaute zu Cecily hinüber. Die stand gerade da, mit dem Korb in den Händen, und wirkte sehr erwartungsvoll. Irgendwie sah sie heute hübscher aus als sonst.

So herausgeputzt. Lässig angezogen, schön geschminkt, die Haare waren geglättet. Hatte sie das Blau und Pink etwa nachgefärbt?

Ich musterte und bewunderte sie ausgiebig, dann ging mir ein Licht auf.

»Das Picknick ist ein Date«, sagte ich zu Sienna.

Sie warf sofort einen bösen Blick in meine Richtung und drehte das Wasser ab.

»Ich denke gerade an Taro«, lautete mein nächster Kommentar und ich überlegte. »Wie ist das bei euch Menschen? Wird dein Werber es verstehen, dass du Mädchen und Jungs magst, oder eifersüchtig sein, weil er dich zuerst geküsst und sein Revier schon abgesteckt hat?« Bei uns würde die Herzensdame zuerst ausgiebig umworben werden, kein anderer würde ihm seine Auserwählte streitig machen. Aber auf der Erde schien das alles anders zu laufen. Schneller – für meinen Geschmack zu schnell, aber das hier war auch nicht meine Welt.

Sienna trocknete sich die Hände mit dem Handtuch ab. »Hör auf, mir ein noch schlechteres Gewissen zu machen, als ich ohnehin schon habe«, zischte sie leise. »Das sind nämlich auch meine Gedanken.«

»Was machst du jetzt?«

Sie stöhnte, rollte mit den Augen, legte das Handtuch am Waschbeckenrand ab und ging an mir vorbei in den Flur. »Taro hat mich gestern geküsst«, platzte sie einfach heraus. »Dachte, das solltest du wissen.«

Cecily blickte stutzig, ihr Gesicht wurde länger. »Ähm«, machte sie verlegen. »Ich hab geahnt, dass er mir zuvorkommt. Ihr seid schließlich Nachbarn und seht euch öfter.«

»Ich mag ihn.«

»Tut mir leid, ich will mich nicht zwischen euch stellen.« Sie blickte traurig auf den Korb mit den Leckereien hinunter, die blauen und pinken Haare fielen nach vorn und verdeckten ihre Wangen ein wenig.

»Ich mag dich auch.« Sienna flüsterte es.

Cecily hob ruckartig den Kopf und blickte fragend.

Das Drachenmädchen ging zu dem kleinen Esstisch, der neben der Küchenzeile stand, zog einen Stuhl zurück und setzte sich. »Ich mag euch beide total gern. Keine Ahnung, zu wem es mich mehr zieht. Es tut mir leid, ich bin selbst etwas verwirrt, in so einer Situation war ich noch nie.«

»Ihr seid also noch nicht fest zusammen?«

Sienna schüttelte den Kopf. »Von meiner Seite aus nicht. Aber es könnte durchaus mehr werden, wenn ich es zulasse.«

Cecily dachte stirnrunzelnd über ihre Worte nach.

Stille legte sich über den Raum. Nur die Wanduhr gab leise tickende Geräusche von sich.

Der Korb in Cecilys Hand knarrte ein wenig, als sie ihn auf dem Boden abstellte. Sie ging zu Sienna und nahm ihre Hand, die sie ihr nur zu bereitwillig gab. Sie ließ sich von Cecily hochziehen.

»Lass mich dir helfen, eine Entscheidung zu treffen«, flüsterte Cecily, streichelte über die Wange der zarten Italienerin und zog sie für einen Kuss zu sich.

Sienna erwiderte ihn. Aus dem anfänglich vorsichtigen Kuss wurde rasch ein stürmischer. Beide atmeten bald schneller, sie machten einige Schritte auf den Flur zu, ihre Hände waren scheinbar überall. Cecilys Shirt flog plötzlich durch die Luft in meine Richtung, ich wich zur Seite aus, obwohl es mich ohnehin nicht treffen konnte. Klick – der erste Verschluss von Siennas Latzhose war schnell offen. Klick – der zweite folgte. Die beiden erreichten die Tür zur Schlafkammer, ich konnte noch sehen, wie sie Cecily aus dem flippigen Oberteil half, schon schubste Sienna die Tür von innen mit dem Fuß zu.

Äh? Also. Hm.

Okay. Ich glaubte zu wissen, was in der Kammer nun geschah, und fühlte mich schlagartig wie ein absoluter Störenfried. Wahrscheinlich lag es an meiner guten Erziehung, denn jetzt hier zu stehen und zu lauschen, wäre ein absolutes Unding in meiner Heimat gewesen. Rachél würde mir zur Bestrafung die Ohren lang ziehen!

Eilig huschte ich am Vorhang vorbei auf den Balkon hinaus, aber ich hörte die beiden dennoch kichern, reden und stöhnen und irgendwie machten sie alles zur selben Zeit.

Auf dem Balkon zu sein, fühlte sich immer noch zu nah an. Die zwei brauchten dringend ihre Privatsphäre und ich konnte auf die Geräusche verzichten, sie waren mir etwas peinlich, denn solche Erfahrungen hatte ich noch nicht gemacht.

Ich beugte mich über das Geländer und schaute nach unten. Wir waren im dritten Stock, aber wenn ich es geschickt anstellte – und im Klettern war ich immer schon gut gewesen –, dann würde ich über die darunterliegenden Balkone in die Freiheit gelangen können.

Ohne weiter darüber nachzudenken, stieg ich über die Brüstung, hangelte mich bis unter die Bodenplatte und landete zielgenau auf dem Balkon unter mir. Nur einen kurzen Blick erhaschte ich in den Wohnraum, in dem drei Frauen beim Essen saßen, schon kraxelte ich auf den nächsten Balkon hinunter. Noch ein letztes Mal über das Geländer steigen, dann würde ich springen können. Unter mir waren ein Stück kurzgeschnittene Wiese und ein Gehweg.

Ich kletterte über die Brüstung, sprang, landete auf beiden Beinen im Gras und ging rasch ein Stück vom Haus weg, während ich nach oben schaute. Der Vorhang, der Siennas Balkon von ihrem Wohnzimmer trennte, war von hier gut zu sehen, die Hälfte davon bedeckte die offene Tür. Jetzt, wo ich etwas

Abstand hatte, nahm ich mir Zeit zum Überlegen. War es richtig gewesen, die Wohnung so fluchtartig zu verlassen? Hatte ich übereilt gehandelt? Unsicherheit erfüllte mich. Aber egal. Alles war besser, als sich wie ein Spanner zu fühlen.

Es war inzwischen früher Freitagabend. Die Sonne verabschiedete sich allmählich, die Schatten der Gräser und Häuser wurden immer länger.

Ich schlenderte den Gehweg entlang, ging ums Haus herum und sah den Haupteingang des Studentenwohnheims, an dem ich vorbeispazierte und einfach weiterlief. Ein junger Mann kam mir entgegen, ich grüßte ihn und während ich das tat, kam ich mir total dämlich vor. Er konnte mich schließlich weder hören noch sehen ... Ich schluckte das blöde Gefühl hinunter. Ich war unsichtbar, körperlos um genau zu sein. Ich existierte nicht für den Rest der Welt, damit musste ich unbedingt klarkommen.

Es dauerte nicht lange, da konnte ich den Eingang der Galerie sehen. Und zwei Männer, welche die Ausstellung gerade verließen. Es waren Yin und Yang. Aaren und Yaris. Der Albino und der Schwarze.

Beide blickten mit starrer Miene geradeaus, als würden sie zwei coole Polizisten aus einem dieser tollen Hollywoodfilme mimen, und gingen wortlos nebeneinanderher.

Die Neugierde packte mich.

Ich folgte ihnen.

Sie nahmen einen Weg, der zwischen den beiden großen Gebäuden hindurchführte. Er war dunkel und schmal, sodass die beiden hintereinandergehen mussten.

Wir liefen über Trittsteinplatten, in den Ritzen wuchsen ausgehungerte Gräser, Moos und einige Zigarettenstummel lagen herum. Hier war es nicht schön, zum Glück war es nur eine Abkürzung, denn wir kamen in einen Innenhof. Als ich neben mir die roten Rosen in dem Blumentrog und nicht weit entfernt den verwachsenen Durchgang und ein Stück vom Innenhof sah, wusste ich sofort, wo wir waren. Hinter diesem Durchgang war die von Efeu überwucherte Raucherecke des Studentenwohnheimes, die ich bereits begutachtet hatte! Jetzt wusste ich, wie es auf der anderen Seite aussah, und ich bedauerte, damals keine Zeit gehabt zu haben. Denn drüben im Innenhof bei der Raucherecke waren Backsteinwände, Kies und Unkraut, hier ein äußerst gepflegter Garten mit einem kleinen Teich. Das zweistöckige Gebäude glänzte mit einer modernen Außenfassade. Riesengroße Fenster trennten Wohnraum und die überdachte Terrasse, sie gingen vom Boden bis zur Decke. Yaris sperrte die Glastür auf und schob sie zur Seite. Beide verschwanden in der Wohnung, die Tür ließen sie offen stehen.

Das nahm ich einfach als Einladung, um ihnen in die Wohnung zu folgen.

Oh, wow. Die Einrichtung war genial! Alles schwarz und weiß – eh klar. So kunstvoll die beiden in ihrem Erscheinungsbild waren, so geschmackvoll glänzte ihr Zuhause. Schwarze Schränke, weißes Sofa, selbst der Teppich war in einem Schachbrettmuster gehalten.

»Fabelhaft«, kam mir anerkennend über die Lippen. Doch dann entdeckte ich ein riesiges Bild und spürte sofort die sonderbare Energie darin. Das musste dieses Knochenmehl sein. Es schockierte mich immer noch, dass Künstler so etwas verwendeten. Ein Schauer rieselte über meinen Rücken, als ich an geriebene Knochen von geschlachteten Tieren dachte. Igittigitt.

Obwohl das Bild optisch extrem gelungen war. Es zeigte einen Baum, halb schwarz, halb weiß. Die Farben des Hintergrundes waren entgegengesetzt.

Anstatt einer Wiese zog sich ein wellenartiges Muster durch die Landschaft, das den Eindruck erweckte, als würde es sich um fließendes, sich bewegendes Wasser handeln.

Langsam ging ich weiter durch den Raum, ließ meinen Blick schweifen und versuchte, all die neuen Eindrücke in mich aufzunehmen. Ein süßer Duft lockte mich an. Ich ging um die Ecke, sah eine hauchdünne Rauchwolke durch den Raum schweben und Aaren, der ein brennendes Stäbchen in den Händen hielt. Er ließ es angezündet, steckte es in einen kleinen Behälter und setzte sich auf das komplett weiße Bett. Da er selbst in Weiß gehüllt war, gab das ein kontrastloses Bild ab.

Yaris machte sich gerade an einem riesigen, gespiegelten Kleiderschrank zu schaffen. Ausschließlich schwarze Klamotten hingen darin, er holte ein Hemd heraus und zog sich um. Als er aus dem Shirt schlüpfte, blieb mein Blick ganz kurz an seinen Brustmuskeln und den kurzen krausen Haaren hängen, dann sah ich sein Gesicht, denn nun trug er keine Sonnenbrille mehr. Endlich konnte ich seine Augen und Gesichtszüge richtig sehen. Die Proportionen waren außergewöhnlich perfekt, er entsprach dem Goldenen Schnitt, den ich im Studium gelernt hatte. Noch nie hatte ich einen so schönen Menschen aus der Nähe betrachten können.

Yin Yang faszinierten mich total. Ich fragte mich, ob die beiden eine Muse aus dem Elbenreich hatten und wenn ja, ob mich dieser Elbe sehen konnte.

»Das Konzert in The Miles Pub fängt in einer Dreiviertelstunde an«, äußerte Yaris und rückte sich vor dem großen Spiegelschrank den Hemdkragen zurecht. »Willst du dich umziehen? Oder bleibst du so?«

»Mach ich gleich«, antwortete Aaren. Er schlüpfte aus seinem schneeweißen Oberteil und hatte nun meine volle Aufmerksamkeit. Rasch musterte ich ihn. Er war schlaksiger als Yaris, keine Brusthaare, seine Haut war zartrosa.

Wir Elben waren sehr hellhäutig, aber das war nichts im Vergleich zu dem besonderen Albino. Auch sein Gesicht war nahezu perfekt, natürlich zog er wieder etwas Weißes an, sein Oberteil war hauteng und glitzerte sogar ein wenig.

»Du siehst scharf darin aus.« Yaris lächelte und zuckte mit einer Augenbraue.

»Ich weiß.« Aaren sagte es selbstbewusst, nicht eingebildet. Und mit einem Mal veränderte sich seine Miene. Er blickte starr in meine Richtung. Ich wurde unsicher, er schaute auf den Rauch des brennenden Stäbchens, welcher zwischen uns schwebte wie eine schwerelose Raupe. Doch schon eine Sekunde später war klar: Er konnte mich sehen. Oh Mondin! Vor Schreck wich ich zurück und eilte aus dem Raum. Mein Herz hämmerte gegen meine Brust und schmerzte so richtig. Obwohl ich durch die offen stehende Terrassentür hätte flüchten können, blieb ich etwas abseits im Flur der schwarz-weißen Wohnung, duckte mich neben einer Kommode und lauschte.

Abseits im Keller

»Was hast du?«, hörte ich Yaris sagen.

»Ich glaube, ich habe gerade einen Geist gesehen.« Aarens Stimme war so dünn wie der Rauch.

»Was?«

»Er sah Legolas ähnlich.«

»Schatz. Dein Ernst?« Ganz kurz war es still, dann raschelte die Bettdecke. »Was machst du da mit dem Räucherstäbchen?«

Voller Angst, aber extrem neugierig lugte ich um die Ecke und sah, wie Aaren hektisch den Rauch im Raum verteilte, indem er wild mit dem Stäbchen herumfuchtelte.

Yaris schüttelte den Kopf. »Spinnst du jetzt komplett?«

»Ich schwöre, da war ein junger Mann mit spitzen Ohren und langen, glatten Haaren.«

Yaris kicherte. »Ja klar.«

»Hör auf zu lachen! Ich habe mir das nicht nur eingebildet.« Er wedelte mit dem Räucherstäbchen in der Luft herum. Der süße Duft gelangte bis in den Flur und in meine Nase. Aus Angst, man könnte mich im neu aufgewirbelten Rauch sehen, versteckte ich mich noch weiter hinten im Flur.

»Komm, lass den Scheiß und lösch das Ding. Ich will nicht zu spät kommen.«

»Wir haben einen Geist in der Wohnung«, beschwerte sich Aaren lautstark.

»Du hast nur zu viel von dem komischen asiatischen Kräuterdings eingeatmet«, gab sein Freund zurück. »Legolas spukt nicht als Geist hier herum, du bist ja irre. Und nun komm.«

»Ich habe wirklich was gesehen«, motzte der Weiße.

»Ja, dich selbst im Spiegel.« Für den Schwarzen war alles klar. »Du solltest das abergläubische Zeug endlich lassen. Ich habe dich davor gewarnt. Oder hast du das schon vergessen?«

Er stöhnte genervt. »Nein, habe ich nicht. Trotzdem bin ich der Meinung, dass es Übersinnliches gibt, auch Geister.«

»Das kann schon möglich sein, aber bestimmt ist jetzt gerade kein Geist in unserer Wohnung. Du spinnst ja komplett.«

»Sag noch einmal, dass ich spinne, dann setzt es was!«

»Jetzt werde nicht zickig, ja?! Siehst du etwa noch was?« Stille.

»Nein.«

»Na, dann lösch das Ding und lass uns einen guten Abend haben. Es ist endlich Wochenende, wir sollten es genießen.«

»Ist gut.« Pause. »Wo ist meine Uhr?«

»Liegt auf dem Nachtkästchen.«

Ich drückte mich flach an die Wand, denn Yaris wirbelte aus der Schlafkammer und ging direkt an mir vorbei. Ein paar Augenblicke später folgte ihm Aaren. Ich hielt die Luft an, hatte Schiss, er könnte durch meine Geräusche auf mich aufmerksam werden. Aber er bemerkte mich nicht. Keiner der beiden. Aaren konnte mich also nur im Rauch sehen. Warum war das so?

Einerseits war ich aufgeregt und glücklich, dass er mich hatte sehen können, andererseits fürchtete ich mich ein wenig. Die Warnung, man solle sich von den beiden fernhalten, klang nämlich immer noch in meinen Ohren. Die zwei wirkten auf mich nicht böse oder sozialgestört, eher nett und extravagant, aber Taro hatte bestimmt einen Grund gehabt, Sienna vor ihnen zu warnen.

Langsam atmete ich wieder, immer darauf bedacht, kein Geräusch zu verursachen, und schlich Yin Yang lautlos hinterher. Sie waren inzwischen in die Waschkammer gegangen. Ich wagte einen knappen Blick hinein und staunte, denn sie war riesig! Bestimmt viermal größer als die von Sienna. Mit Wanne, Dusche und zwei kohlrabenschwarzen Waschbecken, die leicht glitzerten.

Während sich Yin Yang mit Parfum einsprühten und die Haare richteten, huschte ich durch den Rest der Wohnung und sah mich noch schnell um, ehe ich wieder gehen musste.

Ich fand ein Bücherregal, welches an einer Wand hing und mit Büchern bestückt war, die mit etwas Abstand aussahen, als würden sie Klaviertasten nachbilden. Der Grund für das Faible von Schwarz und Weiß lag auf der Hand und es passte gut zu den beiden Männern. Aber gab es solche Bücher in den Läden oder hatten sie diese extra präpariert? Nur zu gern hätte ich ein Exemplar in die Hand genommen und durchgeblättert, doch das ging leider nicht. Darum huschte ich weiter in die Küche. Selbst die Wanduhr war in Schwarz-Weiß … Das wäre mir zu eintönig, denn ich mochte bunte Farben lieber. Sie waren fröhlicher.

Aber alles in allem war Yin Yangs Wohnung geschmackvoll eingerichtet, sehr modern und sie gefiel mir. Bis auf die fehlenden Farben und die Bilder natürlich. Sie gruselten mich. Und trotzdem. Hier zu sein, war toll, diese Abwechslung hieß ich sehr willkommen. Es war eine regelrechte Wohltat und ich hatte schließlich keine Ahnung, wann und ob ich je wieder Gelegenheit haben würde, mich in dieser Wohnung aufzuhalten.

»Jammen Old Red heute auch?«, fragte Aaren, als sie aus dem Bad kamen und den Flur betraten.

»Nein, aber Dan Morello mit Band. Hast du das Plakat nicht gesehen?«

»Nur flüchtig.« Aaren ging zur Garderobe und nahm sich eine weiße Jacke vom Haken. Dabei fiel sein Blick auf die Kommode, darauf lag ein dicker Brief. »Oh, verdammt, den muss ich Tooly bringen.«

Yaris verzog den Mund. »Das hättest du heut Morgen schon machen sollen, nachdem ihn der Postbote falsch eingeworfen hat.« Er schüttelte den Kopf, ging schnurstracks mit großen Schritten an mir vorbei und schloss die Terrassentür, ehe ich reagieren und durchsausen konnte.

Mein Magen zog sich ruckartig zusammen. Verdammt!

Nun musste ich mit ihnen durch die Eingangstür.

»Ich bringe Tooly den Brief, danach können wir los«, sagte Aaren. »Dann kann ich ihn gleich wegen des Bildes fragen und muss nicht ständig darüber nachdenken, ob das so funktionieren würde, wie ich mir das vorstelle. Kommst du mit?« Er setzte sich seine weiße Sonnenbrille auf, schob sie aber in die ebenso weißen Haare hoch und steckte seinen Geldbeutel in die hintere Hosentasche.

»Ich warte hier. Beeile dich.«

Aaren öffnete die Tür. Noch ehe einer der beiden durchgehen konnte, huschte ich durch sie hinaus, aus Angst, eingesperrt zu werden. Und während Yaris im breiten, ebenfalls sehr stylisch eingerichteten Treppenhaus stehen blieb, nahm Aaren die Treppe nach oben. Die einzelnen Stufen waren mit Spiegelzierleisten versehen, kleine Lampen in der Wand beleuchteten jeden Absatz. Ich bemerkte, dass es draußen bereits dämmerte.

Ganz kurz zögerte ich. Hierbleiben oder mit zu Tooly gehen? Oje.

Leider gewann meine Unvernunft und ich begann, dem faszinierenden Albino nachzurennen.

Ich huschte über die Treppe in die oberste Etage. Dort gab es einen breiten Gang, in der Ecke stand ein kleines beigefarbenes Sofa an der Wand und zwei passende Sessel. Sehr viele Grünpflanzen buhlten am riesigen Fenster daneben um den besten Platz.

Aaren drückte auf die silberne Klingel neben einer glänzend weißen Wohnungstür. Ein gedämpftes, nasal klingendes Surren war zu hören.

Tooly öffnete.

»Der landete heute Morgen aus Versehen bei uns.«

»Aha.« Seine Antwort war knapp und ruppig, die lockigen grauen Haare wirkten wieder unfrisiert und als er den Brief entgegennahm, fielen mir die viel zu langen, ungepflegten, dicken Fingernägel auf. Neben dem schönen Albino wirkte der Meisterkünstler wie ein zerrupfter Obdachloser, der in diese Luxusvilla lediglich eingebrochen war. Seine Kleidung war ebenfalls schlampig. Die dunkle Hose war vielleicht vor langer Zeit einmal schwarz gewesen, nun war sie ausgewaschen, grau und voller Schmierflecken. Das olivgrüne T-Shirt hatte auch schon bessere Zeiten gesehen. Ein paar Löcher – sie sahen aus wie eingebrannt – zierten den Saum.

Dieser Geruch von alten Socken drang wieder in meine Nase. Es war nicht nur Tooly, der so roch, der Gestank kam direkt aus der Wohnung.

»Bist du morgen Vormittag im Atelier?«, fragte Aaren. »Ich habe eine Idee für ein Bild. Vielleicht hättest du Zeit, sie mit mir zu besprechen?«

»Morgen geht nicht. Ich hätte jetzt Zeit«, antwortete er und lehnte sich mit der Schulter an den Türrahmen.

Voller Neugierde warf ich einen Blick an Tooly vorbei in seine Wohnung hinein. Die Einrichtung sah interessant aus, ich konnte eine in sich verdrehte Lampe erkennen, gleich daneben stand ein schmaler Schrank mit dunklen Glastüren, welche ganz langsam die Farben wechselten. War das etwa auch eine Lampe?

Mein Blick wanderte wieder zu Tooly. Der Schrank passte meiner Meinung nach aber überhaupt nicht zu dem verwahrlosten Künstler. Ich vermutete, dass nicht er die Möbel ausgesucht hatte, dafür waren sie viel zu stylisch. Zu Yin Yang hätten sie aber gut gepasst – in deren Wohnung standen haufenweise mit glänzendem Lack überzogene Schränke.

Hm. Sollte ich?

Ich blickte zwischen den beiden hin und her, denn sie begannen ein Gespräch über Farben und Pasten und obwohl ich genau wusste, dass Yaris im Erdgeschoß wartete und Aaren nicht viel Zeit hatte, siegte erneut meine Unvernunft.

Ich drängte mich an Tooly vorbei und stand nun tatsächlich in seiner Wohnung. Nun kam ich mir wirklich wie ein Einbrecher vor, aber ich wollte mir ja nur schnell einen Überblick verschaffen, darum schob ich alle Bedenken beiseite. In Windeseile sauste ich durch die Räume, zumindest durch die, zu denen ich Zutritt hatte.

Toolys Schlafkammer glich einem Chaos. Der Teppich war nur an wenigen Stellen zu sehen, überall lagen getragene Klamotten, es sah aus, als hätte ein regelrechter Sturm im Kleiderschrank gewütet und dessen Inhalt herausgeweht.

Taros Socken, die neben dem Bett gelegen hatten, waren nichts dagegen! Diese Socken verbreiteten einen ekligen Geruch, die Bettwäsche wirkte ebenfalls speckig und sah nicht so aus, als wäre sie unlängst gewaschen worden. Die Möbel hingegen wirkten nagelneu und unbenutzt. Das Bild passte nicht so recht zusammen.

Ich eilte weiter, in der großen Waschkammer herrschte ein ebensolches Chaos wie im Schlafraum. Gebrauchte oder ungebrauchte – wer wusste das schon so genau – Handtücher lagen herum. Unterhosen, Socken, Shirts. Hatte der Künstler Kleidung im Überfluss oder klaubte er sie bei Bedarf vom Boden auf, ohne sie davor in die Waschmaschine gesteckt zu haben? Ich drehte mich im Kreis. Okay, es gab tatsächlich eine Waschmaschine. Aber die quillte über. Ein Hosenbein hing heraus. Oder war das ein langer Ärmel?

Hätte Tooly meine Stimme hören können, hätte ich ihm eine Putzhilfe empfohlen!

Ich sah mich weiter um. Lauschte andauernd, ob er noch mit Aaren im Gespräch war. Wortfetzen gelangten zu mir, sie redeten über Metallspäne und wie diese am besten auf dem Bild angebracht werden sollten, damit sie hielten.

Mit einem halben Ohr hörte ich zu und schaute zu den Wänden im Wohnraum. Einige seiner Kunstwerke hingen dort, ebenso ein längliches Bild von Yin Yang. Ich konnte meinen Blick kaum abwenden, aber gleichzeitig wurde mir beim Betrachten schwindelig. Die Muster auf dem Bild flimmerten regelrecht und schienen herumzuhüpfen. Dieser Malstil war wirklich faszinierend. Ebenso faszinierend war die Einrichtung auch hier. Klassisch, modern, sauber. Der Dreck schien sich nur auf das Bad und die Schlafkammer zu beschränken. Die Küche glänzte ebenso sauber, fast schon steril – oder war sie nur unbenutzt wie der Kleiderschrank?

Ich roch an einer halb offenen Dose, sie stank nach Fisch. Da hörte ich, wie die Wohnungstür geschlossen wurde. Eile ließ mich in den Flur springen, doch da kam mir schon Tooly entgegen.

Er schlurfte an mir vorbei, holte sich aus der Küche die Fischdose und eine Gabel und setzte sich auf das Sofa im Wohnraum. Er löffelte schmatzend sein Essen, ich beschimpfte mich lautlos wegen meiner Dummheit. Nun saß ich hier fest. Kein

Fenster war geöffnet, keine Ahnung, wann und ob Tooly heute noch seine Gemächer verlassen würde.

Wütend auf mich selbst stand ich da, ärgerte mich maßlos und grummelte leise vor mich hin. Lieber wäre ich jetzt mit Yaris und Aaren zu diesem Pub gegangen, als hier die Nacht verbringen zu müssen!

In der Wohnung von Yin Yang hätte ich wenigstens durch die riesigen Fenster den Garten und die überdachte Terrasse betrachten können. So jedoch musste ich zusehen, wie sich das Öl der Fischmahlzeit unter der Lippe des hochgepriesenen, berühmten Meisters sammelte und langsam über sein Kinn heruntertropfte.

Er wischte es mit dem Handrücken fort und streifte es anschließend an der Hose ab. Nun wunderte ich mich nicht mehr, woher die ganzen Flecken kamen.

Nach dem Essen nahm er ein Buch und las darin. Ich stand immer noch an derselben Stelle und wünschte mir sehnlichst, er würde ein Fenster oder eine Tür öffnen. Egal was, ich brauchte eine Möglichkeit, zu türmen.

Aber nichts geschah. Tooly las. Gefühlte Stunden vergingen.

Irgendwann setzte ich mich auf den Boden und zog die Beine an. Vor Langeweile und Ungeduld kam ich fast um. Dann endlich legte der alte Mann sein Buch auf den Tisch, streckte sich und stand auf. Er ging zu einem seiner Bilder, es war ein Landschaftsgemälde, und schob es ein Stück zur Seite. Meine Augen weiteten sich, ich setzte mich gerade hin und reckte den Kopf, um mehr sehen zu können.

Unfassbar! Tooly machte sich an einem versteckten Türchen in der Wand zu schaffen. Er drehte an einem Rädchen, schon öffnete sich die kleine Tür. Der Meister holte einen Schlüsselbund heraus, verschloss das Geheimfach wieder und schob das Bild zurück an seinen Platz.

Ich rappelte mich auf und folgte ihm nahtlos, da er sich Schuhe anzog und seine Wohnung verließ. Draußen war es stockdunkel geworden. Ich hatte absolut kein Zeitgefühl mehr und offenbar auch kein Gewissen, denn ich ging mit Tooly, anstatt den Weg nach Hause anzutreten. Es wäre ein Leichtes für mich gewesen, die Balkone hochzuklettern und Sienna zu erzählen, wo ich gewesen war. Doch ein innerer Zwang drängte mich, den Künstler zu verfolgen.

Er lief nicht auf dem Hauptweg, sondern schlich sich regelrecht zwischen den Häusern hindurch und steuerte die Hinterseite der Galerie an. Gleich um die Ecke war eine Treppe, die nach unten führte und vor einer unscheinbaren Tür endete. Es war stockdunkel dort. Tooly blickte sich um und machte den Eindruck, als wollte er sichergehen, dass er allein war. Er verursachte kaum Geräusche, als er einen der Schlüssel von dem Bund in das Schloss steckte und zwei Mal umdrehte. Und wieder schaute er sich um, ehe er rasch durchging und die Tür von innen sofort wieder verschloss. Wieder zwei Mal.

Er verhielt sich wirklich eigenartig.

Ich blieb ihm trotzdem auf den Fersen. Tooly knipste nur eine kleine Taschenlampe an, die zwischen den Schlüsseln gebaumelt hatte und nun kaum Licht spendete. Schon nach wenigen Metern kamen wir an eine massive Stahltür, er musste sie aufsperren und einen Riegel hochschieben, der quer über die Tür ging, um sie öffnen zu können.

Na, jetzt war ich aber gespannt! Was wollte der alte Mann in dem düsteren Keller? Dem abgestandenen Geruch nach war hier schon ewig nicht mehr gelüftet worden.

Wir gingen weiter, kamen an eine zweite Stahltür und als Tooly diese öffnete, wurde mir schlecht. Es roch nach Orange und Minze.

Ich ahnte Schlimmes!

Eine innere Stimme mahnte mich, nicht weiterzugehen, ich ignorierte sie. Jetzt war ich schon hier, also ...

Endlich machte er Licht. Über uns blinkten lange Neonröhren auf, der Raum wurde unnatürlich hell.

Als sich meine Augen an das grelle Licht gewöhnt hatten, erkannte ich ganz hinten eine weitere Tür, sie war ebenfalls aus Stahl wie die beiden, durch die wir gerade gekommen waren. In der Mitte des gefliesten Raumes stand ein Metalltisch mit Ablauf. Silberne Schränke, die denen einer Küche ähnelten, samt Waschbecken standen entlang der Wände und an einem Haken hing eine Gummischürze, gleich daneben hingen schön sortiert jede Menge Messer, Zangen und Geräte wie in einer Werkstätte.

Oje. Schwindel überkam mich. Ich hielt mich an dem Metalltisch fest. Tooly wird doch hier wohl nicht ...?

Die Antwort kam prompt. Der Meisterkünstler nahm die Gummischürze vom Haken, zog sich Handschuhe an und öffnete einen Schrank. Heller Nebel kam heraus, es war offensichtlich ein Gefrierschrank und darin lag ...

Mir wurde schlecht.

Ich war nicht fähig, den Blick abzuwenden, und gleichzeitig würgte es mich. In dem Gefrierschrank lagen ganz vorn zwei Hände. Menschliche Hände!

Während Tooly eine davon herausnahm und auf den Metalltisch legte, drehte ich mich ab und musste wieder würgen. Ich war ein körperloser Geist, dennoch rebellierte mein unsichtbarer Magen, ich konnte sogar die Galle auf meiner Zunge spüren. Nur kotzen konnte ich nicht, obwohl das eine Wohltat gewesen wäre!

Ich machte verzweifelt einige Schritte rückwärts, es schüttelte mich, ich wollte nur noch hier raus. Doch die Tür hinter mir war fest verschlossen.

Hilfe!

Was dann geschah, war die reinste Folter für mich. Obwohl ich mich abdrehte und versuchte, nicht hinzusehen, bekam ich alles mit: wie Tooly die Hand – es war sogar noch ein großes Stück vom Arm dran – unter warmem Wasser auftaute. Wie die Finger knackten, als er das noch halb gefrorene Fleisch vom Knochen trennte und alle ausgelösten Knochen in eine Maschine steckte, die so laut war, dass ich mir die Ohren zuhalten musste. Die Vibration des scharfen Mahlwerks konnte ich sogar bis in meinen nicht vorhandenen Körper spüren.

Tooly zerkleinerte das Fleisch mit einem scharfen Messer, er schüttete das Zerhackte danach in einen Topf mit heißem Wasser und klemmte einen Deckel mit Temperaturanzeige darauf.

Ich verstand, dass er es kochte ... aber wozu?

Er kümmerte sich wieder um die Knochen, die nun zerkleinert waren. Dafür zog er ein Wägelchen heran, welches mich an Rachéls Kräutertrockner erinnerte. Es hatte mehrere Etagen, der Boden jeder Etage bestand aus einem feinen Gitter, welches für ausreichend Belüftung sorgte.

Das steife Wägelchen des irren Künstlers sah nicht so liebevoll aus wie das mit den geschnitzten Hölzern von Nana, sondern kalt und starr.

Tooly verteilte die zerkleinerten Knochenstücke auf den feinen Gittern, danach goss er das heiße Wasser aus dem Topf ab und stopfte das noch dampfende Menschenfleisch mit einer Grillzange in einen hohen Mixer. Anschließend holte er eine Flasche aus dem Schrank und schüttete deren milchig trüben Inhalt über die immer noch heißen Fleischstücke.

Dieser Geruch ...

Abermals würgte es mich.

Er bemerkte natürlich nicht, wie sehr es mich ekelte, sondern er drückte den Deckel beherzt auf den Mixer. Mit einer

Hand hielt er ihn fest, mit der anderen schaltete er das Gerät ein. Der kleine Motor vibrierte sofort, es knackte laut und klackte und in Sekundenschnelle verteilten sich jede Menge eklige Spritzer auf der Innenseite des Glases. Toolys Blick war teilnahmslos auf den Inhalt gerichtet, der immer kleiner wurde und bald aussah wie ein pampiger Babybrei.

Der alte Mann schüttelte das Gerät und während er das tat, wurden die Hackgeräusche für einen Moment wieder lauter. Er schüttelte so lange herum, bis die kleinen Messer des Mixers alles Grobe erwischt hatten.

Tooly nahm den Deckel ab, Dampf kam heraus und mit ihm wieder dieser Geruch von gekochtem Menschenfleisch. Mich würgte es so, dass meine ausgetrocknete Kehle schmerzte.

Er hingegen nahm einen tiefen Atemzug und sog den Duft tief in seine Lungen. Er machte den Eindruck, als würde er es genießen.

Das war so abartig!

Ich fasste mir bestürzt an die Stirn, denn ich verstand es nicht! Es war für mich schon schlimm genug, dass Menschen tote Tiere aßen. Das Thema hatte in der Vergangenheit viele Diskussionen in Mias Manius' Klasse hervorgerufen. Wir Elben lebten schließlich mit der Natur, nie und nimmer würden wir ein Tier essen oder gar töten. Ausnahme war nur der Gnadenstoß bei zu schwer verletzten Tieren oder einer Mücke, wenn man sie beim Blutsaugen erwischte und reflexartig zuschlug, bevor man nachdenken konnte.

Nun stand ich hier und musste mit ansehen, wie ein Mensch einen anderen Menschen zerkleinerte. Mein harmonisches Bild, welches ich mir von der Erde und vor allem von solch begnadeten Künstlern gemacht hatte, war in diesem Raum gerade zerstört worden. Völlig vernichtet. Es war nicht mehr rückgängig zu machen.

Ich spürte die Tränen in meinen Augen, zwang mich, sie zurückzuhalten, aber es gelang mir nicht. Eine stahl sich ungeachtet meiner Mühen auf meine Wange, ich wischte sie rasch ab, doch meine Finger zitterten so, dass ich sie kaum unter Kontrolle hatte.

Während ich mit mir und meinen Gefühlen kämpfte, holte sich Tooly eines der noch leeren Gitter des Trockners und eine weiche Spachtel, mit der er den Inhalt des Mixers auf dem feinen Gitter verteilte. Anschließend schob er das Gitter zurück ins Wägelchen und dieses beiseite und säuberte alle Geräte, die er im Einsatz gehabt hatte. Er sprühte alles mit Desinfektionsmittel ein und ließ sich viel Zeit damit. Auf seinem olivgrünen Shirt bildeten sich unter seinen Achseln bald große Schweißflecken. Doch das war nichts im Vergleich zu den Flecken, die sich inzwischen auf meinem Hemd gebildet hatten. Mein Rücken fühlte sich klitschnass an, meine Stirn ebenso. Es reichte nur ein Blick auf den Gefrierschrank oder auf das Wägelchen und ich musste mir den Bauch halten. Alles in mir bebte.

Der Meister wusste nichts von meinem Kampf, keine Ahnung, wie er reagiert hätte, wenn er mich auch im Rauch oder Dampf hätte sehen können. Ich war froh, dass er es nicht konnte, denn er trocknete in aller Ruhe seine Gerätschaften ab, öffnete eine sehr breite und tiefe Schublade und holte ein Einmachglas heraus. Den getrockneten Inhalt kippte er in einen großen steinernen Mörser und zermahlte ihn per Hand. Was war das bloß? Zerkleinertes Menschenfleisch? Mir wurde immer noch übler, mein Magen rebellierte und tat weh.

Mein steter und einziger Gedanke lautete: ab zu Sienna! Sie musste ganz schnell die Wahrheit erfahren und die Polizei rufen!

Leider musste ich noch ausharren, wagte mich aber mutig vor und ging ein paar Schritte näher. Der Geruch nach Tod wurde hier immer noch stärker, den konnten Orange und Minze auch nicht mehr übertünchen. Ich sah, dass auf dem Einmachglas ein kleiner weißer Zettel klebte. *M.W.* stand darauf. Was das wohl bedeutete? Ich drehte mich um, denn die breite und tiefe Schublade, aus der Tooly zuvor das Glas geholt hatte, stand immer noch offen, ich warf einen neugierigen Blick hinein. Kühle Luft kam mir entgegen. Diese Schublade war also so etwas wie ein Kühlschrank?

Sie beherbergte noch mehr solcher Einmachgläser. Auf einigen dieser Klebezettel konnte ich ablesen: *M.W.* – auf drei Gläsern standen andere Buchstaben. Leider verbargen sich manche Zettel vor mir, da sie nach hinten gedreht in der Lade standen.

Ich inspizierte genauestens den Inhalt, wollte herausfinden, was Tooly hier alles aufbewahrte. In einigen Gläsern lagen klein gehackte und getrocknete Knochenstücke, drei waren randvoll mit dunkelrotem gestocktem Blut – dass es sich um dicke Farbe handeln könnte, kam mir erst gar nicht in den Sinn.

Hinter mir kratzte und schabte Tooly mit dem Stößel in der Schabschüssel herum. Ich sah ihn an, musterte sein Gesicht und fragte mich, welche Gedanken ihm wohl gerade durch den Kopf gingen.

Dachte er an den einst lebendigen Menschen, der nun vor ihm in der Schüssel lag? Hatte Tooly ein Gewissen? Und wie war er an die oder den Toten gekommen? Selbst umgebracht?

Ein Schauer fuhr meine Wirbelsäule entlang und ließ mich schütteln.

Mein Blick fiel in die Reibschale. Der Inhalt wurde langsam, aber stetig zu einem feinen rotbraunen Pulver. Dieses Farbpigment war von Pflanzenfarben äußerlich nicht mehr zu unterscheiden.

Aber warum lud dieser Künstler solche Schuld auf sich und verwendete nicht lieber Pflanzen oder Pilze? Oder Steine,

Hölzer, Blüten – alles war besser, als mit toten Menschen zu malen. Wozu das Ganze? Ich verstand es nicht und je länger ich darüber nachdachte, desto verwirrter wurde ich, und ich überlegte mir andere Szenarien, um mich besser zu fühlen.

Konnte es vielleicht sein, dass dieses Pulver, das er gerade rieb, von einem Tier stammte? Ein Fuß vielleicht oder ein anderes Körperteil? Oder doch von einem Menschen?

Das Bild von den Händen im Gefrierschrank kam mir wieder in den Sinn. Ich presste die Hand vor den Mund, unterdrückte ein Würgegeräusch. Und dann noch eines. Es gelang mir nicht, ich musste husten. Zum ersten Mal war ich so richtig froh, unsichtbar zu sein, denn ich hatte echt Schiss vor dem Typen! Der hätte mich bestimmt auch in die Gefriertruhe gesteckt.

Aaahh, abermals schüttelte es mich. Ich wollte hier raus, und zwar schnell!

Als Tooly endlich fertig war, war es mir egal, dass ich durch ihn hindurchrennen musste, um als Erster aus diesem schrecklichen Raum zu flüchten. Doch bevor wir ins Freie gelangen konnten, mussten wir noch durch all die akribisch abgesperrten Türen. Als er endlich die letzte Tür erreichte und den Schlüssel zwei Mal umdrehte, war ich komplett am Durchdrehen und sprang mit einem Satz hinaus. Ich rannte die steile Treppe hoch und in die Dunkelheit davon.

Schlotternd stolperte ich über meine eigenen Beine, fiel hin und rappelte mich schnell wieder auf. Mein Magen rebellierte trotz der frischen Luft immer noch, mir war so schlecht!

Fast schon panisch rannte ich zum Wohnheim, kletterte die Balkone in den dritten Stock hinauf und krallte mich zähneklappernd am Geländer unseres Balkons fest. Es brannte Licht im Wohnraum, sie war noch wach.

»Du musst sofort weg von hier!«, schrie ich, hob ein Bein über die Brüstung, dann das zweite, plumpste nach unten und landete schmerzhaft auf dem Knie und der Seite. Alles an mir schlotterte, mir war plötzlich so kalt. »Sienna! Pack deine Sachen! Tooly ist irre und gefährlich! Du bist hier nicht sicher!«, rief ich wiederholend und mühte mich ab, durch die offen stehende Balkontür in den Wohnraum zu gelangen. Meine Beine waren auf einmal tonnenschwer, meine Brust fühlte sich beengt an, ich rang nach Atem. »Sienna, bist du da?« Verzweiflung vibrierte in jeder Zelle meines Körpers.

»Himmel, Dian, was ist denn los?« Sie kam aus der Schlafkammer, trug nur einen Slip und ein lockeres schwarzes Shirt mit weitem Kragen, welches den Blick auf eine nackte Schulter freigab.

»Tooly ha... er ... er ha... hat«, stammelte ich. Angstschauer fuhren durch mich hindurch, es fiel mir schwer auszusprechen, was ich gerade miterlebt hatte. Meine Hand fischte in der Luft nach der Rückenlehne des gut gepolsterten Sessels. Ich krallte mich daran fest.

Sienna kam näher und blieb ein paar Schritte vor mir stehen. Offenbar wusste sie, wo ich gerade stand. »Was ist mit dir? Ist etwas geschehen? Wo warst du?«

»Bei Tooly«, brachte ich mühsam hervor und holte tief Luft, um die schockierende Wahrheit loszuwerden. »Er zerkleinert Teile von Menschen und verarbeitet sie zu Farbpulver und Knochenmehl.« Wieder nahm ich einen tiefen Atemzug.

Jetzt war es raus!

Der bittere Geschmack jedoch blieb und brannte auf meiner Zunge.

»Bitte was?« Sienna fuhr mit dem Kopf zurück und schob stutzig die Augenbrauen zusammen. »Wie kommst du darauf?«

»Er hat direkt vor meinen Augen eine Menschenhand zerkleinert.« Ich schluckte. »Das war sicher die Hand einer Frau, die Finger waren schmal.«

Dem Drachenmädchen wich die Farbe aus dem Gesicht. »Das ist hoffentlich ein schlechter Scherz?« Ihre Stimme flatterte. Die junge Künstlerin hatte die Wahrheit in meinen Worten sehr wohl erkannt, aber noch nicht verinnerlicht.

Ich atmete tief durch. »Bitte, du musst mir glauben. Ich lüge nicht! Wozu auch? Sienna, bitte. So etwas kann ich mir doch nicht ausdenken!«

»Es war die Hand einer Frau?«, wiederholte sie.

Cecily kam in den Raum. »Welche Hand?« Sie trug ebenfalls nur einen Slip und ein eng anliegendes grelloranges Top darüber, welches ihre weibliche Figur betonte.

»Eine Menschenhand!« Ich stieß die Worte aufgeregt hervor.

»Ich muss mich setzen«, hauchte Sienna fassungslos, da sie endlich begriff.

Das war eine gute Idee, meine Beine würden meinem Gewicht auch nicht mehr lange standhalten. Ich rutschte in meinen Sessel und begann, alles zu erzählen. Von meiner Flucht über die Balkone angefangen bis hin zu Yin Yang und Toolys Fleischerei im Keller. Ich berichtete noch mal ausführlich von den Bildern in der Galerie, den eigenartigen Energien im Atelier und den Farbpülverchen, die nach Tod gerochen hatten. Mein Gespür war von Anfang an richtig gewesen, hätte ich geahnt, dass Tooly menschliche Körperteile für seine Kunst verwendete und sie auch noch Yin Yang zur Verfügung stellte, hätte ich sofort Alarm geschlagen.

Mir war nicht klar, ob Aaren und Yaris wussten, womit sie da malten, aber das spielte gerade keine Rolle.

Sienna übersetzte alles für Cecily, die verdattert neben ihr auf der Sessellehne saß und nicht glauben wollte, was ich da berichtete.

»Das klingt nach einer Horrorstory«, äußerte die flippige Verkäuferin, als ich mit meiner Erzählung fertig war.

»Es ist alles wahr. Ich lüge nicht. Wozu auch?« Ich blickte zu Sienna. Sie war immer noch weiß im Gesicht, die sonst so hellen Sommersprossen wirkten plötzlich viel zu dunkel. »Du glaubst mir doch, oder?« Ich betonte das Du, bebende Unsicherheit lag in meiner Stimme. Oder Angst vor dem, was nun geschehen würde.

Meine Magengegend fühlte sich immer noch an wie ein paarmal in der Wäschetrommel geschleudert ...

»Dian, ich versuche, dir zu glauben«, antwortete Sienna mit krächzender Stimme. »Aber das ist gerade schwer.« Sie wandte ihren Blick fragend zu Cecily.

Diese griff nach ihrer Hand und drückte sie liebevoll. »Lass uns das erst einmal verdauen, okay? Wir sollten jetzt nichts Unüberlegtes tun, schließlich hängt dein Studium davon ab.«

Die kleine Italienerin nickte. »Ohne einen Beweis sind uns die Hände gebunden.«

Ich war entsetzt. »Du musst sofort das FBI und Special Agent Gibbs von Navi CIS rufen«, forderte ich empört. Wir hatten inzwischen genügend Serien geguckt und ich wusste Bescheid. »Die untersuchen das Gelände und finden Beweise mit diesem blauen Licht!«

»Gott, Dian.« Sienna atmete scharf aus. »Das ist nicht so wie in den US-Filmen.«

»Ich sehe aber keinen Unterschied, Drachenmädchen!« Ich erkannte rechtzeitig meinen scharfen Ton in der Stimme, zügelte meine Wut und beruhigte mich wieder. »Nicht weit von hier liegen Teile eines zerstückelten Menschen in einer Gefriertruhe. Ich habe nur die Hände gesehen, bin mir aber ziemlich sicher, dass da noch mehr gelegen hat. Denkst du nicht, dass dieser Mensch von irgendjemandem vermisst wird? Der hatte doch sicher Mutter und Vater oder Geschwister. Wäre es nicht klug, umgehend das FBI anzurufen, damit die sich darum kümmern? Das ist schließlich ihr Job! Dafür tragen sie die Marken und Ausweise!«

»Das FBI gibt es in London nicht«, berichtigte sie mich. »Es heißt in England MI6, ich denke aber, dass Scotland Yard hier zuständig wäre, aber so genau weiß ich das nicht.«

»Dann mach doch dein Computerdings an und schau nach. Du musst jetzt gleich die Spezialisten mit den Ausweisen verständigen«, beharrte ich fordernd.

»Versteh das doch. Wir können Mister Tooly nicht einfach anschwärzen. Der Mann ist eine Legende in Großbritannien, er ist sogar weltberühmt.«

Cecily nickte bestätigend. »Er hat Beziehungen zu den höchsten Kreisen. Wenn wir anrufen und sagen, dass er menschliches Knochenpulver für seine Bilder verwendet, wird man uns nicht glauben.«

»Man würde uns Rufschädigung oder etwas anderes unterstellen.« Sienna war sich sicher. »Und ich müsste bestimmt umgehend nach Mailand zurück.«

Ich war schockiert. Meine Finger krallten sich tief in den gepolsterten Sitz. »Du willst doch nicht etwa bei dem mordenden Künstler in dieser Schule bleiben?«

Sienna hob verunsichert beide Schultern.

»Wir wissen erst mal gar nichts«, wandte Cecily ein. »Besteht denn die Möglichkeit, dass du dich getäuscht hast? Vielleicht ist es ein Schweinefuß oder ganz was anderes gewesen. Etwas, das einer Hand nur ähnlich sah?«

Die Italienerin stimmte ihr zu. »Gott, ja. Wenn es so wäre und ich würde es der Polizei melden, dann könnte ich nie wieder Fuß in der Künstlergemeinschaft fassen. Mein Ruf wäre innerhalb kürzester Zeit komplett ruiniert.«

Blaue **Blitze**

Ich schlug die Zähne zusammen und biss sie so fest aufeinander, dass die Kiefer schmerzten. Warum wollte sie mir nicht glauben? »Es ist zu einhundert Prozent die Hand eines Menschen gewesen«, wiederholte ich lautstark. »Bestimmt die von einer Frau!« Ich sprang auf und lief aufgebracht ein paar Schritte im Wohnraum herum. Dann fiel es mir wieder ein. »Ist nicht deine Vorgängerin spurlos verschwunden? Vielleicht hat Tooly sie ermordet und in die Gefriertruhe gesteckt.«

Sienna rollte abfällig mit den Augen. »Dian, jetzt reicht es aber, mit dir geht ja die Fantasie durch. Tooly ist sicher kein Mörder. Er spinnt doch nicht und bringt seine eigenen Studenten um. Das wäre doch jemandem aufgefallen!«

Ich schnaubte. »Ja. Mir.« Ich betonte beide Worte überdeutlich, denn für mich war alles klar. Alles passte zusammen. »Du hättest seine Wohnung sehen sollen. Als hätte der Mann zwei Persönlichkeiten.« In einer Hälfte hauste die gestörte, in der anderen die normale. »Vielleicht hat er ein Alter Ego wie der Typ im Mister-Hyde-Film?«

»Eine dreckige Wohnung kann auch nur ein Hinweis auf weibliche Abwesenheit sein«, antwortete sie ernst. »Er ist ein alleinstehender Mann, nicht alle Menschen halten etwas von Sauberkeit. Schmutz ist noch lange kein Beweis für eine gespaltene Persönlichkeit oder ein Alter Ego. Das ist schließlich eine sehr schlimme Krankheit, die ärztlich behandelt werden muss.«

»Mag sein. Aber denk an die Buchstaben: M und W. Was könnte das heißen?« Ich überlegte fieberhaft und erinnerte mich an einen weiteren Film, den wir an einem Abend miteinander geguckt hatten. Dieser hatte von einer reichen Familie gehandelt, deren Tochter Hochzeit feierte. Die Großmutter machte ihrer Enkelin ein besonderes Geschenk und bestickte edle Tücher. Ich wusste nicht mehr, wie der Film hieß, aber ich glaubte zu wissen, was die beiden Buchstaben mit den Punkten bedeuten könnten. »Ihr Menschen stickt doch eure Initialen auf Handtücher oder Kissen. Was ist, wenn M und W für den Namen deiner Vorgängerin steht?«

Cecily wurde hellhörig und mischte sich wieder ein. »Wie hieß die Studentin denn?«

»Keine Ahnung, hab sie nie kennengelernt«, antwortete Sienna mit hochgezogenen Schultern. »Taro kannte sie, er sagte, dass sie gegen Tooly wegen seiner egozentrischen, fast schon narzisstischen Art aufbegehrt habe ...«

»... und danach ist sie spurlos verschwunden«, platzte ich dazwischen. »Sie hat sich bei Taro nicht mehr gemeldet, obwohl sie gut befreundet waren.« Ich erinnerte mich noch gut an seine Worte. Sienna offenbar auch, denn sie schwieg und wirkte plötzlich weit entfernt.

»Frag doch Taro, wie sie hieß«, bat Cecily. »Dann klärt es sich bestimmt auf. M.W. kann vieles bedeuten, ich hoffe mal nicht, dass es die Initialen deiner Vorgängerin sind. Sonst hätte ich richtig Angst. Das Ganze klingt ja jetzt schon sehr verrückt.«

»Klingt es«, bestätigte die Italienerin. »Aber ich kann Taro nicht fragen.«

»Warum nicht?«

Sie verzog den Mund. »Ich weiß noch nicht, wie ich ihm das mit uns am besten erklären soll und ...« Sie brach ab und ließ den Satz in der Luft hängen.

Cecily holte tief Luft. »Mir ist klar, dass sich deine Gefühle ihm gegenüber nicht verändert haben, nur weil wir miteinander geschlafen haben.«

»Ich bin durcheinander. Ich will ihm nicht wehtun und dir auch nicht.«

»Wenn du dein Durcheinander nicht in Ordnung bringst, tust du nur dir selbst weh.«

»Ich weiß.« Sienna zog einen Mundwinkel zurück und blickte traurig.

Sekunden vergingen, in denen sich die beiden tief in die Augen sahen. Ich setzte mich wieder.

»Ich will euer Liebesdrama ja echt nicht stören«, merkte ich ungeduldig an. »Aber im Keller des Nachbargebäudes liegen Teile eines toten Menschen.«

Sienna rollte mit den Augen und stöhnte. »Das wissen wir noch nicht!«

Ein Knurren verließ meine Kehle. »Wenn du mir endlich vertrauen würdest, wüsstest du es. Du musst nur die Ausweisträger des Scotland Yard anrufen und Anzeige erstatten. Was hält dich zurück? Geht das nicht auch, ohne dass du deinen Namen nennst?«

Sie starrte auf den Sessel, in dem ich saß. Ich spürte, wie sie durch mich hindurch auf den Stoff der Rückenlehne blickte. »Das ist eine heikle Sache, Dian. Die würden mich anhand der Signale meines Handys aufspüren können«, stellte sie klar. »Aber wenn es dich beruhigt, kann ich Taro schreiben und ihn nach dem Namen der Vormieterin fragen.«

Und ob mich das beruhigte! »Ja, bitte mach das.«

Sie stand auf, holte ihr Handy und setzte sich wieder. Schweigend beobachteten wir die kleine Italienerin und wie ihre Finger auf das Display tippten, um die wichtige Nachricht zu schreiben.

»Es ist schon nach halb drei Uhr«, erklärte sie mir, als sie damit fertig war. »Taro wird die Nachricht bestimmt erst morgen früh bekommen. Er schläft sicher schon.«

Eile pulsierte in meinem Blut und schoss durch meinen Körper. Ich ballte die Fäuste und sprang von meinem Sessel auf. Verstand sie immer noch nicht die Dringlichkeit der Sache? »So lange wirst du wohl nicht warten, bis wir etwas unternehmen?«

Sienna und Cecily tauschten einen unsicheren Blick. Da piepste das Handy und beide schauten gespannt auf das Display.

»Oh Gott.« Cecily schluckte hart. »Ihr Name ist Maja Walsh.«

»M.W.« Ich schrie fast vor lauter Aufregung. »Mein Bauchgefühl stimmt also! In der Kühltruhe liegt deine tote Vorgängerin! Das ist sicher ihre Hand gewesen!«

Sienna presste ihre Lippen zusammen und schüttelte abwehrend den Kopf. »Das kann auch ›Mister Wildschwein‹ heißen.«

Langsam wurde ich zornig. »Komm mit in den Keller und ich zeige dir, dass in der Kühltruhe eine weitere abgetrennte Menschenhand liegt. Dann hast du es mit eigenen Augen gesehen und verstehst endlich, dass du die Männer mit den Ausweisen anrufen musst.«

»Alle Türen sind doch abgesperrt, Dian. Das hast du selbst gesagt«, machte sie deutlich. »Wir würden nicht weit kommen.«

»Dann vertrau mir einfach, zur Hölle noch mal!«, sagte ich laut. »Ruf an, ich werde dich samt den Polizisten durch den

Keller führen, denn ich habe alles genau gesehen. Du müsstest mir dabei nur nachsprechen und könntest dann so tun, als wärst du selbst die Kronzeugin. Meine Augen wären deine Augen.«

»Himmel, Dian. Bring bitte nicht ständig Film und Realität durcheinander. Ein Kronzeuge ist jemand, der an einer Tat beteiligt war.«

»Hey, ich versuche wenigstens, mir etwas einfallen zu lassen. Du hast nur Angst um dein Studium.«

»Das ist nicht fair, das stimmt so nicht.«

»Nicht?«

Pause.

»Doch«, gab sie endlich zu. »Aber nur weil ich verunsichert bin. Wenn ich Tooly beschuldigen würde und es würde sich herausstellen, dass es doch ein Schweinefuß gewesen ist, dann wäre meine Karriere beendet, ehe sie begonnen hat.«

»Es war kein Schweinefuß.«

»Mag sein, dass du das so siehst. Dennoch bezweifle ich, dass Tooly eine richtige Menschenhand zerkleinert hat. Ich wüsste keinen einzigen Grund, aus dem er so etwas Schreckliches machen sollte.«

»Um seine Morde zu vertuschen? Die Opfer verschwinden zu lassen? Weil er schlicht und einfach geistesgestört ist? Mir fallen noch einige Gründe ein, die sein irres Handeln erklären könnten. Warum willst du mir nicht glauben? Willst du nicht das Richtige tun und ihm das Handwerk legen? Möchtest du die zukünftigen Opfer nicht schützen?«

Sienna übersetzte wieder alle meine Worte.

»Er hat nicht ganz unrecht«, räumte Cecily dann ein. »Wir könnten wenigstens nachgucken, wo sich diese Kellertür befindet. Wenn du einen dünnen Nagel oder was anderes Passendes hier hast, könnte ich versuchen, sie aufzusperren.«

Sienna zog überrascht beide Augenbrauen hoch. »Du kannst ein Schloss knacken?«

Cecily schmunzelte. »Es ist mir nur einmal gelungen. Da habe ich mich ausgesperrt und keinen Schlüsseldienst erreicht. Darum hab ich gemäß Youtube-Anleitung meine eigene Eingangstür aufgesperrt. Ich hatte Glück und habe vorher im Keller einen passenden Nagel und eine alte, dünne Fleischgabel in einem alten Umzugskarton gefunden.«

»Fleischgabel?«

Die Verkäuferin nickte. »Es kommt natürlich auf den Schließzylinder an. Versuchen können wir es ja. Dian wird keine Ruhe geben, ehe wir seine Aussage nicht überprüft haben.«

Nun nickte ich, denn mein Verantwortungsbewusstsein drängte mich danach, das Richtige zu tun. »Das stimmt. Aber ihr müsst ja nicht selbst einbrechen, ihr könnt auch das Londoner FBI anrufen. Wäre sicherer. Die haben Waffen und sind Profis.«

»Wir schauen besser selbst nach«, beharrte Cecily. »Wenn es uns gelingt und wir in den Raum hineinkommen, dann machen wir Fotos und haben die Beweise auf dem Handy.«

Ich schnaubte genervt und schnalzte mit der Zunge. »Wenn euch das beruhigt! Ihr könntet mir auch einfach vertrauen.«

»Tun wir doch. Aber wir brauchen Beweise für die Behörden. Das verstehst du sicher.« Ihrem Tonfall war nicht zu trauen, sie wirkte gerade eigenartig.

Ich knirschte so stark mit den Zähnen, dass mir die Kiefer schmerzten. »Sicher«, stieß ich verkrampft hervor. Immer musste ich Verständnis zeigen und nachgeben …

Cecily, die bis jetzt auf der Armlehne gesessen hatte, stand auf. »Hast du zufällig eine Fleischgabel mit dünnen Zinken hier, oder sollen wir Taro nach einem Zweitschlüssel fragen?« Sie grinste Sienna so breit zu, dass der silberne Ring unter ihrer Lippe hervorblitzte. »Als Hausmeister und Mädchen für alles hat er vielleicht sogar einen Dietrich?«

Sienna atmete laut aus. »Sehr witzig.«

»Denkst du nicht, dass es ihn interessieren würde, was im Nachbargebäude vor sich geht?« Sie betonte es überspitzt.

»Ich werde ihn nicht mit reinziehen, schließlich will ich in den nächsten Tagen in Ruhe mit ihm über unsere Situation reden.«

»Klar.« Wieder lächelte sie breit und zeigte den silbernen Ring. »Fleischgabel?« Sie deutete zur Küche hinüber.

»Mittlere Schublade ganz rechts. Ich könnte noch eine Haarnadel anbieten, wenn das hilft?«

»Klingt gut.« Cecily wirbelte herum und zog die Schublade auf. »Nimm sie zur Sicherheit mit.«

Während Sienna im Badezimmer verschwand und nach einer Haarnadel kramte, durchsuchte Cecily die Küche nach brauchbaren Hilfsmitteln.

Die kleine Italienerin kam bald zurück, sie hatte sich eine grüne Hose angezogen und für ihre Freundin ebenfalls die Beinkleidung mitgebracht. »Hier.« Sie warf sie Cecily zu, die sie auffing. »Du siehst ohne zwar hinreißend aus, aber dennoch wäre es besser, du würdest was anziehen.«

»Wie schade.« Ein verwegenes Schmunzeln umspielte ihre Lippen. Sie schlüpfte in die Hose und zog sich ihre bunten Comicheft-Schuhe an.

Schon wenig später schlichen wir uns zu dritt aus dem Studentenwohnheim. Okay, ich ging, die beiden schlichen. Mich sah man ohnehin nicht. Endlich erkannte ich einige Vorteile meiner Unsichtbarkeit, obwohl sie immer noch tierisch nervte. Ich selbst hätte nämlich sofort Hilfe gerufen und die Spezialisten angefordert. Aber Menschen tickten da wohl anders. Also machten wir uns mitten in der Nacht auf Spurensuche. Die beiden Frauen gingen geduckt und sahen sich andauernd um. Ich konnte ihre Anspannung in der Luft spüren.

»Da hinten ist es«, erklärte ich in ruhigem Tonfall. »Noch ein paar Meter, dann geht es um die Ecke, dahinter ist diese stockdunkle Treppe, an ihrem Ende befindet sich der Eingang zu dem mörderischen Gruselkeller.«

»Könntest du andere Worte wählen?«, zischte Sienna leise.

»Tut mir leid, ich kenne keine hübschen Wörter dafür«, entschuldigte ich mich. »Dort unten ist schließlich kein Wintergarten mit herrlich duftenden Orchideen, sondern eine Menschen-Metzgerei mit penetrantem Geruch nach Orange und Minze, um die stinkende Verwesung zu übertünchen.«

Sienna stoppte abrupt und hielt sich mit einer Hand den Mund zu. »Mir wird übel«, flüsterte sie zwischen den Fingern hindurch.

»Soll ich allein weitermachen?«, erkundigte sich Cecily fürsorglich. »Dian kann dir den Weg erklären, den Rest schaffe ich schon.«

»Wir trennen uns bestimmt nicht«, wehrte Sienna sofort ab. »Dian kann sich auch zusammenreißen. Oder?«

Das letzte scharfe Wort galt ausschließlich mir. »Sicher.« Bald würden die beiden sehen, was mich zuvor so schockiert hatte. Ab diesem Zeitpunkt würden sie mir recht geben und nichts mehr verharmlosen.

Ganz bestimmt!

Wir marschierten langsam weiter.

»Da hinter der Ecke«, flüsterte ich und sprang vor. Aber die zwei kamen nicht hinterher, also ging ich wieder zurück.

Sienna drückte sich gerade flach an die Wand. Cecily tat es ihr gleich. Beide lugten vorsichtig auf die andere Seite, doch da war niemand.

Wieder einmal vergaßen sie meine nützliche Rolle in unserer Mission. »Ihr braucht nicht aufzupassen, ich habe schon nachgesehen, ob jemand da ist.«

Sienna stieß sich von der Wand ab. »Dann sag das nächste Mal vorher Bescheid und lass uns nicht im Ungewissen.«

»Okay.« Ich machte zwei Schritte rückwärts und guckte wieder um die Ecke. »Keiner da, ihr könnt beruhigt gehen.«

Kopfschüttelnd folgten sie mir. Bald waren wir am Treppengeländer. Die Mädchen tasteten sich langsam vor und gingen die stockdunkle Treppe hinunter.

»Ihr müsst jetzt die Taschenlampe einschalten, sonst tut ihr euch noch weh«, warnte ich.

»Lieber nicht«, lehnte Sienna leichtsinnig ab.

»Wir schalten unser gedimmtes Displaylicht ein, wenn wir ganz unten sind«, bestätigte Cecily. »Ich brauche nur so viel Licht, dass ich das Schloss sehen kann.«

Aha. »Dazu musst du erst einmal die Tür finden, du läufst nämlich gerade daran vorbei.«

Sie stöhnte genervt, Sienna hingegen kicherte kaum hörbar. Beide tasteten mit den Händen nach dem Türknauf. Die kleine Italienerin schaltete endlich ihr Handylicht ein, ihre Freundin zückte das provisorische Werkzeug und legte sofort los.

»Vergiss nicht, dass es zwei Mal verschlossen ist«, erinnerte ich sie. Antwort bekam ich keine, denn die junge Frau mit den bunten Haaren war hochkonzentriert und schien ihren eigenen Geräuschen zu lauschen. Als es klick machte, freute ich mich.

Cecily legte die Hand auf den Türknauf und versuchte, ihn zu drehen. Es gelang.

»Wollen wir das wirklich tun?«, fragte sie. Die Unsicherheit in ihrer Stimme war nicht zu überhören.

Sienna nickte. »Unser elbischer Freund braucht das für seinen inneren Frieden, wir müssen das tun.«

Es dauerte ein paar Sekunden, ehe ich begriff. »Ihr macht das nur, um mir zu beweisen, dass ich falschliege?«

Sie verzog den Mund. »Wir tun das für dich, Dian.«

»Nicht für die tote Frau da drinnen?« Ich war schockiert.

»Egal was du sagst, ich denke, es war ein Schweinefuß.«

»War es nicht«, antwortete ich beleidigt und schmollte.

Cecily äußerte sich nicht dazu, sie öffnete die Tür und steckte als Erste den Kopf hindurch.

Sienna leuchtete mit dem Handy in den Flur. »Glaub, da ist keiner«, flüsterte sie.

Wir traten ein und gingen ganz langsam ein paar Schritte, während die beiden den Flur um uns herum ableuchteten.

Das mulmige Bauchgefühl meldete sich wieder stärker. Es ließ sich nur schwer ignorieren. »Wir sollten wirklich das englische FBI oder wie das heißt ... äh ... ihr wisst schon. Das MI6 Polizeikommando rufen«, hauchte ich nervös. »Das ist schließlich ihr Job.« Oder das SWAT-Team. Egal wer – alles war besser, als allein rumzustreunen.

»Beruhige dich endlich.« Sienna blickte strafend in meine Richtung. »Im Fernsehen wird immer alles einfacher dargestellt als in der Realität.«

»Die Filme sahen für mich sehr real aus«, widersprach ich schnell. Gut, ich wusste kaum etwas über diese ganzen Menschendinge, aber was ich gesehen hatte, reichte mir, um mir ein grobes Bild davon zu machen. Ich dachte an meine Lieblingshelden Special Agent Gibbs und DiNozzo ...

»Ist sie das?«, fragte Cecily und riss mich aus meinen Gedanken, die sich gerade um die Serie Navi CIS drehten.

Ich folgte ihrem Blick und erkannte die Stahltür mit dem Riegel wieder. Warum hatte ich die eben übersehen? »Ja, das ist sie«, bestätigte ich. »Du musst aufsperren und den Riegel hochschieben. So hat das jedenfalls Tooly gemacht.«

Sie bückte sich, um das Schloss aus der Nähe zu betrachten. Dabei fielen ihre blauen Haare nach vorn, sie strich sie sich wieder über die Schulter zurück und zog die Nase kraus. »Sorry, Dian, aber das übersteigt meine laienhaften Fähigkeiten.«

»Wir kommen nicht durch die Tür?« Ich fragte nach, obwohl ich sie sehr wohl verstanden hatte. Doch die Enttäuschung wog zu schwer, ich musste es noch einmal hören.

»Das ist kein normales Schloss«, erklärte sie, während sie darauf zeigte. »Guck, das wird mit einem Schlüssel und einem Zahlenschloss, das drei Zahlen verlangt, entriegelt. So etwas habe ich noch nie gesehen.«

Sienna wirkte nicht enttäuscht, sondern erleichtert. Sie stellte das Licht ihres Handys etwas heller und leuchtete im Flur herum. Plötzlich sog sie hörbar die Luft ein und hielt sie an.

Cecily richtete sich wieder gerade auf. »Was ist?«

Die kleine Italienerin hob ganz langsam den Zeigefinger. »Da ist eine Videokamera«, hauchte sie entsetzt und löste sich aus der Starre. Ihre Miene wurde wütend. »Das hättest du uns sagen müssen, Dian!«

Ich verstand im ersten Augenblick nicht, was sie meinte. Nur dass sie dieses kastenähnliche Ding, das unter der Decke in einer Ecke hing, erschreckt hatte. Dann ging mir ein Licht auf. »Hey, ich kenn mich mit euren elektrischen Geräten nicht so gut aus!«, verteidigte ich mich. Wie hätte ich sie warnen können? Mir war das Teil zuvor nicht aufgefallen!

»Vielleicht ist sie nicht eingeschaltet«, versuchte Cecily zu beruhigen. Doch in dem Moment blinkte eine kleine rote Lampe auf. »Scheiße. Sie ist aktiv.«

»Schnell raus hier«, keuchte Sienna und marschierte mit schnellen Schritten Richtung Ausgang. »Verdammt, Dian!« Sie grummelte laut. »Du kannst dir schon mal eine plausible

Ausrede überlegen, mit der wir erklären, warum wir hier eingebrochen sind! Der Nachtwächter der Galerie hat uns bestimmt gesehen und ruft wahrscheinlich in diesem Moment die Polizei.«

Cecily eilte ihr hinterher, griff auf ihre Schulter und stoppte den schnellen Schritt der aufgebrachten Italienerin knapp vor der Tür, die nach draußen führte. »Du musst auch auf mich wütend sein. Ich habe vorgeschlagen, das Schloss zu knacken.«

Sie atmete schnell aus. »Wir hätten besser im Bett bleiben sollen.«

Cecily schmunzelte und zog verführerisch eine Augenbraue hoch. »Oh ja. Aber das können wir ja noch nachholen.« Sie beugte sich etwas vor und küsste die kleine Italienerin zärtlich auf die Lippen.

Sienna erwiderte den kurzen Kuss, dann wich sie zurück. »Wir sollten das besser in meiner Wohnung fortführen. Bestimmt habe ich ab morgen keine mehr.« Sie wandte sich wieder dem Ausgang zu und setzte sich in Bewegung.

»Du könntest bei mir wohnen«, schlug Cecily vor.

»Meinst du das ernst?« Sienna drehte während des Gehens ihren Kopf nach hinten und warf ihrer Freundin einen fragenden, aber lächelnden Blick zu. Dann war der Moment der Vorfreude schlagartig vorbei. Wie vom Blitz getroffen zuckte Sienna auf einmal am ganzen Körper, sie riss die Augen weit auf. Gleichzeitig erklang ein surrendes Geräusch, das Handy fiel ihr aus der Hand und knallte auf den Boden.

Ich sprang sofort zu ihr, wollte ihr helfen, aber ich konnte nicht. Cecily kreischte erschrocken und versuchte, sie zu halten, aber das Drachenmädchen sank ohnmächtig zu Boden und zitterte unkontrolliert.

Erst jetzt sah ich Tooly. Er hatte ein schwarzes Gerät in der Hand und ehe die junge Verkäuferin reagieren konnte, drückte er es ihr an den Hals. Blaue Lichter blitzten auf, sofort schüttelte es auch sie durch und ein Stöhnen drang über ihre Lippen. Ihr Gesichtsausdruck wurde ganz starr, ehe sie wie ein nasser Sack in sich zusammenfiel.

Ich schrie um Hilfe.

Doch keiner konnte mich hören. Verzweiflung ergriff mich.

Tooly zögerte nicht. Er packte schnell die bewusstlose Sienna an den Armen und schleifte sie weiter in den Flur hinein, um die Tür schließen zu können. Er sperrte sofort ab. Zwei Mal. Dann atmete er tief durch, bückte sich und griff sich Siennas Handgelenke. Ihr Kopf fiel nach unten, als er ihren Oberkörper anhob und sie zur Stahltür zog. Er legte sie direkt davor ab, schloss auf und schob den Riegel hoch.

Ich bückte mich, wollte nach Sienna greifen, um sie wachzurütteln, aber ich fasste ins Leere. Tooly verschwand durch die Stahltür. Den Geräuschen nach öffnete er bereits die nächste.

Panische Angst raubte mir den Atem, als mir bewusst wurde, welcher Raum sich dahinter befand.

»Bitte wach auf!«, schrie ich verzweifelt. »Hilfe! So hilft uns doch jemand!« Wieder griff ich nach Sienna, aber ich war nicht imstande, sie zu berühren. »Wach auf! Du musst aufwachen und wegrennen!« Mein Kopf schnellte hoch. Tooly kam zurück. »Sienna!« Ich schrie, so laut ich konnte. Sie musste mich doch hören!

Doch sie reagierte nicht auf meine Rufe. Sie reagierte auch nicht, als Tooly sie erneut packte und durch beide Stahltüren zog. Der Geruch von Minze und Orange war allgegenwärtig, mein erster Blick auf den Metalltisch mit diesem grausigen Ablauf raubte mir den Atem.

»Rühr sie nicht an!«, brüllte ich Tooly von der Seite an. Panisch griff ich immer wieder durch ihn hindurch, konnte ihn nicht fassen, was mich nur noch wütender machte. Ich schüttelte meine Hände, hoffte auf ein Wunder und das Erscheinen der beiden Schlüsselzeichen, um meine Freundin retten zu können. Doch nichts dergleichen geschah.

Tränen kullerten über meine Wangen, denn ich stellte mir vor, wie der verrückte Künstler meine geliebte Sienna auf dem Tisch mit dem Ablauf zerstückelte. Ich schrie sie hektisch an. »WACH AUF!« Immer und immer wieder. Was sollte ich bloß tun?

Tooly zog das Drachenmädchen an dem Metalltisch vorbei und legte sie vor der silbernen Tür neben dem Kühlschrank ab. Sein Schlüsselbund klimperte, als er den passenden Schlüssel suchte und ihn anschließend in das Schloss dieser unheilvollen Tür steckte. Doch damit allein konnte er sich offenbar noch keinen Zutritt verschaffen. Er öffnete eine kleine, im Türstock verborgene Klappe und tippte die Ziffern 8-3-1 ein. Es piepste und ein leises Klicken zeigte an, dass die Tür jetzt entriegelt war. Abgestandene Luft kam heraus, die Lichter in dem kahlen Raum schalteten sich von selbst ein, als Tooly ihn betrat.

Meine Kehle brannte vom vielen Schreien, tatenlos musste ich mit ansehen, wie Tooly Sienna hineinzog und ihre Hände mit Handschellen auf dem Rücken fixierte. Er schnappte sich eine Eisenkette, die mithilfe einer massiven Öse an der Wand befestigt war, und hakte die Kette an den Handschellen ein.

Oh verdammt! Unwillkürlich fasste ich in meine Haare und krallte meine Finger in die Kopfhaut. »Nein!«, brüllte ich verzweifelt, als ich die Kratzspuren und Blutspritzer an der Wand um uns herum entdeckte. Erst jetzt sah ich mich um. Hier gab es nur betongraue Wände, kein Fenster, aber eine viereckige Lüftung mit einem Ventilator. Weiter hinten war noch eine weitere Kette an der Wand befestigt, Handschellen lagen griffbereit auf dem Boden daneben. Mein Blick ging nach oben, ich musste die Tränen wegblinzeln, um etwas sehen zu können.

Über uns befand sich eine Lichtdecke, die viereckigen milchigen Lampen waren eng aneinandergereiht, sie brannten alle.

Ich glaubte, mit dem Atmen aufgehört zu haben. Tooly war verschwunden. Sienna lag bewusstlos zu meinen Füßen. Ich beugte mich über sie, wollte ihr Gesicht berühren. Ihr über die kurzen dunklen Haare streicheln, aber ich griff abermals ins Leere.

Der irre Künstler schnaufte angestrengt, als er nach ein paar Minuten auch Cecily in den Raum schleifte. Die zweite Kette rasselte, die Handschellen rasteten ein, er ließ lieblos ihre Hände fallen. Der Typ scherte sich einen Dreck um die beiden Frauen.

Mit einer Mordswut im Bauch stand ich auf. »Wenn du ihnen etwas antust, wirst du das bitter bereuen! Ich werde dir das Leben zur Hölle machen!« Das waren keine leeren Worte, ich meinte jede Silbe ernst, aber er hörte mich nicht. Er blieb gänzlich unbeeindruckt und bekam auch meinen nächsten Wutanfall nicht mit. Er ließ ihn komplett kalt. Obwohl ich direkt vor ihm stand und die Fäuste ballte. Ich holte aus und wollte ihm in seine verwahrloste Visage schlagen – es ging nicht. Meine Faust schnellte ins Leere. Aus Versehen kam ich seinem Körper zu nahe und machte sofort einen Satz nach hinten. Keinesfalls wollte ich mich auch nur für eine Sekunde in dem bösen Mann aufhalten!

Er stand nur da und blickte auf die beiden Frauen hinunter. Ausdruckslos. Hatte dieser Mensch überhaupt Gefühle?

Ich hatte welche. Sie wechselten von Verzweiflung über Wut zu Traurigkeit. »Bitte weck sie auf und lass sie gehen«, flehte ich mit kraftloser Stimme. Wie konnte ich sonst helfen? Ich wusste nicht mehr weiter.

Sienna bewegte sich als Erste wieder. Sie gab ein leises Stöhnen von sich und bemerkte, dass sie komplett verdreht auf dem harten Boden lag, denn sie wollte sich umdrehen und ihre Gliedmaßen sortieren, aber es fiel ihr durch die Kette und Handschellen am Rücken sichtlich schwer.

»Der Typ ist völlig irre! Passt auf!«, warnte ich sie sofort. Total sinnlos – sie blinzelte bereits und öffnete die Augen. Tooly stand nicht weit von ihr entfernt und schaute ungerührt auf sie herab.

»Ihr dürftet nicht hier sein«, sagte er tonlos und legte den Kopf ein wenig schief. »Warum seid ihr eingebrochen?«

Sienna atmete schwer. Ich hatte große Angst um sie und vor dem, was nun geschehen würde.

Sie ließ rasch ihren Blick schweifen, verschaffte sich offensichtlich einen Überblick. Dass ihre Hände auf dem Rücken gefesselt waren, schien ihr weniger zu schaffen zu machen als die Tatsache, dass Cecily bewusstlos in der anderen Ecke des Raumes lag.

Die zarte Italienerin nahm einen tiefen Atemzug. »Entschuldigung. Wir haben uns in der Tür geirrt, Mr Tooly«, schwindelte sie mit klarem Kopf, obwohl ihr das Sprechen sichtlich schwerfiel. »Wir dachten, wir wären im Keller des Wohnheims, denn da steht noch ein Karton von mir, den ich brauche.«

»Du lügst«, sagte er knapp. Auf seiner Stirn bildete sich eine tiefe Zornesfalte.

»Tu ich nicht. Der Karton steht im hintersten Kellerabteil, ganz rechts.«

Tooly schwieg einen Moment. Er war zwar still, doch seine Miene zeigte, wie aggressiv er in seinem Inneren war. »Warum seid ihr eingebrochen?«, wiederholte er diesmal schärfer, fordernder.

Sienna gab sich alle Mühe, sich aufzusetzen. Ich hätte ihr gern geholfen, aber ich konnte sie nicht anfassen, war verdammt dazu, das Geschehen zu beobachten. Eine starke

Ohnmacht fraß sich in all meine Zellen und vereinnahmte mich völlig.

»Warum haben Sie uns hierhergebracht?« Sienna schnaufte mit einem Mal, als wäre sie zuvor gerannt, und blickte wieder langsam im Raum umher. »Wo sind wir hier?« Sie lehnte sich mit der Schulter an die Wand und wirkte entkräftet. Ihr Blick blieb erneut an Cecily hängen. »Was haben Sie mit uns vor? ... Mr Tooly? Was soll das?«

Der Meisterkünstler gab ihr keine Antwort. Seine dünnen grauen Locken standen wirr ab und ließen ihn nun endgültig irre aussehen. Seine Unterlippe zuckte, als würde er lautlos sprechen. Doch er sagte keines dieser Worte laut, er verengte stattdessen seine Augen zu schmalen Schlitzen. »Warum seid ihr eingebrochen?«, fragte er wieder knapp.

Sienna schluckte hart.

Ich beugte mich zu ihr, um leise mit ihr zu sprechen und sie nicht noch mehr zu verschrecken. »Sag ihm nicht, dass ihr alles über seine bösen Taten wisst. Vielleicht lässt er euch gehen.« Meine Blicke strichen besorgt über ihr Gesicht. Sie war so ängstlich, sie tat mir so leid. »Gib mir ein Zeichen, wenn du weißt, wie ich Hilfe holen kann. Ich will helfen, weiß aber nicht wie ...« Ich hörte auf zu reden, weil mir bewusst wurde, dass ich ihr damit noch mehr Angst machte. »Ich werde Hilfe holen, das verspreche ich dir. Du kannst dich auf mich verlassen.« Sobald der böse Mann die Tür seines Kerkers öffnen würde, könnte ich rausspringen und zu Yin Yang rennen. Aaren hatte mich einmal gesehen, er konnte es vielleicht wieder tun. Er war meine einzige Hoffnung auf Rettung! Ich würde ihm schon irgendwie zu verstehen geben, dass er die Polizei rufen und meine Freundinnen damit retten sollte.

Während ich einem wirbelnden Gedankensturm erlag, der sich darum drehte, wie ich die beiden jungen Frauen retten und

Tooly hinter Gitter bringen könnte, wurde auch Cecily wach. Der böse alte Mann bemerkte es sofort, er drehte sich um und schaute auf die Verkäuferin mit den blau-pinken Haaren hinunter.

Diese stöhnte langgezogen. »Mein Hals«, jammerte sie mit krächzender Stimme und wollte sich aufrichten. Dann bemerkte sie die Handschellen. Sie riss die Augen auf. »Scheiße, was ist das?« Die Ketten rasselten. »Verdammt! Was soll das?«, schnauzte sie voller Wut und funkelte Tooly giftig an. »Machen Sie mich sofort los! Ich will sofort gehen!«

»Was wolltest du hier?«, fragte Tooly nun sie.

Doch Cecily antwortete ihm nicht, sie blickte besorgt zu ihrer Freundin. »Wo sind wir hier? Hat er dir wehgetan?«

»Nein ...« Sienna schaute ängstlich zwischen Cecily und dem alten Irren hin und her. Dann erhellte sich ihr Gesicht für den Bruchteil einer Sekunde ein wenig, offenbar hatte sie eine Idee. »Ich glaube, mein berühmter Lehrer will mit uns spielen«, hauchte sie und warf ihm einen Blick zu, der fast nach flirten aussah. Denn genau so hatte sie in den vergangenen Tagen auch mit Taro und Cecily Blicke getauscht. »Ich fand den Meister schon immer aufregend und bin froh, dass er uns endlich bemerkt hat. Nicht alle Studentinnen bekommen diese Chance, ihm nahe zu sein und von ihm begehrt zu werden.«

Auch wenn sie sich große Mühe gab, man merkte sofort, dass sie gerade log. Ein verzweifelter Versuch zu erklären, warum der alte, stinkende, hässliche Mann die beiden jungen Frauen gefesselt hatte.

Tooly hätte Siennas Rettungsanker annehmen können, es wäre eine Ausrede gewesen – eine abartige zwar, aber dennoch eine Ausrede. Doch Tooly zeigte keine Regung außer Zorn. Ich fragte mich, warum es bisher keinem aufgefallen war, dass dieser Mann so aggressiv war. Das Funkeln sah man nämlich sofort in seinen Augen. Sie passten nicht zum Rest des Gesichtes, fast als würden sie jemand anderem gehören und gerade starrte er mit diesen verrückten Augen Cecily an, die sich eben aufgesetzt hatte.

»Warum seid ihr eingebrochen?«, fragte er scharf.

»Wir wollten in den Keller des Wohnheimes«, beeilte sich Sienna zu sagen. »Mr Tooly, lassen Sie uns bitte wieder gehen? Wir können das Spiel ein anderes Mal fortführen, ich bin heute schon etwas müde. Meine Freundin sicher auch.«

Ich hatte keine Ahnung, warum sie das nun weiter versuchte, aber irgendetwas schien sich in Tooly zu regen. Er verengte seine Augen, die Mundwinkel zuckten etwas. Mir war, als würde er lächeln oder zumindest den Versuch unternehmen. Einen Augenaufschlag später war er wieder völlig starr im Gesicht, lediglich die tiefe Zornesfalte auf seiner Stirn zeugte von seinen wütenden Gefühlen.

»Ich frage ein letztes Mal: Warum seid ihr eingebrochen?«

»Das hatte ich schon erklärt«, stieß Sienna aufgebracht hervor.

Seine Geduld war am Ende. »Dann rede du! Gib mir Antwort, sonst wirst du es bitter bereuen!« Tooly machte zwei Schritte auf Cecily zu, packte sie an den Haaren und riss sie zurück. Mit der anderen Hand hielt er nun wieder das schwarze Gerät an ihren überstreckten Hals.

Sie weitete erschrocken die Augen. »Nein, bitte nicht«, bettelte sie. »Bitte tun Sie mir nichts!«

»Sie müssen das nicht tun!«, schrie Sienna verzweifelt. Panische Angst spiegelte sich in ihren Augen.

»Sagt mir sofort, was ihr hier zu suchen hattet«, knurrte er, hob das Gerät, um es den beiden Frauen in einer Drohgebärde zu präsentieren, und drückte auf den Knopf. Strom schoss aus dem Gerät und bildete eine zuckende blaue Schnur. Die

Entladungsblitze surrten und klackten, das Geräusch machte nicht nur den zweien Angst, sondern mir auch. »Eine Spezialanfertigung«, erklärte er leise in warnendem Tonfall. »Stufe eins betäubt minutenlang, Stufe zwei tötet binnen Sekunden.«

Sein Blick war klar, aber völlig irre.

Cecily schlotterte vor Angst. »Bitte!«, keuchte sie. »Wir haben verstanden, dass wir nicht hier sein dürfen. Wir tun es auch nie wieder ...«

Tooly riss endgültig der Geduldsfaden. »Halt die Klappe, du Schlampe!« Er packte sie noch fester. Sie quiekte leise auf. »Ich will jetzt sofort wissen, was ihr hier zu suchen hattet!«

»Meinen verdammten Umzugskarton!«, schrie Sienna mit Tränen in den Augen.

Seine Augen traten hervor. Er drückte Cecily erneut das schwarze Gerät an den Hals. Sie schlotterte unter ihm, doch das berührte ihn überhaupt nicht. »Wagt es nicht, bei dieser Lüge zu bleiben«, drohte er deutlich. »Was wisst ihr?«

»Nichts! Wir wissen nichts!« Sienna fing an, zu weinen.

»Sie sagt die Wahrheit«, bestätigte Cecily hastig.

Der alte Mann keuchte. »Ich glaube euch nicht. Was habt ihr hier gesucht? Warum wolltet ihr die Sicherheitstür aufbrechen?«

»Ich wollte sie nicht aufbrechen«, log Cecily. »Mich hat nur das Schloss fasziniert.«

Ganz kurz war mir, als würde er dieser Schwindelei glauben. Doch dann holte er tief Luft. »Du verlogene Hure!« Er schrie so laut, dass sein Kopf hochrot wurde, dicke Adern traten auf seiner Stirn hervor.

Cecily war nicht imstande, etwas zu sagen, sie versuchte, sich zu wehren, doch als er ihren Widerstand bemerkte, fasste er fester in ihre Haare und funkelte sie von oben herab giftig an. »Du kannst nur lügen! Huren wie du haben auf der Welt nichts verloren«, knurrte er. »Du Fotze!« Sein Atem ging schnell, er hob die Hand an. Hektisch drehte er mit dem Daumen an einem kleinen Rad an seinem schwarzen Gerät und drückte es anschließend mit aller Gewalt an Cecilys Schläfe.

Dann drückte er auf den Knopf.

Strom schoss heraus, zischende blaue Blitze jagten direkt in ihr Gehirn, Cecilys Schläfe war sofort knallrot. Sie gab keinen Ton von sich, sondern krampfte mit weit aufgerissenen Augen. Der Atem entwich ihrer Lunge innerhalb einer Sekunde, im nächsten Moment war die Haut rund um das schwarze Gerät schon dunkelrot.

Sienna kreischte.

Ich versuchte mit aller Kraft, den alten Mann von der jungen Verkäuferin abzubringen, schrie ihn an, wollte ihn schlagen, ihm wehtun, ihn unschädlich machen und zu Boden werfen. Es gelang mir nicht. Ich fasste wieder und wieder in die leere Luft. Hilfe! Ich war wesentlich größer und stärker als er und trotzdem konnte ich nichts gegen diesen grauenvollen Abschaum ausrichten.

Sienna schrie immer noch.

Tooly ließ von Cecily ab und trat einen Schritt zurück. Er ließ die junge Frau mit einem Plumps einfach auf den Boden fallen. Sie bewegte sich nicht mehr. Sie atmete nicht mehr. Ihre Schläfe war leicht verkohlt.

Ihr Blick ging ins Leere. Aus ihrem Augenwinkel stahl sich eine einzelne Träne und rollte ganz langsam nach unten, verharrte an der Wange und tropfte lautlos zu Boden.

Cecily war tot.

Stumme Hilferufe

Sienna hatte die Luft angehalten. Eine gefühlt endlos lange Sekunde verging, dann stieß sie wieder einen panischen Schrei aus und begann, herzzerreißend zu schluchzen.

»Das Miststück war genauso neugierig wie Miss Walsh«, meinte Tooly trocken und bestätigte mir damit meine Vermutung.

M.W. Der alte Mann hatte Siennas Vorgängerin ermordet und wollte nun mit ihr das Gleiche tun. Das zu wissen, zog mir den Boden unter den Füßen weg. Ich schüttelte wieder voller Verzweiflung meine Hände und drückte sie mir auf die Stirn. Wollte, dass sich die rettenden Zeichen aktivierten, damit ich wenigstens Sienna beschützen könnte. Bei Cecily hatte ich gerade versagt. Das durfte mir bei der kleinen Italienerin nicht passieren! Ich könnte mit dieser Schuld nicht weiterleben!

Das Drachenmädchen schluchzte erbärmlich, ich wollte meine Freundin unbedingt in den Arm nehmen, sie trösten und von hier fortbringen. In Sicherheit.

Tooly stupste Cecily mit dem Fuß an. Doch sie zeigte kein Lebenszeichen mehr. Völlig genervt drehte er sich zu Sienna um. »Sei ruhig!«, brüllte er laut.

Aber die kleine Italienerin konnte nicht aufhören, sie weinte um ihre Geliebte und weil sie nun ihrem eigenen Tod ins

Gesicht blickte. Und ich stand daneben, war überfordert, schon fast am Durchdrehen. Die Zeichen in meinen Händen erschienen einfach nicht! Keinen Körper zu haben, war das Schrecklichste, was mir je passieren konnte! Es machte mich wahnsinnig!

»Oh Mondin«, flehte ich voller Kummer und umfasste den kleinen Schlüssel an meinem Hals. »Bitte, ich flehe dich an, so hilf mir doch!«

Während ich ein Stoßgebet in den Himmel schickte, ging Tooly zu Sienna. Er holte mit dem Fuß aus und trat ihr heftig gegen das Bein. »Sei still, du Hure!«

Sie quietschte auf, presste sofort ihre Lippen zusammen und versuchte, ihr Weinen zu unterdrücken, aber es gelang ihr nicht.

Das machte den alten stinkenden Mann nur noch zorniger. »Du elendige Schlampe!« Er verpasste ihr ein paar Tritte, sie kreischte, wollte sich wegdrehen, um sich zu schützen, doch das brachte nichts. Der irre Künstler hatte die Übermacht, er beugte sich voller Wut hinunter und drückte ihr das schwarze Gerät an den Hals. Laute Blitze zuckten und schossen durch ihren Körper.

Nun erfüllte mein panischer Schrei den ganzen Raum.

Doch keiner hörte mich. Auch nicht Sienna. Sie sackte innerhalb eines Bruchteiles einer Sekunde in sich zusammen. Ihr Kopf fiel seitlich auf den Betonboden und schlug hart auf.

Ich kniete mich neben sie. Es gab keine Stelle an meinem Körper, die nicht vor Angst schlotterte. Ich blickte auf Siennas Brust, die sich ganz leicht bewegte.

Oh Göttin.

Sie atmete noch! Heilfroh, dass er sie nicht auch getötet, sondern nur bewusstlos gemacht hatte, atmete ich tief ein. Es fühlte sich aber an, als würde meine Lunge keinen anständigen Atemzug zulassen.

Ich konnte meine geliebte Freundin nicht berühren, aber ich konnte meine Hand über ihre Wange halten, so tun, als würde ich ihr die Schulter streicheln. Ich hoffte, dass sie so meine Anwesenheit spürte.

Hinter mir rasselten Ketten. Ich hob entkräftet meinen Kopf und sah, wie Tooly Cecilys Handschellen öffnete. Er packte sie anschließend an den Händen und zog sie durch die Tür hinaus in den Küchenraum mit dem Metalltisch und der Kühltruhe.

Ich wagte keinen Blick, wollte bei Sienna bleiben. Die Geräusche reichten völlig aus, um ein Bild von seinen abscheulichen Taten zu bekommen.

Sein Atem ging laut, er gab ein angestrengtes Stöhnen von sich. Der Metalltisch ruckelte gut hörbar und knarzte, als er die Leiche der einst flippigen, stets gut gelaunten Verkäuferin darauf ablegte.

Danach hörte ich Plastikfolie und als er ein elektrisches Gerät einschaltete, senkte ich den Kopf und musste heulen.

Das klang wie unschuldige Wasserspritzer, die gegen einen Duschvorhang prasselten … Und doch wusste ich, dass es das Blut und Fleisch der wunderschönen jungen Frau war, welche dieses Geräusch verursachten, während Tooly sie in kleine Teile zerlegte.

Ich bedeckte mit beiden Händen mein Gesicht und weinte hinein. Gab mir die Schuld für das alles, denn bloß weil ich dem verrückten alten Mann hierher gefolgt war, hatte das alles geschehen können. Hätten die zwei Frauen doch nur die Polizei gerufen! Meine Tränen wollten nicht versiegen.

Als sich Sienna bewegte, wünschte ich mir sehnlichst, sie würde weiterschlafen. Doch sie öffnete die Augen. Es dauerte nicht lange, da wurde ihr wieder bewusst, was geschehen war und wo sie sich befand. Dicke Tränen kullerten über ihre Wange.

»Es tut mir so leid«, hauchte ich leise, wollte ihr zeigen, dass ich da war, aber wir wussten beide, dass meine bloße Anwesenheit nichts brachte. Ich musste hier raus und Hilfe holen. Aber ich war darauf angewiesen, dass Tooly seine schreckliche Tat beendete und nach Hause ging. Und das würde bedeuten, dass ich Sienna an diesem furchtbaren Ort allein lassen musste.

»Ich weiß nicht, was ich tun soll«, flüsterte ich mit tränenerstickter Stimme. »Wie kann ich dir bloß helfen?« Ich brach ab, denn meine Stimme verabschiedete sich zusehends.

Sienna weinte lautlos vor sich hin. »Du musst in die Stadt rennen«, flüsterte sie schließlich und ihre Stimme war so leise, dass ich sie nur mit Mühe verstand. Auch hatte Tooly das elektrische Gerät eingeschaltet, es übertönte ihre Stimme fast zur Gänze. »Dian. Du musst zu Mystery Moon. Zum Curandero oder einem anderen, der dich wahrnehmen kann.«

»Aaren kann mich aber auch wahrnehmen, er ist näher und schneller erreichbar für mich«, antwortete ich.

»Er ist böse«, machte sie klar und schniefte. »Taro hat mich vor Yin Yang gewarnt, das hatte bestimmt einen Grund.«

»Mir kamen die beiden ganz normal vor«, erwiderte ich und dachte an meinen Aufenthalt in ihrer Wohnung zurück. »Er muss nur ein Rauchstäbchen anzünden, dann kann er meine Umrisse durch den Rauch sehen.«

»Und wenn er es nicht macht? Wenn er dir nicht hilft?« Sie schluckte, ihr Gesichtsausdruck war verzweifelt, die Furcht spiegelte sich in ihrem Blick wider. »Dian, sicher wird Tooly bald auch mich ermorden. Ich habe so Angst.«

Gern hätte ich ihr gesagt, dass ich das nicht zulassen würde. Aber ich wusste genau: Wenn der alte Mann die kleine Drachenlady umbringen wollte, würde ich nur tatenlos zusehen können. Das machte mich rasend! Und dennoch beruhigte ich mich, weil ich für Sienna stark sein wollte.

»Ich hole Hilfe.« Das Versprechen gab ich mir selbst. »Ich brauche nur einen einzigen Menschen auf dieser Erde, der mich hören oder sehen kann.« Den würde ich doch wohl finden und überzeugen können!

»Ich will nicht sterben.« Es war nur gehaucht. Siennas Augenbrauen schoben sich ganz langsam zusammen. Ihr Kinn zitterte, die Tränen flossen ungebremst über ihr Gesicht. Ihre Hilflosigkeit war spürbar. Ich wollte sie in den Arm nehmen, doch wieder fasste ich nur durch sie hindurch.

Am liebsten hätte ich laut geschrien, aber ich wollte sie nicht verschrecken, also hielt ich mich zurück.

Wir verfielen in ein Schweigen. Sie setzte sich irgendwann auf und lehnte sich müde an die graue Wand aus Beton.

Aus dem Raum nebenan drangen widerliche Geräusche zu uns. Manchmal knackte es und Sienna zuckte zusammen. Sie mühte sich ab, die Fassung zu bewahren, doch in ihrem Inneren herrschte ein Gefühlssturm. Gnadenlos und unbarmherzig, genauso wie in mir. Das konnte ich in ihren verängstigten, feuchten Augen ablesen.

Immer wieder stahl sich eine Träne davon und tropfte über ihre Wange. Ich hätte sie ihr so gern weggewischt ...

So saßen wir Stunde um Stunde in diesem fensterlosen Gefängnis. Tooly war lange in der Horrorküche beschäftigt, das elektrische Gerät, mit dem er Cecilys Leichnam zerkleinerte, hörte nicht auf zu surren. Es gruselte mich vor diesen Geräuschen. Vor allem wenn ich den Unterschied zwischen Fleisch und Knochen heraushören konnte. Irgendwann verstummte das Gerät, der alte Mann raschelte mit der Plastikfolie. Dann wurde der Wasserhahn aufgedreht – ein beruhigender, bekannter Ton – und als Tooly ihn wieder zudrehte, fuhr ein Schauer über meinen Rücken, denn es machte zzzzip.

Folienrascheln folgte darauf – und wieder zzzzip.

Sienna riss die Augen auf und presste ihre Lippen fest aufeinander. Sie unterdrückte mit Mühe ein Aufschluchzen und weinte danach verkrampft, aber still vor sich hin.

Mir war nicht klar, warum mich dieses Zzzzip-Geräusch so schauderte und warum Sienna gerade noch verzweifelter wirkte als zuvor. Mein Magen rebellierte, es drückte schwer in meiner Brust – und dennoch stand ich auf und wagte einen sehr zaghaften Blick in den anderen Raum.

Und bereute es sofort.

Was ich sah, schockierte mich zutiefst. In dem Moment hatte ich keine Ahnung mehr, warum ich überhaupt aufgestanden war. Ich hätte doch wissen müssen, dass sich der Anblick auf unerträgliche Weise in mein Gehirn einbrennen würde! Meine Knie waren sofort weich, mir kam die Galle hoch, ich musste spucken und das, was hochkam, war genauso durchsichtig wie mein Körper. Mich ekelte es vor dem bitteren Geschmack auf meiner Zunge, ich wischte mir über den Mund und starrte wie versteinert in die Mitte des Raumes.

Dort auf dem Metalltisch lagen unzählige mit Blut verschmierte Körperteile. Auf dem Boden unter dem Tisch war ein großer Müllbeutel, etwas zerknüllte knallrote Plastikfolie ragte heraus und daneben stand ein Eimer. Blaue und pinke Haare hingen über den Rand. Nicht weit davon, direkt unter dem Abfluss stand ein Kanister. Er war fast voll mit dunkelrotem Blut, welches immer noch durch den Ablauf nach unten tröpfelte.

Das würde später ein Farbpulver für ein sehr teures Gemälde werden …

Wieder musste ich würgen. Doch ich konnte den Blick nicht abwenden, war wie hypnotisiert.

Tooly stand am großen Waschbecken, er holte gerade ein Stück Fleisch aus der mit Wasser gefüllten Wanne, ließ es abtropfen und griff nach einem Plastikbeutel. Zzzzip machte es, als er den Verschluss zuzog. Ich verstand, aber ich wollte es nicht wahrhaben. Die Wahrheit war einfach zu grausam. Denn die flippige, lebensfrohe Verkäuferin mit den bunten Haaren wurde nach und nach in den Beuteln verstaut.

In dem Moment ereilte mich die Erinnerung an Rachéls Vision: Blut und schreckliche Geräusche. Und die verzweifelten Gefühle, die ich gerade spürte. Das machte mir fürchterliche Angst! Nana hatte es vorhergesehen und ich war so dumm gewesen und hatte es ihr nicht geglaubt.

Was hatte sie noch gesehen und mir vielleicht verschwiegen?

Mir schauderte. Mein Blick wanderte zu dem Eimer, aus dem blau-pinke Haare ragten. Mein Körper kribbelte, der Boden unter mir gab nach. Ich krallte mich am Türrahmen fest, um nicht zu fallen, konnte kaum noch etwas sehen oder hören, denn ein hoher Pfeifton jagte durch mich hindurch. Ich verfluchte den Augenblick, in dem ich beschlossen hatte, nachzusehen, ging auf die Knie und krabbelte zu meiner Freundin hinüber. Dort, gleich neben ihr, lehnte ich mich mit dem Rücken an die Wand, zog die Beine an und mühte mich ab, nicht in Ohnmacht zu fallen. Doch die Dunkelheit zog an mir wie ein Wesen mit eigenständigem Bewusstsein. Ein Wesen, welches mich zwingen wollte, in diesen kurzen Schlaf zu verfallen, um für einige Minuten vor diesem grässlichen Ort zu flüchten.

Ich wehrte mich. Sienna brauchte meine Hilfe, ich wollte keinesfalls den einen wichtigen Moment verpassen, in dem ich sie ihr holen konnte.

Mit tränennassen Augen blickte ich sie von der Seite an. Konzentrierte mich auf ihre Sommersprossen, die dunklen Augen und das niedliche, süße Gesicht.

Ich stellte mir vor, wie wir in ihrem Wohnraum auf den gut gepolsterten Sesseln saßen und gemeinsam einen Film anguckten. Sienna futterte abwechselnd Chips und Popcorn, sogar ein paar Fruchtgummis standen auf dem Beistelltisch, daneben eine Cola. Ich schnupperte an meinem Kräutertee und bei lustigen Filmszenen kicherten wir gemeinsam. Ihr herrliches, erfrischendes Lachen erfüllte den Raum, die Sommersprossen auf ihrer Nase tanzten. Ganz kurz musste sie den Film unterbrechen, denn ihre Mamma rief an. Sie plapperten eine halbe Stunde über den Tag, Sienna erfuhr alle Neuigkeiten der Familie aus Mailand. Sie verabschiedeten sich, versprachen sich, am nächsten Tag wieder zu telefonieren. Ehe Sienna den Film weiterlaufen ließ, holte sie noch schnell eine neue Cola aus der Küche.

Wir guckten weiter, lachten zusammen und quatschten danach noch lange über die Schauspieler.

Ich hüllte mich zur Gänze in dieses fröhliche Bild ein. Sog mit allen Sinnen die Unbeschwertheit auf und vor allem die Sicherheit, die wir in meiner Vorstellung hatten. Nach einiger Zeit konnte ich sogar den gut gepolsterten Sessel unter mir fühlen, den Duft des Kräutertees riechen, das Prickeln der Blubberblasen in der Cola sehen, Siennas warme Stimme hören. Ich liebte sie. Bedingungslos. Ich würde alles für sie tun. Sie war meine Familie. Meine beste Freundin. Mein Anker hier auf der Erde.

Meine Augen brannten, ich spürte einen schmerzhaften Stich, als mich die Realität einholte und neue Tränen ihren Weg nach oben fanden. Verzweifelt versuchte ich, wieder dieses schöne Bild hervorzuholen, doch es gelang mir nicht mehr. Ich fischte vergeblich danach.

Stille. Ich wünschte mir nur Stille.

Zzzzip.

Raschel.

Wasserrauschen.

Zzzzip.

Der Klang eines Messers auf einem Schneidebrett.

Zzzzip.

Gefriertruhe auf. Folienrascheln. Gefriertruhe zu.

Wahrscheinlich stapelte er jetzt gerade Cecilys Einzelteile in die Fächer der Truhe. Wasserrauschen, Geschirrklappern – der durchgeknallte Typ säuberte alles akribisch und sprühte mit Desinfektionsmittel herum, so wie am Vorabend. Der Geruch nach Minze und Orange nahm zu.

Ich schluckte hart, denn ich wusste, bald war es so weit und wir würden erfahren, wie es weiterging. Entweder würde Tooly jetzt kommen, um Sienna zu ermorden, oder er würde gehen und sie hier eingesperrt zurücklassen, um sich später um sie zu kümmern.

»Ich hole Hilfe«, flüsterte ich ihr sanft zu, um sie zu beruhigen, denn sie schlotterte am ganzen Körper.

Mit großen, nassen Augen blickte sie in meine Richtung, durch mich hindurch. »Er wird mich umbringen«, hauchte sie.

»Ich hole Hilfe«, sagte ich wieder.

»Lass mich nicht allein sterben, Dian.« Sie war kaum zu hören. »Bitte. Lass mich nicht allein. Bleib bei mir.«

»Ich liebe dich und werde alles tun, um dich zu retten.«

Ihr Kinn zitterte. »Wenn ich tot bin, sag Taro, dass es mir leidtut. Ich wollte ihn nicht hintergehen. Es ist einfach geschehen.«

»Das kannst du ihm bald selbst sagen.« Ich stand auf. »Und Sienna ...« Ich machte eine Pause, sie blickte fragend. »Es gibt nichts, wofür du dich bei ihm entschuldigen müsstest. Taro ist ein guter Mensch. Er wird verstehen, dass du erst ihn geküsst hast und dann Cecily.«

Kaum hatte ich ihren Namen ausgesprochen, schon überzogen sich ihre Augen erneut mit einem dicken Tränenschleier. Sie senkte ihren Kopf, Tränen tropften auf den Boden unter ihr.

»Drachenlady«, flüsterte ich. »Fühl dich fest umarmt. Fühl dich geliebt. Fühle, dass ich immer bei dir bin. Wir sind verbunden durch die Kraft der Mondgöttin. Sie hat mich zu dir geschickt, vergiss das nie. Meine Liebe wird dich immer begleiten.«

Ich sah noch, wie sie nickte, dann wirbelte ich aus dem Raum, denn Tooly war bereits dabei, wortlos und energisch die Tür zu schließen. Ich schaffte es gerade noch hinaus und als er sie zudrückte und ein Klicken und Piepsen die Verriegelung bestätigte, fühlte ich mich wie ein Heuchler.

Meine Freundin hatte mich gebeten, bei ihr zu bleiben. Und doch stand ich nun außerhalb ihres Gefängnisses. Aber ich war froh, dass Tooly von der langen Nacht erschöpft war und es nicht mehr schaffte, einen weiteren Leichnam zu zerlegen. Vielleicht war aber auch nur die Gefriertruhe voll ...

Oh Mondin. Ich wollte nicht weiter darüber nachdenken. Mein Ziel war klar: meine liebe Italienerin retten!

Nichts konnte mich davon abbringen.

In Gedanken rannte ich bereits, doch ich musste meine Schritte denen des alten Mannes mit den wirren Haaren angleichen. Er schlurfte langsam dahin, als wäre nichts geschehen, kratzte sich am Kopf und gähnte herzhaft. Seine Augen wirkten dunkel und müde.

Am liebsten hätte ich ihn gepackt, mit aller Gewalt zu Boden geworfen, gefesselt und geknebelt, ehe ich die Polizei informiert hätte. Der Mistkerl musste für seine Taten ins Gefängnis! Ganz dringend!

Voller Ungeduld wartete ich darauf, dass Tooly seinen Schlüssel in die Tür steckte, die nach draußen führte. Nahezu im Zeitlupentempo drehte er ihn zwei Mal um, zog ihn langsam heraus und betätigte den Türknauf. Ich platzte gleich vor Aufregung, konnte es kaum erwarten, loszurennen.

Endlich öffnete er sie. Sobald sie weit genug offen stand, rannte ich durch ihn hindurch, hechtete die Treppe nach oben. Die Dämmerung hatte längst eingesetzt. Das Vogelgezwitscher kam mir so laut vor. Zu laut. Und unpassend. Ich war gerade am schrecklichsten Ort dieser Erde gewesen und keiner außer uns selbst hatte es mitbekommen. Keiner wusste, dass Cecily zerstückelt in einer Truhe lag und dass Sienna immer noch Todesängste ausstand.

Die Fröhlichkeit der Vögel und der Natur beruhigte mich sonst immer. Nun wirkte alles wie eine Farce, das Gezwitscher verhöhnte mein Innerstes, das in der Düsternis hilflos vor sich hin schrie.

Während ich rannte, sah ich zurück. Tooly ging langsam die Treppe hoch. Ich war weit vor ihm an seinem Wohngebäude angekommen und hetzte von einem Fenster des Erdgeschosses zum anderen. Ich musste mich unbedingt Aaren zeigen. Irgendwann würde er ein Räucherstäbchen anmachen oder sich dampfenden Kaffee eingießen. Egal wie – ich würde die Möglichkeit bekommen, mich im Rauch zu zeigen!

Ich hielt die Luft an, als ich durch das Schlafzimmerfenster von Yin Yang blickte.

Die beiden schliefen Arm in Arm. Yaris' ebenmäßige dunkle Haut stach förmlich von dem weißen Bettlaken und neben der zartrosa Haut seines Freundes Aaren hervor. Die beiden waren an sich eine wunderschöne Kunstform und hätte ich nicht eine so wichtige Mission gehabt, hätte ich die zwei schönen Menschen ausgiebig bewundert.

Doch mein Mund war plötzlich wie ausgetrocknet. Mir wurde bewusst, dass die beiden am Vorabend wahrscheinlich lange in diesem Pub gewesen waren und nun entsprechend ausschlafen würden. Das kannte ich von Sienna. Sie nutzte ihre Wochenenden immer auf diese Weise und da gestern Freitag gewesen war, stand der Betrieb in der Schule still. Lediglich die Galerie hatte am Nachmittag geöffnet.

Verflixt!

Ich fuhr zusammen, denn nicht weit von mir hörte ich eine Tür zufallen. Sofort eilte ich um die Ecke, es war die Haupteingangstür des Wohnhauses gewesen. Ich sah durch die gläserne Front, wie Tooly die Treppe nach oben nahm. Die ausladenden Blätter der vielen Grünpflanzen im ersten Stockwerk verschluckten seine Gestalt fast zur Gänze und trotzdem wusste ich, dass er jetzt in seiner Wohnung verschwand.

Mein Atem ging schnell, meine Gedanken waren klar und sortiert: Der alte Mann würde jetzt ganz sicher einige Stunden schlafen. Genug Zeit, um zu *Mystery Moon* zu rennen und den Curandero zu alarmieren. Denn hier zu warten, bis Yin Yang aufwachten, war keine Option, ich wollte alle Möglichkeiten ausschöpfen.

Darum zögerte ich nicht, sondern rannte sofort los. Zwischen den Gebäuden hindurch, an der Galerie vorbei, auf den Weg, der zur Geländeeinfahrt führte. Dort hielten die Taxis immer, die Straße kannte ich inzwischen.

Ich machte so große Schritte, wie ich nur konnte, ich rannte und rannte und rannte. Doch dann wurde ich unwillkürlich langsamer, denn ich wusste nicht mehr, ob das der richtige Weg war.

»Scheiße«, fluchte ich laut. »Ist das die Straße, die in die Stadt führt?« Ich drehte mich um meine eigene Achse. »Oder die da drüben?« Mein Blick ging zu einer Ampel hoch. Ich versuchte, mich zu erinnern, wie es gewesen war, als wir dort gestanden hatten. Ich holte mir das Geräusch des Blinkers in mein Gedächtnis und bemühte mich, zu erkennen, welche Richtung er angezeigt hatte. »Links?« War Taro links abgebogen?

Oh weh.

Ich war mir nicht sicher. Mir blieb nur, mein Glück zu versuchen, also rannte ich los.

Es stellte sich nach nur wenigen Metern als die falsche Abzweigung heraus. Anstelle der mir einigermaßen vertrauten Umgebung sah ich eine schmale Gasse, daneben Häuser, die ich noch nie zuvor gesehen hatte. Also zurück. Diesmal bog ich in die entgegengesetzte Straße ein und war heilfroh, als ich bekannte Gebäude erblickte. Hier war ein Türschild, an welches ich mich erinnerte, und da eine Tür, die ich schon mal gesehen hatte. Ich rannte weiter. Wusste, dass es Siennas einzige Chance war, und endlich sah ich die breite Straße und die Fußgängerzone dahinter. Es war früher Morgen, noch waren nicht viele Leute unterwegs. Außer vor dem Kaffeegeschäft natürlich. Da tummelten sich schon einige Menschen mit den hohen Tassen in den Händen.

Ich legte noch mal ordentlich an Tempo zu, es war mir völlig egal, dass ich durch ein paar kaffeetrinkende Menschen hindurchlaufen musste. Zum Ausweichen hatte ich nun echt keine Zeit!

Das breite Schild, das einst fast Sienna erschlagen hätte, war wieder an seinem Platz quer über der Straße hoch oben angebracht worden. Die Pflastersteine direkt darunter hatten immer noch Sprünge. Ich sprang über sie hinweg, gelangte auf die Zielgerade, konnte das Schaufenster und die Beschriftung von *Mystery Moon* sehen.

Mein Blick wanderte zufällig zu dem Kunstladen hinüber. Ich hielt an. Mein keuchender Atem rasselte laut durch die Morgenluft.

Meine Gedanken gingen zu Cecily, meine Brust schnürte sich zu. Mir wurde bewusst, dass ich ihrer Großmutter gleich mitteilen musste, dass ihre geliebte Enkelin nicht mehr am Leben war. Bestimmt wartete sie schon mit dem Frühstück auf sie.

Gestern war ihr allerletztes Beisammensein gewesen … Ich bekam nur mit Mühe Luft, wandte mich ab und konzentrierte mich mit aller Kraft auf die offen stehende Tür von *Mystery Moon*. »Große Mondin, ich flehe dich an. Bitte hilf mir.« Ich warf einen Blick nach oben in den Himmel. Die Mondin war fast weiß, wirkte sehr entfernt und doch war sie noch zu sehen. Ich hob die Hand, schloss sie um den kleinen Schlüssel an meinem Hals und sprach mir Mut zu. Mit festen Schritten ging ich in den Laden hinein, ermahnte mich zur Ruhe, damit ich mir einen Überblick verschaffen konnte. Ich musste meine Gedanken neu sortieren, denn ich dachte im Moment nur an Cecily und daran, wie ihre Haare aus dem Eimer gehangen hatten.

Darum hielt ich inne, legte meine Hand auf die Brust und nahm einen tiefen Atemzug, um anzukommen.

Hier roch es herrlich nach warmen Kräuterdüften. Ein Räucherkegel brannte, der schwebende Rauch zog sich schwerelos und quer durch den Raum. Ich ging hindurch, am Tresen vorbei, direkt in das Hinterzimmer.

Cecilys Großmutter saß dort am gedeckten Tisch. Vor ihr stand ein Korb mit Brötchen, Aufstrichen. Marmelade und Honig, Butter und Croissants. Die alte Frau war in ihre Zeitung vertieft. Ihre Nägel waren bunt lackiert, die Ohrringe lang und wirkten schwer.

Sie hatte mich bei unserem letzten Besuch zwar nicht wahrgenommen, aber ich hoffte, dass sie mich trotzdem auf irgendeine Weise verstehen würde.

Schließlich gehörte ihr dieser Laden und es musste einen Grund geben, warum im Obergeschoss ein Curandero wohnte und die alte Dame ausgerechnet Bücher über Geister und Elben verkaufte. Ich ging einfach davon aus, dass sie irgendeine hellsichtige Gabe hatte.

Oder eine hellhörige wie Sienna.

»Ist der Curandero da?«, fragte ich deshalb geradeheraus. »Kannst du mich sehen, so wie er, oder vielleicht nur hören?« Ich wartete kurz.

Stille.

Sie reagierte nicht auf meine Stimme. »Hallo?« Ich wedelte hektisch vor ihrem Gesicht herum.

Es fuhr mir in den Bauch. Meine Hoffnung war zerschlagen. Sie bemerkte mich nicht mal! Ich eilte sofort zu der Tür, die nach oben in den Raum mit dem für mich so wichtigen Heiler aus Peru führte. Sie war verschlossen!

Ich spürte, wie ich zu zittern begann.

»Cecily ist ermordet worden!«, platzte es aus mir heraus, denn ich musste es jemandem sagen. »Tooly hat sie zerstückelt. Bitte! Du musst mich hören! Sienna ist in Gefahr! Bitte! So tu doch was!« Ich schrie die Großmutter fast an, eine Reaktion bekam ich keine. Sie griff in aller Seelenruhe nach einem Brötchen und begann, es aufzuschneiden.

Verzweifelt eilte ich in den Laden zurück, stürmte zum Tresen und suchte nach diesen Karten mit den Adressen der spirituellen Menschen darauf. Die Schublade war zu, die einzige Karte, die ich finden und ablesen konnte, war die von *Mystery Moon*.

»Große Göttin, so hilf mir doch!«

Ich polterte durch den Laden, rannte hinaus auf die gepflasterte Straße. »Kann mich irgendjemand hören?« Ich rannte weiter. Zu dem Kaffeegeschäft. »Hört mich jemand? Bitte, ich brauche dringend Hilfe!«

Ein Kloß bildete sich in meinem Hals, ich fühlte mich so allein auf dieser Erde! Dennoch schrie ich weiter. »Ich brauche Hilfe! Tooly ist ein Mörder! Bitte, so helft mir doch!« Meine Schritte wurden bleiern, ich schleppte mich vorwärts auf die Straße, stellte mich jedem Menschen, den ich finden konnte, in den Weg, rief in die Läden, die bereits geöffnet hatten, hinein und schrie den vorbeifahrenden Fahrradfahrern und Autos zu. »HILFE!« Meine Kehle brannte. »Bitte, ich flehe euch an ... Bitte, helft mir ... Ich weiß nicht, was ich tun soll! Er wird Sienna umbringen. Bitte ... bitte helft mir ...«

Egal wohin ich kam, keiner nahm mich und meine Hilferufe wahr. Ich trug eine Verzweiflung in mir, die so groß war, dass sie schmerzhaft auf mein Herz drückte. Meine Schreie hörten nicht auf, ich musste doch nur einen einzigen Menschen finden, der mich wahrnehmen konnte!

Doch ich fand ihn nicht. Es war, als wäre ich stumm, meine Worte verhallten ungehört.

Wieder rannte ich zu *Mystery Moon* zurück. Flehte inständig, die Großmutter würde inzwischen nach Cecily suchen, sie vermissen oder den Curandero zum Frühstück holen. Vielleicht kam zufällig jemand in den Laden, der sich mit Elben auskannte? Mich hören konnte?

Aber das Geschäft war leer. Der Räucherkegel inzwischen abgebrannt. Nur noch der Duft erinnerte daran, dass es diesen Kegel einmal gegeben hatte. Die Oma saß noch immer am Tisch und ließ sich in Ruhe das Frühstück schmecken, während sie in ihrer Zeitung las.

Keuchend, weil meine Lunge inzwischen ausgebrannt war, verließ ich *Mystery Moon* wieder. Rannte wie in Trance die Fußgängerzone entlang, über die breite Straße mit den vielen Autos und den langen Weg zurück.

Ich merkte erst, dass ich wieder bei Toolys Wohnhaus war, als ich nach Atem ringend vor Aarens und Yaris' Schlafzimmerfenster stand und hineinblickte. Der Boden unter meinen Füßen schien zu wanken, denn meine Hoffnung schwand mit jeder Sekunde, die ich hier verharrte – sie schliefen immer noch und ich hatte keine Kraft mehr in den Beinen. Ich wandte mich trotzdem ab, eilte durch den Garten an den Rosentrögen vorbei in den kleinen Innenhof mit dem verwachsenen Efeu. Sofort schaute ich auf die graue Eisentreppe des Studentenwohnheimes und atmete erleichtert auf, denn die Tür oben stand weit offen. Jemand hatte den Keil stecken gelassen. Ich stolperte das graue Gitter hinauf, wirbelte in den Flur hinein, rannte um die Ecke und kam ins Stocken.

Was nun? Plötzlich stand ich vor der Wohnung 8C. Wollte anklopfen. Die Tür eintreten. So laut mit den Fäusten dagegen pochen, dass Taro öffnen musste. Und dann? Oh Göttin!

Es war aussichtslos.

Ich erschrak, als im nächsten Moment die Tür aufschwang. Taro kam heraus und während er das tat, rückte er sich die grüne Mütze zurecht. Ein schneller Blick zeigte mir, dass Sam an der Küchenbar saß und etwas aus einer gelben Schale löffelte. Mir war, als würde mich irgendetwas Unsichtbares anschieben. Ohne darüber nachzudenken, gab ich nach und huschte in die Wohnung, ehe Taro die Tür von außen zumachte und verschwand.

Nun stand ich da. Total fertig, kurz vor einem Nervenzusammenbruch und mit einem brennenden Hals. »Bei der Mondin«, keuchte ich. »Was nun?« War sie es gewesen, die mich gerade eben angeschoben hatte? Oder hatte ich mir das nur eingebildet?

Sams mandelförmige Augen bewegten sich in meine Richtung, er ließ den Kopf aber gebeugt und steckte sich einen Löffel Flakes in den Mund, die er genüsslich kaute. Sein Blick wanderte zur Tür, dann wieder zu mir. »Hallo, Dian«, äußerte er mit monotoner Stimme und schüttelte sich mit einer schwungvollen Kopfbewegung die pechschwarzen Haare aus der Stirn. »Taro ist einkaufen.«

Meine Welt stand für einen Moment still.

Meine Hoffnung kehrte mit voller Wucht zurück.

»Du kannst mich hören?« Große Göttin! Warum war mir das noch nie aufgefallen! Wobei ... Manchmal hatte er sonderbar gewirkt, wenn wir uns begegnet waren. Als würde er mich in das Gespräch miteinbeziehen. Vor allem letztens in der Galerie. Hm. Ich schüttelte die Gedanken von mir, denn die Vergangenheit war jetzt wirklich egal. Rasch trat ich näher. »Du musst bitte ganz genau aufpassen, Sam! Das ist wichtig, hörst du? Tooly ist ein Mörder!«

»Hol Sienna«, sagte er tonlos. »Ich kann nicht Lippen lesen. Taro hat mir verboten, es zu lernen, wegen Privatsphäre und so.« Er tauchte seinen Löffel in die gelbe Schale, füllte ihn mit Flakes und hob ihn hoch. Die Milch tröpfelte an beiden Seiten hinunter, was ihn offenbar störte. Er schüttelte den Löffel ein wenig, sodass die überschüssige Milch herausschwappte, und schob ihn sich anschließend in den Mund. Er kaute und schluckte hinunter. »Wenn ich aufgegessen habe, mache ich dir die Tür auf. Ich kann nicht aufstehen, ehe ich fertig bin. Will nicht aufstehen, das macht man nicht, es ist unhöflich.«

»Was faselst du da?« Ich schüttelte den Kopf. »Du musst jetzt gleich aufstehen. Sofort! Du kannst nicht in Ruhe fertig essen. Sam! Das geht nicht! Cecily ist tot, Sienna ist eingesperrt. Du musst die Polizei rufen. Bitte!« Vor Erleichterung, dass wenigstens er mich hören konnte, sanken meine angespannten Schultern nach unten. Eine schwere Last fiel von mir ab.

Aber Sam reagierte nicht mehr auf mich. Er aß.

Ich ging noch näher zu ihm, blieb nah vor der Küchenbar stehen. »Komm jetzt! Bitte beeil dich!« Am liebsten hätte ich ihm die gelbe Schüssel mit den Frühstücksflocken weggezogen, damit er endlich aufhörte zu essen, aber das ging ja nicht.

»Ich kann nicht Lippen lesen«, wiederholte er und sah an mir vorbei.

Stirnrunzelnd dachte ich nach. Dann verstand ich. »Ach du Scheiße!« Es fiel mir wie Schuppen von den Augen. »Du kannst mich sehen?« Ich zeigte auf meine Augen und nickte, dann auf meine Ohren und schüttelte den Kopf. »Aber nicht hören?«

»Gebärdensprache ist das nicht«, antwortete er.

Ich deutete auf seine Augen, dann auf mich. »Siehst du mich?«

Sam nickte und löffelte weiter.

Hektik kam in mir auf. Da er mich nicht hören konnte, war die Sache erheblich komplizierter. Ich versuchte, ihm mit Körpersprache, Mimik und Gestik vorzuführen, was geschehen war. Ein guter Pantomime war ich noch nie gewesen, denn wie erklärte man ohne Worte das Unfassbare? Dass Cecily ermordet worden war und Sienna an einer Kette in einem fensterlosen Raum hing und um ihr Leben bangte?

Sam beobachtete mich und verzog den Mund. »Taro ist einkaufen«, sagte er schließlich. »Ich bin bald fertig, dann spüle ich ab und öffne dir die Tür.«

Ich atmete frustriert und laut aus. Was jetzt? Ich musste deutlicher werden, also zeigte ich auf seine Brust.

»Ich?«

»Ja, du!« Na, endlich war er mehr bei der Sache. Ich stellte zwei Finger auf die Platte der Küchenbar und tat, als wären es Beine, die gehen.

»Soll laufen?«

»Verdammt, ja!«, rief ich vor Freude. Übereifrig bildete ich danach eine Pistole mit meinen Fingern, die ich mir sofort in den nicht vorhandenen Gürtel steckte, rückte eine imaginäre Polizeimarke zurecht und tat, als würde ich ein Handy ans Ohr halten und telefonieren.

Sam verstand meine verzweifelten Gesten endlich. »Ich darf nicht telefonieren, wenn Taro nicht da ist«, machte er klar. »Er ist einkaufen und trifft sich dann mit einem Kollegen. Taro kommt erst am Nachmittag zurück. Sobald ich Frühstück gemacht habe, spüle ich ab und mache dir die Tür auf, damit du zu Sienna kannst. Es ist unhöflich aufzustehen, wenn man nicht fertig aufgegessen hat. Ich habe mir nur so viel in die Schale getan, wie im Bauch Platz hat. Ich kann alles aufessen. Du musst warten.«

War das sein Ernst? Nein! Ich fuchtelte aufgeregt mit den Händen herum, versuchte, ihn dazu zu bewegen, aufzustehen, ein Telefon zu holen und die Polizei zu rufen.

Doch der dürre Junge löffelte weiter und reagierte nicht mehr auf mich. Es war, als würde er mich absichtlich ausblenden, damit er seine Ruhe hatte.

Verdammt!

Es war zum Verrücktwerden!

Leuchtende Zeichen

Mein Atem hatte sich inzwischen etwas beruhigt, aber mein Herz klopfte immer noch schnell. Als Sam die blöde Schale endlich leer gegessen hatte, aufstand und zur Spüle ging, hätte ich ihn am liebsten angeschrien. Damit er schneller machte. Damit Sienna endlich die versprochene Hilfe bekam.

Doch Sam blieb bei seinem festen Plan. Er drehte den Wasserhahn auf, drückte ordentlich Spülmittel auf den Schwamm und säuberte die Schale samt Löffel so penibel genau wie Tooly den gruseligen Raum mit dem Metalltisch. Anschließend trocknete Sam alles ab, räumte die Schale an ihren Platz im Schrank zurück und drehte sie so lange herum, bis sie die für ihn richtige Position eingenommen hatte.

Ich flippte unterdessen fast aus. Sienna stand gerade schreckliche Todesängste durch, die Hilfe war zum Greifen nah und ich war nicht in der Lage, sie ihr zu schicken.

»Sam, beeile dich, du musst schnell anrufen!« Ich sprach langsam und laut und gab ihm passende Handzeichen dazu.

»Das ist keine Gebärdensprache«, antwortete er monoton und drückte die Schranktür zu.

Warum erwähnte er das andauernd? Ich hatte nicht mal eine Ahnung, was das war! »Sam«, schrie ich und wurde jetzt so richtig wütend. »Ruf endlich die beschissene Polizei! Hol Hilfe! Sofort!«

Sam presste die Lippen zusammen und schaute auf den Boden hinunter. »Ich mag es nicht, wenn man mich so wild anspricht.« Er grummelte, während er das Geschirrtuch faltete und über die Hängevorrichtung neben dem Ofen legte. »Du musst das lassen, Dian, oder du darfst nicht mehr kommen. Du machst mir Angst.«

Wie bitte? »Sam, ich brauche doch nur ... Nein. Sienna braucht deine Hilfe!« Ich zeigte mit hochrotem Kopf auf die Tür hinüber. »H.I.L.F.E!« Deutlich betonte ich jeden einzelnen Buchstaben. Er konnte mich nicht hören, aber die Dringlichkeit erkannte er allemal. »Verdammt, Sam!« Ich machte wiederholend das Zeichen für telefonieren, indem ich Daumen und den kleinen Finger abspreizte und diese als Telefonhörer benutzte. »Ruf die Polizei! Das musst du doch begreifen! Was ist nur los mit dir?«

Er beobachtete mich aus dem Augenwinkel, ging zur Tür und öffnete sie. »Du musst jetzt gehen. Ich möchte nicht, dass du hier bist, wenn ich alleine bin.« Er beugte sich etwas vor und blickte verstohlen in den Flur hinaus. Stimmen waren zu hören. »Yin Yang.« Seine Stimme hörte sich plötzlich rauchig an, er guckte zu mir. »Du kannst nicht raus. Du musst warten.«

Sam wollte die Tür zudrücken, doch ich hielt ihn davon ab. Zum ersten Mal verstand er meine stoppenden Handzeichen richtig und ließ die Tür einen winzigen Spalt offen. Ich konnte nicht rausgehen, aus Angst, ich würde Sam nicht mehr erreichen können, aber gleichzeitig wollte ich Aaren und Yaris belauschen.

Leider flüsterten sie nur. Schlüssel klimperten ganz in unserer Nähe, denn die angrenzende Nachbarwohnung 8B wurde aufgesperrt.

Sam und ich tauschten einen direkten Blick. Er war intensiv und ging mir bis unter die Haut, denn noch nie hatte er mich auf diese Weise angesehen. Aaren und Yaris verschwanden in unserer Wohnung. Sam schloss nahezu lautlos die Tür und war sichtlich nervös.

»Maja ist ausgezogen«, betonte er flüsternd und sah zu der Wand hinüber, welche beide Wohnungen voneinander trennte. »Sienna ist ausgezogen.« Seine Augen schienen wirr zu flackern, während ihm die Gedanken durch den Kopf schossen. »Immer wenn jemand ausgezogen ist, kommen Yin Yang und machen die Wohnung leer. Warum hat Sienna nichts gesagt? Ist sie wieder in Italien? Bist du da, weil sie dich zurückgelassen hat? Musst du deswegen telefonieren? Aber ich habe ihre Nummer nicht. Nur Taro hat sie. Telefonieren nach Mailand ist sicher teuer. Er wird das nicht mögen. Wir haben nicht so viel Geld ...«

Oh weh, er verrannte sich gerade.

Ich stoppte ihn, schüttelte den Kopf, zeigte mit ausgestrecktem Zeigefinger auf die Wand und zog anschließend eine unsichtbare Linie quer über meinen Hals. Das war bestimmt eine eindeutige Geste für den Jungen, um ihm zu zeigen, dass jemand ermordet werden würde.

Um zu unterstreichen, dass es sich um Sienna handelte, machte ich Gesten und eine Mimik, welche die kleine Italienerin mit den kurzen Haaren beschrieben, und wieder das Zeichen für Halsdurchschneiden.

Der Junge hielt die Luft an. Dann atmete er laut aus. »Tot?«

Schnell nickte ich ein paar Mal hintereinander.

»Sienna ist tot?«

»Ja, Sam«, schwindelte ich nickend. Ihm zu erklären, dass Cecily tot war, schien mir unmöglich!

»Sie hat sich in den Hals geschnitten?«

»Nein«, widersprach ich kopfschüttelnd und deutete aufgeregt zur Wand. Streckte Daumen und Zeigefinger aus, um ihm eine Zwei zu zeigen, und imitierte die großgewachsenen, einzigartigen Typen, die gerade in der Nachbarwohnung waren. Und dann erneut das schneidende Zeichen am Hals.

»Aaren und Yaris sind Teufel.«

Daran glaubte ich zwar nicht, aber dennoch nickte ich erneut zur Bestätigung und machte eilig wieder das Zeichen für telefonieren samt Handpistole, Gürtel mit Halfter und Polizeimarke an der Brust.

»Taro hat mir verboten zu telefonieren, wenn er nicht da ist«, lautete die monotone Antwort von Sam.

Nun hielt ich kurz den Atem an, denn ich wusste nicht mehr weiter. Ich spürte, wie sich Tränen den Weg nach oben bahnen wollten, und schluckte sie krampfhaft hinunter. Wie bloß konnte ich den Jungen dazu bewegen, die Polizei zu rufen? Sie mussten Sienna dort rausholen, ich könnte ihnen mit Sams Hilfe den Weg zeigen.

Oh Mondin!

»Ich verstehe dich nicht«, erklärte mir Sam. »Ich kann keine Gebärdensprache und Lippen lesen kann ich auch nicht. Du musst jetzt gehen. Ich bin verwirrt. Es ist nicht gut, wenn man verwirrt ist. Man kann schnell Kopfweh bekommen. Darum musst du gehen. Komm später wieder. Am Nachmittag. Wenn Taro da ist. Ich fühle mich besser, wenn er da ist.«

Traurig sah ich ihn an und nickte. Er konnte nichts dafür, aber er war die einzig greifbare Möglichkeit für mich.

Ich sah mich im Raum um. Fand weder ein Räucherstäbchen noch sonst etwas, womit er Rauch hätte machen können. Wenigstens damit hätte er mir helfen können, wobei – er hatte richtig Angst vor Yin Yang. Nie und nimmer hätte er mich mit ihnen und dem Rauch zusammengebracht.

Mein Herz wurde schwer, ich hatte versagt.

Tooly würde bestimmt bald in den Keller gehen, die zwei massiven Eisentüren mit den Sicherheitsschlössern öffnen und in seinem Schlachthaus die Plastikfolie vorbereiten. Ich stellte mir vor, wie er anschließend den Code an der Tür des fensterlosen Raumes eingab, das Piepsen und das Klicken ertönte und sich der alte verrückte Mann das wehrlose Drachenmädchen griff.

»Okay, ich werde gehen. Machst du mir bitte auf?«, fragte ich und ging entmutigt zur Tür. Wenigstens ein Versprechen wollte ich einlösen, und zwar das, Sienna nicht allein sterben zu lassen. Meine Unsichtbarkeit war mir zum Verhängnis geworden. Ich war der Ausgestoßene, den niemand wirklich haben wollte. Der Elbe, der keine Bestimmung hatte, sondern nur ein Unglück nach dem anderen anzog. Ich würde bald zusehen müssen, wie Tooly meine liebe kleine Freundin ermordete und zerstückelte, und würde nie jemandem davon berichten können. Das war meine Bürde.

Es war wahrhaftig irrwitzig, aber Sam verstand meine Bitte sofort und öffnete mir. Ich trat in den Flur hinaus, warf ihm einen allerletzten tieftraurigen Blick zu und machte mich auf den Weg.

Während ich die Gittertreppe in den efeuverwachsenen Hof hinunterging, überlegte ich, einen weiteren Versuch zu wagen, um im *Mystery Moon* den Curandero zu erreichen. Aber was, wenn Tooly schon unterwegs war? Vielleicht jetzt, genau zu diesem Zeitpunkt? Was, wenn ich den einzigen Türöffner verpasste, der mich wieder zu Sienna bringen konnte?

Der Curandero käme dann zu spät, dessen war ich mir sicher. Sienna würde allein sterben müssen, und das, obwohl sie mich angefleht hatte, ihr beizustehen.

Auch nur daran zu denken, zerriss mir das Herz.

Meine Beine begannen automatisch, schneller zu gehen. Ich musste überprüfen, ob Tooly noch schlief und ich noch mal in die Stadt rennen konnte, und das machte ich auch. Ich ging zu seinem Wohnhaus, suchte mir eine passende Stelle im Garten von Yin Yang und kletterte auf das Dach der Terrasse. Direkt darüber war Toolys Balkon. Ich stieg über das Geländer und spähte durch die Fenster. Doch da war nur das Wohnzimmer. Ich erinnerte mich, dass ich nach links musste, und beeilte mich dorthin. Da war nur ein schmaler Absatz, aber ich wagte es und erreichte endlich das Schlafzimmerfenster des irren Künstlers.

Ein total erleichterter Atemzug zeigte mir, wie angespannt ich gewesen war. Tooly schlief.

Rund um sein Bett türmten sich Müll- und Kleiderberge, da lagen mit Schimmel überzogene Fischdosen, altes Brot und Getränkeflaschen, in denen Undefinierbares schwamm. Doch das störte ihn offensichtlich nicht. Der Typ war so ekelerregend sonderbar!

Von Eile angetrieben kletterte ich wieder zurück über das Balkongeländer auf das Vordach und sprang schwungvoll in den Garten.

Keine Ahnung, was mich antrieb, aber ich rannte zu der Kellertür, an der alles begonnen hatte. Dort hielt ich inne, legte die Hand an den Türknauf und wünschte mir, Sienna könnte meine Anwesenheit spüren. Ich schickte ihr viel Liebe durch die geschlossene Tür. Wollte, dass sie wahrnahm, dass sie nicht allein war.

»Was willst du da?«

Es war Sam. Ich fuhr ruckartig herum. Er stand hinter mir. Mein Herz pochte so schnell, dass es für eine Sekunde schmerzte.

»Du bist mir gefolgt«, sprach ich aus und deutete hastig auf die Tür. »Sienna ist da drin! Sie braucht deine Hilfe.« Ich gab mir alle Mühe, ihm noch mal zu zeigen, was Sache war. »Ruf die Polizei, der Scotland Yard muss sofort herkommen! Bitte, Sam! Du musst telefonieren. Sienna braucht dich, sonst ist sie bald tot.« Wieder machte ich das Handzeichen für den durchgeschnittenen Hals.

Sam beobachtete mich, er wirkte ruhig und versuchte, mich zu verstehen. Dann legte er den Kopf schräg. »Wer war das? Wer hat ihr in den Hals geschnitten?«

»Tooly«, sprach ich langsam und deutlich aus. Zeichnete mit meinen Händen seine wilde Frisur nach und hielt mir die Nase zu. Ein eindeutiger Hinweis auf den stinkenden Mann. Was Besseres fiel mir nicht ein.

Sam überlegte und verstand. »Meister Tooly hat Sienna ermordet.«

»Ja!«, schrie ich nickend, obwohl es nur die halbe Wahrheit war. Aber nun würde er ganz sicher zum Handy greifen und Hilfe holen.

»Tooly ist ein Mörder«, sagte Sam laut und während er es aussprach, wurde er total aufgeregt. »Tooly hat sie getötet! Er hat ihr den Kopf abgeschnitten!«

Der dürre Junge war total aus dem Häuschen und ich war überglücklich darüber. Endlich kapierte er die Dringlichkeit und dass er die Polizei rufen musste. Sam wiederholte die Sätze fast schreiend, doch dann verstummte er urplötzlich, denn Yaris und Aaren kamen um die Ecke.

»Sie haben sicher ein Handy dabei!«, rief ich vor Freude und gestikulierte vor Sam herum, aber er sah mich nicht mehr an. Er starrte förmlich auf Yin Yang, die mit sehr schnellen Schritten näher kamen und die Treppe heruntereilten. Obwohl der dürre Junge nicht zu mir hersah, zeigte ich auf die Kellertür. »Sienna ist da drinnen, sag es ihnen! Sie werden sie retten.« Endlich war genügend Hilfe da, nun würde alles gut werden.

Doch die Mienen der beiden Männer ließen nichts Gutes vermuten. Sie kamen viel zu schnell über die Treppe nach unten und packten den Jungen.

Yaris knurrte. »Missgeburt.«

Sam wollte schreien, aber Aaren hielt ihm sofort den Mund zu und Yaris zückte einen Schlüssel, um in Windeseile die Kellertür aufzusperren.

Was? Sie hatten einen Schlüssel?

Geschockt riss ich die Augen auf.

Die zwei zerrten Sam so schnell in den dunklen Flur hinein, dass ich kaum denken konnte. Ich versuchte, sie davon abzuhalten, indem ich sie festhalten wollte, fasste aber nur durch sie hindurch in die Luft.

Die Tür fiel zu.

Es war stockdunkel.

Ich hörte dumpfe Geräusche, lauten Atem, ein Stöhnen und Jammern. Dann blitzte ein Licht auf, es war ein Handy, dessen Licht mir einige Blicke auf das Geschehen erlaubte. Aber das, was ich sehen konnte, machte mich rasend und machtlos zugleich. Ich war immer noch geschockt, mich in beiden geirrt zu haben. Sie waren wirklich abgrundtief böse! Taro hatte recht gehabt.

»Lasst den armen Jungen in Ruhe«, schrie ich, so laut ich konnte.

Aber Aaren prügelte auf Sam ein, der sich nicht dagegen wehren konnte und auf den Boden knallte. Er versuchte noch, seinen Arm über den Kopf zu legen, aber in den hellen Augen des so viel größeren Mannes funkelte eine Wut, die unbeherrschbar und düster war. Eine Wut, die ich so noch nie gesehen hatte.

Yaris trat dem armen Jungen in die Seite, dann packte er ihn am Kragen, zog ihn hoch und drückte ihn fest an die Wand, wobei er ihn erbarmungslos würgte. »Du widerlicher Idiot«, knurrte er und bäumte sich vor ihm auf, obwohl er das nicht musste, denn er war so viel größer als Sam.

Meine Schreie verhallten in der Leere.

Keiner konnte mich hören. Ich fühlte mich so machtlos, wusste nicht, was ich tun sollte. Yin Yang prügelten weiter auf den wehrlosen Burschen ein, auf ihren Gesichtern spiegelte sich Genugtuung und Freude wider. Ich verstand es nicht. Was war nur mit diesen Menschen los? Warum taten sie das? Woher kam dieser Hass?

Sams mandelförmige Augen waren bald geschwollen. Seine Lippen aufgeplatzt. Er gab keinen menschlichen Ton mehr von sich, sondern ächzte nur und weinte bitterlich.

Ich knetete meine Finger, schlug auf meine Hände, schüttelte sie, drückte mir auf die Stirn, wollte unbedingt die Zeichen aktivieren, die helfen könnten, den unschuldigen Jungen zu retten. Vergeblich.

Blutspritzer landeten an der Wand, das Lichterflackern des sich ständig bewegenden Handys machte mich ganz wirr. Aaren und Yaris befriedigten weiter ihren Zorn. Einer spuckte auf den Jungen, als sich dieser nicht mehr bewegte und sie von ihm abließen.

»Mach das sauber«, befahl Yaris und zeigte auf die Blutstropfen auf dem Boden und der Wand. »Ich hole Tooly. Er muss davon erfahren.«

Der Albino leuchtete mit dem Handy auf die Videokamera hoch. »Das Signal wird ihn schon alarmiert haben. Er kommt von selbst.«

»Mit schlechter Laune. Das wird ihn nicht freuen.«

»Es war längst überfällig, den dümmlichen Jungen zu beseitigen.« Aaren bückte sich, nahm Sams Hände und zog daran. »Wir müssen uns auch um den Bruder kümmern«, sagte er, während er den bewusstlosen Jungen zur ersten Stahltür schliff. »Bestimmt hat ihm der Autist schon alles erzählt.«

Yaris drückte den Riegel nach oben. »Woher weiß er es denn überhaupt?« Er öffnete die Tür und half Aaren, Sam zur nächsten Sicherheitstür zu bringen.

»Seid ihr wahnsinnig?« Tooly kam herein. »Draußen ist es taghell!«

Vor Schreck sprang ich zur Seite. Fast wäre er direkt in mich hineingegangen.

»Der behinderte Asiate wusste, dass du dir die kleine Santis gekrallt hast«, schnauzte Yaris mit tiefer Stimme.

Aaren kniff zornig die Augen zusammen. »Was? Wir sollen die Wahnsinnigen sein? Den Fehler hast du gestern Nacht gemacht. Wir räumen nur hinter dir auf. So wie immer. Also schiebe nicht uns die Schuld zu.«

Tooly schnaubte. »Pass auf, wie du mit mir sprichst!«

Die hellen Augen des Albinos blitzten auf. »Ich kann es nicht leiden, wenn du mich wahnsinnig nennst.«

»Ich habe dich wie einen Sohn aufgenommen und euch beiden immer alles gegeben, was ihr gebraucht habt. Ich rede mit dir, wie ich es will.«

Aaren schlug beleidigt die Zähne zusammen.

»Das könnt ihr später ausdiskutieren«, mischte sich Yaris energisch ein. »Taro wird schnell merken, dass sein dämlicher Bruder fort ist. Wir müssen herausfinden, wie viel er weiß.«

»Es ist mir ein Rätsel, wie die überhaupt etwas herausfinden konnten«, äußerte Tooly. »Es wäre mir lieber, wenn der andere Le weiterlebt. Seine Kunstwerke sind wirklich gut. Wir hätten mehr von ihm, wenn er die Schule beendet. Wir könnten sagen, die Mädchen wären mit dem Behinderten fort. Lasst euch eine plausible Geschichte einfallen. Wie ihr das macht, ist mir echt egal. Ich zahle euch die Wohnkosten, zeigt euch gefälligst erkenntlich! Außerdem habt ihr das da selbst verursacht. Kümmert euch darum.« Tooly deutete abfällig mit dem Kinn auf Sam und zog die letzte schwere Sicherheitstür auf.

Ich folgte dem teuflischen Trio und dem armen Sam, der lieblos auf dem Boden hinterhergeschleift wurde.

Orange und Minze.

Der Duft berührte meine Nase und bescherte mir einen Schwindelanfall. Langsam blickte ich umher. Der Kübel mit Cecilys Haaren stand immer noch unter dem Tisch. Der volle Kanister mit dem inzwischen gestockten Blut befand sich direkt daneben. Yin Yang verzogen keine Mine, sie packten Sam ungerührt und steuerten direkt den Raum an, in dem meine angekettete Freundin saß. Mit angehaltenem Atem sah ich zu, wie Yaris die gut versteckte Klappe am Türstock öffnete und die Ziffern 8-3-1 eingab. Es piepste und machte ein leises Klickgeräusch.

Die Lichtdecke schaltete sich von selbst ein. Sienna wurde wach und kniff die Augen zusammen.

»Oh Gott, Sam.« Sie atmete laut aus. »Was habt ihr mit ihm gemacht?«

Im Vorbeigehen holte Yaris aus und verpasste ihr mit dem Fuß einen heftigen Tritt gegen die Rippen. Sienna quietschte verängstigt auf und presste sich an die graue Betonwand hinter ihr.

»Lass das. Dafür haben wir keine Zeit«, motzte Tooly, der im Türrahmen stehen blieb und wartete. »Ihr müsst Taro Le beobachten. Nur wenn er auch was weiß, bringt ihn hierher.«

Mir wurde schlecht. Ich musste Taro warnen! Aber wie?

Yin Yang ließen Sams Oberkörper einfach einen halben Meter über dem Boden fallen. Er gab einen dumpfen Ton von sich, als er aufschlug, und blieb reglos liegen. Aaren bückte sich, die Kette rasselte, er legte ihm die Handschellen an.

Yaris ging unterdessen zur Tür. »Es wäre klug, den Wichser sofort hierherzubringen. Dann könnten wir erzählen, dass sie zu viert abgehauen wären. Ist doch plausibler als die Version, nur der Behinderte wäre mit den Mädchen fort. Das glaubt sein Bruder doch niemals.«

»Ich sagte schon, dass ich seine Kunst mag«, sagte Tooly unwirsch.

Yaris zeigte abfällig auf Sienna. »Die von der mochtest du auch.«

»Tja.« Tooly spannte seine Kiefermuskeln an und knirschte mit den Zähnen, während er nachdachte. »Also gut. Hol den anderen Deutsch-Vietnamesen auch her. Aber seht zu, dass euch keiner beobachtet. Das müssen die Letzten für einige Zeit sein. Wir müssen sie erst mal verarbeiten und verkaufen, ehe wir uns Nachschub besorgen.«

Aaren hatte Sam fertig angekettet und ging zu Tooly und Yaris hinüber. »Die bunten Haare da hätte ich gern. Das wäre die Sensation, würden wir so einen knalligen Farbtupfer in unsere Bilder einbauen. Eine exklusive Arbeit!«

Der alte Mann zog eine Augenbraue hoch. »Schon vergeben, ich behalte sie. Lady Abbeygail wird viel Geld dafür bieten, dessen bin ich mir sicher.«

»Sterling wird sie wieder überbieten«, meinte Yaris und grinste breit.

»Wo ist die nächste Auktion?«, wollte Aaren wissen.

»Am Hafen in Plymouth ...«

Mehr konnte ich nicht hören, denn die Tür wurde geschlossen, es machte leise Klick. Im fensterlosen Raum wurde es unnormal still. Nur Siennas verhaltener Atem war zu hören. Es dauerte nicht lange, schon schaltete sich die Lichtdecke aus und zwei schmale Lampen in den Winkeln der Decke gingen an. Sie erhellten den Raum aber nur dürftig.

Ich kniete mich neben Sienna, die sich vor Angst immer noch an die Wand presste. »Ich bin hier«, flüsterte ich sanft.

»Was ist passiert?«, wimmerte sie. »Ist Sam tot?«

»Ich ... ich weiß nicht.« Auf Knien rutschte ich zu ihm hinüber. Er lag an derselben Stelle, an der vor einigen Stunden noch Cecily gelegen hatte.

Im schwachen Lampenschein beobachtete ich seine Brust, die sich ein wenig hob und senkte. »Er atmet!« Ich kroch wieder zu Sienna zurück. »Aber sie haben ihn schlimm zugerichtet. Er blutet immer noch aus der Nase.«

Die kleine Italienerin schluchzte leise. »Warum haben sie ihn geschlagen?«

Meine Kehle war plötzlich staubtrocken. Ich versuchte zu schlucken, aber es ging nicht. »Er ist mir heimlich gefolgt. Ich habe versucht, Hilfe zu holen.«

»Er ist wegen dir hier? Wie konnte er dir folgen?«

»Sam kann mich sehen.«

Sie verstummte für einen Moment. »Ach, deswegen guckte er oft so komisch?«

»Nein. Ich glaube, er guckt oft komisch, auch ohne mich zu sehen.« Kurz war ich still. »Ich trage die Schuld an allem, was geschehen ist«, flüsterte ich mit flatternder Stimme. »Es tut mir so leid. Ich wollte das nicht.«

»Schuldgefühle helfen uns nicht weiter. Du musst uns hier rausholen«, flehte Sienna verzweifelt. »Bitte, Dian.«

Ich rutschte entkräftet zur Wand, lehnte mich zurück und zog die Beine an. »Ich war im Mystery Moon, wollte dort den Curandero um Hilfe bitten, wie du es mir gesagt hast«, erzählte ich ihr und blickte traurig zu Boden. »Aber keiner konnte mich hören oder sehen. Dann bin ich wieder zurückgelaufen, habe entdeckt, dass mich Sam sehen, aber nicht verstehen kann. Nun ist er wegen mir schwer verletzt.« Ich hob den Kopf und sah sie von der Seite an. Musterte ihre niedliche, geschwungene Nase. Die dunklen, langen Wimpern, die vom Weinen tropfnass waren, und die kleinen Sommersprossen, die ich auch in dem schwachen Schein der schmalen Lampen gut sehen konnte. »Es tut mir leid, Drachenmädchen. Aber alles, was ich tue, macht die Sache noch schlimmer. Ich denke, ich bin der Grund für das alles hier.« Es fühlte sich zumindest so an. Mein Blick wanderte zu Sam. Es gab kein Wort, das ausdrücken konnte, wie schrecklich es für mich war, den lieben Jungen dieser großen Gefahr ausgesetzt zu haben. »Yin Yang werden bald Taro herbringen«, fuhr ich fort, meine Stimme wurde leiser. »Sie sind wirklich böse. Ihr hattet mit ihnen recht, Sienna, bitte glaube mir, ich habe das nicht kommen sehen.«

»Ach, Dian«, hauchte sie. »Bitte hör auf, in Vorwürfen zu versinken, und unternimm was. Nimm deinen Schlüssel, oder etwas anderes Elbisches, was uns rettet.« Sie schniefte. »Es muss doch etwas geben, womit du helfen kannst.«

»Die Schlüsselzeichen funktionieren nicht. Ich kann nicht mehr wie ein Engel strahlen und dir helfen.«

»Du hast mir damit in der Einkaufsstraße das Leben gerettet. Ich konnte dich sehen und spüren.«

»Ja. Aber ich weiß nicht, wie ich diese Kraft aktivieren kann. Damals ist es einfach passiert, als du in Not warst. Es ging automatisch. Nur diesmal nicht ...«

Sienna nahm einen tiefen Atemzug und schwieg. »Du hast den Glauben an dich selbst verloren«, erkannte sie schließlich. »Dein Fokus liegt einzig auf deinem Versagen. So kann es nicht klappen.«

Ich dachte darüber nach.

»Es gibt sehr viele Geschichten und Märchen, die davon handeln«, sagte sie weiter. »Immer geht es nur darum, dass man an sich glauben muss, um Unmögliches zu schaffen.«

»Was soll ich tun?«, fragte ich niedergeschlagen.

»Du musst es wollen.«

Das traf mich. Ich blickte entsetzt. »Denkst du, ich wollte Cecily nicht helfen? Oder dir und Sam? Denkst du das wirklich?«

Sienna schüttelte den Kopf. »So meinte ich das nicht, Dian.«

»Wie dann?«

»Du musst deine Magie wollen. Von Herzen. Also, richtig annehmen und so.«

»Annehmen?« Ich verstand nicht, was sie damit meinte.

»Du musst dich endlich annehmen«, machte sie klar. »Dein Drama dreht sich ständig darum, dass nur Rachél dich haben wollte, weil sie dich zufällig an diesem Brunnen gefunden hat, du von deinen Mitschülern andauernd schikaniert worden bist und nicht mal eine Bestimmung an dieser Mondschale bekommen hast. Aber denk bitte an die Worte des Curandero aus Peru: Du bist deiner Bestimmung näher, als du denkst, und du musst deinen Weg alleine finden.«

»Prima«, nuschelte ich. Wieder etwas, das ich allein machen musste. Ich seufzte leise.

»Schau auf deine Hände, Dian«, bat Sienna.

»Warum?«

»Mach einfach.«

Ich ließ mich darauf ein und schaute darauf.

»Und? Tust du es?«, bohrte sie nach.

»Ja. Aber ich sehe nichts.«

»Guck auf deine Handflächen und stell dir die beiden Schlüssel vor.«

»Wozu?«

»Mensch, Dian«, schimpfte sie leise. »Das nennt man mentales Training. Du stellst dir etwas vor und dann wird durch Manifestation Realität draus.«

»Das funktioniert?« Ich glaubte nicht daran. »So was klappt doch nur in der Kunst, oder nicht? Man sieht das Bild in seinem Kopf und malt es nach.«

»Oder eine Muse legt einem Künstler das Gefühl des Bildes in den Kopf und er folgt den Anweisungen.«

Ich begann, sie zu verstehen. »Du denkst, die Schlüssel entfalten ihre Kraft, wenn ich sie mir vorstelle?«

»Hoffentlich tun sie das.« Sie nickte. »Einen Versuch ist es wert.«

Das stimmte. Ich schaute auf meine Handflächen und zeichnete mit meinen Gedanken die Schlüssel hinein. Stellte mir vor, sie sähen so aus wie der, den ich um den Hals hängen hatte. Klein, mit ein paar Schnörkeln.

Aber nichts geschah.

»Klappt nicht.« Wäre ja auch ein Wunder gewesen, wenn doch.

»Du fängst an, mich zu ärgern«, zischte sie. »Würdest du dich bitte mal anstupsen und selbst inspirieren? Du wolltest doch Muse sein, oder nicht? Dann bemuse dich verdammt noch mal selbst!«

Ihre Worte versetzten mir einen Stich. »Ich habe Angst, zu versagen«, gab ich ehrlich zu.

»Ich glaube an dich«, flüsterte sie mir Mut zu. »Ich habe genau gesehen, wie du gestrahlt hast. Deine Stirn, dieses goldene Blütenzeichen und die leuchtenden Handflächen. Oh, Dian, du hast so wunderschön ausgesehen.«

Das zu hören, wärmte mein Herz. Dennoch zweifelte ich daran, dass ich durch bloße Gedankenkraft die mächtigen Zeichen aktivieren konnte.

»Lass mich dich noch einmal sehen«, bat sie leise. »Erfüllst du mir diesen letzten Wunsch, ehe ich sterbe? Bitte, Dian. Zeige dich mir.«

Liebe erfüllte mich. Sie vertrieb meinen Kummer, schenkte mir einen Augenblick der Freiheit und des Friedens. Es gab nur wenige Momente in meinem Leben, in denen ich mich so gefühlt hatte. Plötzlich kribbelten meine Hände und ich konnte zum ersten Mal wahrnehmen, wie die Schlüssel von innen heraus anwuchsen und immer deutlicher auf meinen Handflächen sichtbar wurden. Sie zeigten sich nun. Ich trug sie jedoch immer bei mir, das wurde mir in dem Moment bewusst.

Meine Hände wurden stetig wärmer.

Die Schlüsselzeichen begannen, golden zu strahlen. Als ich auch die Wärme auf meiner Stirn spürte, wusste ich, dass das Zeichen der Mondgöttin gerade erschien.

»Du bist so wunderschön.« Sienna lächelte und sah mir in die Augen.

»Du siehst mich«, sprach ich aus, obwohl ich es schon wusste, denn ihr Blick war warm und löste ein Gefühl von Geborgenheit in mir aus.

Sienna nickte. »Dein Anblick tröstet mich«, sagte sie leise. Eine Träne stahl sich aus ihrem Augenwinkel und tropfte lautlos über ihre Wange.

Ich hob die Hand und trocknete sie ihr liebevoll. »Nichts wünsche ich mir von der Mondgöttin sehnlicher, als dass du immer in Sicherheit bist«, flüsterte ich und musste die Augen zusammenkneifen, weil es plötzlich so hell um uns herum wurde. Der goldene Lichtschein, welcher aus meinen Händen und der Stirn strahlte, hüllte uns vollkommen ein. Das Licht war wie die reine Liebe – weich, anschmiegsam und voller Güte. Es war ein Moment der Hoffnung an dem tristen Ort, dem fensterlosen Betonraum neben dem Schlachthaus.

Sonnenschein. Bäume. Vogelgezwitscher.

Warmer Wind wehte durch meine langen Haare. Ich war noch immer so geblendet, dass ich nur langsam meine Sicht schärfen konnte. Sienna blinzelte, öffnete den Mund und wollte etwas sagen, aber es kam kein Ton heraus.

Ich rappelte mich sofort auf. »Bei der Mondin!«, stieß ich aus. »Wo sind wir hier?«

»Die Fesseln, Dian, schau!« Sienna rieb sich verwundert über die Handgelenke.

Die Kette samt Handschellen war fort. Sonst hatte sich nichts an ihr verändert. Sie trug immer noch die grüne Hose und das schwarze Shirt mit weitem Kragen, welches ihre nackte Schulter zeigte. Ich starrte sie an, dann fiel mein Blick auf die vielen Laubbäume, die rund um uns wuchsen. »Wir sind mitten in einem Wald. Wie geht das?«

»Das fragst du mich?« Sie stand auf, rieb sich die Augen und blinzelte, wirkte verwirrt. »Bin ich tot?«

Konnte das sein? »Nein. Ich bin ja auch nicht tot.« Oder doch?

Wir starrten uns gegenseitig an.

»Ich sehe dich«, stellte sie dann fest. »Aber deine Zeichen leuchten nicht mehr.«

Ich spürte, wie sich meine Augenbrauen vor Verwunderung zusammenschoben, und schaute auf meine Handflächen, dann wieder zu Sienna.

Sie zögerte kurz und stupste mich dann an.

Damit hatte ich nicht gerechnet. Ich wich unwillkürlich zurück. Das Gefühl war ich nicht gewohnt, schon lange hatte mich keiner mehr angefasst und auch wenn die Berührung nur eine Sekunde angedauert hatte, so hinterließ es ein sonderbares Kribbeln auf meiner Haut. Ein klein wenig schmerzte es. »Scheiße, du kannst mich anfassen?«

Sienna formte mit dem Mund ein lautloses O. »Sieht so aus.«

»Äh«, machte ich gedehnt.

Sie trat näher und zwickte mich in die Seite.

»Au«, sagte ich langsam, während ich überlegte, warum sie mich berühren konnte.

Sienna musste lachen. »Au?« Sie holte aus und boxte schwungvoll gegen meinen Oberarm.

»Kannst du das bitte lassen?«, fragte ich ungerührt, aber das brachte sie nur noch mehr zum Lachen.

»Scheiße, du bist ja echt!«

»Hm. Ja?«

»So richtig, richtig echt!«

Ich zog die Oberlippe hoch. »War ich denn jemals falsch für dich?«

Wieder lachte sie. Es war so erfrischend und herzhaft, dass ich mitlachen musste und für kurze Zeit all den Kummer der letzten Stunden vergaß. Die kleinen Sommersprossen der zarten Italienerin tanzten regelrecht. Sie lachte, doch ich war mir nicht ganz sicher, ob es fröhlich oder angespannt war.

»Es gibt dich wirklich, Dian! Oh Gott, ich kann es kaum glauben. Ich kann dich anfassen und deutlich sehen. Hattest du immer schon so lange Haare? Sind die von Natur aus so hell oder gefärbt?«

»Ähem. Was redest du da? Ich meine, ich würde verstehen, wenn du ausflippst – nach allem, was geschehen ist.«

Sie lachte wieder und drehte sich einmal im Kreis. »Warum hast du uns hierhergebracht? Wo ist Sam? Kannst du ihn auch aus diesem Keller holen? Und Taro herbringen? Geht das?«

»Also«, sagte ich ganz langsam, während ich weiter über das alles nachdachte. »Erstens habe ich absolut keine Ahnung, wie ich das gemacht habe, falls ich das überhaupt gemacht habe, und zweitens weiß ich nicht, wie ich es wiederholen könnte.« Ich tastete über meinen Oberkörper und die Arme. Das Gefühl auf meiner Haut war mir bekannt und neu zugleich, da ich es schon lange nicht mehr hatte spüren können.

»Schon klar.« Sie kaute auf ihrer Lippe. »Kannst du endlich aufhören, so unsicher zu sein? Offenbar kannst du zaubern. Und ... du bist ein echter Elbe. Deine spitzen Ohren find ich toll. Die sind der Knaller. Ich muss dich unbedingt malen. Das darf ich doch, oder? Am besten mit einem Drachen im Hintergrund. Du kannst dir seine Farbe aussuchen.« Sie reckte den Kopf und schaute auf mein Ohr. »Echt süß, die Öhrchen. So spitz, aber nicht zu spitz. Ich dachte immer, sie wären größer, aber das sind sie gar nicht. Sie stehen dir richtig gut.«

Stirnrunzelnd sah ich sie an. »Eben warst du noch in Lebensgefahr und nun machst du mir ein Kompliment über meine Ohren?«

»Ey, ich muss das auch erst alles verarbeiten«, meinte sie nervös. »Kann ja sein, dass ich doch tot bin. Darüber will ich gerade nicht nachdenken.«

»Verstehe. Aber hätten wir deinen sehr überraschenden Tod dann nicht mitbekommen? Es ist ja nichts geschehen.«

»Vielleicht bin ich den Sekundentod gestorben?«

»Das wäre dir bestimmt nicht entgangen.«

»Keine Ahnung, ich bin noch nie gestorben.«

Ich überlegte. »Wenn dies der Ort wäre, an dem man nach dem Tod landet, müsste Cecily dann nicht auch hier sein? Oder? Und warum bin ich hier?«

»Vielleicht bist du mit mir gestorben?«

Ich verzog den Mund. »Eher nicht. Ohne Körper ist das schwer möglich.«

»Aber du hast doch einen Körper.«

»Ja. Endlich wieder greifbar.« Ich hob die Hand und strich durch meine langen Haare. Das Gefühl der Strähnen zwischen meinen Fingerspitzen musste ich erst verinnerlichen.

»Scheiße«, stieß Sienna aus.

»Da gebe ich dir recht.«

Wir sahen uns an und schwiegen wieder.

Sie holte Luft. »Wollen wir jetzt weiter im Wald herumstehen und grübeln, ob wir noch leben, oder einen Weg finden, Taro vor Yin Yang und Tooly zu warnen und seinen Bruder Sam aus der Hölle zu befreien?«

Ich nickte bestätigend. »Wir müssen in den nächsten Ort gehen und die Polizei anrufen.«

Ihre Augen weiteten sich. »Es tut mir so leid«, flüsterte sie.

»Was?«

»Du wolltest von Anfang an, dass wir den Scotland Yard alarmieren, aber ich habe dir nicht genügend vertraut, wir sind direkt in die Gefahr gerannt.«

Ich antwortete ihr nicht darauf. »In welche Richtung sollen wir gehen? Ich kenne mich in England nicht aus, habe gerade mal so den Weg in die Fußgängerzone gefunden.«

»Ich kenne mich hier auch nicht aus. Am besten, wir suchen nach einer Straße und fragen uns durch.« Sie setzte sich in Bewegung und stapfte los. Trockene Blätter raschelten unter ihren Füßen. »Heutzutage hat jeder ein Handy dabei. Wenn wir Empfang haben, melden wir Tooly sofort dem Scotland Yard. Das hätten wir gleich tun müssen. Es tut mir so leid, dass ich nicht auf dich gehört habe. Du wusstest, was zu tun war und dass in der Galerie etwas nicht mit rechten Dingen zugeht. Aber ich hatte nur mein Studium und mein Liebesleben im Kopf. Ich hoffe, du kannst mir das verzeihen ...«

Ich blieb auf der Stelle stehen und schaute ihr hinterher. »Sienna?«, rief ich.

Sie hielt an und verharrte einen langen Moment. Dann wandte sie sich um.

»Ja?«, fragte sie mit krächzender Stimme.

»Cecily ist tot.«

Ihre Augen füllten sich sofort mit Tränen.

»Er hat sie umgebracht«, hauchte sie, als sie sich den Tatsachen stellte. Verzweiflung vibrierte in ihrer leisen Stimme.

Ich eilte zu ihr, breitete meine Arme aus und zog sie an mich. Das hatte ich schon lange tun wollen. Die kleine Italienerin ging mir nur bis zur Brust, sie ließ sich umarmen, vergrub ihr Gesicht in meinem Hemd und weinte hinein. Ich hielt sie fest, gab ihr Halt und Geborgenheit, damit sie endlich trauern und dabei in meinen Armen versinken konnte.

Ganz in Weiß

Es dauerte eine Weile, bis Sienna sich wieder beruhigt hatte. Ich gab ihr die Zeit und sie nahm sie sich.

»Du bist in Sicherheit«, wiederholte ich sanft, während ich sie tröstend streichelte.

»Sam ist noch in Gefahr«, erwiderte sie schniefend. »Und Taro auch.«

»Wir holen ihnen Hilfe«, versprach ich ihr.

Sie wich etwas zurück, legte ihre Hände flach an meine Brust und machte den Eindruck, als würde sie mein pochendes Herz erspüren. Ganz langsam fuhr sie mit den Fingern zu den Efeustickereien neben der Schnürung meines Hemdes hoch. Diese neue Nähe fühlte sich gut an, mir wurde immer bewusster, wie schön es war, einen Körper zu haben. Mit allen Sinnen. Mit all den Gefühlen.

Sienna hob den Kopf und sah mich an. »Danke, dass du mich nicht verlassen hast.«

»Ich bleibe bei dir.« Auch das war ein Versprechen. An sie und an mich. Sie war meine Familie, ein Teil von mir.

Das Drachenmädchen wischte sich die Tränen von den Wangen und schniefte wieder. »Lass uns gehen.«

Nickend folgte ich ihr. Wir gingen zwischen den lichtvollen Bäumen hindurch und ließen die Blätter unter uns herum rascheln. Ein nicht enden wollendes Blätterdach erstreckte sich über uns. Der Waldboden funkelte wegen der durchbrechenden Sonne, einige grüne Blätter an kleinen Zweigen winkten uns im Wind zu.

Es fiel mir trotz der wunderschönen Umgebung schwer, anzukommen und zu realisieren, was alles geschehen war und welche Bedrohungen bereits hinter uns lagen. Sienna wirkte ebenso gedankenverloren, aber wir redeten nicht darüber, jeder hing seinen eigenen Gedanken nach.

Vogelgezwitscher begleitete uns auf unserem Weg. Nach einiger Zeit wurden die Bäume kleiner, Farne und niedere Büsche wuchsen am Waldrand.

»Na endlich!« Sienna wurde schneller.

Wir rannten sofort auf die angrenzende Wiese hinaus. Hier wehte der Wind etwas stärker, er legte mit jeder Böe einige der blühenden Gräser schräg.

Langgezogene, grüne Hügelketten zeigten sich uns, nicht weit entfernt schlängelte sich ein Bach vorbei. Die ohnehin schon schnellen Laufschritte der kleinen Künstlerin wurden noch eiliger. Sie stoppte am Bach, bückte sich und trank gierig ein paar Handvoll Wasser. Ich kniete mich neben sie, tauchte meine Hand in das kühle Nass und trank ebenfalls davon. Mein Bauch gluckerte.

Ich konnte mit Worten nicht beschreiben, wie es war, endlich wieder etwas zu mir nehmen zu können. Ich hatte ganz vergessen, wie herrlich Wasser schmeckte.

Neugierig zupfte ich ein paar Blätter und die Blüte von einem Klee und aß davon. Der würzige Geschmack breitete sich sofort in meinem Mund aus und ließ mich einen erleichterten Atemzug nehmen. Tatsächlich – mein Körper war wieder vorhanden. Es hatte etwas gedauert, aber endlich kapierte ich es mit allem, was mich ausmachte: Ich war wieder ganz ich!

Sienna machte es mir nach und holte sich ebenfalls ein paar Blätter und eine Blüte. Sie zeigte auf ein anderes dunkelgrünes Kraut mit länglichen, ausgefransten Blättern, welches daneben wuchs. »Kann man die auch essen?«

»Das würde ich bleiben lassen«, antwortete ich ehrlich. »Die sind so bitter, dass du lange spucken musst, um den Pelz auf der Zunge wieder loszuwerden.«

»Ich habe total Hunger«, sagte sie, tauchte ihre Hand wieder unter Wasser, trank, so viel sie konnte. Sie wusch sich auch das Gesicht und die Arme und rubbelte sich mit dem kalten Nass über die kurzen Haare. Als sie damit fertig war, stand sie auf, blickte verlegen und kniff die Beine zusammen. »Sorry. Jetzt muss ich pinkeln.«

Natürlich musste sie das. Sie war seit gestern Abend eingesperrt gewesen. »Da drüben ist ein Busch. Ich warte hier.«

Ich setzte mich unterdessen ins Gras und genoss die warmen Sonnenstrahlen auf dem Gesicht. Meine Haut wieder zu fühlen, die Sonne aufzunehmen – nun all meine Sinne wieder zu haben, war eine unbeschreibliche Wohltat.

Sienna kam zurück und zupfte sich das schwarze Shirt zurecht. Ich stand auf, wir machten uns weiter auf die Suche nach einer Straße oder einem Haus und wanderten eine Weile über die weite Wiese. Danach gingen wir einen Hügel empor und staunten, denn hier wechselten die grünen Gräser in eine honigfarbene Heide. Mit gelben und grauen Moosflechten bedeckte Granitbrocken lagen überall verstreut herum. Wir wanderten zwischen ihnen hindurch.

»Hast du eine Ahnung, wo wir sind?«, fragte ich nach einer Weile.

Sie schüttelte den Kopf. »Du hast uns leider in irgendeine abgelegene, ungezähmte Pampa geschickt. England hat eine wunderschöne Landschaft, findest du nicht?«

»Traumhaft.«

»Das klang jetzt aber nicht ehrlich.«

»Wir brauchen ein Handy.«

»Ja«, hauchte sie. »Ich bin nur gerade so froh, in Freiheit zu sein, dass ich die Umgebung aufsauge wie ein ausgetrockneter Schwamm.«

»Verständlich. Ich kann mir die Ängste, die du durchgestanden hast, gar nicht vorstellen.« Ein klein wenig doch. Schließlich war ich dabei gewesen. Aber man hatte mich nie angekettet, ich hatte nicht mit meinem eigenen Tod rechnen müssen. »Du bist sehr stark, Sienna«, äußerte ich anerkennend. »Sam ist jetzt an deiner Stelle und hat sicher große Angst. Wäre es nicht besser, wir würden uns noch mal an den Schlüsselzeichen versuchen? Vielleicht kann ich uns ja direkt in die Stadt bringen.«

»Nein«, wehrte sie sofort ab. »Wenn es nicht klappt und wir aus Versehen wieder in diesem fensterlosen Raum landen, dann ist das mein absolutes Ende. Ich ertrage keine weitere Sekunde mehr darin.« Ihre Stimme wurde leiser. »Ich weiß, dass Sam jetzt dort alleine ist, und das fühlt sich fürchterlich an. Aber ich will nicht mehr zurück.«

»Ich würde dich natürlich in die Fußgängerzone bringen, nicht zu Tooly«, verdeutlichte ich. Obwohl ich nicht wusste, wie ich das anstellen sollte, vertraute ich darauf, dass es klappen würde.

»Du hast die Schlüssel vielleicht nicht unter Kontrolle.« Unsicherheit zog sich durch ihre Stimme. »Wir finden einen anderen Weg, um die Brüder zu retten und Cecily bald Gerechtigkeit zu verschaffen.«

Ich nickte nur.

Schweigend marschierten wir weiter. Der Untergrund wurde steiniger, es knirschte leise, während wir gingen. Die

Sonne wanderte allmählich Richtung Horizont, die letzten Strahlen färbten den Himmel orange, pink und lila.

»Komisch. Es kann noch nicht Abend sein«, stellte ich nachdenklich fest.

»Ich weiß nicht, wie spät es ist.«

»Es dürfte noch nicht mal Mittag sein«, verdeutlichte ich. »Wir sind kaum eine Stunde unterwegs und Sam war vorher noch am Frühstücken, ehe er mir nachgerannt ist.«

»Vielleicht ist er nur spät aufgestanden«, meinte Sienna leichthin. »Es ist Wochenende, da schlafen viele aus.«

»Nein«, widersprach ich kopfschüttelnd. »Ich bin mir absolut sicher, dass es früher Samstagvormittag war, als Yin Yang den Jungen geschnappt haben.«

»Kann nicht sein. Der Stand der Sonne spricht eindeutig für eine andere Uhrzeit. Ich denke, du bist übermüdet und erschöpft.« Sienna sah zu mir hoch. »Mir geht es genauso wie dir. Ich bin völlig k. o., habe Hunger und würde mich am liebsten hinlegen und schlafen. Aber Taro und Sam sind wichtiger.« Sie nahm meine Hand und hielt sie fest. »Wir müssen durchhalten, Dian. Gemeinsam schaffen wir das.«

Ich erwiderte ihr Händehalten und drückte sanft zu. »Ja. Gemeinsam. Danke, dass du meine Freundin bist.«

Sie schenkte mir ein Lächeln, dann blickte sie wieder geradeaus auf den steinigen Weg. Unsere Hände lösten sich lange nicht voneinander – es waren nicht nur leere Worte gewesen, wir gingen den Weg ab nun gemeinsam.

Bald dämmerte es. Der warme Wind war unser steter Begleiter und trieb uns voran. Wir hielten an einem weiteren Bach, an dem wir unseren Durst stillten, und nicht lange darauf mussten wir uns beide erleichtern.

Mein Körper war wieder ganz bei mir, worüber ich echt froh war, aber die plötzlichen Bedürfnisse überforderten mich ein wenig. Ich hatte schon ganz vergessen, wie sich Hunger anfühlte. Er kam. Und zwar heftig.

»Wenn wir nicht bald ein paar essbare Kräuter finden, kaue ich an einem Stein herum«, nuschelte ich und versuchte, das Bauchgrummeln zu ignorieren.

»Bitte sprich nicht von Essen. Mein Magen ist leer und zwickt schon.«

Wir steuerten auf einen großen Granitfelsen zu. Er war über und über mit Moosflechten verwachsen, einige hingen an einem Vorsprung herunter und wehten sachte im Wind. Der Ort wäre ideal für einen Lagerplatz gewesen, wir hätten uns unter den Flechten verstecken können.

»Wir müssen eine Straße oder ein Haus finden«, machte ich deutlich. »Wenn uns das nicht bald gelingt, brauchen wir einen Unterschlupf für die Nacht. Wir müssten auch Feuer machen. Keine Ahnung, wie kalt es nachts wird. Sobald das Dämmerlicht fort ist, wird es schwer, brennbares Zeug zu finden.«

»Ich hab kein Feuerzeug«, lautete ihre Antwort.

Ich unterdrückte ein Lachen. »Ich brauche kein Feuerzeug dazu.«

»Sag bloß, du kannst ein Lagerfeuer mit deinen elbischen Kräften entzünden.«

Es gelang mir nicht mehr, mich zusammenzureißen. Ich prustete los. »Klar. Ich wedele mit den Fingern über trockenem Holz und schon brennt es.«

Sie warf mir einen bösen Blick zu. »Ich hab doch keine Ahnung von deinen Kräften!«

»Ich auch nicht«, erwiderte ich schulterzuckend. »Wir machen Feuer mit einem Stück Holz, einem Ast und der Kraft unserer schnellen Hände.« Ich unterstrich meinen Satz mit einer eindeutigen Geste.

Sienna rollte mit den Augen. »Na, so könnte ich es auch.«

Ich grinste. Dann verebbte es, denn wir hatten den großen Granitblock vor uns gerade passiert und ich konnte in der Ferne Lichter sehen. »London«, sagte ich und spürte die Erleichterung in all meinen Zellen. Dort vorn würden wir Hilfe für Taro und Sam finden. In London konnten wir endlich die Polizei rufen.

»Das ist sicher eine andere Stadt«, meinte Sienna nachdenklich und kniff die Augen zusammen. Doch die Lichter waren zu weit weg, um Genaueres erkennen zu können.

»Wir müssen uns beeilen«, drängte ich. »Wenn wir Glück haben, erreichen wir sie noch, ehe es stockdunkel ist.«

»Komm, wir rennen ein Stück.«

Kaum ausgesprochen, schon rannte sie los und ich ihr hinterher. Natürlich kamen wir nicht weit. Sie fing bald an, zu keuchen, und wechselte wieder in den normalen Schritt.

»Das ist sicher noch ein Marsch von einer Stunde. Kannst du uns eine Fackel machen?«, schlug sie atemlos vor.

»Nein. Bis ich was Passendes gefunden hätte, wäre es schon dunkel. Wir gehen einfach weiter. Die Mondin wird uns schon führen.« Sie hatte uns auch hierhergebracht.

»Wäre Vollmond, würde ich entspannter sein«, murmelte Sienna.

»Die Sichel der Mondin wird mir helfen, mich zu orientieren. Du kannst dich auf mich verlassen. Ich bringe dich sicher nach London.« Ich straffte meine Schultern und hob den Kopf. Jetzt, da ich meinen Körper wiederhatte, konnte sich meine Freundin absolut beschützt fühlen und das zeigte ich ihr auch.

Ich führte sie an weiteren Granitbrocken vorbei, den Hügel hinunter und geradewegs in die rettende Richtung. Die Lichter wurden immer deutlicher, die Stadt erstreckte sich über viele Kilometer. Ganz sicher war das London! Diese Stadt vor uns war riesig. Tooly und seine empathielosen Handlanger würden bald in Handschellen abgeführt werden – dafür würden wir Sorge tragen.

Die zuvor warme Luft kühlte rasch ab. Sienna begann, sich die Arme zu reiben, um etwas Wärme in sich zu holen. Ich bedauerte, keine Jacke zu tragen, die ich ihr hätte geben können. »Möchtest du mein Hemd haben?«, fragte ich.

Sie schüttelte den Kopf. »Danke, nein. Ein richtig heißer Früchtetee und eine dampfende Nudelsuppe wären mir lieber.«

»Bald sind wir da«, sagte ich hoffnungsvoll und legte meinen Arm um ihre Schulter. So konnte ich sie wenigstens ein bisschen wärmen.

Sienna ließ die Geste dankend zu und drückte sich an mich. »Ich kann an nichts anderes denken als an Taro und Sam«, gestand sie mir leise. »Sie haben Taro bestimmt schon geschnappt.«

»Sam sagte mir, dass Taro am Nachmittag zurückkommen würde. Er sei bei Kollegen. Hoffentlich ist er noch etwas länger dort.« Ich machte eine kleine Pause, um nachzudenken. »Glaubst du, sie bringen ihn gleich um oder ketten ihn erst einmal an? Was tun sie, wenn sie sehen, dass du fort bist? Oh Göttin. Ich darf nicht darüber nachdenken, das macht mich völlig fertig.«

Sienna ließ mich los. »Wir müssen rennen, Dian.«

Ich nickte und schaute nach oben. Die Mondin war gut zu sehen, aber sie zeigte nur ihre Sichel. Das reichte kaum aus, um den Boden anständig zu erkennen.

Trotzdem beschleunigten wir unsere Schritte. Die Lichter der Stadt wurden immer größer und bald stießen wir auf ebenen Untergrund.

»Endlich! Eine Straße«, sagte ich freudig.

»Kein Asphalt«, wunderte sich Sienna.

»Und?«

»Das ist nicht London.«

»Ganz bestimmt ist es das. Wir sind sicher bloß auf einer unbedeutenden Feldstraße.«

»Das mit Sicherheit.«

Wir schwiegen einige Zeit und konzentrierten uns auf den Verlauf der Straße, die zum Glück direkt auf die Stadt zuführte. Manchmal säumten einige Bäume unseren Weg, mal nur Grasbüschel und irgendwann gingen wir auf Kopfsteinpflaster aus hellem Granit. Er strahlte Wärme ab, welche er während des Tages aus dem Sonnenschein gespeichert hatte. Diese Wärme tat uns beiden gut und als ein weiß gestrichener Zaun am Wegesrand auftauchte, freuten wir uns, denn das bedeutete, dass die Stadt immer näher kam.

Wir erkannten bald, dass eine nahezu weiße Stadtmauer, welche ein wenig schimmerte, sie umfasste.

Ich ließ meinen Blick über die hohen Gebäude schweifen und wunderte mich. Sie waren alle weiß. Sogar die Fenster.

»Du, Sienna«, flüsterte ich.

»Mhm?«

»Ich glaube, das ist doch nicht London.«

»Das befürchte ich auch.«

»Kennst du diesen Ort?«

»Dian ... so eine Stadt gibt es auf der Erde nicht.«

»Kann nicht sein.«

»Schau genau hin. Je näher wir der Stadtmauer kommen, desto heller wird der Untergrund. Siehst du das?«

Mein Blick ging nach unten. »Die Gräser sind hier weiß.«

»Und das Fensterglas des Hauses da hinten auch.« Sie zeigte mit dem Finger auf ein Gebäude, das die Mauer um zwei Stockwerke überragte. Es war komplett weiß. Auch die Lichter hinter den Fenstern warfen ein weißes Licht nach draußen.

Wunderschön. Und sonderbar.

»Dian ... Wenn das nicht London ist. Wo sind wir dann?«

»Hm. Das erfahren wir spätestens, wenn wir durch das offen stehende Tor da vorn gehen.« Wahrscheinlich war das irgendeine andere Stadt irgendwo in England, die so abgelegen war, dass Sienna sie nicht kannte. Oder der sonderbar schöne Ort gehörte der hoheitlichen Königsfamilie und wurde vor der Presse geheim gehalten, damit sie hier ihre absolute Ruhe hatten.

»Ich sehe, dass das Tor offen steht, aber dürfen wir denn da so einfach reingehen?«

Ich guckte meine Freundin verwundert an. »Das fragst du mich?« Also manchmal vergaß sie echt, dass ich kein Mensch war. Mit deren Gesetzen kannte ich mich nicht aus.

»Das ist doch deine Welt. Sag du es mir.« Sie hob beide Augenbrauen an und blickte fragend.

Das machte mich stutzig. »Wie kommst du darauf, dass wir in meiner Welt sind?«

»Hier wachsen komplett weiße Gräser. Da hinten steht ein reinweißer Baum, auch der Busch da drüben ist weiß. Die Stadtmauer schimmert, als wäre sie stetig in Bewegung.«

Mein Blick verschärfte sich sofort.

Tatsächlich. Diese Mauer sah aus wie zähflüssige weiße Seife, die langsam eine Wand hinunterfloss. »Das ist mir gar nicht aufgefallen.«

»Aber mir.«

»Hm. Du denkst echt ...?« Ich hielt die Luft an.

»... dass wir in der Anderwelt sind?«

Unmöglich! Langsam blies ich die Luft wieder aus. »Ich kenne diese Stadt nicht.«

Sienna schnalzte mit der Zunge. »Wie weit bist du denn schon rumgekommen? Du hast mir selbst erzählt, dass du noch nicht einmal in den umliegenden Dörfern gewesen bist, um ein Mädchen oder Freunde kennenzulernen.«

Ich erinnerte mich wieder, dass wir darüber gesprochen hatten. »Du hast recht«, bestätigte ich. »Aber wenn wir nicht mehr auf der Erde sind, wie können wir dann Taro und Sam helfen?«

Die kleine Italienerin hob die Schultern an. »Keine Ahnung. Aber wir müssen einen Weg zu ihnen finden.«

Ich nickte und lauschte, da ich Stimmen hinter der Mauer hörte. Nur noch wenige Meter und wir hatten den hohen Torbogen erreicht. Ich konnte bereits jetzt die ersten Eindrücke der Stadt aufnehmen, sah ein hübsches Haus mit einer schmalen, glänzenden Eingangstür mit Absatz und einer hellsilbernen Türklingel, daneben stand ein geschwungener Blumentopf voller Lilien. Alles komplett in Weiß, bis auf die silberne Klingel. Das war echt schräg.

Ein dumpfer Ton erklang, dann ein Surren, schon rollte ein kleines weißes Rad durch das Tor in unsere Richtung. Es war mit wuscheligen Federn bestückt und sauste direkt an uns vorbei, ehe es im Gras ein paar Meter von uns entfernt liegen blieb.

Sienna wurde nervös, sie krallte sofort ihre Finger in mein Hemd und versteckte sich hinter meinem Rücken.

»Das ist ein Spiel«, erklärte ich ihr, um sie zu beruhigen, und blieb stehen. Solche Räder kannte ich noch gut aus meiner Kindheit. Ich hatte sie früher stundenlang mit einem dünnen Stab balanciert und durch verschiedene Ziele in die Höhe geworfen, nur um sie danach wieder mit dem Stab aufzufangen. Es gab diese Räder in verschiedenen Größen, aber bei uns daheim waren sie grell und farbenfroh. Dieses war nur langweilig weiß und keine Augenweide.

Ehe ich weiter darüber nachdenken oder Sienna von dem Kinderspiel berichten konnte, eilte ein Junge herbei. Er war höchstens zehn Jahre alt. Seine gewellten Haare fielen ihm etwas in die Stirn, sie waren – wie sollte es in dieser Stadt auch anders sein – so weiß wie die des Albinos Aaren, und seine blassrosa Hautfarbe schimmerte leicht, genau wie die Stadtmauer.

Als er die kleine Italienerin erblickte, die hinter meinem Rücken hervorschaute, wurden seine silbergrauen Augen groß.

Sein Blick fiel auf mich, er schüttelte sich die Haare aus dem Gesicht, eines seiner runden Ohren wurde dabei freigelegt. Das war für mich der Beweis, dass wir nicht nah an meiner Heimat waren. Bei uns gab es niemanden mit solch verkümmerten Ohren.

»Du musst sie zurückbringen. Sie darf nicht hier draußen sein«, sagte der Junge, schnappte sich das Rad mit den wuscheligen Federn und rannte davon.

»Oje. Ich darf also nicht mit in die Stadt?«, fragte Sienna, als er nicht mehr zu sehen war, und kam hinter meinem schützenden Rücken hervor.

»Ich weiß nicht, was er damit gemeint hat«, erwiderte ich ehrlich. »Er sagte: hier draußen«, erinnerte ich sie.

Sie verzog nachdenklich den Mund und antwortete nicht.

»Komm, lass uns reingehen. Wird schon nichts passieren«, meinte ich leichthin.

»Da ich nicht von deiner Seite weiche und wir endlich Hilfe holen müssen, bleibt uns nichts anderes übrig, als es drauf anzulegen.«

Ich legte meine Hand auf ihren Rücken und schob sie ein wenig an, damit sie sich in Bewegung setzte. »Wir konzentrieren uns jetzt nur darauf, ein Handy zu finden.«

»Wir sind nicht auf der Erde, Dian«, machte sie deutlich.

Ich dachte natürlich sofort an das runde menschliche Ohr des Jungen, aber ich wollte nicht schon wieder eine Diskussion lostreten. Sie würde von selbst bemerken, dass wir immer noch in England waren. »Egal wo wir sind, wir rufen jetzt die Polizei«, sagte ich ausweichend, damit wir endlich weitergehen konnten.

Sienna nickte zögerlich. Wir nahmen die letzten Meter durch das Stadttor und traten hindurch. Obwohl wir wirklich schnell Hilfe brauchten, war ich froh, dass am Abend gerade keiner auf der Straße unterwegs war. So hatten wir etwas Zeit, um anzukommen und die Eindrücke aufzunehmen. Sienna ließ voller Neugier den Blick schweifen. Nach der wilden Natur tat die Zivilisation echt gut. Hier war es zu meiner Erleichterung heller als draußen, haufenweise Laternen beleuchteten die Straßen, ein wenig Licht wurde von den Gemäuern selbst abgestrahlt. Die angenehme Wärme war eine Wohltat für uns, es schien, als hätten sie die ganze Stadt beheizt. Oder wärmte uns das sanfte Licht?

»Guck. Ganz in Weiß wie eine Braut«, flüsterte Sienna andächtig, denn eine hochgewachsene Frau mit kurzen weißen Locken ging nicht weit vor uns über die Straße. Sie ging schnell, hatte es wohl eilig und nahm deshalb keinerlei Notiz von uns. Die Frau hob den eleganten Rock, stieg die kleine Treppe neben dem Blumentopf mit den Lilien nach oben, drückte die hellsilberne Türklingel und pochte anschließend an die glänzende Tür.

Wir beobachteten, wie der Frau geöffnet wurde. Ich konnte nur einen kurzen Blick in den Innenraum des Hauses erhaschen, welcher komplett weiß eingerichtet war.

»Das ist ganz sicher nicht meine Welt«, flüsterte ich leise. »Von so einer außergewö... äh ... ungewöhnlichen Stadt hätte ich bestimmt gehört.«

Ich wurde abgelenkt, denn ein kleiner Hund rannte aus einer Seitengasse. Er trug ein silbernes Halsband, welches glitzerte.

Natürlich hatte sein Fell dieselbe eintönige Farbe wie der Rest dieser Stadt, außerdem standen wuschelige Federn aus seinem Maul heraus. Der freche Kerl hatte ein Spielrad geklaut.

»Ferdinand, sofort stopp!«, rief ein Kind, dessen Stimme mir bekannt vorkam.

Schon eilte der Junge von vorhin um die Ecke. Er erschrak, als er uns sah, und blieb abrupt stehen. Ich fragte mich, warum er uns wieder mit so großen Augen ansah, vor allem Sienna so eigenartig anblickte.

»Hallo«, begrüßte ich ihn höflich. »Sind deine Eltern in der Nähe? Wir müssen dringend mit einem Erwachsenen sprechen. Es eilt.« Das war noch untertrieben. Uns rannte die Zeit davon, aber ich wollte den Jungen nicht zu sehr drängen, aus Angst, er könnte wieder so schnell verschwinden wie zuvor.

Seine Augen wurden noch größer. Wieder schüttelte er die Haare aus der Stirn, dann warf er einen Blick über seine Schulter zurück und holte Luft. »Lunet«, rief er laut und fordernd. »Bitte komm sofort!«

Es dauerte nicht lange, dann kam die Gerufene anmarschiert. Sie war schmal, etwa in meinem Alter, hatte lange, wellige Haare, die ihr bis zu den Schultern reichten. Ihre silbergrauen Augen stachen förmlich aus ihrem ovalen Gesicht hervor. In Windeseile musterte ich sie von oben bis unten und spürte, wie mein Herz schneller pochte. Keine Ahnung warum, aber eine leichte Aufregung machte sich in mir breit.

Das Mädchen war noch nicht ganz bei uns, da schnappte sich der Junge den kleinen Hund, hob ihn hoch und eilte an dem Mädchen vorbei in die Seitengasse zurück.

»Bist du Lunet?«, fragte ich nach, aber sie ignorierte mich.

»Bei der Mondin!«, schimpfte sie und blickte Sienna tadelnd an. »Du musst sofort zurück. Du darfst nicht hier sein. Warum bist du raus? War dein Patron nicht da?«

Sienna fuhr verdattert mit dem Kopf zurück. »Bitte was?«

»Dein Patron«, wiederholte sie. »Wer ist es? Godric? Oder Veland?« Sie kam immer näher. »Sicher Veland«, antwortete sie sich selbst und blieb vor uns stehen. »Seit er verknallt ist, ist er mit dem Kopf immer woanders, nur nicht bei seinen Schützlingen. Ich werde ihn melden müssen, aber vorher bringe ich dich wieder zurück. Komm jetzt.«

Das Mädchen wollte nach meiner Freundin greifen, doch diese wich eilig aus und versteckte sich wieder hinter mir.

»Dian?« Sie stupste mich ängstlich an.

Ich streckte meinen Arm nach hinten aus, um ihr Sicherheit zu geben. Leider wusste ich auch nicht, wovon das Mädchen gerade gesprochen hatte, und war genauso verunsichert wie Sienna.

»Entschuldige, wir kennen weder einen Godric noch einen Veland«, erklärte ich deshalb ehrlich. »Ich denke, du verwechselst uns gerade mit jemandem. Wir brauchen ganz dringend ein Telefon oder jemanden, der uns jetzt sofort nach London bringt.«

»London? Bist du betrunken?«

Was sollte das denn? Na, die war ja komisch drauf! »Bist du jetzt Lunet oder nicht?«, antwortete ich, mein zuvor sanfter Ton legte etwas an Schärfe zu. »Ich bin Dian, falls es dich interessiert. Und das ist Sienna, sie gehört zu mir, du musst sie weder irgendwo hinbringen noch diesem Veland melden. Wir sind nur hier, weil wir dringend ein Telefon brauchen. Kannst du uns helfen oder nicht?«

»Lunet ist schon richtig«, antwortete sie. »Aber wenn du nach einem Telefon suchst, bist du hier falsch. So was gibt es bei uns nicht, das müsstest du eigentlich wissen.« Sie musterte mich eindringlich. »Ich hab dich hier noch nie gesehen.«

»Das liegt daran, dass ich noch nie hier war.«

Lunet hob eine Augenbraue, ihre Augen verengten sich ein wenig. »Also, Dian«, sagte sie und klang nicht gerade freundlich. »Bringst du die da gerade zurück oder warst du so dreist und hast sie rausgelassen?«

Oha. Die Frage war äußerst scharf ausgesprochen und klang sehr nach einem Vorwurf. Plötzlich hatte ich ein schlechtes Gewissen und wusste nicht mal warum. »Bitte was?«

Ihr intensiver Blick wurde misstrauisch. »Ach, ein richtiger Schnelldenker«, äußerte sie abwertend. »Dann konkret: Was willst du mit dem Menschen?« Sie musterte Sienna, besser gesagt das, was sie von ihr sehen konnte, denn meine Freundin krallte sich regelrecht an mein Hemd und suchte hinter mir Schutz. »Was hast du da eigentlich an?« Ihr Blick ging hinunter zu Siennas grünen Hose, dann wieder hoch zum schwarzen Shirt. »Woher hast du die Kleidung?«

Warum fragte sie das? Sie selbst trug doch auch nur eine einfache Hose.

Gut, ihr Oberteil ‒ es bestand aus einer Tunika ‒ war mit hellsilbernen Stickereien verziert und sicher passender für diesen edlen Ort. Und natürlich war es in einem strahlenden Weiß gehalten, bis auf einige silberne Ziernähte. Aber der Rest war ebenso weiß wie ihre schulterlangen, gewellten Haare.

Störte sie sich nun an der Kleiderfarbe oder an der Hose? Ich war mir nicht sicher und es war ja auch egal.

»Äh«, machte ich. »Ich weiß nicht, was mit dir los ist, aber wir sind hier zu einhundert Prozent falsch. Wir gehen jetzt und du lässt uns gefälligst in Ruhe.« Ich kniff ein wenig die Augen zusammen und hob den Kopf, damit sie wusste, dass auch ich ungemütlich werden konnte, wenn sie mich dazu zwang. Denn die Art, wie sie Sienna im Moment ansah, konnte ich absolut nicht leiden.

Ich schnappte mir Siennas Hand und zog sie mit mir fort.

Sie zeigte keinen Widerstand, sondern blieb nah an meiner Seite. Wir ließen Lunet hinter uns und gingen weiter die Straße entlang. Zum Glück war außer uns noch immer niemand unterwegs, der Abend trieb wohl alle in die Häuser.

Mittlerweile war es über uns stockdunkel geworden. Dennoch war es hier unten überraschend hell. Lag sicher an den lichtvollen Häusern und natürlich an den Laternen, die in knappen Abständen die Straße beleuchteten.

Nach einigen Schritten warf ich einen schnellen Blick zurück. Doch das weiße Mädchen war verschwunden.

Besorgt schaute ich zu Sienna, die nervös auf ihrer Lippe kaute. »Wenn die hier alle so komisch drauf sind, müssen wir nach einem anderen Ort suchen. Dann bleiben wir hier nicht.«

»Dian«, flüsterte sie sehr leise. So leise, dass ich sie kaum verstehen konnte. »Denkst du, diese Lunet weiß, dass mich Tooly eingesperrt hatte?«

Es dauerte einige Sekunden, ehe ich ihren Gedankengang kapierte. »Du glaubst, das meinte sie, als sie von rauslassen und zurückbringen gesprochen hat?«

Sienna hob den Blick, ihre Augen waren feucht und voller Furcht. »Ja«, hauchte sie. »Bitte lass uns schnell von hier verschwinden. Ich will nicht wieder zurück.«

»Große Göttin«, stieß ich aus. »Nein. Du musst nie wieder dahin zurück! Wie kommst du nur darauf?« Blöde Frage, ihr Gedankengang war nur logisch gewesen. »Das Mädchen hat dich mit jemand anderem verwechselt, daran habe ich absolut keinen Zweifel. Kein normal denkendes Wesen würde dich in diese Hölle zurückschicken. Bitte glaube mir.«

»Ich hab so Angst.«

»Wir finden jemanden, der uns noch heute nach London bringen kann, wir retten Sam und ...« Ich kam nicht dazu, auszusprechen.

Wir hatten sie nicht kommen sehen. Plötzlich stürmten große Männer in silber-weißen Uniformen auf uns zu. Sie kamen aus allen Richtungen und überraschten uns mit ihrem schnellen Angriff. Innerhalb weniger Sekunden lag ich bäuchlings auf dem Boden, einer der Männer drückte mit seinem Knie auf meinen Rücken. Ich hatte Mühe, zu atmen.

Sienna kreischte erschrocken. Ihr Ton war zuerst laut, dann wurde er dünn, ehe er verstummte. Aus dem Augenwinkel sah ich, dass ein Mann ihr eine Spritze verabreicht hatte, woraufhin sie bewusstlos geworden war. Er hielt sie noch in der Hand, die Nadel funkelte im Schein der Laterne. Das schmale Mädchen Lunet stand direkt daneben und half ihm dabei, Sienna zu halten.

Ein Beschützerinstinkt loderte in mir auf und wurde innerhalb eines Wimpernschlages so mächtig, dass ich einen Schrei ausstieß und den Mann über mir im hohen Bogen durch die Luft warf. Ich konnte mir nicht erklären, wie so etwas möglich war, ließ es einfach geschehen. Jetzt, da ich meinen Körper wiederhatte, war ich endlich in der Lage, mich zu wehren und für meine Freundin alles zu geben.

Zwei weitere Männer stürmten auf mich zu, auch sie ließ ich durch die Luft segeln, als sie mich berührten. Man griff mich von hinten an, ich wirbelte herum und schleuderte diesen Angreifer mit einer solchen Leichtigkeit durch die Luft, dass ich selbst vor dieser Kraft erschauderte.

Und dann erkannte ich den Ursprung meiner neu gewonnenen Macht. Meine Handflächen glühten golden. Meine Stirn brannte regelrecht. Die restlichen Männer in Uniform, die mich gerade noch mutig angreifen wollten, stoben auseinander und brachten sich schnell atmend in Sicherheit. Ich sah erneut zu Lunet, die immer noch neben dem Mann stand, der Sienna festhielt und bereits dabei war, sie fortzubringen.

Ich schnaubte wütend, war völlig außer mir. »Lass sie sofort los«, grollte ich. Meine Stimme schnitt durch die Abendluft.

Der Mann zuckte zusammen und hielt abrupt inne, er wusste nicht, was er tun sollte, und sah fragend zu Lunet, die mich irritiert anstarrte.

Ihr Atem ging schnell. »Wer bist du?«, wollte sie wissen.

»Dian«, machte ich abermals deutlich und ging zu dem Mann neben ihr, um ihm Sienna abzunehmen. Er gab sie mir, ohne zu zögern, und wich sofort zurück.

Ich hob die kleine Italienerin hoch und drückte sie schützend an meine Brust. »Wagt es nicht, sie noch einmal anzufassen«, drohte ich allen Anwesenden. Mir war auf unerklärliche Weise sonnenklar, dass ich sie alle in der Luft zerreißen könnte, wenn ich das wollte. Diese Kraft war mir neu, aber sie zu haben, fühlte sich rundum gut an, denn damit konnte ich Sienna das geben, was sie am dringendsten brauchte: Schutz.

Meine Brust bebte, nicht nur durch meinen aufgebrachten Atem. Ich versuchte, mich zu beruhigen, und spürte, wie die Zeichen dadurch verblassten. Die Hitze auf meiner Stirn und in den Händen legte sich. Meine Wachsamkeit den Männern und dem autoritären Mädchen gegenüber blieb.

Eine kurze Audienz

Lunet blickte mich immer noch mit großen Augen an. Sie waren zugegebenermaßen sehr schön. Silbergrau, eingerahmt von dunklen, langen Wimpern. Aber ihr Blick war ganz und gar nicht freundlich, eher unberechenbar, stürmisch und wild.

Was sie konnte, konnte ich auch. Denn mein Blick war äußerst klar und absolut drohend. Ich schaute allen Männern der Reihe nach in die Augen. Damit sie wussten, dass sie einen Angriff erst gar nicht noch einmal versuchen sollten, denn sie würden es bitter bereuen. Ganz sicher.

»Was sollte das?«, fragte ich Lunet, denn mir war nun bewusst, dass sie hier das Sagen hatte.

»Wer bist du?«, fragte sie wieder.

»Immer noch Dian.«

»Ich habe nicht nach deinem Namen gefragt.«

»Was willst du denn wissen?«

Sie antwortete nicht sofort. »Warum hast du uns die Frau gestohlen? Was hast du mit der Menschenseele vor?«

Gestohlen? Echt jetzt? »Sienna ist meine Freundin!« Meine Familie. Sie hatte mich aufgenommen und mir ein Zuhause gegeben, als ich es am dringendsten gebraucht hatte. »Warum habt ihr sie betäubt? Warum wolltet ihr sie fortbringen? Und wohin?«

»Sie muss wieder ins Zentrum zurück«, erklärte Lunet endlich. »Von da hast du sie doch geholt.«

Ich schüttelte meinen Kopf. »Wie kommst du auf so was? Ich bin noch nie hier in dieser Stadt gewesen, schon gar nicht in irgendeinem Zentrum«, gab ich ehrlich zu. »Wir waren bis vor wenigen Stunden noch in London und suchen hier Schutz und Hilfe. Wir haben absolut nicht damit gerechnet, angegriffen zu werden.«

Lunet verengte nachdenklich die Augen, legte den Kopf ein wenig schief und schwieg einen Moment. »Was war in London?«, fragte sie schließlich.

»Ein verrückter alter Mensch hat Sienna eingesperrt und angekettet. Plötzlich veränderte sich die Umgebung und wir fanden uns gute zwei, drei Stunden entfernt von hier in einem Wald wieder.«

Die Anführerin blickte fragend. Die Männer ebenso.

»Ihr müsst sofort zu Alba und Bela«, entschied sie dann und gab den Männern ein Handzeichen. Diese nickten sofort und zeigten mir mit einer kollektiven Handbewegung die Richtung.

Ich verstand, dass ich weiter die Straße entlanggehen sollte, aber ich bewegte mich keinen Zentimeter. »Wer sind Alba und Bela?«

»Die Herrscher der Weißen Stadt.«

Wollte sie mich reinlegen und sich auf diese Weise Sienna holen? Ich war mir nicht sicher. Aber jetzt, wo sie den Namen der Stadt ausgesprochen hatte, dämmerte es mir und ich ärgerte mich, dass es mir nicht sofort eingefallen war. Der Curandero hatte nämlich von einer weißen Stadt berichtet und während seines Rituals mit den schönen Gesängen war mir ein kurzer Blick auf diese umwerfende Stadt erlaubt worden. Aber sie hatte damals irgendwie anders ausgesehen. Strahlend, freundlich, einladend.

Diese Stadt hier war bis jetzt alles andere als einladend gewesen ... Hätte mir die Ähnlichkeit der Gebäude nicht auffallen müssen? Oder war es gar nicht dieselbe Stadt?

»Du kannst uns vertrauen«, meinte Lunet und riss mich damit aus meinen Gedanken.

»Eben hast du mich hintergangen und deine uniformierten Freunde geholt, um uns anzugreifen«, machte ich deutlich.

»Das war meine heilige Pflicht. Wir müssen unbedingt die Menschenseelen beschützen, ehe sie weiterziehen.«

»Menschenseelen beschützen?«

»Ja.« Sie nickte. »Alle kommen hierher, wenn sie sterben.«

War sie verrückt? Sienna war doch nicht tot! »Gibt es noch andere Städte wie diese hier?«

Lunet schüttelte den Kopf. »Das ist die einzige Weiße Stadt.«

Ich gab mir Mühe, mich an die Worte des Curanderos zu erinnern. »Ist das wirklich der einzige Ort, an den die verstorbenen Menschen kommen? Nach ihrem Tod und dem Lichttunnel?«

Das Mädchen nickte wieder. Schlagartig war ich verunsichert, Angst rauschte durch mich hindurch. War Sienna doch gestorben? Konnte das sein?

Musste ich sie diesen Leuten überlassen? Auch wenn sie das nicht wollte? Würde sie wenigstens Cecily wiedersehen? Würde es ihr hier gut gehen?

»Bring mich zu deinen Herrschern«, bat ich Lunet fordernd. Ich musste unbedingt herausfinden, was wir tun konnten und was geschehen war. »Wenn du ein Gegenmittel hast, das Sienna wieder aufwachen lässt, wäre ich dir überaus dankbar.«

»Damit kann ich dir leider nicht dienen«, antwortete sie überheblich und ging voraus. »In ein paar Minuten lässt die Wirkung der Schlafmedizin von selbst nach. Du wirst sie tragen müssen.«

Das Letzte klang aus ihrem Mund, als wäre sie der Meinung, ich würde das nicht schaffen. Doch die kleine Italienerin war nicht schwer und ich nicht schmächtig. Misstrauisch und mit einem komischen Gefühl folgte ich Lunet. Die Männer in Uniform hatten jetzt zwar Respekt vor mir, dennoch traute ich hier keinem. Schon gar nicht dem spitzzüngigen Mädchen vor mir.

Schweigend gingen wir zwischen den Häusern die Straße entlang bis zu einer Abzweigung, an der wir abbogen. Der Weg führte auf einmal nach unten in einen Tunnel. Ich fühlte mich nicht wohl, dennoch ging ich weiter, hielt Sienna fest an mich gedrückt und hoffte, sie nicht direkt ins nächste Unglück zu befördern.

Aber nach einiger Zeit führte uns Lunet wieder an die Oberfläche. Das war also nur eine unterirdische Abkürzung oder ein Eingang gewesen, denn als wir ins Freie traten, sah ich sofort, dass sich die Art der Häuser verändert hatte. Hier wirkte alles hoheitlicher, edler und Hunderte strahlend weiße Blumen und Büsche wuchsen in unzähligen Rabatten.

Wir gingen auf ein riesiges, fünfstöckiges, langes Gebäude zu. Es hatte im Erdgeschoß deckenhohe Fenster, darüber schwangen sich halbrunde Balkone mit Säulen, die bis zum Boden ragten. Üppige florale Muster in hellem Silber prägten das Aussehen dieses Hauses, vor dem einige Wachmänner standen. Sie trugen die gleichen silber-weißen Uniformen wie die Männer, welche uns gerade eskortierten.

Lunet sprach mit einem von ihnen, schon löste sich dieser aus der Gruppe und verschwand.

Man ließ uns ohne Probleme weiter und öffnete uns sogar zuvorkommend die Türen. Es dauerte nicht lange, da fand ich mich in einem riesigen Raum wieder. Die Decke war mindestens drei Meter über mir, Kristallleuchter hingen an den Wänden, daneben Bilder von weißen Wäldern und Tieren. Bei deren

Anblick juckte es mich in den Fingern, am liebsten hätte ich mir Farben und Pinsel besorgt und diese neutrale Kunst mit quietschbuntem Leben gefüllt.

Sienna schlief immer noch tief und fest. Wäre sie schon wach gewesen, hätte sie mir sicher zugestimmt und mitgemalt. Besorgt musterte ich ihr Gesicht, sie sah friedlich aus. Vielleicht brauchte sie diesen kurzen Schlaf sogar, um sich zu erholen, sie hatte schließlich viel durchmachen müssen.

»Die Herrin und der Herr werden gleich hier sein«, sagte Lunet und blieb vor einem langen Tisch mit vielen Stühlen stehen. Einen davon zog sie zurück und machte eine einladende Geste. »Bitte, setz dich.«

Mein Blick wanderte zu dem Stuhl. Er war mit edlem Samt bezogen, die Nieten glänzten im hellen Silber. »Nein, danke«, lehnte ich ab. Besser ich stand, wenn man uns angriff. Ich misstraute jedem so lange, bis ich genau wusste, was hier vor sich ging.

Natürlich hätte ich Sienna auf dem samtenen Stuhl absetzen können, um die Hände frei zu haben, aber ich wollte sie in meiner schützenden Nähe wissen. Sie sollte sich sicher fühlen, wenn sie aufwachte.

»Wie du willst«, sagte das schmale Mädchen nur, blieb ebenfalls stehen und strich sich die Haare hinter das Ohr. Ich sah, dass es klein und rund war.

Ein paar Bedienstete eilten herbei. Sie kamen mit Getränken, Gläsern, auch einer Teekanne, aus deren Schnabel Dampf entwich. Tassen schepperten, ein Blumengedeck mit weißen Orchideen wurde in der Mitte des Tisches platziert, Servietten abgelegt und ein kleiner Korb mit strahlend weißem Knabbergebäck brachte mich etwas aus der Fassung. Denn das Gebäck sah durch die eintönige Farbe nicht gerade appetitlich aus, aber mein Bauch sehnte sich nach Essbarem, er grummelte sofort sehr laut, was mir neben diesem aufgeblasenen Mädchen extrem peinlich war. Zum Glück fing Sienna im selben Moment an, sich zu bewegen, und lenkte Lunet dadurch ab.

»Nicht erschrecken«, flüsterte ich ihr zu.

Sie blinzelte und musste gähnen. »Was ist passiert?« Stirnrunzelnd blickte sie sich um und wurde ganz steif, als sie Lunet und die Wachmänner sah, die einige Meter von uns entfernt standen und offensichtlich auf einen Befehl warteten.

»Alles ist gut«, beruhigte ich Sienna schnell. »Keiner tut dir was.« Nicht, nachdem ich die trainierten Kerle durch die Luft geworfen hatte, aber so sehr mir das auch gefallen hatte, jetzt war kein passender Zeitpunkt, um damit anzugeben.

»Wo sind wir?«

»Ich glaube, in einem Schloss. Bald klärt sich alles auf.«

Sie wollte runter, ich stellte sie vorsichtig auf dem Boden ab, aber sie musste sich an mir festhalten.

»Mir ist schwindelig.« Sie griff sich an die Stirn.

Lunet, die uns beobachtete, trat näher, goss ein Glas Wasser ein und reichte es ihr. »Trink was.« Die Geste war zwar nett, aber der Ton bestimmend.

Sienna warf mir einen fragenden Blick zu, ich signalisierte ihr mit einem Blick, dass sie das Glas nehmen sollte. »Wird dir sicher guttun.« Keine Ahnung, was die ihr vorher gespritzt hatten, aber das Mittel wirkte immer noch ein wenig. Sie war nicht ganz bei sich, tastete nach dem zurückgezogenen Stuhl, setzte sich und trank das Glas in einem Zug leer.

»Danke.«

»Hunger?« Lunet nahm das Glas wieder an sich und schob den Korb mit dem Knabbergebäck näher an Sienna heran.

Mein Blick war misstrauisch auf das weiße Mädchen gerichtet. Es war gerade so anders. Fast schon nett und zuvorkommend. Ich traute der Ruhe nicht.

»Danke«, sagte Sienna wieder und holte sich hungrig eine lange Stange mit Körnern, die sie sofort aß. »Wie sind wir hierhergekommen?«

Die Frage war an mich gerichtet. »Ich habe dich getragen. Aber das meintest du sicher nicht, oder?« Ich schmunzelte, dann wurde ich wieder ernst. »Kannst du dich noch an die Worte des Heilers aus Peru erinnern? Was er über verstorbene Seelen und die Weiße Stadt gesagt hat?«

Sienna dachte angestrengt nach und versteifte sich. »Das hier ist *die* Weiße Stadt?«

»Ja. Ich bin mir fast sicher, dass sie es ist«, bestätigte ich nickend.

»Es gibt keine andere Weiße Stadt«, mischte sich Lunet ungefragt ein.

»Der Heiler aus Peru hat sie uns kurz gezeigt«, machte ich klar. »Aber die Stadt war anders gewesen. Einladend, strahlend, die Gebäude sahen schöner aus. Heller, verspielter, es ist schwer zu erklären. Die Architektur war jedenfalls nicht dieselbe.«

Lunets Gesicht entspannte sich, auf ihren Lippen erschien ein Lächeln. Es stand ihr, sie war wirklich hübsch, wenn sie lächelte. »Das war das Zentrum, Dian.« Sie betonte meinen Namen in einer abfälligen Art und Weise, sodass es mir schwerfiel, nicht auf diese unterschwellige Provokation zu reagieren. »Der Heiler wollte sicher den Weg für eine verstorbene Seele öffnen. Eine andere Erklärung gibt es nicht, denn kein Erdenbewohner kann die restliche Stadt sehen. Einzig das Zentrum steht den toten Menschen zur Verfügung.« Sie kniff ein wenig die Augen zusammen, ihr Blick war hochtrabend auf mich gerichtet. »Warum weißt du so was nicht?«

»Deine herablassende Art ist fürwahr keine Augenweide, liebe Lunet. Sie macht dich unschön und wird dir irgendwann zum Verhängnis werden«, erwiderte ich schnippisch, denn das weiße Mädchen mit den silbergrauen Augen erinnerte mich gerade sehr an Jasira. Diese Elbin hatte mir jahrelang das Leben schwer gemacht, aber ich hatte mich in den letzten Stunden verändert und ließ nicht mehr zu, dass man mit mir so umsprang. Ich fühlte mich, als wäre ich an der Tortur gewachsen, nie wieder würde ich klein beigeben.

»Mach nicht mich für dein fehlendes Wissen verantwortlich, Dian«, antwortete Lunet beleidigt.

Mein schnippischer Satz hatte seine Wirkung nicht verfehlt. Ich spürte eine leichte Genugtuung.

Jemand stampfte mit dem Fuß auf. »Herrin Alba und Herr Bela«, tönte eine Stimme, die sich mehr nach einem Echo anhörte.

Lunet beugte sofort ihr Knie und neigte den Kopf.

Sienna und ich tauschten einen Blick, sie hatte gerade von einer weiteren farblosen Körnerstange abgebissen und schluckte hastig hinunter.

Das Herrscherpaar betrat durch eine große Tür den Raum. Alba hatte die weißen Haare seitlich perfekt hochgesteckt, hellsilberne Ohrringe baumelten unbeschwert mit ihren Locken um die Wette. Sie trug ein bodenlanges weißes Kleid, ihr Mann eine dazu passende Robe und ... unpassende Hausschlappen darunter. Er wirkte verschlafen und kratzte sich gähnend am Kopf.

»Hoffentlich gibt es einen guten Grund, uns aus der Nachtruhe zu holen«, sagte die Dame.

»Meine Herrin, mein Herr«, begrüßte Lunet die beiden und richtete sich wieder auf. Sie stellte uns nicht vor, sondern erzählte umgehend vom fehlgeschlagenen Versuch, Sienna zu stehlen, von meinem goldenen Blütenzeichen auf der Stirn und den leuchtenden Handflächen. Als sie erzählte, dass ich die trainierten Wachmänner durch die Luft gewirbelt hatte, senkten diese entschuldigend die Köpfe.

Alba musterte währenddessen Sienna, die es nicht wagte, sich zu bewegen oder weiterzuessen. Dann fiel der stechende Blick der Herrin auf mich. »Wie hast du es geschafft, einen lebenden Menschen hierherzubringen?«

Lunet riss die Augen auf. »Sie lebt noch?«

»Wie konnte dir das entgehen?«, zischte Alba und zeigte auf die kleine Italienerin. »Schau sie dir an. Der Lebensfunke leuchtet noch in ihren Augen.«

Sienna tat einen erleichterten Atemzug und ich auch. Dass sie noch lebte, war die beste Nachricht seit Langem. Sie hier in diesem Zentrum lassen zu müssen, hätte ich nicht über mich gebracht. Ich freute mich – Lunet hingegen fuhr beschämt zusammen.

»Es tut mir leid, Herrin«, entschuldigte sie sich sofort.

»Das Chaos wäre uns erspart geblieben, wenn du es gleich bemerkt hättest«, lautete die strenge Antwort. Alba wandte sich mir zu. »Zeig mir jetzt die leuchtenden Zeichen, ich will sie sehen.«

Wow. Wie höflich. Sollte ich mich erst vorstellen? Den Gedanken verwarf ich schnell wieder. »Nein«, lautete meine entschiedene Antwort auf ihre Frage. Die Herrin blickte mich extrem entrüstet an. Meine knappe Antwort passte ihr nicht, aber ich blieb dabei. Bestimmt war sie es nicht gewohnt, dass man ihr eine Bitte abschlug. Oder war das ein Befehl gewesen? Egal.

Ich hatte keine Zeit, auf die Gefühle der mir fremden Frau oder das Hofprotokoll, das sie selbst nicht einhielt, Rücksicht zu nehmen. Das alles kostete uns wertvolle Zeit. Zeit, die wir nicht hatten. »Ich werde keine Kunststücke vorführen und leuchtende Zeichen zur Schau stellen. Aber dennoch danke ich für die Audienz«, sagte ich einfach und hielt mich an unseren eigenen Plan. »Wir müssen dringend nach London zurück. Unsere Freunde sind in großer Gefahr. Sie verstehen sicher, dass wir deshalb nicht bleiben können. Wo ist der Weg nach London? Oder der Weg in eine andere Stadt mit Telefon? Es ist wirklich dringend.«

Herrin Alba schwieg. Bela, der gleich neben ihr stand, sah mich ebenso nachdenklich an. Fast gleichzeitig glitt der Blick der beiden auf meinen kleinen Schlüssel hinunter, welcher unter meinem bestickten Hemdkragen hervorblitzte.

»Große Göttin!« Alba presste eine Hand an ihre Brust, mit der anderen griff sie nach dem Arm ihres Gatten und hielt sich an ihm fest. »Bela? Ist das möglich?«

»Holt sofort Sir Reyan.« Der Herr hob die Hand und schnippte ein paar Mal hintereinander. »Er muss das überprüfen! Holt Sir Reyan! Und zwar schnell!«

Eine Seitentür wurde geöffnet, ganz kurz war ein Murmeln und Tuscheln zu hören, ehe es wieder ruhig wurde.

Sienna wirkte so angespannt, als würde sie nicht einmal mehr atmen. Ich trat zu ihr und legte meine Hand auf ihre Schulter.

»Ich weiß nicht, wovon ihr redet«, erklärte ich den Herrschern. »Wir brauchen dringend Hilfe. Haben Sie das verstanden? Es geht um Leben und Tod. Wir müssen sofort nach London, wir brauchen ganz schnell ein Telefon.«

Sie hörten mir zwar zu, eine Antwort erhielt ich aber wieder nicht. Ich nahm einen tiefen Atemzug. So kamen wir nicht weiter. »Wir gehen jetzt«, beschloss ich, denn keiner im Raum machte den Eindruck, als würde er uns helfen wollen. Sienna nickte zustimmend und wirkte erleichtert.

Sie legte einfach hastig die angebissene Knabberstange auf den Tisch. »Danke für das Gebäck«, sagte sie, während sie aufstand.

»Ihr könnt noch nicht gehen«, meinte Bela ernst und in strengem Befehlston. »Wir müssen wissen, woher der Schlüssel stammt.« Kaum hatte er ausgesprochen, schon standen alle uniformierten Männer stramm und hielten in Bereitschaft ihre Kurzschwerter auf uns gerichtet.

Hatten die etwa schon vergessen, was vorhin passiert war? Unwillkürlich umfasste ich den kleinen Schlüssel mit den Fingern. »Es ist meiner«, stellte ich mit fester Stimme klar und ließ ihn wieder los. »Warum interessiert er euch?«

»Es könnte *der* Schlüssel sein«, sagte der Herrscher bedeutungsvoll und betonte das Wort *der*.

Lunet zog verwundert die Augenbrauen zusammen. »Ihr meint, *das* ist er?«

Die beiden nickten.

Das weiße Mädchen musterte mich eindringlich. »Aber dann wäre *er* ja der Schlüsselträger.«

Ich pustete leise Luft aus. Ihr Satz löste bei mir keine Begeisterung aus, denn wieder hatte sie ihn abschätzig ausgesprochen. »Ihr verzeiht sicher«, sagte ich zum Herrscherpaar und ignorierte das blöde Mädchen. »Aber entweder ihr klärt mich sofort auf und sagt, warum ihr Interesse an dem Schlüssel habt, oder wir gehen jetzt.«

»Mehr dürfen wir leider nicht preisgeben«, erklärte Bela entschuldigend, seine Frau nickte. »Sir Reyan ist bestimmt gleich da.«

Alba deutete auf den Stuhl. »Wollt ihr euch setzen? Tee? Habt ihr Hunger?«

Sienna stellte sich auf Zehenspitzen und gab mir zu verstehen, dass sie mir zuflüstern wollte. Ich beugte mich etwas zu ihr runter. »Ich glaube, die werden dir deinen Anhänger klauen. Versteck ihn besser«, hauchte sie.

Den Eindruck hatte ich auch.

Ich nickte, aber ich beließ den Schlüssel, wo er war. Da sie ihn schon gesehen hatten, würde Verbergen auch nichts mehr bringen. Außerdem wollte ich mich nicht mehr verstecken oder unterordnen. Nie wieder!

»Wir sind hier fertig.« Ich deutete Sienna, zu gehen, und sah Herrn Bela in die Augen. »Unsere Freunde sind in Lebensgefahr. Sie sind uns wichtiger als eure Belange oder das Urteil eines Sir Reyan.« Mein Tonfall war höflich, klar und duldete keine Widerrede. Ich warf den uniformierten Männern einen warnenden Blick zu. »Ihr wisst, dass ihr mich nicht aufhalten könnt«, betonte ich, obwohl ich keine Ahnung hatte, ob ich damit richtiglag. Ich benahm mich einfach so, als wäre es eine Tatsache, und marschierte mit Sienna an meiner Seite Richtung Ausgang.

Keiner folgte uns, sie wirkten sogar, als hätten sie Angst vor mir. Das war unter den Umständen zwar gut, aber es gefiel mir nicht. Ich war normalerweise niemand, vor dem man sich fürchten musste ...

Eigentlich hatte ich sogar Bammel vor ihnen. Ich traute mich nicht mal, einen Blick zurückzuwerfen, aus Sorge, die Herrscher würden uns doch noch zurückhalten oder das blasierte Mädchen würde den Männern einen entsprechenden Befehl geben.

Doch hinter uns schwiegen alle.

Wir gingen aus dem riesigen Raum in einen breiten Flur. Direkt an der Tür standen ebenfalls Wachposten, die nicht auf uns reagierten.

»Lassen die uns wirklich gehen?«, flüsterte Sienna aufgeregt.

»Das werden wir gleich herausfinden«, antwortete ich leise.

Sie griff sich meine Hand. Es dauerte nicht lange, da erreichten wir den Haupteingang.

Zwei Uniformierte öffneten uns die große Tür, ohne dass wir darum bitten mussten. Wir gingen die Treppe nach unten und je weiter wir kamen, desto mehr drückte mein unsicheres Bauchgefühl. Die ganze Situation war eigenartig ...

»Da drüben ist ein Tunnel«, erklärte ich Sienna leise. Man konnte ihn wegen der vielen Blumenrabatten und dem Dämmerlicht hier draußen kaum sehen. »Durch ihn sind wir hierhergekommen. Wenn wir dort sind und man uns nicht mehr sieht, rennen wir. Okay?«

»Ich würde aber lieber jetzt schon rennen«, meinte sie angespannt.

»Ja, ich auch, aber ich trau mich nicht. Lass uns erst rennen, wenn die Wachposten nicht mehr zu sehen sind. Keine Ahnung, vielleicht haben die Gewehre oder Pfeil und Bogen.«

»Du denkst ...?«

»Ich denke, die tun alles, was ihre Herrscher wollen. Und wenn es der Schlüssel ist – den gebe ich ihnen nicht. Es ist meiner.« Er war neben dem Hemd das Einzige, was mich an Rachél erinnerte. Er war mir sehr wichtig.

Ich nahm das Lederband, drehte und schob es herum, bis der Schlüssel in meinem Nacken und unter dem Hemdstoff war.

So. Nun konnte man ihn nicht mehr sehen. Vor jedem, der nicht wusste, dass an dem Lederband etwas befestigt war, würde er verborgen bleiben. Meine langen Haare und der Hemdkragen sorgten dafür. Die Sache hatte sich damit für mich erledigt, unsere wichtige Befreiungsaktion trat wieder in den Vordergrund.

»Wir müssen jetzt dringend Sam helfen. Und Taro.« Meine Stimme wurde leiser. »Sienna ... Ich befürchte aber, dass wir schon zu viel Zeit verloren haben.«

»Das hatten wir nicht unter Kontrolle«, erwiderte sie. »Am besten wird es sein, wir rennen weit weg von diesem Ort und du versuchst, uns wieder auf die Erde zurückzubringen. Wenn es geht, bitte direkt in die Einkaufsstraße und in die Nähe von

Mystery Moon. Den Laden kennst du, das Ziel solltest du nicht verfehlen.«

Mein Magen verhärtete sich spürbar. »Die Zeichen habe ich auch nicht unter Kontrolle, genauso wenig wie die Zeit.«

»Es ist aber unsere einzige Möglichkeit.«

Sie hatte recht. Ich presste die Kiefer zusammen, bis sie schmerzten.

Wir gingen endlich an den letzten Blumenrabatten vorbei und gelangten zu dem Tunnel. Ehe wir darin verschwanden, wagte ich einen schnellen Blick über die Schulter, aber keiner war hinter uns.

»Komisch, dass die uns einfach so gehen lassen«, meinte Sienna, die auch zurückgesehen hatte.

Ich nickte, dann begannen wir zu rennen und hörten nicht damit auf, bis wir das Stadttor sehen konnten, durch welches wir gekommen waren.

Erschrocken bremsten wir ab und blieben laut atmend stehen. Lunet lehnte mit verschränkten Armen neben dem Tor und tat, als hätte sie dort stundenlang auf uns gewartet. Sie schaute gelangweilt auf ihre Fingernägel, fummelte daran herum und würdigte uns keines Blickes. »Ich soll euch zu Sir Reyan bringen.« Ihre Miene war ausdruckslos, als sie den Kopf in unsere Richtung drehte.

»Bist du immer so schräg drauf?«, fragte ich und schaute umher. »Wo ist deine schwache Truppe?«, piesackte ich sie.

»Ich komm auch alleine klar.«

»Tja«, stieß ich aus, nahm wieder Siennas Hand und ging zielstrebig weiter. »Dann brauchst du uns ja nicht«, sagte ich frech, als wir an ihr vorbeigingen.

Wir kamen nur ein paar Meter weit.

»Da draußen ist nichts. Nur Wildnis«, rief uns Lunet hinterher. Sienna zog an meiner Hand, sie wollte, dass ich stehen blieb. Ich gab nach, aber mein Blick ging in die Ferne, in die stockdunkle Nacht. Das Mädchen redete hinter uns weiter. »Zum nächsten Ort ist es ein Fünftagesmarsch in der trockenen Steppe. Ihr würdet verdursten, ehe ihr ihn erreicht.«

Ich drehte mich zu ihr um. Lunet stand mitten im Stadttor. Das sanfte Licht fiel auf ihren Rücken, ihr Gesicht war dunkel und kaum erkennbar. Sie legte den Kopf schief. »Falls ihr den Ort überhaupt erreicht. Ihr kennt die Gegend nicht und habt keine Ahnung, wohin ihr gehen müsst. Die Weiße Stadt ist sehr abgelegen. Wenn ihr die falsche Richtung einschlagt, seid ihr womöglich wochenlang unterwegs, bis ihr auf Zivilisation stößt.«

Siennas Finger verkrampften sich um meine Hand. »Scheiße, Dian. Was tun wir jetzt?«

»Die Zeit tickt …«, flüsterte ich, denn es drängte mich zurück auf die Erde.

»Wenn wir verhungern oder uns verirren, hilft das den Brüdern auch nicht.« Ihre Augen füllten sich mit Tränen, sie schluckte hart. »Es ist schon Nacht. Ich glaube nicht, dass die beiden noch leben und wenn ich ehrlich bin, habe ich große Angst, dass uns deine Schlüsselzeichen aus Versehen direkt in Toolys Kerker zurückbefördern.«

Ich konnte nichts darauf sagen. Zu schwer wog die Schuld auf meinen Schultern und der Selbstvorwurf, versagt zu haben und wieder zu versagen. Zu schwer waren die Trauer und die Vorstellung, die beiden wunderbaren Menschen würden in kleine Teile zerstückelt und gemeinsam mit Cecily zu Farbpulvern verarbeitet, in Gläser abgefüllt und auf Kunstwerken verteilt werden. Das alles zu wissen, war so schrecklich, dass ich es nicht ertragen konnte.

Dieses Gewicht erdrückte mich.

Ich konnte nicht atmen.

Das weiße Mädchen kam näher. »Sir Reyan ist unser ältester und wichtigster Gelehrter. Wenn jemand weiß, wie ihr sicher nach London kommen könnt, dann nur er.«

Sienna wischte sich die Tränen fort. »Wo ist dieser Sir Reyan?«

»Nahe dem Zentrum.«

Zu Recht wurde ich misstrauisch. »Legst du uns rein?«

Sie hob rasch beide Hände, die Handflächen zu uns gedreht. »Nein. Bei der Göttin, ich schwöre es. Er wohnt nur in der Nähe, aber nicht so nah, dass ihr es sehen oder hineingehen könntet. Außerdem lebt sie ja.« Sie deutete auf Sienna. »Es gibt keinen Grund, in das Zentrum zu gehen und dort für Unruhe zu sorgen.«

»Du weißt, was geschieht, wenn man mich reinlegt?«, drohte ich ihr und sah sie eindringlich an.

Sie hielt meinem festen Blick stand. »Wenn du so mächtig bist, warum sind dann deine Freunde in Gefahr?«

Autsch. Das traf mich. »Du kennst meine Geschichte nicht, erlaube dir kein Urteil«, knurrte ich.

Lunet hielt meinem Blick immer noch stand. Ihre Mundwinkel zuckten, ich glaubte, dass sie ein Lachen unterdrückte. Langsam ärgerte sie mich wirklich, aber ich gab nicht nach. Schweigend sah ich in ihre Augen, die durch das fehlende Licht dunkelgrau wirkten.

Die Sekunden dehnten sich.

Das Mädchen drehte sich zuerst ab. »Sir Reyan wartet bereits auf euch.«

Sienna folgte ihr bereitwillig, ich zögerte noch. Schaute erneut in die wilde Natur und gab zähneknirschend nach. Widerwillig folgte ich den beiden. Egal was uns bei diesem Sir erwartete, es war bestimmt besser, als in der Dunkelheit herumzuirren.

Keiner sprach mehr ein Wort. Manchmal tauschte ich mit Sienna einen kurzen, aber vielsagenden Blick, wir waren beide so angespannt, dass wir es nicht vor dem anderen verbergen konnten.

Lunet zeigte nach guten zehn Minuten auf ein längliches Haus mit geschwungenem Dach und einer Dachterrasse, deren Geländer von weißem Efeu überwuchert war. Die Ranken hingen an einigen Stellen weit herunter und direkt über die Fenster. Das milchig trübe Glas erlaubte keinen Blick in das Innere des Gebäudes, obwohl überall Licht brannte. Auch direkt über dem Eingang brannte eine Lampe und beleuchtete den Treppenabsatz.

Wir mussten nicht anklopfen, die Tür öffnete sich wie von selbst. Ein alter Mann erschien. Quer über seine Halbglatze hatte er lange dünne Haare gekämmt, er trug eine silberne Brille und ein viel zu enges Hemd über einer viel zu weiten Hose.

»Kommt her, kommt her!« Er winkte uns heran. »Man hat mir gesagt, ich solle Tee aufsetzen und dass es sich um eine Schlüsselsichtung handle?«

»Das ist richtig«, bestätigte Lunet und ging voraus.

Der Gelehrte sah an ihr vorbei zu uns. »Tretet nur näher. Seid willkommen.«

»Hi«, hauchte Sienna und hob die Hand für eine unsichere Begrüßungsgeste.

Sir Reyan trat einen Schritt vor. Das Licht über dem Eingang fiel direkt auf ihn, er lächelte.

Ich atmete auf. Endlich ein freundliches Gesicht! Der alte Mann war mir sofort sympathisch, er hatte etwas an sich, das mir sagte, dass wir ihm vertrauen konnten. Keine Ahnung, was es war, aber ich freute mich plötzlich über seine Einladung.

»Danke, Sir, dass wir kommen dürfen«, sprach ich aus.

Wieder schickte er ein Lächeln in meine Richtung, dann drehte er sich um und ging ins Haus hinein. Die Dielen quietschten leise bei jedem Schritt und gaben ein wenig nach.

Es roch nach frischem Brot. Oder waren es Kekse? Der Duft zog uns förmlich durch die Tür, wir blickten neugierig umher.

Auch hier war alles in Weiß.

Der Boden, die Möbel, die Bezüge des Sofas, der Schreibtisch. Hie und da blitzte etwas Silbernes hervor. Mal eine Ziernaht, mal ein Nagel oder eine kleine Vase, die Schrift auf einem Buch. Ich war froh über jeden kontrastreichen Schatten und über jedes noch so klitzekleine Tüpfelchen Silber, das diese ungewohnte Eintönigkeit durchbrach.

»Kommt, kommt«, drängte der Sir. Er schob ein paar Stühle am Esstisch zurück, welcher zwischen Wohnraum und Küche stand.

Während wir uns setzten, brachte er eine Flasche Wasser herbei. Gläser und Tassen standen bereits auf dem Tisch, er hatte uns tatsächlich erwartet.

Sir Reyan ging wieder in die Küche und überprüfte die Teekanne, die auf dem Herd stand und schon leise pfiff.

Der Schlüsselträger

Lunet goss sich ein Glas Wasser ein und trank davon. Sie fühlte sich augenscheinlich wohl hier, denn sie lehnte sich entspannt zurück, legte einen Arm über die Stuhllehne und wandte sich an den Gelehrten. »Ich glaube, die beiden könnten einen Happen vertragen«, meinte sie leichthin und traf damit ins Schwarze oder besser gesagt ins Weiße.

»Plötzlich fürsorglich?«, entwich es mir.

Sie warf mir einen bösen Blick zu. »Entschuldige, Sir Reyan. Ich meinte, das Mädchen könnte einen Happen vertragen. Der andere braucht nichts.«

Nun warf ich ihr einen bösen Blick zu. Sie kicherte verwegen.

Ich konnte sie nicht ausstehen!

»Im Korb liegt ein frischer Brotlaib«, sagte Sir Reyan und deutete neben sich auf die Arbeitsplatte, um es ihr zu zeigen. »Hol dir ein Messer und schneide ihn auf. Hier sind Käse und ein paar Tomaten.« Er stellte einen bereits angerichteten Teller, vier Tassen und eine Porzellanschale mit Würfelzucker auf den Tisch und ging wieder zur Teekanne zurück, um einen Kräuterbeutel darin zu versenken.

Das Mädchen folgte ihm und seiner Anweisung, holte ein Messer aus einer Schublade und schnitt dicke Scheiben vom Brot, welches nun noch stärker seinen herrlichen Duft verteilte.

Hungrig schaute ich auf die Tomaten, die direkt vor uns auf dem Teller neben dem Käse lagen. Sie waren absurd weiß, aber mir lief bei ihrem Anblick dennoch das Wasser im Mund zusammen und mein Magen knurrte. Trotzdem verzichtete ich bockig auf das Essen, um Lunet keinen Grund zu geben, mich wieder zu piesacken.

Die souveräne Sienna hingegen nahm sich ein großes Stück von dem ebenfalls blütenweißen Käse und biss herzhaft hinein. Als Lunet das Brot brachte, angelte sie sich sofort eine Scheibe und schlang sie gierig hinunter. »Danke, das schmeckt sehr lecker«, sagte sie kauend und ich glaubte ihr, denn der Essensduft ließ meinen Bauch abermals knurren. »Ich hatte seit gestern nur die zwei trockenen Knabberstangen vorhin.«

»Warum? Was ist geschehen?«, wollte der Gelehrte voller Neugierde wissen, während er mit der dampfenden Teekanne zu uns kam. »Und was ist mit dem Schlüssel? Was wisst ihr darüber? Konntet ihr ihn wirklich sehen? Könnt ihr mir ihn beschreiben? Wo ist er?« Er stellte die Kanne auf dem Tisch ab und setzte sich uns gegenüber neben Lunet auf einen knarrenden Stuhl.

»Wir haben ihn gesehen«, antwortete ich ausweichend. »Wie kommen wir schnellstmöglich nach London?«, stellte ich eine Gegenfrage.

»London. Ach herrje.« Er legte seine Stirn in viele Falten und zog sich eine Tasse heran. »Eine verstorbene Seele kann von London aus zu uns gelangen, aber wir können nicht dorthin. Der Weg auf die Erde ist schon lange versperrt«, erklärte er kryptisch und verschüttete ein paar Tropfen Tee, während er seine Tasse etwas zu voll machte.

»Kann nicht sein, dass der Weg versperrt ist«, widersprach ich. »Wir kommen schließlich von dort.«

»Jaja. Der Übergang ist nur einseitig möglich.«

Nickend zog er unsichtbare Linien in der Luft, um seine Erklärung zu unterstreichen, während er den Kopf nach unten neigte, um an der Teetasse zu schlürfen. »Von drüben nach herüben gehts. Umgekehrt aber nicht«, sagte er weiter, wischte gedankenlos mit dem Ärmel die Teetropfen vom Tisch, dann realisierte er endlich meine Worte. »Ihr kommt von dort?« Der Gelehrte hielt inne und sah mich zum ersten Mal richtig an. Er weitete die Augen. Sein Blick huschte in Windeseile über mein Gesicht, mein Hemd und wieder hoch zu meinem rechten Ohr, denn das andere war durch die langen Haare verdeckt. »Du bist ja ein Elbe«, stellte er fest.

»Das ist richtig«, bestätigte ich.

»Du warst in London?«

»Ja.«

»Kann nicht sein.«

»Es ist wahr«, sagte Sienna. »Ich kann es bezeugen, er hat schließlich bei mir gewohnt.«

Der Sir wandte sich meiner Freundin zu. Er sah ihr in die Augen. »Oh, du meine Güte!« Er griff sich an die Wangen und schaute bestürzt. »Das ist ja ein lebendiger Mensch!«

»Ich dachte, das hätte man dir schon längst mitgeteilt?« Lunet war sichtlich verblüfft. »Und der ...« Sie zeigte auf mich und machte absichtlich eine kleine Pause. »... Elbe«, sagte sie, extrem gedehnt, »trägt einen Schlüssel um den Hals, den die Herrin und der Herr für *den* Schlüssel halten.«

Sofort schaute Sir Reyan auf meinen Hals.

Mein Anhänger lag jedoch in meinem Nacken verborgen, er konnte nur das nackte Lederband sehen.

»Wir müssen zuerst über London reden«, machte ich deutlich. »Es eilt. Wir brauchen Hilfe.«

Wie oft musste ich das noch wiederholen, ehe wir sie tatsächlich bekamen?

»London ... ein Schlüssel ...« Reyans Atem ging langsam. Er wirkte augenblicklich zerstreut, nahm sich ein Stück Würfelzucker aus der Porzellanschale und versenkte es in seiner Teetasse. Kleine Spritzer verteilten sich wieder auf dem Tisch. Er wischte sie erneut mechanisch weg und grübelte versunken. »Ein Elbe und ein lebender Mensch ... direkt aus London ...«

Lunet neigte sich über den Tisch etwas zu mir. Ihr Blick war plötzlich sanft und weich, fast wirkte sie attraktiv und anziehend. »Dian. Du musst ihm den Schlüssel zeigen.« Ihre Stimme klang charmant und weiblich.

Mein Herz flatterte ganz kurz, aber schon im nächsten Moment erinnerte ich mich wieder an das arrogante weiße Mädchen, welches sie uns bisher präsentiert hatte. Ihr Sinneswandel schürte erneut mein Misstrauen.

Sienna stupste mich an. »Nun mach schon. Ich glaube, der Gelehrte weiß, wie du ihn richtig verwenden kannst. Meinst du nicht?«

»Kann schon sein.«

»Dann zeig ihm den Schlüssel.«

Ich nickte zögerlich, gab mir einen Ruck und schloss meine Finger um das Lederband, um daran zu ziehen und den Schlüssel hervorzuholen.

Sir Reyan beobachtete mich dabei. »Bei der Mondin!«, rief er überraschend laut, als der Schlüssel zum Vorschein kam. »Darf ich?« Voller Neugierde streckte er die Hand über dem Tisch aus und blickte erwartungsvoll.

»Nein«, wehrte ich ab. Keinesfalls würde ich ihm so einfach meinen wertvollsten Besitz geben. »Kann mir bitte endlich jemand erklären, was für ein Schlüssel das eurer Meinung nach sein soll?«

»Es geht um eine Legende oder vielmehr eine legendäre, uralte Prophezeiung.« Der alte Sir schob seinen knarrenden Stuhl zurück und stand auf. Er polterte schnell zu seinem Schreibtisch hinüber, kramte darauf herum und schob hektisch einen Stapel Papier zur Seite. Einige Stifte fielen dabei zu Boden. Er ließ sie einfach liegen.

»Das wird ja immer skurriler«, raunte mir Sienna zu, ohne den Blick vom Gelehrten abzuwenden. »Das gefällt mir. Wir haben aber keine Zeit für alte Legenden. Ich dachte, der Gelehrte wüsste, wie du deine magischen Zeichen richtig einsetzt, sobald er den Schlüssel sieht. Dian, wir müssen ihn wegen des Hilferufs drängen, den wir absetzen müssen.«

Ich neigte mich zu ihr, um zu flüstern. »Du wolltest doch eben, dass ich ihm den Schlüssel offenbare, oder nicht? Jetzt will ich auch wissen, um welche Prophezeiung es sich handelt. Bist du nicht neugierig?« Ich wich zurück und musterte sie, denn sie schaute nachdenklich zu Sir Reyan hinüber, der jetzt im Schrank neben dem Schreibtisch kramte und alle möglichen Sachen herauspurzeln ließ. Mittlerweile lagen dicke, halb abgebrannte Kerzen, jede Menge Papier und anderes, undefinierbares weißes Zeug auf dem weißen Fußboden.

Sienna nickte langsam. »Doch«, gab sie schließlich leise zu. »Hoffentlich steht in dieser Prophezeiung auch, wie du deine Kräfte einsetzt, damit du uns endlich sicher zur Polizei bringen kannst.«

Obwohl sie mich nicht anblickte, erkannte ich die Sorgen in ihren Gesichtszügen. Wieder neigte ich mich zu ihr. »Das werden wir bald tun. Außerdem musst du genug essen, wer weiß, was noch auf uns zukommt«, machte ich klar und ignorierte weiterhin trotzig mein eigenes penetrantes Magenknurren, um Lunet, die uns argwöhnisch beobachtete, keine Schwäche zu zeigen. »Vielleicht sagt der Sir uns gleich, wie wir jetzt den Scotland Yard rufen können, ohne dass ich riskiere, uns aus Versehen an den falschen Ort zu bringen. Es wird doch wohl eine Möglichkeit geben, von hier aus Kontakt zur Erde herzustellen. Die beiden Welten scheinen durch die Weiße Stadt ja irgendwie verbunden zu sein.«

»Hoffentlich. Ich halte diese Ungewissheit nicht mehr lange aus.«

Ich presste die Lippen zusammen und nickte.

Sir Reyan hatte seine Suche inzwischen beendet und kam mit einem dicken Buch in den Händen zurück. Es war in schneeweißem Stoff gebunden, ein hellsilbernes Lesezeichen ragte einige Zentimeter heraus. Der alte Mann setzte sich diesmal direkt neben mich, legte das Buch auf den Tisch und öffnete es an der markierten Stelle.

Mir fuhr ein eiskalter Schauer über den Rücken, als ich die Buchseite erblickte, die nun offen vor mir lag. Darauf war exakt der gleiche Schlüssel abgebildet wie der, den ich um den Hals trug!

»Kann das wirklich derselbe sein?«, fragte ich mich selbst leise und las laut die beiden Wörter aus flüssig wirkendem Silber vor, die unter der Zeichnung geschrieben standen und regelrecht glänzten. »Der Weltenschlüssel«. Mein Magen zog sich ruckartig zusammen. Mir war schon von Beginn an klar gewesen, dass der Anhänger der Grund für die Zeichen in meinen Händen gewesen war. Ihn jetzt in einem alten Buch abgebildet zu sehen, erweckte in mir eine Ahnung, die ich lieber schlummern lassen wollte. Das war möglicherweise größer, als ich bisher angenommen hatte. Es machte mir Angst, obwohl ich nur noch mutig und selbstbestimmt sein wollte. Ich musste mich der Tatsache stellen, nicht nur einen für mich persönlich wichtigen, sondern einen überaus bedeutenden Gegenstand zu tragen, der lange vor meiner Geburt vorausgesagt worden war.

Sienna bemerkte nichts von meinen aufgeregten Gefühlen, sie rutschte näher, hielt sich vertraut an meiner Schulter fest und reckte den Kopf, um besser sehen zu können. »Würde erklären, warum diese zwei Schlüsselzeichen in deinen Händen aufleuchten.« Sie sagte es so locker, als wäre es etwas ganz Alltägliches.

Sir Reyans Kinnlade klappte nach unten. »Oh Göttin. Leuchtende Zeichen?«, sagte er staunend und sah mir fassungslos in die Augen. »Dann bist du es ja?«

»Ähm?« Was sollte ich sein?

Der Gelehrte drehte das Buch wieder zu sich, suchte mit ausgestrecktem Finger nach einer bestimmten Textpassage und fuhr flink über die Zeilen. Dann schnaufte er aufgeregt und rückte sich die Brille zurecht. »Einst gab es magische Brücken und Wege, welche die wunderschöne Erdenwelt und die magische Anderwelt miteinander verbanden. Alle Lebewesen konnten diese Verbindungen überqueren, es fand ein friedlicher Austausch zwischen beiden Welten statt. Doch dann erdachten sich die Menschen einen neuartigen Götterglauben. Sie fingen an zu morden, frönten der Macht, versklavten ihre eigenen Leute und drohten allen Ungläubigen mit einem bösen Teufel und einem strafenden männlichen Gott, die es aber in Wahrheit nicht gab. Die Mondgöttin beschützte die Anderwelt und ihre magischen Bewohner, indem sie die Menschen aus dem Paradies verbannte. Fortan mussten sie isoliert auf der Erde leben. Sie vergaßen schnell die einstige Verbindung zu der magischen Welt. Nur noch Schamanen war es möglich, mithilfe geheimer Rituale durch ein Gedankenfenster einen Blick hinüberzuwerfen, und nur auserwählten Bewohnern der Anderwelt war es erlaubt, weiterhin Kontakt zu Erdenbewohnern zu halten, um ihnen beizustehen.«

»Als Muse?«, platzte ich dazwischen, denn als ich das Wort *Gedankenfenster* gehört hatte, fiel es mir wie Schuppen von den Augen. Natürlich dachte ich sofort an die Bestimmungsfeier und wie Mehal und die anderen auf die Erde blicken konnten, um ihrem Menschen dienen zu können.

Der Gelehrte schaute von seinem Buch auf und nickte. »In der Tat. Es gibt noch einige Clans, die den Menschen als Musen mit ihren Künsten helfen, in die leidenschaftliche Kreativität zu gehen.«

»Ich bin Mitglied so eines Clans. Also, das war ich zumindest ...«, offenbarte ich und dachte wehmütig an die Bestimmungsfeier zurück. »Die Mondgöttin hat mich aber nicht auserwählt. Ich wurde nicht zur Muse berufen und bekam dementsprechend kein Spiegelfenster oder Gedankenfenster, wie es in deinem Buch beschrieben wird, zur Erde.«

»Aber danach wurdest du zu meiner Muse«, kommentierte Sienna sofort und zwinkerte mir aufmunternd zu. »Als du auf der Erde warst.«

Wir tauschten einen langen Blick. Ich war so dankbar, dass sie in meinem Leben war.

»Wie bist du da hingekommen?«, wollte der Gelehrte wissen.

»Ich weiß es nicht mehr so genau. Ich glaube, ich bin im Seelenbrunnen ertrunken.«

»Das stimmt so aber nicht«, sagte Sienna schnell. »Du bist darin versunken, aber nicht ertrunken. Du lebst ja noch.«

»Ich war unsichtbar.«

»Aber trotzdem warst du als lebender Elbe auf der Erde.«

»Ahhh«, machte Sir Reyan. »Ich glaube, ich habe es verstanden! Wenn ich jetzt weiterlesen darf, dann werdet ihr es auch erkennen.«

»Bitte«, antwortete Sienna, zeigte auf das Buch und angelte sich selbstbewusst eine weitere Scheibe Brot samt Käse.

Der alte Mann räusperte sich und fuhr mit dem Zeigefinger wieder über den Text, um die richtigen Zeilen nicht zu verfehlen. »Bla, bla, bla, beide Welten gehören zueinander ... die

Wege waren zum Schutze unterbrochen ... Äh, wo ist es denn?«, nuschelte er und rutschte mit dem Finger ganz ans Ende der Seite. »Ach hier.« Wieder räusperte er sich. »Sehr viele Tausende Vollmonde werden vergehen, bis eine auserwählte Seele geboren wird. Keine Tür wird ihr den Weg versperren, sie benötigt keine Brücke, denn sie selbst ist die Brücke in Vollendung. Diese Seele stellt das Bindeglied zwischen der Erde und der Anderwelt, den Menschen und den magischen Wesen dar ...«

Während er vorlas, spürte ich Lunets skeptische Blicke auf meinem Gesicht. Sie brannten nahezu auf meiner Wange. Ich bemühte mich, sie zu ignorieren, und lauschte weiter den Worten des Gelehrten.

»... die Seele wird das Unrecht wieder in Recht und Frieden verwandeln und das Wissen um die Anderwelt zu den Menschen tragen.« Sir Reyan sah mich ehrfurchtsvoll an, nahm die Brille ab und legte sie auf das offene Buch. »Man wird diese Seele den Schlüsselträger nennen«, vollendete er seine Vorlesung und schwieg.

Stille legte sich über den Raum.

Ich wusste nicht, was ich sagen sollte. Das klang alles so bedeutungsschwer, dass ich gar nicht wollte, dass es sich um meinen Schlüssel, geschweige denn um mich selbst handelte. Bestimmung hin oder her, wenn das tatsächlich meine wäre, überforderte sie mich gerade. Mein Problem auf der Erde war immer gewesen, dass ich durch keine Türen gehen konnte, und nun erfuhr ich, dass es eine Illusion gewesen war? Als dieser Schlüsselträger hätte ich schließlich durch jede Tür gehen können! War ich es doch nicht? Aber warum war der Schlüssel dann zwischen mir und dem Seerosenblatt gewesen, als ich geboren worden war? Was hatte das alles zu bedeuten?

Verunsichert schaute ich zu Sir Reyan.

Der alte Mann kratzte sich im Nacken. »Es ist nur logisch, dass dich die Mondin zu uns gebracht hat, da wir als einzige Stadt in der Anderwelt das alte Wissen um den Schlüssel hüten. Die Weiße Stadt war seit jeher das letzte beständige Bindeglied zwischen den Menschen und uns Anderweltlern, auch wenn das nach vielen Tausenden von Jahren auch hier nur noch wenige wissen. Dieser Ort war schon seit Anbeginn der Zeit für die verstorbenen Menschenseelen zuständig, dadurch blieb der Zugang ins Zentrum auch erhalten, als die Brücken zerstört wurden. Die Menschenseelen gelangen durch einen einzigartigen Lichttunnel in das Herz der Stadt und werden umhegt, ehe sie wiedergeboren werden.«

»Alle Verstorbenen sind hier?«, fragte Sienna vorsichtig.

Ich verstand sofort, worauf sie hinauswollte, und wurde hellhörig. »Es ist nämlich so ... Jemand sehr Wichtiges ist gestern gestorben.« Brutal ermordet worden, aber den Zusatz sparte ich mir.

»Können wir sie sehen?«, fragte Sienna nervös.

»Nein, das geht nicht«, sagte Lunet blitzschnell. Da war sie nun wieder – die forsche Ziege. »Ihr würdet die Seele nur durcheinanderbringen. Sie werden von uns beschützt, ich werde nicht zulassen, dass ihr sie mit euren irdischen Problemen belastet.«

Sienna schnaubte. »Ich will mich doch nur davon überzeugen, dass es ihr gut geht.«

Lunet verschränkte die Arme vor der Brust. »Du würdest ihr bestimmt erklären, warum du hier bist, noch lebst, dass ihr Hilfe braucht, weil irgendwelche Freunde in Gefahr sind. Denkst du, diese Informationen würden ihr den Übergang leichter machen?« Ihr Blick wurde wieder gewohnt hochtrabend. »Wie gern hattest du diesen Menschen? Warum willst du so egoistisch sein und der Seele das antun? Jetzt, wo sie in

Sicherheit ist und alles hat, was sie braucht. Jetzt, wo sie die Schwere der Erde hinter sich hat und von uns mit allem versorgt wird, was sie braucht, um zu heilen? Sie hat hier ein eigenes Zimmer und Betreuer, die sich um sie kümmern, damit sie sich schnell eingewöhnen kann.«

»Du tust so, als wäre es ihr auf der Erde schlecht ergangen«, wehrte sich Sienna.

Lunet zischte abfällig. »Ich sprach lediglich von der Schwere der Erde. Du musst lernen zuzuhören, Kindchen.«

»Und du nimm dich nicht ständig so wichtig«, zischte ich zurück, da es mir reichte. »Du hättest uns Cecily einfach von Weitem sehen lassen können. Damit Sienna sieht, dass es ihr gut geht. Aber so viel Feingefühl hat man dich wohl nicht gelehrt. Oder gibt es hier eine eigene Schule für dämliches Benehmen und du bist dort Musterschülerin gewesen? Die *Schule der eingebildeten Mobber* vielleicht?«

Das saß.

»Mobber?«

»Tja. Du solltest deine Wissenslücken dringend auffüllen, für dein Unwissen über die Erde kann ich nichts.« Auch diese Retourkutsche saß. Ich lehnte mich entspannt zurück. Natürlich kannte sie den Begriff *Mobber* nicht. Mir war er vor meiner intensiven Zeit auf der Erde schließlich auch fremd gewesen.

Das weißhaarige Mädchen verstand meine Anspielung sofort und wurde nun so richtig knatschig. »Eine gute Schule hätte dir auch gutgetan, dann hättest du immerhin von der Weißen Stadt gehört! Aber nein, du tauchst hier einfach mit einem halb verhungerten Menschen auf und denkst, du fändest hier was zu fressen und ein ... Telefon!«

»Immerhin habe ich in London schon haufenweise Telefone gesehen. Das kannst du von dir nicht behaupten. Du weißt wahrscheinlich nicht mal, was ein Handy ist!«

»Dafür weiß ich, was ein Leuchtpfeil ist. Wenn du nicht sofort die Klappe hältst, schieße ich einen in die Luft und die mir untergebenen Wachtruppen kommen sofort!«

Ich stieß einen Lacher aus. »Du redest hoffentlich nicht von den lächerlichen Uniformierten, die ich mit dem kleinen Finger durch die Luft geschleudert habe? Hol sie nur, ich mache Konfetti aus ihnen. Wenn du überhaupt weißt, was das ist ...«

»Argh!«, knurrte sie zwischen den Zähnen hindurch.

»Kinder, jetzt reicht es aber«, unterbrach uns Sir Reyan, bevor wir noch begannen, uns die Köpfe einzuschlagen. »Beruhigt euch bitte.«

»Ich kann ihn nicht ausstehen«, grummelte Lunet.

»Du bist auch nicht die herzallerliebste Person im Raum«, schnauzte ich.

»Und dir hat man wohl nie erklärt, wann es besser wäre, still zu sein.«

»Redest du gerade in einen Spiegel?«

»Was fällt dir ein?!«

»Legs darauf an. Mir fällt noch genug ein, womit ich ...«

»Du verdammtes spitzohriges ...«

Sir Reyan schob ruckartig den Stuhl zurück und schnellte hoch. »Ruhe jetzt!«

Erschrocken sah ich zu ihm hoch, sein Gesicht war rot geworden, was in dem viel zu weißen Raum äußerst stark herausstach. Sienna hingegen schaute mich amüsiert an und unterdrückte ein Grinsen.

Sie wackelte zweimal mit den Augenbrauen und zwinkerte, aber ich verstand diese Andeutung nicht.

Fragend sah ich sie an.

»Vergiss es«, flüsterte sie kaum hörbar und winkte ab.

Ich kapierte es immer noch nicht und schüttelte den Kopf darüber.

»Können wir uns jetzt wieder auf das eigentliche Thema konzentrieren?«, fragte der Gelehrte genervt in die Runde.

Alle nickten, keiner sagte mehr etwas.

Er setzte sich wieder neben mich und rückte den Stuhl an den Tisch heran. »Wir müssen nun herausfinden, ob du der leibhaftige Schlüsselträger bist oder den Schlüssel nur gefunden hast und wir den wahrhaftigen Träger suchen müssen«, erklärte er und zeigte auf den Anhänger an meinem Lederband. »Darf ich fragen, wie du in seinen Besitz gekommen bist?«

Die Frage war mir so unangenehm, dass mein Mund trocken wurde. Ich musste schlucken. »Er war schon immer in meinem Besitz«, erklärte ich ausweichend. Doch schon als ich die Antwort ausgesprochen hatte, wusste ich, dass der Gelehrte so lange bohren würde, bis er die ganze Geschichte kannte.

»Ein Erbstück? Wie sind deine Eltern zu dem Schlüssel gekommen? Konnten sie damit auch leuchtende Zeichen in ihren Händen aktivieren?«

Oh weh. Wieder schluckte ich. Warf einen schnellen Blick auf Lunet. Ich wollte vor ihr auf keinen Fall darüber sprechen und schwieg deshalb einige Zeit.

Das dauerte Sienna offenbar zu lange.

»Dian ist bei einer Pflegemutter aufgewachsen, er hatte nie Eltern«, erzählte sie für mich und stoppte erst, als sie mein verblüfftes Gesicht sah. Das konnte doch nicht ihr Ernst sein? Warum entblößte sie mich so? »Oh, entschuldige. War das ein Geheimnis?«

Und ob das eines gewesen war! »Nein.« Ich winkte ab. »Alles bestens, kein Ding«, schwindelte ich erneut. Aber sie hatte gerade brühwarm das beschämendste Ereignis meines kompletten Lebens ausgepackt. Vor wildfremden Leuten. Einfach herausgeplaudert, als wäre es nichts. Am liebsten wäre ich im Erdboden versunken! Ich wagte es nun nicht mehr, zu dem weißen Mädchen hinüberzuschauen. Sicher guckte es gerade selbstgefällig, weil ihm meine Blamage gefiel.

»Dann gehörte deiner Pflegemutter der Schlüssel, ehe sie ihn dir übergab?«, bohrte Sir Reyan weiter, unbeeindruckt davon, dass mein Selbstwert gerade ins Bodenlose gesunken war.

Ich nickte zur Antwort.

»Woher hatte sie ihn? Haben ihre Hände auch geleuchtet?«

»Keine Ahnung.« Ich zuckte mit den Schultern.

»Sie muss doch etwas gesagt haben, als sie ihn dir gab?«

»Nein.«

»Deine Pflegemutter hat ihn kommentarlos überreicht?«

»Ja.« Ich weigerte mich, näher auf die Frage einzugehen.

Der Gelehrte glaubte mir nicht. »Du trägst den Schlüssel und weißt nicht, warum? Er muss ihr doch etwas bedeutet haben? Wolltest du nichts darüber wissen?«

»Nein. Wir haben nie darüber gesprochen«, log ich, um das Thema damit hoffentlich zu beenden. »Sie gab ihn mir nach der Zeremonie. Ich habe ihn mir umgehängt und bin dann durch den Seelenbrunnen auf die Erde gekommen. Das wars. Mehr gibt es nicht über den Schlüssel zu sagen.«

Sir Reyan sah mich misstrauisch an.

»Meine Pflegemutter ist ruhiger Natur. Sie war noch nie eine Frau vieler Worte«, bekräftigte ich meine Version der Geschichte.

Lunét stöhnte genervt. »Oder du hast ihr einfach nicht zugehört.«

»Was soll denn das jetzt heißen?«

»Na, einen heißen Brei löffelt man aus, man redet nicht drumherum.«

Ich schickte ihr einen Blick, ähnlich eines Giftpfeiles. »Du willst schon wieder mitreden? Musst du ständig im Mittelpunkt stehen?«

»Lieber würde ich jetzt schlafend im Bett liegen, als mich mit dir herumzuärgern.«

»Es hat dich keiner gebeten, zu bleiben.«

»Ohne mich würdet ihr euch in diesem Moment in der Wildnis zu Tode frieren. Du wärst ja dumm genug gewesen, um wie ein Trottel einfach aus der Stadt zu rennen.«

»Die hellste Kerze auf dem Ständer bist du aber auch nicht!«

»Immerhin so hell, dass ich weiß, wo ich mich befinde.«

»Haben sie dich eigentlich schon mal rausgelassen, oder darfst du die Stadt nicht verlassen? Glaube kaum, dass man sich mit dir blicken lassen will.«

»Oh Göttin. Hoffentlich ist dein hässlicher Schlüssel nur ein Imitat. Du würdest als Schlüsselträger ein sehr mickriges Bild abgeben.«

Ich blies scharf die Luft aus. »Das Wort *mickrig* ist die perfekte Beschreibung deiner Ohren.«

Lunet verdeckte ihre Ohren sofort mit ihren schulterlangen Haaren.

»Das bringt dir auch nichts mehr. Ich hab die kleinen Dinger schon gesehen. Sehr winzig. Haha. Wie dein Gehirn.«

»Ich habe wenigstens eines«, erwiderte sie finster. »Gib am besten Sir Reyan deinen blöden Schlüssel, dann kann ich dich endlich aus der Stadt werfen.«

Ich hob herausfordernd eine Augenbraue. »So elegant wie ich deine uniformierten Männer?«

Sienna holte aus und boxte mir auf den Oberarm. »Jetzt ist es genug«, schimpfte sie. »Verschiebt eure Zickereien auf ein anderes Mal.« Ich öffnete den Mund und wollte etwas erwidern, schon verpasste sie mir noch einen Hieb auf den Oberarm. »Ich will nichts mehr hören.« Sie funkelte mich böse an und warf Lunet den gleichen tadelnden Blick zu, die gerade dabei gewesen war, ein Grinsen aufzusetzen, welches ihr jedoch sofort

wieder aus dem Gesicht fiel. »Du bist auch still. Jetzt rede ich!«
Sienna beugte sich etwas vor und wandte sich dem Gelehrten
zu. »Als Dian vom Seelenbrunnen geboren wurde, lag der
Schlüssel direkt unter ihm«, verriet sie weiter fröhlich mein
Geheimnis. »Also zwischen ihm und dem Seerosenblatt. Keine
Ahnung, warum er das nicht verraten will, aber ich denke, das
ist wichtig.«

Ich schlug eingeschnappt die Zähne zusammen und ärgerte
mich, dass ich ihr meine komplette Geschichte anvertraut hatte.
Okay, nicht die komplette, denn Rachéls schreckliche Vision
hatte ich absichtlich verschwiegen, da ich nicht daran glauben
wollte. War es ein Fehler gewesen? Hätte Sienna dadurch gewarnt werden können?

Ich war mir nicht sicher und es brachte nichts, jetzt darüber
zu grübeln.

»Weil meine Geschichte niemanden was ...«, setzte ich an.

»Ich will auf die Erde«, unterbrach sie mich und boxte mich
wieder. »Du bist unsere Fahrkarte. Nur du kannst uns zurückbringen, um die Brüder zu befreien.« Siennas Blick wurde tieftraurig, sie fuhr mit ihrer flachen Hand liebevoll über die Stelle
an meinem Arm, an der sie mich gerade geboxt hatte. »Oder
die Polizei zu den Leichen zu führen. Egal wie, nur du kannst
Tooly und Yin Yang das Handwerk legen. Sonst keiner.« Die
letzten Worte waren nur geflüstert. »Tooly muss hart dafür bestraft werden«, sagte sie weiter. »Und seine Kunden auch.«

»Seine Kunden?«

»Denk an die geheimen Auktionen. Ich bin mir ziemlich si-
cher, diese reichen Käufer wissen ganz genau, was Tooly treibt.
Das konnte ich heraushören, als sie über Cecilys Haare geredet
haben. Es ist abartig, aber der kranke Typ handelt offenbar mit
Kunst, die aus Leichenteilen gefertigt wurde, und verdient viel
Geld damit.«

»Das habe ich mitbekommen, aber wer zur Hölle will ein Bild mit Leichenteilen im eigenen Haus haben?«

»Keine Ahnung, wer diese Leute sind. Bestimmt steinreiche, die sich daran ergötzen, sich so etwas leisten zu können.«

Das schockierte mich. »Existiert die Kunstschule nur aus diesem Grund? Will Tooly damit sein mörderisches Schaffen vertuschen?«

»Ich weiß es nicht«, flüsterte Sienna mit flatternder Stimme. »Es gibt sehr böse Menschen, Dian. Ich glaube, es wäre besser, du würdest den Schlüssel vernichten.«

»Vernichten?« Sir Reyan, der bisher wortlos unserem Gespräch gelauscht hatte, war entsetzt. »Er ist heilig!«

Sogar Lunet richtete sich auf und schüttelte fassungslos den Kopf. Sie war dabei, den Mund aufzumachen, um etwas zu sagen, aber Sienna kam ihr zuvor.

»Sir Reyan, es mag sein, dass dieser Schlüssel heilig ist, aber diese Welt hier muss immer noch dringend beschützt werden.« Sie blickte alle nacheinander an, ihr eindringlicher Blick blieb an mir hängen. »Viele Menschen würden kommen und sie zerstören, sie würden all eure Schätze rauben und magische Plätze, wie den Seelenbrunnen, niederreißen.«

»Warum?«, fragte ich erschrocken. In dem Brunnen wurden unsere Kinder von der Mondgöttin geboren! Unser Clan existierte nur, weil es diesen Brunnen gab, und nun meinte Sienna, Menschen würden ihn zerstören? »Was hätten sie davon?«

»Sie würden euch ausrotten oder versklaven, damit ihr eure Magie nur noch für ihre gierigen Zwecke einsetzt.«

Mein Herzschlag setzte kurz aus.

»Aber du bist auch ein Mensch«, erwiderte ich betroffen. »Würdest du den Brunnen denn zerstören wollen?«

»Nein«, antwortete sie kopfschüttelnd. »Aber viele andere würden es tun, einige haben kein Gewissen und nur Macht und

Gier im Sinn. Sie sind getrieben vom Bösen und glauben, sie täten das Richtige. Wie in dem Avatar-Film ...«

»Die bösen Menschen haben alles vernichtet«, bestätigte ich atemlos.

»Dian«, sagte meine liebe Freundin leise zu mir. »Hör mir genau zu, damit du weißt, was zu tun ist: Lass dir von Sir Reyan zeigen, wie du den Schlüssel richtig benutzen kannst. Dann bring mich auf die Erde. Am besten direkt in die Einkaufsstraße. Ich regle das mit der Polizei, in der Zwischenzeit kannst du den Schlüssel vernichten ...«

Der Gelehrte hob die Hand, um sie zu unterbrechen. »Halt«, sagte er mit ernster Stimme. »Ein so heiliges Artefakt darf nicht vernichtet werden. Zuvor muss abgeklärt werden, ob es eine Möglichkeit gibt, eine Brücke nur für gutherzige Menschen zu erschaffen. Jetzt vorschnell zu handeln, wäre äußerst unklug.«

»Das würde nur zeigen, dass er nicht der wahre Schlüssel-träger ist«, kommentierte Lunet herablassend.

Ich guckte sie böse an. »Es ist noch nicht entschieden, was mit dem Schlüssel geschieht.« Mein Blick ging zu Sir Reyan. »Wir reden ja nur darüber und Sienna darf gerne ihre Meinung dazu äußern, ich schätze ihren Rat, also lasst sie bitte ausre-den.« Ich wartete kurz, um mich zu vergewissern, dass Lunet und der Gelehrte mich verstanden hatten, dann wandte ich mich wieder Sienna zu. »Warum sollte ich ihn vernichten? Reicht es nicht, ihn vorläufig nur nicht mehr zu benutzen?«

Sie nahm einen tiefen Atemzug. »Menschen wie Aaren und Yaris sind noch nicht bereit für so sensible übersinnliche Wesen wie dich. Oder solch mystische Städte wie diese hier. Es gibt bestimmt noch viele andere zauberhafte Orte und Clans in der Anderwelt, habe ich recht?«

Ich nickte, denn die gab es. »Aber wir bringen Yin Yang doch ins Gefängnis?«

»Oh, Dian. Es gibt Abertausende Menschen von dieser Sorte. Bitte glaub mir. Es ist besser so. Denk doch nur an Tooly und an den Moment, in dem er direkt vor unseren Augen voller Abscheu Cecily ermordet und danach zerstückelt hat. Denk daran, wie Yin Yang den armen Sam verprügelt und inzwischen wahrscheinlich auch ermordet haben. Hättest du mich nicht befreit, wäre ich jetzt auch tot.« Ihre Stimme brach, ihr Kinn zitterte.

Ich rutschte mit dem Stuhl näher, schlang sofort meine Arme um sie und hielt sie fest. »Es tut mir leid«, sagte ich sanft. »Du hast recht.«

Sienna weinte. Ihre leisen Schluchzer waren das Einzige, was im Moment zu hören war. Sir Reyan und Lunet waren völlig verstummt.

»Es tut mir leid«, sagte das weiße Mädchen schließlich. »Ich wusste nicht, dass ihr euch in einer solch misslichen Lage befindet.«

»Weil du uns nicht zugehört hast«, entgegnete ich deutlich ruhiger als zuvor, während ich Sienna tröstend über den Rücken streichelte. »Dir waren das Einfangen der Seele und der Schlüssel wichtiger.«

Lunet war kurz still. »Stimmt.«

Ich hatte Widerrede erwartet, aber auch Lunet musste sich den Ernst der Lage nun eingestehen.

Der Gelehrte nahm seine Brille vom Buch, um sie daneben abzulegen, klappte es zu und schob es in die Mitte des Tisches. Dann zog er sich seine immer noch volle Teetasse heran und trank einen kräftigen Schluck. »Ich habe keinen Zweifel mehr daran, dass du der Schlüsselträger bist. Es ist aufregend, aber auch besorgniserregend, denn es kommen mit Sicherheit große Veränderungen auf uns zu.« Er trank einen weiteren Schluck, danach stellte er die Tasse wieder auf dem Tisch ab. »Das muss ich erst noch verarbeiten«, gab er zu. »Und auch, dass ihr eine ganz schreckliche Geschichte von der Erde mitgebracht habt. Mir war nicht bewusst, wie düster es dort immer noch ist.« Traurig verzog er den Mund und rieb sich die Stirn. »Ich hatte gehofft, nun, da sich der Schlüsselträger offenbart hat, könnte die Verbindung zu den Menschen für alle wiederaufgebaut werden, ebenso die zerstörten Brücken. Aber wie mir scheint, gibt es immer noch bösartige Menschen. Ich weiß nur noch nicht, wie wir damit umgehen sollen.«

Sienna löste sich aus meiner Umarmung und trocknete sich die Tränen. »Erzählen euch die Menschen denn nichts davon, wenn sie herkommen?«

»Nein«, antwortete Lunet ruhig. »Wir fragen auch nicht, wie sie gestorben sind. Wir helfen ihnen, das alte Leben und die damit verbundenen Leiden abzustreifen, damit sie leichter werden und durch eine Wiedergeburt weiterziehen können.«

»Sie vergessen also alles?«

»Ja und nein. Wenn eine Seele zu uns kommt, entfernen wir die Schwere und trennen liebevoll die belastenden Fäden mit silbernen Sicheln ab. Die Erinnerungen an das vorherige Leben bleiben bestehen, aber sie fühlen sich dann nur noch neutral an. Schlimme Erlebnisse können in Ruhe betrachtet werden, ohne Angst und Drama. Verstehst du das?«

»Ich glaube, ja.«

»Wenn eine Seele neu geboren wird, sind die Erinnerungen an ihre vorherigen Leben fort. Erst wenn das neue Leben beendet ist und sie zu uns zurückkommt, kann sie sich wieder erinnern und sich mit den anderen austauschen.«

»Kommen alle Seelen hierher? Auch die von Anderweltlern? Oder nur Menschenseelen?«

»Von allen. Das Zentrum geht tief in den Erdboden hinein, der unterirdische Bereich ist riesig und bietet Platz für jede Seele, die den Lichttunnel passiert. Es ist wunderschön dort, es gibt sogar Parks, viele Blumen und kleine Seen, an denen die Seelen ausruhen können. Die alten Schamanen bei euch wissen das, aber das Wissen ist geheim und wird nur Auserwählten weitergegeben, darum wusste euer Schamane davon. Diese Stadt existiert, seit Leben existiert.«

»Das ist aber ziemlich lange.« Sienna schniefte und lächelte gleichzeitig. »Du bist doch noch gar nicht so alt«, witzelte sie.

Das weißhaarige Mädchen entspannte ihr ovales Gesicht noch ein wenig mehr und erwiderte das Lächeln. »Nein, bin ich nicht. Ich zähle erst hundertzweiundsechzig Monde.«

»Ich auch so ungefähr.« Sienna schmunzelte.

»Du bist gute sechs Monde älter«, korrigierte ich. »Du wirst bald einundzwanzig.«

Ihr Gesicht hellte sich auf. »Nur durch dich kann ich noch einundzwanzig werden.«

Ihre Worte legten sich schwer auf mein Herz. Es war für mich nur Zufall gewesen, dass wir uns aus dem fensterlosen Kerker in den Wald gebeamt hatten. Hätte ich von Anfang an gewusst, wie man den Schlüssel richtig benutzt, wäre das alles gar nicht passiert. Dann würde die flippige Cecily noch leben und ... »Wie funktioniert der Schlüssel genau?«, wollte ich von Sir Reyan wissen, der nachdenklich neben mir saß und seinen Tee schlürfte. »Gibt es vielleicht eine Anleitung in diesem Buch?« Ich zeigte mit dem Finger darauf.

»Leider nein«, bedauerte er.

Seine Antwort zerschlug all meine Hoffnungen auf schnelle Hilfe. Ich wollte doch unbedingt wissen, wie ich diese Kräfte richtig nutzen konnte.

Sienna krümmte sich plötzlich und hielt sich den Bauch. »Au, Scheiße, tut das weh!«

»Was ist los?« Erschrocken fuhr ich zu ihr herum.

»Ahhh.« Sie zuckte schlagartig zusammen, hielt sich nun die Seite. »Es fühlt sich wie ein Krampf an«, keuchte sie und schaute wirr im Raum herum. »Oder ein Tritt. Wer kann das sein? Ist hier noch jemand?«

Der Gelehrte stand sofort auf. »Was?«

Ich schob gleichzeitig mit Lunet meinen Stuhl zurück, denn meine Freundin hustete und hatte Mühe, Luft zu holen. »Sienna?« Sie krümmte sich, wollte trotzdem aufstehen und stöhnte erbärmlich. Ich hielt sie sofort am Arm fest, Sir Reyan und Lunet halfen mir, aber Sienna brach zusammen und fiel wie ein schwerer Sack in sich zusammen.

Etwas warf sie zurück. Sie entglitt meinem Halten. Jetzt konnten wir es sehen: Es sah tatsächlich aus wie ein unsichtbarer Schlag auf die Schulter.

»Was ist mir dir?«, fragte ich geschockt, aber sie konnte mir nicht antworten.

»Ah«, stöhnte sie wieder und wurde an einer anderen Stelle getroffen. Ihre Beine rutschten wie bei einem Stoß zur Seite. »T...« Sie röchelte, etwas packte sie am schwarzen Shirt am Ärmel, der Stoff knüllte sich eindeutig zusammen und hob sich ein Stück. »To...« Wieder versuchte Sienna zu sprechen, aber sie wurde vor unseren Augen wie von einer unsichtbaren Hand geohrfeigt, ihr Gesicht ruckelte, rote Fingerumrisse zeichneten sich sofort ab. »Tooly«, stöhnte sie endlich mühevoll.

»Was?« Ich war entsetzt. Schaute hilfesuchend zu Reyan und hoffte, dieser wüsste, was gerade vor sich ging.

Er aber zeigte bestürzt auf Siennas Handgelenke. »Schau!«

Helle Striemen erschienen dort. Genau an derselben Stelle, an der die Handschellen gewesen waren.

Ich kniete mich neben sie und hob ihre Hand an. »Ist es möglich, dass die Verbindung zur Erde und ihrem Peiniger noch besteht?«

Der Gelehrte riss die Augen auf, als er begriff. »Ja, das ist möglich.«

Das machte mir eine Heidenangst. »Aber wie kann das sein, wenn sie doch hier ist?«

»Oder sie ist nicht ganz hier«, stieß Lunet aus und ging neben Sienna in die Hocke. Sie griff ihr an Kinn und Wangen. »Versuche zu erkennen, was geschieht. Was siehst du?«

Über die Augen der von Schmerz gezeichneten Sienna legte sich ein trüber Glanz. »Es ist wirklich Tooly. Ich sehe ihn ganz deutlich. Was passiert hier?« Sie quietschte auf und wurde erneut getreten. Wieder rutschte ihr Bein fort. Hilfesuchend krallte sie sich an meinem Arm fest und zog mich ein Stück zu sich runter. »Ich bin noch auf der Erde«, krächzte sie.

»Ihr Körper ist also noch dort«, erkannte Lunet. »Du hast nur ihre Seele mitgebracht, darum das Durcheinander!«

»Bitte was?« Schuldgefühle fluteten mein Herz und ließen mich zittern. Mein neu gewonnenes Selbstvertrauen löste sich in Luft auf. Was hatte ich nun wieder falsch gemacht? Was hatte ich überhaupt getan? »Das geht? Nur ihre Seele?«

Lunet funkelte mich giftig an. »Du bist der verdammte Schlüsselträger, sag du es mir!«

»Sie muss sofort zurück«, rief Sir Reyan mit Nachdruck. »Wahrscheinlich ist es einem Menschen nicht möglich, vollständig in die Anderwelt zu gehen. Die ehemaligen Brücken sind schließlich komplett vernichtet worden. Vielleicht hattest du deswegen auf der Erde auch keinen greifbaren Körper?« Er machte eine kleine Pause. Sah auf die sich quälende Sienna hinab. »Dian. Hier kannst du ihr nicht helfen. Ihr müsst wieder zurück. Ihre Seele muss wieder mit ihrem Körper vereint werden!«

»Ich soll sie in diese Hölle zurückbringen?«

Lunet grollte. »Da war sie doch schon die ganze Zeit über! Sieh sie dir an!«

Meine zarte Freundin bog sich vor Schmerzen. »Ich will nicht zurück.« Tränen flossen in Strömen über ihr Gesicht, sie weinte bitterlich. »Ich will nicht sterben und dann zerstückelt werden. Dian, bitte hilf mir!«

Ich wusste nicht, was ich tun sollte. Fühlte eine Hilflosigkeit in all meinen Zellen und eine riesengroße Angst, die mich in eine dunkle Zukunft blicken ließ. Hörte die elektrische Säge, dann Folienrascheln, Wasserrauschen – zzzzip – und sah Siennas abgepackte Körperteile vor meinem geistigen Auge. Sah einen Kanister mit ihrem Blut und die kurzen Haare, die der Mörder vorher samt Kopfhaut abgeschält hatte, um sie für irgendein Kunstwerk zu verwenden.

Diese dunkle Zukunft konnte ich regelrecht fühlen, ebenso wie Siennas Schmerzen, die sie gerade durchlitt. Ich kniete direkt neben ihr und konnte ihr nicht helfen. Schon wieder nicht.

Lunet ließ Sienna los, beugte sich zu mir und packte mich kraftvoll am Hemdkragen. »Bring sie sofort in ihren Körper zurück und dann vernichte den Angreifer.«

Die lähmende Hilflosigkeit überkam mich noch stärker, sie nahm mir die Atemluft. »Aber ich weiß doch nicht wie?«

Ihr Blick wurde fester, intensiver. Er ging mir bis unter die Haut. »Tu es einfach!«, schrie sie im Befehlston. »Es ist deine verdammte Aufgabe als Schlüsselträger, das Unrecht in Recht und Frieden zu verwandeln. Fang endlich damit an!« Sie ließ mich los und stieß mich dabei von sich.

Der Gelehrte legte eine Hand auf meine Schulter und drückte sie väterlich. »Du bist das Bindeglied, keine Tür wird dir den Weg versperren. Auch nicht den Weg aus deiner Angst.«

Ich schnaubte aufgebracht. Das klang alles schön und gut, aber die beiden verstanden offenbar mein Problem nicht. »Ich habe keine Ahnung, wie ich den Schlüssel so aktiviere, dass ich die Kontrolle habe!«

Sienna quietschte, ihr Kopf wurde zur Seite geschleudert, auf ihrer Wange bildete sich nun eine knallrote Stelle.

»Wir haben keine Zeit, um dich zu lehren«, machte Reyan mit lauter Stimme deutlich. »Die Menschenseele braucht sofort Hilfe.«

Lunet atmete laut aus. »Was hast du gemacht, ehe ihr hierhergekommen seid?«

»Keine Ahnung!« Ich spürte, wie ich zu schlottern begann.

»Denk nach«, drängte sie.

Ich schnappte nach Luft.

»Sei deine eigene Muse«, stöhnte Sienna unter Schmerzen.

Ein paar Sekunden lang schien die Zeit stillzustehen. Es fiel mir wieder ein. Wie wir auf dem Boden in dem fensterlosen Raum gesessen hatten, Sienna mich gedrängt hatte, mir die Schlüsselzeichen vorzustellen. »Mentales Training«, flüsterte ich und sah auf meine Handflächen hinunter, um mir die Schlüsselzeichen, so intensiv ich nur konnte, vorzustellen. Ich beschwor sie, stellte mir vor, wie sie glühten, meine Hände fast verbrannten vor lauter Energie.

Reyan drückte erneut meine Schulter. »Glaub an dich. Du bist mit diesen Fähigkeiten geboren worden. Es ist deine Bestimmung.«

Sienna wurde wieder von einer unsichtbaren Kraft getreten, ihr darauffolgender Schmerzensschrei ging mir tief unter die Haut. Voller Angst beobachtete ich, wie sie sich seitlich zusammenrollte und mit den Armen den Kopf schützte.

Ein lautes Schluchzen folgte. Sie brauchte mich.

In der Hölle

Mein Blick war hoch konzentriert auf meine Handflächen gerichtet, ich stellte mir die Zeichen so detailliert wie möglich vor.
Mein Herz schlug vor Aufregung und Angst um Sienna und es
dauerte eine gefühlte Ewigkeit, bis sich die Umrisse der Schlüssel auf meinen Händen abzeichneten.

Sie zeigten sich jedoch sehr verhalten. Kein Wunder. Meine
Freundin wand sich gerade unter Schmerzen und wurde wiederholend von Tooly angegriffen. Lunet und Sir Reyan schauten mich erwartungsvoll an, mir war bewusst, dass ich nun alles geben musste, wenn ich meiner Freundin helfen wollte.
Dazu gehörte auch, den Raum, die Blicke und alle qualvollen
Geräusche rund um mich auszublenden, damit ich mich konzentrieren konnte.

Da ich die Umrisse der Symbole bereits sah, visualisierte ich
die Schlüssel noch deutlicher und stellte sie mir in echt vor und
nicht bloß als Symbol. Als lägen die Schlüsselchen auf meinen
Handflächen.

Endlich begann meine Haut zu kribbeln. Innerhalb weniger
Sekunden wurde mein ganzer Körper von dem Gefühl warmer
Sonnenstrahlen durchflutet.

Die Geräusche um mich herum wurden immer noch dumpfer, der Raum verschwand allmählich, Ruhe erfüllte mich.

Meine Hände wurden mit jeder Sekunde wärmer und die Schlüssel begannen schließlich, golden zu leuchten. Ich spürte das heilige Zeichen der sich öffnenden Seerosenblüte ganz deutlich auf meiner Stirn. Sie glühte ebenso wie die Symbole in meinen Händen.

Wie durch einen Nebelschleier nahm ich wahr, wie Reyan ein erstauntes »Ohhh« von sich gab, als ich mich langsam über Sienna beugte und sie sanft mit meinen nun golden schimmernden Händen an der Hüfte berührte.

Plötzlich verschwanden Reyans Wohnstube und deren angenehme Wärme. Über uns tauchte wieder Toolys künstliche Lichtdecke auf, das kraftvolle Gefühl in meinen Händen verebbte viel zu schnell. »Nein!«, gab ich verzweifelt von mir, denn mein Oberkörper kippte vornüber, der Widerstand von Siennas Hüfte war schlagartig fort. Ich glitt direkt durch sie hindurch und landete mit den Händen direkt auf dem Betonboden.

Erschrocken wich ich zurück und schnellte hoch.

Tooly stand keinen Meter entfernt neben uns. Er holte aus und trat Sienna mit einem verächtlichen Ton gegen die Rippen. »Du undankbare Fotze! Ich bringe dir etwas zu essen und du bedankst dich nicht einmal«, fauchte er.

Ohne nachzudenken, stürmte ich auf ihn zu. Wollte ihn zurückdrängen, ihm an die Gurgel gehen, aber mein Körper war wieder durchlässig. Ich griff in die Leere, war außer mir und schrie vor Wut über diese aussichtslose Situation.

Tooly bückte sich und zog Sienna an den kurzen Haaren einige Zentimeter hoch.

Sie weinte bitterlich. »Nicht«, quietschte sie.

Wieder stieß ich einen Schrei aus, ballte meine Fäuste. Schlug durch Tooly hindurch, wollte ihm wehtun, ihn stoppen. Er aber packte nur noch fester zu, bemerkte meine Angriffe natürlich nicht und riss Sienna abermals an den kurzen Haaren. »Sag Danke, du Hure!«

Wimmernd kam sie seiner Forderung nach. »Danke, Mr Tooly.«

Ein beinahe glückliches Lächeln stahl sich auf seine Lippen. Er wirkte zufrieden, ließ von ihr ab und verpasste ihr noch einen weiteren Tritt gegen den Oberschenkel. Dann zeigte er mit dem ausgestreckten Zeigefinger neben die offen stehende Tür, dort lagen zwei in Folie eingewickelte Sandwiches. Eine Wasserflasche stand daneben, ebenso ein Eimer aus Metall. »Und nun friss. Damit du noch ein paar Tage am Leben bleibst. Sonst stinkst du mir hier noch alles voll. Ich muss erst Platz schaffen und bis es so weit ist, musst du warten.« Er ging zur Tür und drehte sich noch einmal um. »Und piss gefälligst in den Eimer! Wenn du dein Ziel verfehlst, lasse ich es dich auflecken.«

Er verschwand nach draußen. Das Piepsen zeigte an, dass der Ausgang wieder fest verschlossen war. Gleich darauf schaltete sich die helle Lichtdecke aus und die Dämmerlichter beleuchteten den kahlen Betonraum nur dürftig.

Atemlos stand ich da. Schon wieder hatte ich versagt und tat es immer noch. Der irre Künstler hätte Sienna direkt vor mir umbringen können! Mein ganzer Körper bebte. Meine Fäuste waren noch geballt. Doch die Wut wich rasch, denn die Traurigkeit über meinen fehlenden festen Körper übermannte mich fast, ich fühlte mich auf einmal, als würde ich darin ertrinken.

Mein Blick lag auf der armen Sienna, für die ich so unfassbar nutzlos war. Sie lag zusammengerollt auf dem kalten Boden und wimmerte und weinte. Und ich Versager war nicht einmal in der Lage, sie in den Arm zu nehmen und zu trösten. Es zerriss mir das Herz. Ich hatte die Seele meiner geliebten Freundin nicht nur in diese Hölle zurückgebracht, sondern direkt in die Hände des Bösen. Ich hasste mich dafür und für den

Taugenichts, der ich war. Würde es mich nicht geben, wäre meine liebe Italienerin jetzt in Sicherheit und würde in diesem Moment wahrscheinlich einen unbeschwerten Abend mit der noch lebenden Cecily oder Taro verbringen.

»Er ist ein Teufel«, sagte plötzlich Sam monoton und mit kaum vorhandener Kraft. In all der Aufregung hatte ich nicht auf ihn geachtet, was mir augenblicklich leidtat. Ich war zu sehr mit Toolys Angriff, Sienna und mir selbst beschäftigt gewesen.

Sam musste tief einatmen, um überhaupt sprechen zu können. »Ich habe ihm ... gesagt, du würdest schlafen.« Er saß zusammengekauert in der dunklen Ecke und blickte aus seinen zugeschwollenen Augen zu uns herüber.

Siennas Schluchzen wurde leiser. »Du lebst.«

»Man muss ruhig sein ... wenn jemand schläft. Es ... ist unhöflich ... denjenigen zu wecken«, erklärte der Junge mühsam. Seine Worte klangen kraftlos und immer wieder holte er Luft. »Taro sagt, dass man ... leise sein muss, wenn jemand schläft.«

Sie richtete sich auf und betrachtete den Jungen im Dämmerlicht. In ihrem Blick lagen Freude und Entsetzen gleichermaßen. Er lebte, aber er sah wirklich schlimm aus. Ein Auge war dunkellila und beinahe komplett zugeschwollen, eingetrocknetes Blut klebte an Mund und Nase, sein Shirt war am Kragen und den Ärmeln total verschmiert und eingerissen. Auf seiner Hose waren ebenfalls jede Menge Blutstropfen.

»Was haben sie dir nur angetan«, sagte sie mit erstickter Stimme und hielt mit geöffnetem Mund inne. Sie wollte noch etwas sagen, aber sie schwieg. Ein gefühlt ewig langer Moment verging, ehe sie die Worte aussprach, die ihr so schwer auf dem Herzen lagen. »Sam, war Taro auch hier?«

»Nein. Mein Bruder ist einkaufen und trifft sich danach mit ein paar ...« Seine müde Stimme brach. »Alles tut so weh.« Er versuchte zu schlucken. »Ich glaube, ich bin krank.«

»Wo genau tut es weh?«, fragte sie besorgt.

»Überall.« Sein Ton war kaum noch zu hören. »Mein Kopf. Ich kann ihn kaum halten.«

Sofort ging ich neben ihm in die Hocke. »Versuche, den Kopf an die Wand zu lehnen, Sam.« Ich wandte mich zu Sienna um. »Er kann mich nicht hören.« Das auszusprechen war schwer, es bewies mir wieder mal, dass ich auf der Erde nicht richtig vorhanden war.

»Und ich kann dich nicht mehr sehen«, sagte sie mit tränenerstickter Stimme. »Alles ist wieder wie vorher.« Erneut flossen Tränen über ihre Wangen. »Wir kommen hier nie wieder raus. Wir werden sterben.«

»Wir werden sterben?«, wiederholte Sam leise. »Ist mir deswegen so heiß?« Am pfeifenden Ton und den ruckartigen, flachen Bewegungen seiner Brust erkannte ich, wie schwer ihm das Einatmen fiel.

»Mach ihm keine Angst«, bat ich Sienna, damit sie das Thema wechselte. »Ich glaube, der Arme hat Fieber. Seine Stirn ist mit Schweißperlen überzogen. Oder ist es hier so warm?«

»Nein, ist es nicht«, antwortete sie.

»Sag ihm bitte, dass er den Kopf an die Wand zurücklehnen soll. Das wird ihn entspannen.«

Sienna nickte und gab meine Bitte endlich an Sam weiter. Er reagierte äußerst langsam, aber er ließ seinen Kopf nach hinten sinken, bis er die Wand berührte.

»Ich glaube, ich bin krank«, wiederholte er schläfrig und drehte sich mit letzter Kraft zur Seite. »Mir ist so heiß und kalt zugleich.« Die Beine zog er ganz nah an seinen Körper und hielt sie mit den Armen umschlungen.

Ich sah, dass er jetzt stärker zitterte. Seine Atmung war alles andere als regelmäßig, mal schnaufte der Junge enorm schnell, mal hatte er Aussetzer.

»Glaub, er hat Fieber und Schüttelfrost«, teilte ich Sienna mit und erschrak, als ich zufällig sein Ohr ansah. Die schwarzen Haare hingen etwas darüber, aber ich erkannte eindeutig etwas Nasses und Dunkles. »Aus seinem Ohr kommt frisches Blut.«

Sienna blickte erschrocken, sagte aber nichts darauf.

Ich ging wieder zu ihr. »Neben der Tür ist eine Wasserflasche. Schaffst du es, die Flasche mit dem Fuß zu Sam zu schieben und zu ihm zu rollen? Damit er trinken kann? Vielleicht geht es ihm danach besser.«

Sie drehte entkräftet den Kopf und schaute auf die zwei Sandwiches und die Flasche, die danebenstand. »Dian, haben Yin Yang ihn schlimm am Kopf erwischt?«, flüsterte sie sehr leise. »Waren es so richtig harte Schläge oder eher Ohrfeigen?«

»Aaren und Yaris haben ihm mehrmals mit der Faust auf den Kopf geschlagen und ihn getreten.«

»Er braucht kein Wasser, sondern ganz schnell einen Arzt«, flüsterte sie weiter. »Ein blutendes Ohr heißt nichts Gutes. Dazu das Fieber und die Benommenheit – ich denke, Sam ist sehr schwer verletzt worden.«

»Tooly wird sicher keinen Arzt holen«, erwiderte ich hoffnungslos und hatte Mühe, das immer stärker werdende Ohnmachtsgefühl zu verdrängen, damit es mich nicht vollständig lähmen konnte. »Ehe er dem Jungen hilft, bringt er ihn um.«

»Ja«, hauchte sie kaum hörbar. »Das wird er.« Sie schaute direkt in meine Richtung, aber wieder einmal durch mich hindurch. »Du musst was unternehmen. Ich kann nichts tun.« Sie bewegte ihre Arme und ließ die Ketten demonstrativ rasseln.

Meine Hände waren zwar nicht gefesselt, aber ich war genauso entmachtet. »Das kann ich auch nicht.« Ich lehnte mich mit dem Rücken an die Wand und starrte auf den Boden hinunter, damit ich ihr enttäuschtes Gesicht nicht sehen musste.

»Mein Körper ist wieder durchlässig. Ich bin nicht in der Lage, etwas anzufassen, geschweige denn zu bewegen.«

»Erinnere dich an die Worte des Gelehrten, Dian. Die aus dem Buch.«

»Dass ich dieser Schlüsselträger sein soll und Unrecht in Recht und Frieden verwandeln könnte?« Ich stieß einen gehauchten Lacher aus. »Sehr witzig, Sienna. Sehr witzig.«

»Nein. Da stand, dass dir keine Tür den Weg versperren kann.«

»Sieh hinüber. Diese Tür hat auf unserer Seite keine Klinke und selbst wenn sie eine hätte, würde ich sie nicht bewegen können. Meine Hand würde hindurchgleiten, sonst nichts weiter.«

»Das ist ein spezieller Raum und keine herkömmliche Tür. Sie wird von außen mit einer Sicherheitsverriegelung abgesperrt.«

War klar, aber warum erwähnte sie das? Ich hob meinen Blick nun doch und musterte ihr Gesicht. Zumindest den Teil davon, den ich in dem dürftigen Dämmerlicht erkennen konnte. »Warum sprechen wir überhaupt darüber, wenn es ohnehin aussichtslos ist? Keiner kommt hier raus.« Kurz hielt ich den Atem an. Mir kam ein bitterer Gedanke. »Zumindest nicht lebend«, fügte ich flüsternd hinzu.

»Das ist richtig«, bestätigte sie. »Sam und ich werden sterben, wenn du weiterhin tatenlos dastehst und dich wegen deines durchsichtigen Körpers selbst bemitleidest.«

Ich schluckte hart. »Das meinst du hoffentlich nicht ernst, oder? Was würdest du an meiner Stelle tun? Ich sitze hier genauso fest wie du, vergiss das nicht.«

»Bist du nicht die Brücke in Vollendung?«

»Das stand so in diesem Buch, ja. Aber wir wissen nicht einmal, ob das alles wahr ist!«

»Ich bin felsenfest davon überzeugt, dass jedes einzelne Wort stimmt.«

»Da bist du die Einzige hier im Raum. Ich habs nicht mal geschafft, deinen Körper in die andere Welt zu bringen. Deine Freiheit war nur vorgegaukelt, das ist ja noch schlimmer als die Realität. Ich habe dir falsche Hoffnungen gemacht, das wollte ich nicht. Es tut mir leid.«

»Du hast mir ein paar wertvolle Stunden geschenkt. Ich konnte frische Luft einatmen, essen, Blumen sehen.«

»Und dein schutzloser Körper lag hier auf dem Präsentierteller.«

Kurz war es still. »Warum konnte ich das nicht spüren? Das hätte mir doch auffallen müssen.«

Ich zuckte ratlos mit den Schultern. Dann erregte ein beunruhigendes Geräusch meine Aufmerksamkeit. Sams Atem flatterte hörbar.

»Mein Kopf«, jammerte er mit heiserer Stimme. »Mir ist so heiß.« Er holte angestrengt Luft. »Ich glaube ... ich bin krank, ich muss ins Bett und Tee trinken.«

»Er darf auf keinen Fall einschlafen, aber wir können ihn sicher nicht davon abhalten«, sagte Sienna ganz leise. »Dian, du musst durch diese Tür und endlich Hilfe holen. Du wolltest von Anfang an den Scotland Yard rufen. Bitte mach das jetzt. Beweg deinen unsichtbaren Hintern. Sofort!«

Was verlangte sie da von mir? Das war unmöglich. Selbst wenn ich es unbedingt wollte. Meine Augen wurden feucht, ich wischte darüber, damit sie nicht übergingen.

Sam drehte seinen Kopf wieder etwas in meine Richtung. Nur ein paar Zentimeter, aber so konnte er mich besser ansehen. Sein fieberglänzendes Auge funkelte geradezu im Dämmerlicht, das andere war fast zur Gänze zugeschwollen und wirkte, als würde es jeden Moment aufplatzen.

Der schwer verletzte Junge nahm einen flachen Atemzug. Seine Bronchien pfiffen dabei leise. »Dian war in unserer Wohnung.« Es kostete ihn viel Kraft, diese Worte zu sagen. »Er dachte, du wärst ... ausgezogen und wollte unser Telefon benutzen.«

Sam hatte noch nicht ganz ausgesprochen, schon stiegen bei mir die Tränen empor und ließen sich nicht mehr aufhalten. Der Junge hatte mir mit diesem einen Satz deutlich vor Augen geführt, dass ich ihn in diese Lage gebracht hatte. Ob unbewusst oder nicht – ich hatte Schuld, daran gab es nichts zu rütteln.

»Sam, Schatz, du musst nicht sprechen«, sagte Sienna zu ihm. »Spare dir deine Kräfte. Dian wird jetzt Taro holen, der dich zu einem Arzt bringt. Dann geht es dir schnell besser.«

»Okay«, hauchte er erschöpft.

Ich presste mir Daumen und Zeigefinger auf die Nasenwurzel, bis es schmerzte. Wollte nicht weinen. Nicht jetzt. »Warum versprichst du ihm so was?«, fragte ich vorwurfsvoll.

»Damit du endlich in die Gänge kommst.«

»Glaubst du denn wirklich, ich könnte da einfach so hinausspazieren?«

Sie nickte.

»Bist du verrückt geworden? Wie soll das gehen?«

»Du bist der Schlüsselträger.«

Kopfschüttelnd sah ich sie an. War das ihr Ernst?

»Und was dann? Was ist, wenn ich durch die Tür spaziere wie ein gottverdammter Zauberer? Werde ich plötzlich einen festen Körper haben oder glaubst du, Taro wäre wie durch ein Wunder inzwischen hellhörig geworden und könnte mich verstehen? Mich sehen? Wie stellst du dir das vor?« Wieder schüttelte ich den Kopf. Konnte kaum glauben, was Sienna da von mir verlangte. Zu allem Überfluss hatte sie Sam auch noch seine Rettung versprochen. »Ich habe das alles schon hinter mir, Drachenlady«, sagte ich so verbittert, dass meine Zunge trocken wurde. »Du hast keine Ahnung ... Ich bin durch die Straßen gerannt, habe verzweifelt um Hilfe gerufen, doch keine Menschenseele hat mich gehört.« Ich ballte eine Faust und knetete langsam meine Finger. »Du kannst nicht mal ansatzweise nachvollziehen, wie es ist, unsichtbar zu sein. Ich bin einfach nicht vorhanden!« Mein matter Blick wanderte zu Sam. »Und als ich dann doch jemanden gefunden habe, mit dem ich kommunizieren konnte, kam der nächste Schlag.« Leise seufzend sah ich wieder zu meiner hilflosen Freundin. Sie saß auf dem Boden und lauschte meiner Stimme. »Sienna, ich kann hier nicht raus. Außerdem sieht mich niemand, keiner nimmt mich wahr. Bitte begreife das doch endlich. Ich kann dich höchstens in die Anderwelt bringen und dir einige Stunden Freiheit schenken. Zu mehr bin ich nicht fähig.«

Sie schwieg.

»Du bist ein magisches Wesen, Dian«, sagte sie schließlich mit ernster Stimme. »Das einzige übernatürliche Wesen hier auf der Erde, seit vielen Tausenden von Jahren.«

»Kann schon sein.« Ich zuckte mit den Schultern. Sie hatte wahrscheinlich recht. Also ... sofern der Text aus Sir Reyans Buch stimmte.

»Hast du mich gern?«

Was sollte diese Frage jetzt? Sie war mir so wichtig wie mein eigenes Leben. Zugegebenermaßen sogar wichtiger, ich würde alles opfern, nur um sie zu beschützen. »Ich liebe dich«, antwortete ich deutlich. »Du bist meine Familie. Und du weißt, was das für mich bedeutet. Ich habe sonst nur Rachél und die werde ich wahrscheinlich nie wiedersehen.«

»Du bist für mich auch Familie.« Starke Gefühle gingen mit den Worten einher, ihre Gesichtszüge wurden weich, sie wirkte in dem Moment so verletzlich. »Und gerade deshalb musst du es versuchen. Bitte, Dian.«

»Ich will es ja«, erwiderte ich bebend. »Aber ich weiß nicht wie. Selbst wenn ich es schaffe, die goldenen Schlüsselzeichen zu aktivieren, bringe ich dadurch doch wieder nur deine Seele von hier fort und danach beginnt alles von Neuem.«

Sienna verfiel in ein langes Schweigen. Auch ich grübelte wortlos und starrte auf die Tür. Ich stellte mir vor, wie ich einfach durch sie hindurchging. Aber was wäre dann? Sollte ich es noch einmal in *Mystery Moon* versuchen? Hm ... Wäre eine Möglichkeit. Tooly hatte doch gesagt, er wolle, dass Sienna noch ein paar Tage am Leben blieb. Das war doch genügend Zeit, um den Curandero zu alarmieren ...

Ich wog alle meine Möglichkeiten ab. Dachte an die Hoffnung, die ich Sienna machen würde, und an die Angst, die sie würde ausstehen müssen, sollte ich wieder versagen. Alles vorausgesetzt, ich würde es schaffen, die Schlüsselzeichen zu holen. Dann überlegte ich, was passieren würde, würde ich die Symbole nicht aktivieren können. Dann müsste ich abwarten, bis Tooly die Tür öffnet, um dann mit ihm diese Räume zu verlassen. Okay. Das ginge auch.

Sam gab ein extrem gedehntes Stöhnen von sich. »Malpa eeon tanol res maaa...«, brabbelte er leise vor sich hin und wiederholte es noch mal.

Die Worte ergaben keinen Sinn.

»Oh Gott.« Sienna setzte sich gerade hin. »Jetzt bin ich mir ganz sicher, dass sein Gehirn verletzt worden ist. Vielleicht hat er eine Schwellung, vielleicht hat er ...«, sagte sie panisch und ihre Stimme überschlug sich fast. »Du darfst keine Zeit mehr verlieren, Dian. Sam braucht sofort einen Arzt.«

Mein Herz klopfte von einer Sekunde auf die andere so heftig bis in meinen Hals, dass mein Kehlkopf schmerzte. »Was soll ich tun?« Ich stieß mich voller Tatendrang von der Wand ab, an der ich mit dem Rücken gelehnt hatte. Ich muss es einfach versuchen! »Zu Mystery Moon? Oder gibt es noch einen anderen Laden, in dem ich so einen Heiler finden kann? Jemanden, der mich sehen oder hören kann?«

»Hmmm.« Sienna verengte die sorgenvollen Augen und überlegte angestrengt.

Sam stöhnte wieder, sein Kopf sackte kraftlos nach vorn, er versuchte, ihn aufrecht zu halten, aber es gelang ihm nicht. »Ainsi milw waalsn... nanano mnmno...«

Mein Puls raste. Nun musste alles umso schneller gehen. Sam hatte nicht mehr viel Zeit. Ich verfluchte mich für meine anfängliche Zögerlichkeit. »Mystery Moon? Oder ein anderes Geschäft? Du musst mir sagen, was ich tun soll«, drängte ich fast schon schreiend.

»Mystery Moon«, lautete Siennas klare Antwort. »Warte, bis jemand den Laden betritt, der dich wahrnehmen kann.«

»Und wenn keiner kommt?«

»Du musst durchhalten. Zur Not versuchst du es noch mal in der Weißen Stadt. Okay?«

»Alleine?«

»Blöde Frage. Ich bleibe bei Sam, falls er ...«, sie senkte ihre Stimme, »stirbt. Dann bin ich wenigstens für ihn da. Ich will nicht, dass er aufwacht, während ich hier schlafe, da meine Seele mit dir auf Wanderschaft ist.«

»Hab schon verstanden.« Ich huschte sofort zur Tür hinüber. »Wünsch mir Glück!«

»Das brauchst du nicht. Du schaffst das!«

»Mentales Training«, flüsterte ich zu mir selbst, warf einen schnellen Blick über meine Schulter zu Sam, der am ganzen Körper schlotterte und aussah, als würde er jeden Moment aufhören zu atmen. Ohne einen Heiler würde er nicht mehr lange durchhalten, das stand fest. Ich hob meine Hände und blickte entschlossen auf meine Handflächen wie zuvor in Sir Reyans Räumen.

Meine Hände begannen zu kribbeln, schon kurz darauf zeichneten sich die Umrisse der Schlüssel ab. Doch dann meldete sich eine alte Angst. Sie ließ die Umrisse wieder verblassen, mein Herz raste regelrecht. Schon drehte sich der Raum durch einen Schwindel, ich mühte mich ab, auf die Tür vor mir zu schauen, um einen Anker zu haben.

Der kurze Schwindel ebbte ab, das Herzklopfen wollte nicht aufhören, denn die Angst meldete sich energischer zu Wort, sie pochte an, zuerst ganz leise, dann immer lauter – wie ein eiskalter Wind, der auf meiner Haut brannte. »Sienna«, sagte ich unsicher und drehte meinen Kopf zu ihr, damit ich sie ansehen konnte. »Ich weiß nicht, was geschieht, wenn die Symbole leuchten.«

»Wie meinst du das?«

»Ich hatte nie einen Einfluss auf das, was passiert ist. Es geschah einfach.« Wie alles andere in meinem Leben. Seit meiner Geburt wurde ich hin und her geschleudert, einzig Rachél hatte stets versucht, mir Halt und eine Richtung zu geben. Die Richtung des Clans, deren Bestimmung jedoch nicht die meine war. Nun stand ich da, trug etwas Machtvolles und Heiliges bei mir und in mir und wusste nicht, ob ich dem würdig war. Ein Versagen hätte bedeutet, dass die beiden Menschen in diesem Raum bald sterben würden. Ich hatte schlichtweg Angst, aber gleichzeitig den Mut, alles zu tun, um sie zu retten, weil es das einzig Richtige war. »Ich fühle mich machtlos, weil ich die Schlüsselkraft nicht kontrollieren kann«, gab ich verzweifelt zu. »Ich weiß nun zwar, wie ich sie aktiviere, aber nicht, wie ich sie steuere.«

Sienna sah mich schweigend an.

Ich erkannte im Dämmerlicht, wie ihre dunkelbraunen Augen durch die Tränen glänzten. »Ich habe keine Ahnung«, flüsterte sie. »Aber vielleicht funktioniert deine Kraft genau so? Vielleicht entscheiden die Schlüsselsymbole selbst? Ich meine, sie haben dich auch zu Sir Reyan gebracht.«

Das half mir nicht. Schließlich musste ich jetzt unbedingt zu *Mystery Moon* und nicht in die Weiße Stadt oder diesen lichtvollen Wald. Mir blieb keine Zeit, um zu üben.

»Dian. Was macht eine Muse, wenn sie den Künstler inspirieren will?«

»Sie legt ihm Gedanken in den Kopf, einen Blick in die Zukunft.«

»Wie sieht das genau aus?«

»Ich ahne, worauf du hinauswillst«, sagte ich nachdenklich und schaute wieder auf meine Handflächen hinunter.

Sie begannen zu kribbeln, was ein leichtes und angenehmes Wohlgefühl in mir auslöste. Ich spürte in dieses Gefühl hinein, es war fast wie eine innerliche Umarmung, die ich mir selbst schenkte, eine unbeschreibliche Zufriedenheit. Gleichzeitig raste mein Herz immer noch durch diese Angst, keine Kontrolle zu haben. Das fühlte sich schrecklich an.

Mit viel Mühe ignorierte ich all meine Gedanken, die sich nur darum drehten, dass ich versagen könnte und Sienna und Sam sterben müssten, und konzentrierte mich einzig auf das gute Gefühl. Versuchte, diese innerliche Umarmung anwachsen zu lassen, damit sie meine Angst vertrieb. Mein Blick lag auf meinen Handflächen. Ich stellte mir die kleinen Schlüssel vor, als würden sie in meinen Händen liegen, als könnte ich sie anfassen und herumtragen, wie den, den ich um den Hals hängen hatte. Die goldenen Umrisse erschienen, zuerst ganz leicht, nur langsam wuchs die Kraft an. Es wirkte, als würde sie sich ebenso verunsichert fühlen, wie ich mich gerade fühlte.

Moment.

Wie ich mich fühlte?

Bei der Mondin!

Plötzlich verstand ich es in vollem Umfang.

Sofort hob ich den Kopf und schaute geradeaus auf das Türblatt vor mir. Ich spiegelte mich ein wenig in dem glänzenden Metall, nur verschwommen, dennoch richtete ich meinen Fokus nicht auf meine Konturen, sondern auf die nahe Zukunft. Auf den Weg, den ich gehen wollte, und nicht den Weg, den man mir angedacht hatte. Ich wusste schlagartig, welchen Schritt ich machen musste, um mein Ziel zu erreichen.

Natürlich! So musste es sein! Das hatte mir Sienna versucht zu erklären, als sie meinte, ich solle mir selbst eine Muse sein!

Die Umrisse der Schlüssel in meinen Händen reagierten sofort auf mein neu gewonnenes Vertrauen in mich, ebenso mein verängstigtes Herzklopfen, welches verschwand.

Konzentriert stellte ich mir vor, wie ich durch diese Tür schritt und auf die andere Seite gehen konnte, ohne dass sich mir der Weg versperrte. Ich fühlte meine Ankunft dort, es war ein Blick in die Zukunft. Derselbe Blick, den eine Muse durch die sanfte Berührung dem Künstler schenken würde. Es waren das fertige Resultat – die ausgereifte Idee – und die Schritte dorthin, welche die Muse zeigt, damit der Mensch das Kunstwerk erschaffen und mit allen Sinnen wahrnehmen konnte.

Nun wusste ich meine Schritte und fühlte sie deutlich. Ich musste sie nur noch gehen. Es war so einfach!

»Dian?«

»Ja?«

»Ich liebe dich auch.«

Unsere Blicke trafen sich, Sienna lächelte mich an. Sie wärmte mein Herz, diese kleine Künstlerin war meine Welt, etwas ganz Besonderes für mich und ich war dankbar, dass sie mein Leben so unendlich bereicherte. Ich schenkte ihr ein letztes Lächeln, wusste, dass sie mich nun gut sehen konnte, da ich inzwischen leuchtete wie ein Scheinwerfer.

Die Symbole strahlten mit jeder Sekunde heller. Wärme durchflutete jede meiner Zellen, auf meiner Stirn zeigte sich das Zeichen der Mondgöttin, das den tristen Raum noch mehr erhellte. Ich konnte dieses heilige Mal deutlich spüren und es fühlte sich gut an. Ganz bewusst legte ich beide Hände flach auf das Türblatt vor mir. Fühlte den Widerstand und stellte mir vor, er wäre einfach nicht vorhanden. Die massive Tür gab sofort nach, da war nur noch Luft. Ohne weiter darüber nachzudenken, machte ich endlich einen Schritt vorwärts und ging einfach hindurch, als würde die Materie der schweren Sicherheitstür gar nicht existieren.

Wow.

Nun stand ich tatsächlich in dem schrecklichen Raum mit dem Metalltisch und dem Eimer mit Cecilys Haaren und freute mich absurderweise darüber.

Das war irre!

Im nächsten Moment nahm ich den starken Geruch von Orange und Minze wahr, einen Augenaufschlag später konnte ich nichts mehr sehen, denn das Leuchten der Zeichen erlosch schlagartig. Als hätte sie jemand ausgeschaltet.

Nun stand ich im Stockdunkeln und fühlte mich verloren. Wie in einer Geisterbahn, in der man hinter jeder Ecke einen Schrecken vermutete. Das Klopfen meines eigenen Herzens war plötzlich wieder so laut, dass es mich störte, weil ich durch das Geräusch kaum nachdenken konnte.

Vorsichtig tastete ich mich vorwärts. Wusste, dass links der Kühlschrank stand, gleich danach kam der Metalltisch mit dem Abfluss. Rechts war das gruselige Wägelchen mit den Sieben, auf welchem die geriebenen ...

Würg. Ich bemühte mich krampfhaft, nicht daran zu denken und es keinesfalls zu berühren! Auch nicht die Gummischürze, Messer, Zangen und Geräte, die daneben hingen.

Der lange Metalltisch half mir jedoch, die Orientierung zu behalten, dafür legte ich meine Finger darauf und ließ sie an dessen Rand entlanggleiten. Schnell fand ich die erste Stahltür mit dem Riegel und wiederholte jeden Schritt, den ich zuvor gemacht hatte. Schaute blind in der Dunkelheit auf meine Handflächen hinunter, holte mir die Zeichen in Erinnerung und die enorme Freude und Zufriedenheit, die mit dem Erscheinen der Schlüsselsymbole einhergingen. Die wohlige Wärme durchflutete mich erneut, meine Stirn wurde heiß und als die Zeichen kräftig golden leuchteten, sodass ich alles deutlich sehen konnte, trat ich durch die nächste Tür.

»Danke, Mondin, danke, danke«, flüsterte ich euphorisch und eilte, ohne abzuwarten, zur nächsten verriegelten Stahltür, doch die Zeichen hörten schon nach ein paar Metern auf zu leuchten.

Wieder musste ich mich vorwärtstasten. Aber nun fühlte sich alles sehr viel besser an. Ich hatte verstanden, wie es funktionierte, und war hoch motiviert! Sam würde den Arzt bald bekommen, Sienna würde befreit werden – endlich war ich in der Lage, etwas zu tun, was den beiden helfen konnte.

Als ich die zweite und letzte Stahltür mit dem Riegel erreichte, ging alles viel schneller. Die Symbole erschienen in derselben Sekunde, in der ich sie mir vorstellte, das Zeichen auf meiner Stirn leuchtete noch gar nicht richtig, schon ging ich durch die Tür und rannte den Flur entlang, was meine Beine hergaben. Endlich die letzte Tür! Dahinter lagen die Treppe und die Freiheit.

Ich konnte sie schon sehen, noch im Laufschritt visualisierte ich die Schlüssel in meinen Händen. Es war mehr ein Rufen in meinem Kopf, schon folgten die Symbole meinem Kommando und strahlten wie goldene Sonnenstrahlen. An der Tür angekommen, legte ich, ohne zu zögern, die Hände auf die Kellertür und trat hindurch, als wäre es das Normalste der Welt.

Irritiert blieb ich stehen und blinzelte.

Es war taghell!

Wie war das möglich?

Das war eigentlich ausgeschlossen. Wir hatten seit unserer Rückkehr kaum eine ganze Stunde in diesem schrecklichen Raum verbracht ... Es sei denn ...

Ich eilte die Treppe hoch und schirmte meine Augen mit den Händen ab, da mich das Tageslicht so blendete. Das bremste mich zwar etwas, aber dennoch waren meine Schritte schnell und groß. Ich nahm den Weg zu Toolys Wohnhaus, wollte meine Vermutung überprüfen und hastete zu Yin Yangs Fenster, denn ich musste unbedingt wissen, wie spät es war und ob die beiden gerade nach Taro suchten.

Doch weder bei einem Blick durch das Fenster des Wohnraums noch durch das der Schlafkammer wurde ich fündig. Dann stand ich vor dem Küchenfenster und tatsächlich hing dort an der Wand eine schwarz-weiße Uhr. »Scheiße, kann das sein?« Es war vierzehn Uhr zwanzig. Verdutzt starrte ich auf die Uhr und überlegte, warum das so war. Dann ging mir ein Licht auf! Als wir in dem lichtvollen Wald angekommen waren, passte die Zeit für mein Gefühl nicht zusammen. Auf der Erde war Vormittag gewesen, in der Anderwelt später Nachmittag.

Das war also bloß eine Zeitverschiebung gewesen! Mir fiel ein tonnenschwerer Stein vom Herzen. Sam hatte erzählt, dass sich Taro nach dem Einkaufen noch mit Kollegen treffen und erst am Nachmittag zurückkommen würde. »Ach, darum haben sie ihn noch nicht erwischt und eingesperrt«, flüsterte ich erleichtert zu mir selbst.

Gleichzeitig hatte ich riesige Sorgen, denn Yin Yang waren in ihrer Wohnung nirgends zu sehen. Sie suchten bestimmt gerade nach Sams großem Bruder. Doch nun hatte ich wieder Hoffnung, ihnen zuvorkommen zu können.

Ein Schleifen, dann ein Klacken und leichtes Vibrieren.

Kies knirschte.

Erschrocken sah ich mich um, als ich es hörte. Es war der mir bekannte Klang der Eingangstür des Wohnhauses. Danach folgten dumpfe Schritte und angestrengte Atemgeräusche. Ich lugte sofort um die Ecke. Tooly verließ genau in diesem Moment das Gebäude. Er hatte ein Handy am Ohr, seine Gesichtszüge waren finster, seine Schritte wirkten fahrig.

Sofort folgte ich ihm, denn er lief direkt in Richtung Kellertür, das beunruhigte mich sehr.

»Hörst du mir jetzt zu, oder was?«, zischte er, blieb kurz stehen und blickte sich nervös um, als würde er spüren, dass ihn jemand beobachtete, aber da war keiner. »Ja. Das sagte ich doch schon.« Kurz war er still. »Zur Hölle«, fauchte der alte Mann. »Die Kamera hat den Mann mit der Stirnlampe eindeutig aufgezeichnet.« Wieder machte er eine Pause und sah sich um. »Yaris, wenn ich sage, dass da jemand war, dann widersprich mir gefälligst nicht.«

Oh Mondin! Ich verstand sofort. Es ging um mich!

»Ich kenne ihn nicht. Und ich habe keine Ahnung, was der langhaarige Typ da wollte. Aber die Sache wird mir zu heiß.«

Was meinte er damit?

Tooly marschierte schweigend weiter, während er sich andauernd umblickte. Bestimmt redete Yaris gerade, eine dumpfe Stimme kam aus dem Handy.

»Nein, hab ich nicht.« Pause. »Nein. Nur ein paar Pillen, dann bin ich kurz eingeschlafen. Nun hör mir doch endlich zu!« Wieder lauschte er. »In den Raum kommt niemand hinein, ganz bestimmt nicht. Aber die Idee mit dem Gefrierschrank und der Jagdhütte ist gut. Bis gleich.« Ohne eine Antwort abzuwarten, klappte er das Handy zusammen, steckte es in seine Jackentasche und holte seinen Schlüsselbund heraus.

Ein innerer Zwang ließ mich dem irren Alten weiterhin folgen. Ich war gerade erst von dort entkommen, aber ich musste einfach sichergehen, dass er Sienna und Sam in Ruhe ließ.

Tooly sperrte die Kellertür auf, huschte hinein und suchte den Flur mit seiner kleinen Taschenlampe nach Hinweisen ab. Aber da war nichts, schließlich hatte ich keine Spuren hinterlassen. Er kratzte sich mehrfach am Kopf, war total nervös. Vor allem die Innenseite der Kellertür bereitete ihm offenbar großes Kopfzerbrechen.

»Keine Einbruchspuren«, nuschelte er, beugte sich etwas nach vorn und inspizierte das Schloss. »Vielleicht waren es doch zu viele Pillen«, murmelte er weiter, verließ den Keller überraschenderweise sofort wieder und sperrte die Tür von außen ab. Zwei Mal.

Erleichtert atmete ich tief ein. Wollte ab nun keine Zeit mehr verlieren! Sofort sprintete ich los, ließ Tooly hinter mir langsam die Treppe hochgehen und rannte auf schnellstem Weg Richtung Einkaufsstraße. Mein Ziel lautete: *Mystery Moon*.

Hektisch eilte ich zwischen den langen Gebäuden über den kargen, schattigen Weg, hinaus auf die Wiese, zwischen den Bäumen hindurch zur Auffahrt der Galerie und die Straße entlang. An der Ampel nahe dem Studentenwohnheim bog ich diesmal sofort richtig ab und flog regelrecht über den Gehweg Richtung Innenstadt.

Es war Samstagnachmittag und haufenweise Menschen waren unterwegs. Sowohl in Autos als auch zu Fuß. Nun nutzte ich den Vorteil, durch lebende Körper springen zu können, voll aus und dankte der Mondin, dass die Menschen mich dabei nicht wahrnahmen.

Auf der breiten, viel befahrenen Straße im Zentrum der Stadt hechtete ich wie ein Hürdenläufer über feste Hindernisse und langsam fahrende Autos, dann wurde ich etwas langsamer, denn in der gepflasterten Einkaufsstraße herrschte inzwischen ein reges Treiben. Eine riesige Menschengruppe tummelte sich auf einem Haufen, sie bewunderten eine Statue, die einen Mann mit Hut und Brille zeigte und mir bis dahin nicht mal großartig aufgefallen war.

Sofort kniff ich verkrampft die Augen zusammen, weil ich gefühlt durch Hunderte von Menschen hindurchlaufen musste, um schnellstmöglich zu dem spirituellen Laden zu gelangen.

Schon von der Weite konnte ich die mir inzwischen so wichtig gewordenen Läden sehen. Den Kunstladen ignorierte ich diesmal, konzentrierte mich ausschließlich auf *Mystery Moon,* rannte bis vor die Tür und bremste direkt davor meinen schnellen Lauf. Endlich war ich da!

Ein Engel

Im *Mystery Moon* waren vier Kunden. Ein Mann und eine Frau waren mit dem Durchblättern von Büchern beschäftigt, ein schon älteres Mädchen besah sich goldene Kettchen mit Edelsteinen und eine weitere Frau wiederum ließ sich gerade von Cecilys Großmutter beraten. Sie standen neben einem Tisch, auf dem viele Tarotkarten lagen.

»Davon gibt es nur eine limitierte Auflage«, erklärte die alte Verkäuferin.

»Wie bezaubernd«, sagte die Kundin begeistert.

Gemeinsam bewunderten sie ein buntes Kartenset mit wunderschön gezeichneten Engeln auf jeder einzelnen Karte. Die Kundin sah selbst etwas aus wie ein waschechter Engel. Strahlend hellblaue Augen, seidenweiches blondes Haar und ein bodenlanges beigefarbenes Kleid aus fließendem Stoff mit zarten Sternen darauf. Cecilys Großmutter trug ein ähnliches Kleid, aber ihres war quietschbunt gemustert und durch ihre üppige Figur fiel es nicht so locker-leicht wie das der viel jüngeren Dame neben ihr.

»Ich liebe diese Bilder«, schwärmte die alte Verkäuferin und lächelte.

Sie sah Cecily so ähnlich.

Das traf mich wie ein Messerstich mitten ins Herz.

Immer noch außer Puste ging ich an ihnen vorbei, sog unterdessen dankbar den beruhigenden süßlichen Kräuterduft auf, der den gesamten Laden ausfüllte, und eilte in das Hinterzimmer. Wo noch wenige Stunden vorher ein ausgiebiges Frühstück gestanden hatte, lag jetzt nur noch eine gehäkelte grüne Tischdecke. Wie lange Cecilys Großmutter wohl auf ihre Enkelin gewartet hatte?

Ich zwang mich, nicht darüber nachzudenken, ging um den Tisch herum und steuerte auf die Tür zu. Dahinter lag die Treppe, die in die nächste Etage führte.

Wieder aktivierte ich meine Schlüsselzeichen, es gelang mir völlig mühelos – was sich unglaublich gut anfühlte! – und trat durch die Tür, ohne auf einen Widerstand zu treffen.

Sofort hastete ich die Treppe hoch und fand mich schnell in dem Flur wieder, wo die Sitzbank stand, auf der wir auf den Curandero gewartet hatten, und fühlte mich für einen Augenblick in diese Zeit zurückversetzt. Sah Taro und Sienna vor meinem geistigen Auge dort sitzen und sogar mich selbst, wie ich danebenstand.

Je näher ich der Bank kam, desto mehr verblassten die Gedankenbilder wieder.

Ich war noch nicht ganz an der Tür zum Behandlungsraum angekommen, schon holte ich die Schlüsselkraft hervor. Meine Erleichterung entbrannte fast so schnell wie die hellen Symbole in meinen Händen und auf der Stirn.

Die Worte, welche ich an den Curandero richten wollte, hatte ich mir längst in meinem Kopf zurechtgelegt, doch als ich nun durch die geschlossene Tür hindurch in den Raum trat, hatte ich Angst umzukippen.

Er war leer! Die Sachen des peruanischen Heilers waren verschwunden. Lediglich der Tisch, die Stühle, das Kerzenglas mit der halb abgebrannten Kerze und die zusammengefalteten

Decken und Felle waren noch hier. Panik überkam mich. Hoffentlich war der Curandero in einem anderen Raum! Sofort rief ich die Schlüsselsymbole herbei, rannte aus der Tür und den Flur entlang und versuchte mein Glück hinter den anderen Türen, die sich hier oben noch befanden. Doch es gab nur eine Badekammer, eine separate Toilette, zwei weitere Kammern sahen aus wie Schulungsräume, mit einer Vielzahl von Stuhlreihen und einer weißen Tafel an der Wand, und den vorletzten Raum kannte ich bereits.

Es war die gemütliche Kammer, in der wir mit Cecily die Bücher gelesen hatten. Hier hatten sie, Sienna und Taro endlich verstanden, dass es mich tatsächlich gab und ich keine Fantasie oder Halluzination durch eine Krankheit war.

Ich warf einen kurzen Blick auf die Bücherregale und die wunderschönen Bilder, die daneben hingen. Wälder, Wiesen, ein Bach – und wieder wärmten sie mich von innen und zeigten mir, wie sehr ich mein Zuhause vermisste. Das vergnügte Pfeifen zusammen mit den Vögeln im Wald hinter unserem Haus, die weißen Kaninchen und meine Nana. »Das ist jetzt nicht wichtig«, sagte ich laut zu mir selbst, um das Heimweh zu vertreiben.

Schnell verließ ich die gemütliche Kammer und sah hinter der letzten Tür nach. Das war eindeutig ein weiterer Behandlungsraum. Mit einer breiten Liege darin und einigen Dingen, die ich von unseren elbischen Heilern her kannte: Salben, Öle, Tücher und so weiter.

Der Curandero war also fort. Nichts in diesen Räumen wies darauf hin, dass er in naher Zukunft wieder zurückkommen würde.

Aber wie konnte ich ihn nun aufspüren?

Schwermut legte sich auf meine Brust und Schultern. Dieses Gewicht drohte mich regelrecht zu ersticken.

So schnell mich meine Beine mit dieser Last tragen konnten, rannte ich die Treppe nach unten und zurück in den Laden. Cecilys Großmutter stand noch immer bei der Kundin und hielt das Engel-Kartenset in der Hand.

»Kann mich irgendjemand hören?«, rief ich.

Keine Reaktion.

»Hallo!«, brüllte ich so laut, dass mein Hals brannte.

Unsichtbar. Ich war für alle unsichtbar, keiner konnte mich wahrnehmen.

»Hilfe!«, schrie ich. »Irgendjemand muss mich doch hören können! Bitte, ich brauche Hilfe! Bitte helft mir doch.« Die letzten Worte waren nur noch geflüstert. Die bittere Tatsache, dass niemand meine Anwesenheit bemerkte, trieb mir die Tränen in die Augen.

Nun war exakt die Situation eingetreten, die ich vorhergesehen und vor der ich mich so sehr gefürchtet hatte.

Ich stand im *Mystery Moon* zwischen Menschen, und doch war ich mutterseelenallein. Zitternd wischte ich mir eine Träne von der Wange.

»Sehen Sie, ganz hinten in diesem Begleitbuch sind die verschiedenen Zeichen aufgemalt«, erklärte Cecilys Großmutter und blätterte auf die besagte Seite. »Mit ihrer Hilfe kann man direkt mit den magischen Wesen kommunizieren.«

Ein Knurren verließ meine Kehle, meine Traurigkeit wich Zorn. »Hallo? Wenn so was auch nur ansatzweise funktionieren würde, könnte mich doch einer hören, verdammt noch mal!« Alle Brücken zu uns waren zerstört worden, wussten die das etwa nicht? Aber so etwas konnte doch nicht verborgen geblieben sein! Was sollte das also mit den Zeichen?

»Wirklich?«, staunte die Kundin in dem fließenden Kleid mit heller Stimme. Sie strich sich anmutig die seidenweichen blonden Haare über die Schultern zurück. »Muss ich wissen, welchen Engel ich rufen möchte? Wie werden sie angewendet? In einer Meditation vielleicht?«

»Nein, direkt«, lautete die prompte Antwort. Ich verdrehte genervt die Augen, denn ich glaubte Cecilys Großmutter nicht. Sie redete weiter: »Man visualisiert ein Zeichen vor sich in die Luft, als würde es schweben, und die Verbindung zu einem Engel baut sich auf.«

Das funktionierte nie im Leben! Zerknirscht ging ich weiter, dann fuhr ich noch einmal herum. Oder vielleicht doch? Hm. Neugierig und misstrauisch gleichermaßen trat ich wieder näher an die beiden heran.

Die blonde Kundin hatte bereits ein überglückliches Gesicht aufgesetzt. »Die Verbindung baut sich von selbst auf? Haben Sie das schon mal ausprobiert?«, fragte sie und klang leicht weinerlich. Nein, eher, als wäre sie kurz davor zu singen.

»Schon ganz oft.« Die alte Frau nickte ein paar Mal schnell hintereinander, ihre langen Ohrringe baumelten wie verrückt hin und her. »Sobald diese heilige Verbindung besteht, kann man deutlich die kraftvollen Energien spüren, die zu einem fließen. Einmal konnte ich sogar ein Lied aus dem anderen Reich wahrnehmen. Leider wurde ich in meinem Ritual gestört, da ich vergessen hatte, mein Handy auszuschalten.«

»Ach, wie schade«, bedauerte die junge Blonde. »Der Kontakt zu den magischen Wesen ist so heilend. So viele Menschen schlafen noch, aber bald steigen wir in die nächste Dimension auf, wo alle endlich erwachen, und es wird leichter für uns werden.« Ihre Stimme wurde immer singender.

Ich hob kritisch eine Augenbraue. Hatte sie getrunken? Oder warum sprach sie, als würde sie mit dem Wind schweben und hätte nicht alle Tassen im Schrank?

Cecilys Großmutter nickte wieder. Glaubte sie diesen Quatsch etwa auch? »Diese Wesen sind so rein und weise. Die

Zeichen sind etwas ganz Besonderes. Ein Geschenk aus dem Himmelreich an die Menschen, um die Türen ihrer Herzen zu öffnen.«

Türen öffnen? Aha. Aufmerksam betrachtete ich die goldenen Zeichen in dem Buch, von denen sie eben gesprochen hatten. Versuchte abzuwägen, ob sie mir weiterhelfen konnten. Eines davon war eine Spirale und die Ziffer Acht lag darüber. Das Symbol wirkte nicht sonderlich magisch auf mich, aber Cecilys Großmutter war da anderer Meinung.

»Probieren Sie es doch gleich hier aus«, bot sie an und tippte mit dem Zeigefinger ausgerechnet auf die Spirale mit der Acht. »Wahrscheinlich werden Sie durch den Lärm der Straße eher keine Melodie hören, aber die Verbindung und die Energien bauen sich trotzdem auf.«

Ich runzelte die Stirn. War das wie eine Art Telefon, das man in meine Richtung benutzen konnte? Konnte das sein? Oder gaukelte das Buch gutgläubigen Käufern nur etwas vor? Hmmm. Ich kratzte mich nachdenklich an der Wange. Wenn ich der erste Schlüsselträger seit Tausenden von Monden war, wie konnten dann solche Zeichen existieren? Wie würden sie die Türen öffnen, die anscheinend nur ich öffnen konnte?

Das verwirrte mich etwas.

Schließlich war das Himmelreich auch bei uns in der Anderwelt. Oder gab es noch ein zweites hier auf der Erde? Eines, von dem ich noch nichts gehört hatte. Hm. Aber alle Brücken zu magischen Wesen waren doch zerstört worden. Wie konnten diese Menschen dann durch Symbole ein Gedankenfenster herholen? Waren das etwa Schamanen?

Argwöhnisch musterte ich ihre Gesichter, kam aber nicht dazu, mehr darüber herauszufinden, denn die blonde Kundin wollte das Zeichen sofort ausprobieren.

»Wenn es klappt, kaufe ich das Set natürlich.« Sie lächelte erwartungsvoll und machte zwei Schritte zur Seite, damit sie mehr Platz für ihre Visualisierung hatte. »Ich stelle mir also vor, wie diese rechtsdrehende Spirale mit der liegenden Unendlichkeits-Acht in der Luft schwebt. Und dann?«, fragte sie und rückte ihr fließendes Kleid zurecht.

Auf die Antwort war ich gespannt. Würde das Zeichen dann anfangen, zu leuchten? Wie bei mir?

Cecilys Großmutter legte theatralisch ihre Hand auf ihr Herz. »Sie müssen nur fühlen und nachspüren, was es im Körper macht. Die Leichtigkeit wahrnehmen, welche die Schwere vertreibt und die Aura und Chakren reinigt.«

Meinte sie die gleiche Schwere, von der Lunet geredet hatte? War das nicht etwas zu früh, sie zu vertreiben? Noch vor dem Tod?

»Okay«, hauchte die Dame mit den hellblauen Augen melodisch und setzte eine äußerst konzentrierte Miene auf. »Ist die Farbe denn wichtig? Visualisiere ich das Zeichen in der gleichen Farbe, in der es in dem Buch abgedruckt ist? Ich liebe ja Silber. Das ist absolut meine Farbe.«

»Golden! Visualisieren Sie immer nur in reinem Gold. Exakt so wie in dem Buch. Diese Farbe schwingt am höchsten, sie hat mehr göttliche Kraft als Silber. Nur mit Gold kann der Kontakt zur anderen Welt hergestellt werden. Silber bremst die Energie nur und würde Ihnen den Weg versperren.«

Was brabbelten die da? Ich zog die Nase kraus, denn bei all meinen Clanmitgliedern leuchtete das Zeichen der Mondgöttin stets Silber auf der Stirn. Ebenso legte sich ein silberner Glanz über ihre Augen, wenn sie mit der Erde, also mit ihren Menschen, kommunizierten. Ein versperrter Weg sah anders aus. Aber … Oh. Moment. Silber … Gold … Wieder schaute ich auf das abgebildete Zeichen im Buch. Langsam realisierte ich, dass meine Schlüsselzeichen ebenso golden strahlten und nicht in Silber wie bei den übrigen Clanmitgliedern. Auch das Zeichen der Mondgöttin strahlte golden auf meiner Stirn. Hm. Hatte Cecilys Großmutter vielleicht doch recht?

Ich neigte den Kopf schräg, war irritiert, denn die Kundin schloss die Augen, atmete tief ein und ganz langsam wieder aus. Dann öffnete sie ihre Augen wieder und fixierte einen undefinierbaren Punkt vor ihr in der Luft.

Stellte sie sich gerade das Zeichen vor? So wie ich meine Schlüsselsymbole manifestierte, wenn ich durch eine Tür gehen wollte?

Es durchfuhr mich wie ein Blitz! Das war die Idee! Sofort sprang ich vor die Kundin, an die Stelle, wo ich ihr unsichtbares Zeichen vermutete, und aktivierte kurzerhand meine Schlüsselzeichen. Inzwischen gelang es mir sehr gut, ich konnte sie schnell herholen und brauchte sie jetzt dringend, denn Tooly hatte mich über die Videokamera doch auch kurz sehen können! Warum hatte ich nicht eher daran gedacht?

Ich begann, meine neu gewonnene Kraft zu bündeln. Wärme durchflutete mich, meine Stirn kribbelte, ich spürte, wie das Zeichen der Mondgöttin erschien und immer heller wurde. Aus meinen Händen strahlten die Schlüssel, als lägen sie direkt darin. Ich konnte nicht sagen, ob diese Spirale mit der liegenden Acht auch ihren Teil dazu beitrug, aber die Reaktion der Menschen ließ nicht lange auf sich warten.

Ein Staunen erfüllte den Raum, als mich alle Anwesenden plötzlich sehen konnten. Cecilys Großmutter riss die Augen auf. Die blonde Kundin in dem fließenden Kleid hielt die Luft an und wurde stocksteif.

»Ihr müsst sofort die Polizei rufen! Cecily ist tot!«, sagte ich ohne Umschweife. Auf die Gefühle der Großmutter konnte ich nun keine Rücksicht nehmen. »Sie wurde von Tooly ermordet!

Sienna und Sam sind eingesperrt. Der Junge braucht schnell einen Arzt, er ist schwer verletzt und blutet aus den Ohren. Ruft die Polizei zu Toolys Galerie. Wenn ihr dort seid, zeige ich euch den Weg in den Keller, wo er die beiden gefangen hält. Ihr müsst euch beeilen!«

Ein Buch fiel mit einem dumpfen Geräusch zu Boden. »Oh mein Gott«, rief der Mann, dem es aus der Hand gefallen war.

Die Frau neben ihm war käseweiß geworden. »Ein Engel! Ein richtiger Engel! Macie, siehst du das auch?«

»Ja«, hauchte das Mädchen. Das Edelsteinkettchen baumelte in seiner Hand, ehe es hinunterfiel und zwischen den anderen Ketten auf dem Tisch liegen blieb.

Cecilys Großmutter fasste sich geschockt an die Brust, atmete tief ein und krallte die Finger in den Stoff ihres bunten Kleides.

»Hört sofort auf zu starren und ruft endlich die beschissene Polizei und einen Arzt«, schrie ich wütend, um endlich Bewegung in diese Leute zu bringen. »Tooly ist ein Mörder! Sienna und Sam sind in großer Gefahr!« Das vor jemandem auszusprechen, der mich wahrnehmen konnte, fühlte sich total befreiend an. Endlich war ich in der Lage, die Worte loszuwerden, endlich war ich am Ziel.

Aber keiner in dem Laden reagierte. Alle standen sie nur verdattert da und starrten mich mit weit aufgerissenen Augen und Mündern an.

Die Zeichen hörten bereits wieder auf zu leuchten, ich begann zu verblassen. Obwohl ich es unbedingt wollte, konnte ich diese Kraft nicht länger aufrechterhalten. Ich musste also noch lauter werden, damit diese Menschen aus ihrer Schockstarre erwachten. Hatte mir Cecilys Großmutter etwa nicht zugehört? Warum stand sie nur da und krallte ihre Finger in den Stoff an ihrer Brust?

»Deine Enkelin ist tot!«, machte ich deutlich. Zeit für sanftere Worte hatte ich nicht, ich musste diese Frau ganz dringend wachrütteln. Sie schaute mich jedoch nur entsetzt an. Aber es ging jetzt nicht um sie, sondern um Sienna und Sam und Taro. Cecilys erschrockene Großmutter musste unbedingt verstehen, dass sie keine Minute mehr verlieren durfte.

»Sie wurde von Tooly ermordet. Ihr müsst sofort den Scotland Yard rufen. Bitte, es eilt!«

Ich bekam nur eine einzige Reaktion: Die Kundin in dem fließenden Kleid vor mir blinzelte endlich und atmete langsam und vorsichtig ein.

Drei Sekunden später verblassten meine Zeichen vollständig, mit ihnen verschwand auch die Wärme, die ich gerade noch so intensiv gespürt hatte.

»Habt ihr das gesehen?« Der Mann neben dem Bücherregal flippte beinahe aus.

»Oh Gott, oh Gott«, wimmerte das Mädchen.

»Ich wusste, dass ich eine Gabe habe«, hauchte die Frau mit den hellblauen Augen. »Aber nicht, dass sie so mächtig ist. Ich ahnte es, ich bin zu Größerem bestimmt.«

Irritiert blickte ich in die Runde. Verstand nicht, was mit den Menschen los war. Schreckte sie die Nachricht über den Mörder Tooly nicht auf? Ich hatte erwartet, dass sie sofort die Handys zücken würden.

Doch der Mann war immer noch außer sich, da er mich gesehen hatte. Er kam zu der Frau mit den hellblauen Augen, die sich die Spirale und die Acht vorgestellt hatte. »Konnten Sie ihn hören?«

Was? Hatte er mich etwa nicht hören können?

»Ja. Laut und deutlich, in all seiner Reinheit. Es war wie ein Singen aus einer anderen Dimension«, antwortete sie in einem euphorischen, hellen Ton. »Ich werde darüber ein Buch schreiben. Die ganze Menschheit muss davon erfahren, auch von meiner mächtigen Gabe.«

Wie bitte? Ich stutzte. Ein Singen? Ein Buch schreiben?

»Sie machen das also beruflich? Kann man bei Ihnen auch einen Termin vereinbaren?«, wollte der Mann drängend wissen. »Mein Sohn hat oft Albträume, bestimmt kann ihm der Engel helfen.«

Die andere Kundin kam ebenso herbei. »Bitte, ich brauche auch einen Termin für mich und meine Tochter Macie. Wir leiden seit ein paar Jahren an Migräneanfällen und haben schon alles versucht. Können Sie den Engel fragen, was wir tun sollen?«

»Haben Sie ihre Ernährung schon umgestellt?«

Verdattert machte ich einen Schritt zurück und konnte es kaum glauben. Was geschah gerade?

Die Migräne-Frau schnalzte mit der Zunge. »Wir haben ein ganzes Jahr lang nur vegan gegessen. Hat nichts gebracht.«

»Schon mal was vom Mutterkraut gehört?«, platzte der Mann ins Gespräch. »Vor ein paar Wochen habe ich einen Kurs in Kräuterkunde belegt, die Referentin schwärmte regelrecht von diesem Kraut.«

Ich torkelte noch weiter zurück. Warum redeten die Menschen jetzt über Migräne? Hatten sie mich schon wieder vergessen?

Die Frau in dem fließenden Kleid nickte. »Mutterkraut wird bei Frauenleiden und Migräne verabreicht.«

Der Mann stimmte ihr eifrig zu. »Gegen Migräne könnte auch eine Tinktur aus Weidenrinde, Mädesüß und Lindenblüten helfen.«

Die Kundin mit den hellblauen Augen bekam einen starren Blick, dann griff sie auf den Arm der von Migräne geplagten Frau. »Der Engel zeigt mir gerade ein Bild von Baldrian. Haben

sie viel Stress?« Die Dame nickte. »Dieser gehört unbedingt re-
duziert, wenn der Engel Baldrian zeigt, dann ist es höchste Zeit,
in die Ruhe zu gehen.«

»Unbedingt!«, mischte sich der Mann wieder ein. »OM-
Chanten wäre die perfekte Lösung dafür.«

»Wirklich?« Die Migräne-Frau verzog abfällig das Gesicht,
das Mädchen Macie ebenso.

»Baldrian«, verdeutlichte die Blonde. »Von den esoterischen
Yogis halte ich nicht viel.«

Der Mann schüttelte den Kopf. »OM-Chanten hat nicht nur
etwas mit Yogis zu tun. Durch das OM-Singen beruhigt sich der
Geist und man gelangt ins Hier und Jetzt ...«

Ich wurde immer noch fassungsloser. Hörte ihren Worten zu,
aber ich verstand nicht, was in ihren Köpfen vor sich ging. Eben
noch dachten sie, einen richtigen Engel gesehen zu haben, nun
unterhielten sie sich über Baldrian und Yogis.

Cecilys Großmutter blickte immer noch erschrocken, sie
war ein wenig blau um die Lippen. Ging es ihr nicht gut? Hatte
sie mich als Einzige richtig verstanden und war deswegen so
still? Oder waren meine gesprochenen Worte tatsächlich nur
als ein Singen wahrnehmbar gewesen? Ich war unsicher und
hätte ich gekonnt, wäre ich zu ihr gegangen und hätte sie gefragt, ob sie sich setzen wollte. Sie machte keinen guten Eindruck auf mich.

»... das klingt toll«, meinte die Migräne-Frau. »Ich werde
mich bei der Chantgruppe anmelden.«

Der Mann zwinkerte ihr zu. »Sagen Sie denen, dass ich sie
empfohlen habe.«

Cecilys Großmutter gab ein eigenartiges Röcheln von sich.
Im selben Moment fiel sie wie ein nasser Sack zurück, versuchte noch, sich festzuhalten, und riss dabei einen Ständer
voller Kristalle mit sich. Atemlos blieb die alte Frau auf dem

Rücken liegen. Die Kristalle purzelten durch den ganzen Laden, die Engelskarten verteilten sich auf ihrem bunten Kleid und rundherum auf dem Boden.

Erschrocken sprang ich zu ihr, doch ohne festen Körper konnte ich ihr nicht helfen.

»Was ist mit ihr?«, rief die Frau in dem fließenden Kleid.

»Ruft einen Rettungswagen, schnell«, schrie der Mann, während er zu Cecilys Großmutter eilte und sich hinkniete. Er legte zwei Finger an ihren Hals. »Kein Puls.« Sofort begann er mit einer Herzmassage.

»Was hat sie?« Die Migräne-Frau blickte verblüfft.

»Sieht nach einem Herzinfarkt aus«, antwortete die Blonde. Plötzlich war ihre Singsang-Stimme fort, sie klang endlich normal.

»Rettungswagen!« Der Mann drückte wiederholend auf die Brust von Cecilys Großmutter.

»Ich besitze kein Handy mehr wegen der schädlichen Strahlen«, entschuldigte sich die blauäugige Blonde.

»Meines liegt im Auto«, erklärte die andere.

Fassungslos beobachtete ich, wie Macie, welche zuvor noch das Edelsteinkettchen in der Hand gehalten hatte, seelenruhig in ihrer kleinen grünen Tasche kramte, um schlussendlich ein Telefon herauszuholen. Sie reichte es abfällig ihrer Mutter. »Hier. Ich muss raus an die frische Luft. Das wird mir zu unruhig hier, diese Energien sind ja kaum noch zu ertragen ... Mir ist schwindelig.«

»Du hast heute zu wenig getrunken«, ermahnte ihre Mutter sie und tippte auf dem Display herum. »Hol dir vorn etwas zu trinken. Ich komme gleich nach.« Sie hielt sich das Handy ans Ohr und telefonierte mit dem Notdienst.

Einige Sekunden lang beobachtete ich entsetzt die sich mir bietende Szene. Was waren das für Leute? Der Einzige, der versuchte, Cecilys Großmutter zu retten, war der Mann. Die erleuchtete Blondine, die zuvor noch ein Buch über mich hatte schreiben wollen, stand nur da und tat rein gar nichts. Nichts! Die andere Frau telefonierte zwar, aber im Grunde war sie ganz woanders. Ich glaubte sogar, dass sie den Notruf nur gewählt hatte, weil sie es tun musste, da es das Handy ihrer Tochter war, und nicht, weil ihr Pflichtgefühl sie dazu veranlasst hatte.

Enttäuscht schnappte ich nach Luft. Mein Verständnis für die Menschen war nahezu restlos aufgebraucht.

»Sie atmet wieder!«, rief der Mann, hörte mit der Herzmassage auf und legte wieder zwei Finger an den Hals von Cecilys Großmutter. »Schwacher Puls. Aber ein Puls.«

»Der Rettungswagen kommt bestimmt bald«, meinte die Migräne-Frau ungerührt.

Auch die blonde Erleuchtete reagierte nicht sonderlich erleichtert darüber, im Gegenteil. Sie machte den Eindruck, als würde sie den Laden lieber verlassen wollen, und schaute andauernd durch die Eingangstür auf die Straße hinaus.

Ich war beruhigt, dass Cecilys Großmutter noch lebte, dennoch verließ ich total geplättet *Mystery Moon*.

Meine Welt war bis in die Grundmauern erschüttert.

Keiner von den Menschen hatte bemerkt, dass Cecilys Großmutter schon vor ihrem Sturz dringend Hilfe gebraucht hätte. Warum sollten sie also auf meine Hilferufe reagieren? Was hatte ich nur erwartet?

Ich war für sie irgendein leuchtendes Wesen aus einer magischen Welt gewesen, dem sie sage und schreibe dreißig Sekunden gewidmet hatten, ehe sie sich wieder über ihre Probleme unterhalten hatten. Ich war für sie nicht einmal eine Sensation! Als würde ihnen jeden Tag ein richtiger Elbe oder Engel erscheinen! Ihr Handeln konnte ich nicht nachvollziehen, aber endlich war mir bewusst geworden, dass ich mit der Kraft der Schlüsselzeichen genauso machtlos war wie ohne.

Ich war unsichtbar, selbst wenn ich mich sichtbar machte.

Menschen waren für eine außergewöhnliche Erscheinung noch nicht bereit. Nicht mal ein vermeintlicher Engel hatte sie zum Nachdenken und Innehalten gebracht.

Deprimiert trat ich auf die gepflasterte Straße hinaus und blieb stehen. Schaute dem Mädchen Macie hinterher, welches sich demonstrativ mit der Hand Luft zufächelte und eiskalt davonmarschierte. War es ihr so egal, dass in *Mystery Moon* eine Frau gerade um ihr Leben gekämpft hatte? Waren Menschen tatsächlich so kalt?

Langsam machte ich einen Schritt nach dem anderen die Einkaufsstraße entlang. Erinnerte mich an die Worte aus Sir Reyans Buch, die davon handelten, wie die Menschen angefangen hatten zu morden, Sklaverei zu erschaffen und einem bösen Teufel und strafenden Gott zu huldigen.

Jetzt erst verstand ich in vollem Umfang, wie wichtig die Trennung von meiner Welt und der Erde gewesen war. Wie wichtig sie noch immer war! Jetzt verstand ich Siennas Bitte, ich solle unbedingt den Schlüssel zerstören.

Musste ich ihrer Bitte wirklich nachkommen, um meine Welt zu beschützen? War ein so drastischer Schritt tatsächlich notwendig?

Die altbekannte Traurigkeit und Hilflosigkeit überkamen mich erneut. Kurz überlegte ich, mich anderen Menschen noch einmal zu zeigen. Aber was sollte das bringen?

Wenn mich nicht mal die Leute in einem spirituellen Laden, die doch für Übersinnliches so empfänglich waren, hören oder verstehen konnten, wenn nicht mal die in der Lage waren, einen Elben von einem Engel zu unterscheiden, was brachten meine Mühen dann noch?

Wozu das Ganze? »Nein. So mache ich nicht weiter«, sagte ich zu mir selbst und ballte eine Hand zur Faust. »Ich brauche einen anderen Plan, um Sam den Arzt zu holen.« Hilfe, die der arme Junge bitter nötig hatte! Und nicht nur er! Rasch dachte ich nach. Sollte ich mein Glück direkt bei einem Arzt versuchen und mich diesem zeigen? Oder dem Scotland Yard? Wie würde die Polizei auf mich reagieren? Würden die versuchen, sich mit mir mittels Zeichensprache zu unterhalten, wenn sie mich schon nicht hören konnten?

Ich überlegte, was mir Sienna jetzt raten würde.

Meine Schritte wurden auf einmal schneller, mein Entschluss war gefasst. Ich musste einen Polizisten suchen!

Mit neuem Mut und Zuversicht im Herzen beeilte ich mich die Einkaufsstraße entlang und blickte mich suchend um. Sahen die Polizisten hier so aus wie in den Serien, die ich mit Sienna angeguckt hatte? Trugen sie schwarze Kleidung? Eine Polizeimarke an der Brust hatten sie bestimmt. Oder?

Völlig außer Puste kam ich zu der stark befahrenen Straße. Dort, wo die Pflastersteine des Stadtzentrums in den grauen Belag der Fahrbahn übergingen, standen immer Taxis. Deren Fahrer kannten die Stadt wie ihre Westentasche. Ich fand schnell einen, der neben seinem geparkten schwarzen Wagen stand und telefonierte. Er trug eine Jeans, darüber ein lockeres graues Shirt, war so um die dreißig und wirkte total sympathisch. Natürlich tat ich das Einzige, was ich tun konnte: Ich aktivierte die Schlüsselkraft und zeigte mich, denn Zeit, um lange nach einem Polizisten zu suchen, hatte ich keine.

»Hilfe, ich brauche dringend die Polizei«, sprudelte es aus mir heraus, als der Taxifahrer panisch die Augen aufriss. Nun wusste ich immerhin, dass er mich gut sehen, aber nicht hören konnte, und verständigte mich mit Pantomime und Worten zugleich. »Tooly ist ein Mörder, Sienna und Sam sind eingespe...«

Weiter kam ich nicht, denn eine Frau, die ich zuvor nicht gesehen hatte, schrie mit einem Schlag so hysterisch, dass ich glaubte, sie wäre in Not.

In diesen hysterischen Schrei mischte sich schnell ein weiterer von einer Teenagerin. Sie ließ ihre Einkaufstasche zu Boden fallen, sah mich mit weit aufgerissenen Augen an. Ihr viel zu heller Schrei wollte nicht verstummen.

Warum hatte sie solche Angst? Was war bloß los mit mir?

Einen Moment später brach ein Tumult aus. Autos hupten, Menschen schrien aufgeregt durcheinander.

»Seht ihr das?«

»Ist der echt?«

»Mama, da drüben ist ein Außerirdischer!«

Die Stimmen überschlugen sich, schon bald konnte ich kein einzelnes Wort mehr heraushören.

Der Taxifahrer, dem ich mich eigentlich hatte zeigen wollen, wurde kreidebleich und rannte von mir weg, so schnell ihn seine Beine tragen konnten.

Wieder hupte jemand, dann krachte es. Metall traf auf Metall. Glas splitterte. Ein Kreischen, Hupen, Schreien.

Irritiert verfolgte ich, was um mich herum geschah.

Auf der stark befahrenen Straße waren ungefähr ein Dutzend Autos ineinandergeprallt.

Was war passiert, was hatte ich getan? Bei der Mondin! Schon wieder hatte ich Chaos verursacht. Aber ich wollte doch nur Hilfe holen!

Die Zeichen verblassten, ich verschwand, trotzdem folgte ich dem starken Impuls abzuhauen und ließ die weinenden und schreienden Menschen hinter mir. Ließ das alles hinter mir. Auch meinen vermeintlich perfekten Plan, selbst einen Polizisten zu alarmieren. Zwischen zwei Häusern blieb ich stehen, dort stand ein Baum, hinter dem ich mich verstecken konnte.

Er bot mir etwas Schutz, denn ich musste noch einmal zurück-blicken, musste mir ansehen, was ich schon wieder angerichtet hatte.

Chaos, wo ich nur hinsah. Da war Rauch. Viel Rauch und ein loderndes Feuer, das aus dem vorderen Teil eines roten Autos kam. Das Geschrei hörte nicht auf. Oh Mondin! Was nun? Auf-gewühlt stand ich da, sah die geschockten Leute und fühlte mich elend.

Langsam drehte ich mich um und machte mich auf den Weg zu meinem einstigen Zuhause. Es war jedoch nicht mehr mein geliebtes Heim, es war die Hölle, in die ich jetzt zurückkehren musste.

Da der Verkehr auf der stark befahrenen Straße dank mir stillstand, konnte ich sie ohne Hindernis überqueren. Ich hasste und verabscheute mich dafür. Unschuldige Menschen waren verletzt worden, Autos waren zertrümmert. Was brachte mir dieser dämliche Schlüssel, wenn man mir nicht zuhörte? Sich sogar vor mir erschrak? Man mir nicht mal die Möglichkeit gab, mein Anliegen vorzutragen?

Während des ganzen Weges dachte ich darüber nach. Die Situation überforderte mich einfach, ich war ihr nicht gewach-sen. Wenn das meine Bestimmung war, wollte ich sie echt nicht haben.

Meine Schultern sanken nach unten, mein Kopf ebenso. Ab-gekämpft bog ich in die Straße ein, an der die Ampel nahe dem Studentenwohnheim stand. Mit mattem Blick nahm ich aus dem Augenwinkel die Autos wahr und lief im Schneckentempo weiter.

Ein Wagen, der an der Ampel stand, war blau. Er kam mir bekannt vor, darum hob ich den Kopf und schaute genauer hin. Schon sah ich eine grüne Mütze und schwarze Haarspitzen, die darunter heraushingen. Am Steuer saß ein junger Mann mit mandelförmigen Augen, der leise zur Musik mitsang und im Takt mit den Fingern auf das Lenkrad tippte.

»Taro!«, schrie ich, so laut ich konnte.

Er fuhr los.

Ich sprintete hinterher. Musste meine letzten Kraftreserven mobilisieren, damit ich ihn nicht verlor. Zu meiner Erleichterung war der Parkplatz des Wohnheimes nicht mehr allzu weit weg. Taro hatte seinen blauen Wagen bereits eingeparkt, als ich endlich ankam, und stieg gerade aus.

Schnell konzentrierte ich mich auf die Schlüssel, die sofort zu leuchten begannen, ebenso das Symbol auf meiner Stirn.

Taros Gesicht versteinerte.

»Bitte erschrick nicht!« Nicht auch noch du!

»Dian?« Er atmete scharf aus, griff sich auf die Mütze und brauchte noch ein paar Sekunden, ehe er in vollem Umfang begriff, wen er da vor sich hatte. »Scheiße, Dian, ich kann dich sehen!«

Mein Herz sprang vor Freude fast aus meiner Brust. »Taro, hörst du mich vielleicht?« Ich zeigte auf meine Ohren.

»Was hast du gesagt?« Er blickte sich angespannt um, aber da war keiner. »Gott, Scheiße, wenn mich jemand sieht, glauben die, ich wäre total verrückt geworden.« Er lachte. »Verdammt! Du siehst ja gut aus! Hätte nicht gedacht, dass du so groß bist. Aber warum kann ich dich sehen? Kann dich Sienna jetzt etwa auch sehen?«

»Schau mich an«, sagte ich drängend, denn ich hatte schon verstanden, dass man mich zwar sehen, aber nicht hören konnte. Die hellen Zeichen verblassten allmählich wieder. Ich führte Taro sofort pantomimisch den durchgeschnittenen Hals vor und formte das Wort Tooly ganz langsam und deutlich mit meinem Mund. Sam hatte es auch verstanden, Taro würde es bestimmt schneller begreifen. »Tooly ist ein Mörder! Sam und

Sienna sind ...« Ich brach ab, da ich ein Geräusch hörte. Zwischen zwei Autos sprangen plötzlich Yin Yang hervor.

»Da ist wieder Legolas!«, schrie Aaren und stürmte auf uns zu. »Ich bin nicht verrückt!«

Mein Herz setzte kurz aus. Hilfe!

»Klappe halten!«, zischte Yaris.

Meine Schlüsselkraft war fort, ich war wieder unsichtbar.

Taro wusste nicht, wie ihm geschah. Die beiden waren mit wenigen Schritten bei ihm, Yaris drückte ihm so schnell das Stromgerät an den Arm, dass er überhaupt nicht darauf reagieren oder den Angriff abwehren konnte.

Yin Yang machten den Eindruck, als hätten sie sich vorher abgesprochen. Sie stützten den nun wehrlosen Taro unter den Armen, einer links, der andere rechts. Mit vereinten Kräften und schnellen Schritten trugen sie ihn vom Parkplatz.

Die Mistkerle verschwanden hinter ein paar Büschen und Bäumen, steuerten zielstrebig den schmalen dunklen Weg mit den Trittsteinplatten an, der zwischen den langen Gebäuden zum Keller führte.

Am Leben

Als sie auf dem schmalen Weg waren, hielten sie kurz an und schnauften im Schutze der Gebäudeschatten durch.

»Hast du Legolas gesehen?«, wollte Aaren wissen.

»Der war nur Einbildung. Wir haben gestern ziemlich einen über den Durst getrunken.«

»Ich habe das Spitzohr schon einmal gesehen.«

»In deinem Räucherstäbchen war bestimmt was Illegales. Komm jetzt, nicht dass uns noch jemand erwischt. In knapp dreieinhalb Stunden beginnt der Einlass in die Galerie. Wir sollten vorher unsere Rede für die Eröffnung der neuen Sonderausstellung noch mal durchgehen.«

Der bewusstlose Taro lag in ihren Händen und sie redeten über die Sonderausstellung? Was ging in ihren Köpfen bloß vor? Hatten sie kein Gewissen? War Taro für sie kein Mensch? Was war er dann? Eine Trophäe? Ein Auftrag? Ein baldiges Gemälde?

Yin Yang setzten sich in Bewegung und trugen den bewusstlosen Taro weiter den tristen Weg entlang.

»Du hast ihn auch gesehen, gib es zu.« Aaren atmete angestrengt.

Yaris antwortete ihm nicht. Sie erreichten bald die unheilvolle Kellertreppe. Mein Herz machte einige Aussetzer, als ich zusah, wie sie Taro die Treppe hinunterzerrten, die Tür aufsperrten und ihn hindurchschliffen. Erst als sie die Tür hinter Taro geschlossen hatten, ließen sie ihn los.

Er knallte einfach auf den Boden, stieß mit einem dumpfen Ton die Atemluft aus und blieb reglos liegen.

Aaren drückte sofort auf einen Lichtschalter, der neben dem Türstock war, eine einzelne Glühbirne an der Wand schaltete sich ein und flackerte ein wenig. Ich wunderte mich darüber, dass sie zuvor nie verwendet worden war. Anstatt der dürftigen Taschenlampen hätten schließlich alle die Glühbirne nutzen können. Okay, sie erhellte nur einen Teil des Flures, weiter hinten war es immer noch düster.

Yaris steckte den Schlüssel ins Schloss, um abzusperren, aber ehe er ihn umdrehte, bückte er sich und durchsuchte die Taschen seines Opfers.

»Was machst du?«, wollte Aaren wissen.

Sein Freund suchte weiter und tastete über den Körper des Bewusstlosen. In der Hosentasche wurde er fündig. »Ich werde das Handy des Asiaten nachher überprüfen«, erklärte er. »Ich vermute, er hat eine App oder so was, mit der man Hologramme projizieren kann. Die spielen in China und Japan ja ständig mit Hightech-Sachen rum.«

»Ist er nicht halb Vietnamese?«

Yaris steckte das Handy ein und griff sich Taros linke Hand. »Scheißegal was er ist. Er lebt eh nicht mehr lange. Und nun hilf mir. Ich will duschen, ehe die Galerie öffnet. Du weißt, wie wichtig mir solche Sonderausstellungen sind.«

Aaren nahm Taros rechte Hand. »Schampus trinken, mit reichen Witwen flirten …«

Beide zogen an und schliffen Taro Richtung Stahltür.

»Wir haben bei der letzten Ausstellung dank meiner Flirterei zwei Bilder verkauft. Nicht mehr lange und wir können uns unser Traumhaus bauen.«

»Der Gedanke, endlich losgelöst und selbständig zu sein, fühlt sich gut an.« Er flüsterte es nur.

Sein Freund nickte zur Antwort.

Aaren warf einen Blick auf den bewusstlosen jungen Mann, der mit seinen Beinen über den Boden geschliffen wurde. »Wenn der so eine App hat, würde das ja bedeuten, dass er das Hologramm von Legolas direkt in unser Schlafzimmer projiziert hätte.«

Yaris nickte. »Ja genau. Und dafür wird er büßen. Seine Kunst ist gut, aber die Kunst aus ihm wird uns mehr Geld einbringen. Das wird die größte Auktion des Jahres, wirst schon sehen.«

»Wir könnten ein Bild im Bild mit einem seiner Werke kreieren.«

»Geniale Idee. Das wäre ja so, als würde er sein eigenes Bild auf ewig mit seinem Körper halten.«

»Alter! Das bringt Kohle ein!«

»Das wird uns einen beheizten Pool im Keller bescheren.«

Sie lachten beide.

Und machten mich rasend vor Wut.

Das war genau die Sorte Mensch, wegen der die einstigen Brücken zwischen den Welten abgebrochen worden waren. Die zwei waren künstlerisch hochbegabt, zusammen gaben die beiden wunderschönen Menschen ein faszinierendes Bild ab. Yin Yang war ein besonderes Phänomen, doch das reichte ihnen nicht. Warum kreierten sie ihre einzigartigen Techniken nicht mit normalen Farben? Warum töteten sie dafür Menschen?

Ich spürte eine Erschütterung tief in mir. Es war Zorn in seiner dunkelsten Gestalt. Er war äußerst bitter und frustrierend. Rabenschwarz und vernichtend. Unwillkürlich griff ich auf den Schlüssel an meinem Hals und umklammerte ihn. Wünschte mir, er würde mir die Kraft geben, das alles durchzustehen.

Yin Yang waren an der Stahltür angekommen. Yaris ließ Taro los und fuhr in die Tasche seiner eigenen schwarzen Hose. Dann in die andere, in die Gesäßtaschen und wieder in die erste. Sein verdutzter Gesichtsausdruck wurde nachdenklich. »Shit, der Schlüssel steckt noch in der Kellertür.«

»Du hast doch hoffentlich abgesperrt?« Aaren ließ genervt Taros Hand los, dessen Oberkörper ungebremst auf den harten Boden knallte, doch das kümmerte ihn nicht.

»Keine Ahnung, glaub schon«, schnauzte Yaris. »Warte. Ich hol ihn«, sagte er ungeduldig und ging den langen Flur zurück. Aaren blickte ihm hinterher, ich schaute auf Taro und machte mir große Sorgen um ihn.

Er blinzelte.

Sofort wurde ich unruhig, denn schon kurz darauf riss er die Augen auf. Ich konnte mir nur vorstellen, wie sein Herz bei der Erinnerung an das Geschehene rasen musste. Meines hüpfte vor aufkeimender Panik jedenfalls fast aus meiner Brust.

Aaren bemerkte nicht, dass Taro wach geworden war, sein Blick lag immer noch auf Yaris.

Geistesgegenwärtig schoss Taro hoch, packte den überraschten Aaren an den Schultern und riss ihn so schnell nach unten, dass dieser mit dem Gesicht auf Taros Knie landete, welches er ihm entgegenschnellte.

»Ihr seid so kaputt!«, schrie Taro voller Wut.

Blut tropfte sofort aus Aarens Nase, er wollte sich wehren, doch Taro war schneller und stieß ihn so schwungvoll zurück, dass er der Länge nach hinfiel und hart mit dem Kopf auf dem Boden aufkam. Aarens Gesicht war schmerzverzerrt, er biss die Zähne zusammen.

»Elektroschocker, schnell!«, brachte er nur mühevoll heraus. Seiner Tonlage nach hatte ihm der harte Sturz ziemlich zugesetzt.

Taro schaute ruckartig zu Yaris, der gerade knapp vor der Kellertür war und blitzschnell reagierte, indem er mit großen Schritten zurückrannte. Der Elektroschocker lag bereits griffbereit in seiner Hand.

Taros lauter Kampfschrei hallte durch den Flur, als er sich auf den muskulösen Yaris stürzte und den Arm packte, mit dem er den Schocker hielt. Yaris drängte seinen Angreifer aber sofort laut atmend an die Wand. Er wehrte sich mit Händen und Füßen, aber man musste kein Hellseher sein, um zu erkennen: Taro war Yaris unterlegen, denn dieser schaffte es viel zu schnell, den Elektroschocker so zu drehen, dass er unweigerlich bald auf sein Ziel treffen würde.

Adrenalin pumpte durch all meine Zellen. In wenigen Augenblicken würde Taro wieder ausgeknockt werden und seine wahrscheinlich einzige Chance, lebend hier raus zu kommen, wäre vertan.

Jetzt oder nie!

Ohne groß nachzudenken, aktivierte ich die Schlüsselkraft, ließ sie strahlen und zeigte mich, um Yin Yang abzulenken.

Was auf der stark befahrenen Straße aus Versehen geschehen war, wollte ich jetzt absichtlich herbeiführen!

Aaren war gerade dabei, sich aufzurappeln, und fasste sich an den Hinterkopf. Knallrotes Blut glänzte an seinen zartrosa Fingern, als er anschließend auf mich zeigte, um seinen Freund zu warnen. »Legolas!«

Ich hatte keine Ahnung, wer dieser Legolas war und warum er ständig diesen Namen sagte. Ehrlich gesagt war es mir auch egal, denn ich musste Taro helfen, darum ging ich, ohne eine weitere Sekunde zu verlieren, auf Yaris los und hoffte, er würde sich zu Tode erschrecken, wenn ich wie ein Geist durch ihn hindurchsprang.

Aber ich sprang nicht durch ihn hindurch.

Ich prallte gegen seinen Rücken, war nicht gefasst auf das Hindernis und spürte für einen kurzen Moment seine steinharten Muskeln und Knochen, die ich mit voller Wucht rammte. Ein heftiger Stich schoss durch meine Rippen, meine Atemluft wich mit einem lauten Ton aus meiner Lunge.

Yaris schrie auf, ließ Taro jedoch nicht los und drückte ihn weiter gegen die Wand.

Was? Mein Körper war fest? Ich kapierte nicht warum, aber ich nutzte die Gelegenheit, ignorierte die Schmerzen in den Rippen und sprang Yaris noch mal an, wollte ihn von Taro losreißen.

Doch Yaris drehte sich etwas und erwischte mit seinem Ellenbogen direkt meine schmerzenden Rippen. Ich taumelte stöhnend zurück. Es klirrte und schepperte, als der Elektroschocker auf dem Boden aufschlug. Er war Yaris aus der Hand gerutscht.

»Was zur Hölle bist du?«, knurrte er. Wir schauten uns in die Augen und hielten für ein paar intensive Sekunden Blickkontakt.

Plötzlich tauchte Aaren hinter mir auf, packte mich an den Schultern und riss mich zurück. »Du Hologramm-Wichser!«

Was war das nun schon wieder? Egal. Ich befreite mich aus seinem Griff, drehte mich um, trat ihm gegen das Schienbein und hoffte, das Zittern in mir kam nur von der Aufregung. Doch ich spürte schnell die wahre Ursache dafür: Die Kraft der Zeichen ließ schon ein wenig nach.

Aaren schien mein Tritt kaum etwas auszumachen, er schlug mir mit der rechten Faust mitten ins Gesicht. Meine Antwort bekam er in Form eines Fußtritts zwischen die Beine und eines festen Schlages auf seinen Kiefer. Blut spritzte aus seiner Nase und der Lippe, die aufplatzte, und verteilte sich ringsherum auf der Wand.

Yaris hatte Taro immer noch fest am Kragen gepackt und alle Hände voll zu tun, denn dieser wehrte sich heftig, dachte nicht ans Aufgeben und warf Yaris alle erdenklichen Schimpfwörter und Drohungen an den Kopf.

Der kräftige Yaris gab sich viel Mühe, den Elektroschocker aufzuheben, und es gelang ihm schlussendlich, indem er Taro mit einem heftigen Ruck mit nach unten zog.

Während ich mit Aaren kämpfte und meine allerletzte Kraft in die Zeichen steckte, damit sie weiter aktiviert blieben, drückte Yaris den Anschaltknopf des Schockers.

Nein! Bitte nicht!

»Fuck«, stieß er laut aus und schüttelte das Gerät. Offenbar war es defekt. »Gut, dann töte ich dich mit bloßen Händen, genauso wie deinen behinderten Bruder«, drohte er mit tiefer Stimme, ließ das Gerät zu Boden fallen und drückte Taro nun mit beiden Händen an die Wand zurück. »Den kleinen Bastard haben wir uns schon vorgenommen, er wartet da hinten auf dich. Du kannst ihm gleich Gesellschaft leisten und ihm beim Sterben zusehen.« Er lachte finster.

»Du lügst!« Taro schrie es, ich konnte ihn nicht mehr sehen, denn Aaren riss mich an meinen langen Haaren zur Seite und ich wehrte mich, indem ich ihm meine Fingernägel in die Haut seiner Hand bohrte, damit er von mir abließ.

»Ich lüge nicht«, knurrte Yaris. »Siehst du da drüben das Blut an der Wand? Das ist von deinem dummen Bruder!«

Taros darauffolgender Schrei ging mir durch Mark und Bein. Ich wollte unbedingt schnell Aaren loswerden, darum mobilisierte ich all meine letzten Kräfte und schlug inzwischen mehr oder weniger wahllos um mich.

Aaren tat das Gleiche. Das war meine allererste Prügelei, doch es gelang mir, dem irren Typen ein paar heftige Tritte zu verpassen.

»Hilf mir endlich«, schrie Aaren verzweifelt und lenkte Yaris damit ab, der sich sofort umdrehte.

Taro nutzte die Gelegenheit, rutschte an der Wand nach unten und entkam so Yaris' Griff. Dann rannte er davon. Yaris wollte ihm hinterherrennen. Doch ich schubste Aaren kraftvoll von mir und sprang mit einem Satz auf Yaris' Rücken, umklammerte seinen Hals mit meinen Armen, damit er Taro nicht folgen konnte. Yaris biss mich in den Arm, ich schrie meinen Schmerz laut in sein Ohr, er hatte Glück, dass er mich nicht hören konnte. Mit den Beinen trat ich unterdessen nach Aaren, der mich am Hemd packen wollte, um mich von seinem Freund zu lösen.

Nebenbei bekam ich mit, wie die Kellertür aufging und sich mit einem Klacken wieder verschloss.

Die Kraft wich aus mir, die Schlüsselzeichen verblassten.

Ich verschwand. Yin Yang fischten sinnlos in der Luft herum und stießen aneinander. Sofort hüpfte ich zur Seite. Wollte die Typen nicht in mir haben.

»Verdammt!«, keuchte Aaren.

»Was war das zur Hölle?«

»Ein scheiß Hightech-Hologramm oder ein Roboter, was weiß ich!«

»Dafür muss die Ratte bezahlen.«

Die beiden rannten zur Tür.

Yaris grollte vor Wut. »Das Arschloch schnappe ich mir!« Kurz vor der Tür hielt er abrupt inne. »Der Schlüssel!«

Aaren rüttelte am Türknauf, aber er bewegte sich nicht. »Das Arschloch hat uns eingesperrt!«

Ich jubelte. Taro! Was für ein kluger Schachzug! Das war der einzige Weg nach draußen!

»Argh!« Yaris spannte seine muskulösen Oberarme an, ballte die Faust und boxte mit voller Wucht gegen die massive

Tür. »Den schicke ich mit Freude eigenhändig ins Nirwana.«
Eine Zornesfalte bildete sich auf seiner Stirn. »Wir müssen sofort zu Tooly und den anderen Schlüssel holen.«

Kaum ausgesprochen, sprinteten beide los. Aber bereits an
der ersten Stahltür mussten sie anhalten.

»Scheiße, sie ist abgesperrt«, keuchte Aaren und zückte sofort sein Handy. Während Yaris gegen die Tür hämmerte und
wie ein Irrer schrie, telefonierte der andere. Mit wem, war sonnenklar. »Taro war mit Hightech schwer bewaffnet und ist entkommen, er hat den Schlüsselbund gestohlen und uns im Keller
eingesperrt. Wir stehen vor der ersten Sicherheitstür, bitte
komm sofort.« Er wartete nicht auf Antwort, sondern legte sofort wieder auf.

Yaris hämmerte weiter gegen den Stahl.

»Hör auf damit«, schnauzte Aaren. »Er kommt ja schon.«

»Das ist das letzte Mal, dass ich bei so was mitmache«,
knurrte er.

Der Albino schlug seine perfekten Zähne aufeinander und
spannte die Kiefermuskeln an.

Dann hörte ich ein Geräusch.

Es war Tooly, der von innen aufsperrte, den Riegel hoch-
schob und die Tür aufriss. »Seid ihr völlig verrückt geworden?«
Der alte Mann hatte den Geruch von Minze und Orange mitgebracht. Mir wurde übel.

»Hey, er hat uns mit seiner Geheimwaffe angegriffen«,
wehrte sich Yaris.

»Was meinst du damit?«

»Ein Roboter oder so was«, schnauzte Aaren und zeigte auf
sein eigenes Gesicht, welches durch das Nasenbluten und die
aufgeplatzte Lippe sehr geschunden aussah. »Oder glaubst du,
das hätte Taro Le verursacht? Wir waren schließlich zu zweit,
er alleine ...«

Yaris stieß verächtlich die Luft aus. »Na ja, bis er das Ding eingeschaltet hat. Was immer das auch war, es verschwand, als Taro flüchten konnte.«

Tooly schaute zwischen den beiden hin und her. »Wann war das?«

»Vielleicht vor zwei Minuten?«

Die Miene des Meisters verhärtete sich. »Genug Zeit, um den Scotland Yard zu rufen.«

»Ich hab sein Handy.« Yaris klopfte auf seine Hosentasche.

»Als wäre ein eigenes Handy die einzige Möglichkeit zu telefonieren!« Über Toolys Gesicht legte sich ein finsterer Schatten. »Los! Sofort alles leer räumen. Ihr Trottel habt es total verbockt!«

»Wie soll das gehen? Lass uns lieber abhauen.«

»Wenn die Polizei eintrifft, sollen sie hier nichts vorfinden«, verdeutlichte Tooly und rannte zur zweiten, offen stehenden Stahltür und in den albtraumhaften Raum hinein. Yin Yang liefen ihm hinterher, ich ebenso. »Leert die Schränke, bringt alles rüber in mein Atelier. Sie werden nur euch beide des Überfalls verdächtigen und nicht bei meinem Zeug nach Beweisen suchen.« Er ging zu der Tür, die zu Siennas und Sams Verlies führte, tippte den Sicherheitscode ein. 8-3-1. Es piepste und machte klick.

Aaren stellte keine Frage mehr, er öffnete folgsam mit einem kräftigen Ruck die breite Schublade, die vielen Gläser kamen zum Vorschein und klirrten ein wenig.

Yaris holte aus einem Schrank eine Rolle mit dicken dunkelblauen Abfallbeuteln und riss sofort einen ab. »Was willst du mit denen da drin machen?«, fragte er, öffnete blitzschnell den Beutel und begann mit Aaren, die Gläser einzutüten.

»Tote schreien nicht.« Tooly griff nach einem der Haken neben der Gummischürze. Als ich sah, was er sich holen wollte, raste eine Todesangst in mich und ließ mich kurz erstarren. »Ich bringe sie zur Jagdhütte und zerlege sie dort«, sagte er und nahm den Elektroschocker vom Haken.

»Sienna! Sam!«, schrie ich. Oh Mondin! Nein! Bitte nicht!

Tooly riss die Tür auf und ging in den Raum, die Lichtdecke schaltete sich automatisch ein. Obwohl ich wusste, dass es nicht von Dauer sein würde, aktivierte ich meine Schlüsselkraft. Ich musste um jeden Preis verhindern, dass der Scheißkerl seinen Plan in die Tat umsetzen konnte.

»Legolas!« Aaren sah mich als erster.

»Wo ist Taro?« Yaris wirbelte sofort herum. »Dieser Hightech Freak«, knurrte er und schaute hektisch im Raum umher.

Mehr konnte ich nicht sehen, denn ich sprang in den Betonraum, riss Tooly an der Schulter zurück und verpasste ihm einen festen Faustschlag aufs Auge, der es in sich hatte. Die dünne alte Haut über seiner Augenbraue platzte sofort auf. Blut tropfte über sein Gesicht.

Sienna quiekte hell auf, sie kauerte direkt neben uns auf dem Boden und drückte sich ängstlich gegen die Wand. Weiter kam sie nicht.

»Argh«, fauchte Tooly und wollte mir den Schocker an den Arm drücken.

»Versuchs erst gar nicht«, grollte ich, schnappte mit einer schnellen Bewegung das Gerät und riss es ihm aus der Hand.

Jemand packte mich am Handgelenk.

»Dian! Hinter dir.« Sienna wimmerte und kreischte.

Zu spät.

Yaris hielt mich fest, Aaren holte sich den Schocker und reichte ihn an Tooly weiter. Jemand riss mich zu Boden, Yin Yang waren plötzlich über mir. Ein Kampf begann, Arme, Fäuste und Beine waren überall. Ich hatte keine Möglichkeit, zu einem anständigen Schlag auszuholen, sondern musste hilflos ihre Schläge und Tritte einstecken. Einer traf mich in die Seite, ich krümmte mich, schrie aus Leibeskräften. Auch wenn nur Sienna mich hören konnte – für mich war der Schrei eine Befreiung.

Neu gewonnene Kraft kam in mich. Ich schrie all meine aufgestaute Verzweiflung hinaus. Noch nie im Leben hatte ich mich so erschöpft und dennoch so mächtig gefühlt. Schnell kämpfte ich mich auf meine eigenen Beine zurück, richtete mich trotz der vielen Schläge auf und konnte endlich wieder Oberhand gewinnen. Ich verpasste Yaris einige Fausthiebe, konnte Aaren so fest gegen das Bein treten, dass er kurz zu Boden ging.

»Wer ist das und wie kommt er hier rein?«, schrie Tooly inmitten des Durcheinanders. Eine Antwort erhielt er keine.

Meine Lippe brannte, meine Eingeweide fühlten sich zermalmt an, mein Unterkiefer knirschte regelrecht. Aber es gab nichts, was mich davon abhalten konnte, meine geliebte Sienna zu befreien und natürlich Sam, der bewusstlos in der anderen Ecke lag und von dem Tumult nichts mitbekam. Oder war er tot?

Ich hatte keine Zeit, um es zu überprüfen. Yaris und Aaren ließen nicht von mir ab und ich gab nicht klein bei. Aus dem Augenwinkel sah ich, dass Tooly nun bei Sienna war. Sie drängte sich in die Ecke zurück. Doch es gab kein Entrinnen. Tooly war schon über ihr.

Ich nahm Schwung und stieß Yaris von mir, der torkelte und fast auf Sam fiel. Meine Zeichen wurden schwächer, ich konnte spüren, wie mein Körper wieder durchlässiger wurde.

Voller Angst warf ich einen Blick auf meine kleine Italienerin, die wimmerte und um ihr Leben schrie. Yin Yang packten mich in diesem Moment gleichzeitig und schleuderten mich auf den harten Betonboden.

Tooly schaltete den Elektroschocker ein und richtete ihn auf Sienna. Sie versuchte, sich zu wehren, aber die Kette an den Handschellen ließ keine großartigen Bewegungen zu und der alte Künstler war schneller. Er schlug sie hart ins Gesicht und drückte sie mit seinem Fuß an der Schulter nach unten, sodass sie sich unter seinem Schuh kaum noch bewegen konnte. Er stand mit seinem Gewicht fast ganz auf ihr!

Ich gab mein Bestes, doch es war nicht genug. Die zwei Männer waren wie ein katastrophales Naturereignis, eine vernichtende Geröllawine, ein Gewittersturm.

Die Schlüsselzeichen verblassten stetig mehr.

Tooly hatte gewonnen.

Er hielt den Elektroschocker an Siennas Schläfe. Helle blaue Blitze schossen heraus, gleichzeitig erklang ein surrendes, knisterndes Geräusch.

Panische Angst durchfuhr mich, als müsste ich selbst jeden Moment sterben. Als würde mein Todesbote das Urteil über mich verkünden. Sienna weitete die Augen, die Stelle rund um das Gerät wurde sofort knallrot.

Ganz kurz hörte meine Welt auf, sich zu drehen.

Meine Freundin sah mir in die Augen.

Sie wusste, dass sie nun sterben würde.

Ich konnte das nicht zulassen.

Meine Schlüsselkraft war kaum noch vorhanden, meine Kräfte schwanden und ich mit ihnen. Mit einer Hand erwischte ich gerade noch Siennas Fußspitze und wünschte mir, die Mondgöttin möge uns Schutz gewähren, uns in Sicherheit bringen.

Sienna schluchzte erbärmlich und rollte sich zusammen.

»Was? Oh! Herrje!« Sir Reyan sprang sofort vom Stuhl auf und kam zu uns.

Moment ... Sir Reyan?

Ich fuhr hoch und setzte mich auf, spürte, wie mein Herz in meiner Brust raste, und brauchte einen Moment, um zu verstehen. Alles um uns herum war weiß, nur weniges war mit einem Hauch von Silber versehen. Die Möbel, der Boden, alles weiß – ich kannte den Raum. Es war noch nicht so lange her, dass wir genau hier gewesen waren, vielleicht zwei Stunden oder auch drei.

Doch mir bot sich jetzt fast dasselbe Bild wie zuvor: Sienna lag auf dem Boden und krümmte sich weinend. Ich saß neben ihr und fühlte ihre Verzweiflung.

Verwirrt blickte ich mich um. Sah den Tisch, das aufgeschnittene Brot, die Reste des Käses und der reinweißen Tomaten.

Fast mein ganzer Körper schmerzte. Meine Lippe brannte, mein Kiefer ebenso, ich konnte mein eigenes Blut auf der Zunge schmecken.

Plötzlich sah ich Lunet. Sie eilte sofort um den Tisch herum und kniete sich neben die heulende Sienna. »Was ist geschehen?«, fragte sie mich und streichelte unterdessen tröstend über Siennas Rücken.

Ich wusste nicht so recht, was ich darauf antworten sollte, und schaute auf meine Hände hinunter. Die Knöchel waren knallrot und aufgeschlagen, am Arm hatte ich einige tiefe Kratzer und Bisse. Sienna weinte immer noch, wurde aber leiser.

Meine Blicke strichen besorgt über ihr Gesicht. »Ich ... ich ... weiß nicht ...«, stammelte ich und hatte Mühe, Worte zu finden. Auf einem Ohr hörte ich einen Summton, die Stelle seitlich am Kopf tat höllisch weh.

Sir Reyan war in die Küche geeilt, hatte ein Tuch in kaltes Wasser getaucht und brachte es mir.

Ich drückte es mir sofort an die schmerzende Stelle direkt neben meinem Ohr, holte tief Luft, um mich zu sammeln, hielt sie einige Sekunden an und pustete sie wieder aus. »Keine Ahnung, was geschehen ist«, erklärte ich schließlich. »Eben waren wir noch in diesem fensterlosen Raum. Yin Yang haben ... Tooly hat ... Ich wollte Siennas Leben retten, aber ich weiß nicht, ob es mir dieses Mal gelungen ist?« Die Schlüssel richtig zu benutzen, war immer noch ein Mysterium für mich. Vorsichtig tupfte ich die Wunde mit dem Tuch ab, faltete es zusammen und legte es zur Seite. Mir war klar, dass die Beule gekühlt werden müsste, aber ich war zu aufgewühlt dafür.

Lunet wurde stutzig. »Wie meinst du das?«

Meine Angst vor der Antwort war riesig, dennoch stellte ich die alles entscheidende Frage. »Ist Sienna ganz hier oder nur halb? Also mit Körper oder habe ich wieder nur ihre Seele erwischt?« Ich schluckte hart, ein Kloß bildete sich in meinem malträtierten Hals und bereitete mir höllische Schmerzen.

Alle schauten auf Sienna, die sich endlich aufsetzte. Sie griff sich unwillkürlich an die Schläfe, aber da war nichts. »Er hat mich nicht richtig erwischt«, meinte sie erleichtert, sah mich an und rieb sich die Handgelenke. »Es geht mir gut, Dian. Ich bin unversehrt.«

»Ah«, machte Lunet gedehnt. »Ojeee.« Wie in Zeitlupe wandte Sienna ihren Blick dem weißen Mädchen zu. Ein gefühlt ewiger Augenblick verstrich, bis Lunet traurig den Mund verzog. »Dein Lebensfunke ist fort. Es tut mir leid, aber du bist gestorben. Darum ist dein Körper jetzt gänzlich unversehrt. Weil es nur noch dein Seelenkörper ist. Getrennt von der irdischen Materie.«

Ich hörte ihre Worte, aber sie drangen nicht zu mir durch. Sie prallten von mir ab und lösten sich in Luft auf.

Sienna wurde weiß um die Nase. »Das kann nicht sein.«

»Ich verstehe, dass du es nicht wahrhaben möchtest. Aber so ist es nun mal«, sagte Lunet.

Das weiße Mädchen presste ihre Lippen aufeinander und setzte eine mitfühlende Miene auf. Ich traute ihrer Einfühlsamkeit nicht über den Weg, sie wirkte gespielt.

»Armes Kind«, bedauerte Reyan, der neben Sienna stand, und ihre Schulter tätschelte. »Jetzt bist du ja hier. Alles wird gut.«

»Es ist unmöglich, dass ich gestorben bin«, meinte sie mit gequälter Stimme.

»Dein Lebensfunke ist aber fort«, wiederholte Lunet etwas ernster und hob entschuldigend die Schultern. »Normalerweise kommen die Seelen durch den Lichttunnel direkt ins Zentrum der Stadt. Vielleicht bist du im selben Moment gestorben, in dem dich Dian hierhergeholt hat. Oder du bist ein paar Sekunden später gestorben, als du schon hier warst.«

War sie verrückt? »Aber sie lebt doch noch!« Ich rappelte mich endlich auf, stellte mich auf meine zitternden Beine. »Sie kann gar nicht tot sein.« Das wollte ich weder wahrhaben noch akzeptieren. Denn das hätte bedeutet, dass ich auf allen Ebenen versagt hätte.

»Ich fühle mich gar nicht tot«, bekräftigte Sienna meinen Einwand. »Mir tut absolut nichts weh – nicht so wie in dem Moment, in dem mich Tooly geschlagen hat und wir auf die Erde zurückgekehrt sind.«

Zornig dachte ich daran zurück. Dieser Verrückte hatte sie nur geschlagen, weil er ein höfliches Dankeschön hatte hören wollen. Hätte ich da schon gewusst, wie ich die Macht des Schlüssels für mich nutzen konnte, hätte ich ihn sofort überwältigt. Tooly würde schon längst im Gefängnis sitzen und alles wäre anders gekommen.

Lunet strich sich die schulterlangen schneeweißen Haare zurück und schenkte Sienna einen mitfühlenden Blick. »Sobald ein Mensch gestorben ist, sind auch alle Schmerzen fort«, bemühte sie sich, sanft zu erklären. »Weil du jetzt keinen erd-gebundenen Körper mehr hast. Verstehst du?«

Sienna schniefte, wischte sich die Tränen ab und tastete sich ab. »Aber ich bin doch noch da. Ich kann meinen Körper fühlen. Ich habe sogar Durst.«

Das war für mich Beweis genug. »Hunger und Durst spre-chen für einen richtigen Körper.« Ich reichte ihr meine Hand und zog sie hoch. »Einen toten Menschen kann man nicht an-fassen«, behauptete ich, obwohl ich mich damit nicht aus-kannte. Sienna umarmte mich und ließ sich halten. Es war ein gutes Gefühl, dass wir einander noch hatten.

»Das hier ist nun mal die Weiße Stadt, hierher kommen die verstorbenen Menschen«, erinnerte uns Sir Reyan. »Der Kör-per bleibt zurück, sie sind trotzdem keine Geister, so wie ihr euch das vielleicht vorstellt.«

»Genau so ist es.« Lunet nickte. »Es tut mir leid, aber jetzt müssen wir deine Freundin wirklich ins Zentrum bringen. Sie kann nicht hierbleiben. Das geht nicht.«

Als Sienna das hörte, klammerte sie sich stärker an mich. Schützend schirmte ich sie etwas ab, damit sie nicht so nah an Lunet war. »Wehe, du rührst sie an«, drohte ich und kniff meine Augen zusammen. Das weiße Mädchen wirkte auf mich immer mehr wie eine Bedrohung.

Auch Lunets Augen verengten sich. »Du hast deinen Job ge-macht, jetzt mache ich meinen.«

»Denke nicht mal dran«, knurrte ich wütend. Ich war nicht hierhergekommen, damit ich schon wieder kämpfen musste. Es reichte! »Ich habe Sienna in Sicherheit gebracht. Die Mondgöt-tin hat uns hierher zu Sir Reyan geschickt und nicht zu dir.« Davon war ich felsenfest überzeugt! »Ich muss Sienna in Si-cherheit wissen, während ich zurück auf die Erde gehe. Ich muss dringend Sam helfen«, machte ich deutlich.

Sienna wich zurück und blickte zu mir hoch. »Du hast keine Chance gegen die beiden. Tooly hat einen Elektroschocker und zwei Handlanger.«

»Er kann mir nichts anhaben.« Eine gewagte, unüberlegte Aussage. Das wurde mir bewusst, noch während ich sie aussprach. Ich nahm die Worte dennoch nicht zurück, wollte nicht daran glauben, dass mir diese drei fehlgeleiteten Menschen schaden könnten.

»Dian. Deine Lippe blutet. Du hast überall Blessuren. Sie könnten dich töten. Verstehst du das?«

Jetzt war es raus und es machte mir Angst. Ich verdrängte dieses Gefühl. »Sam ist schutzlos. Er ist schwer verletzt, er braucht meine Hilfe und ich muss nachsehen, was mit dir geschehen ist. Ich kann und will nicht glauben, dass du tot bist.«

Sienna hob ihre Hände, sie krallte die Finger in meinen Hemdkragen. »Hör mir zu«, flehte sie. Neue Tränen kullerten über ihre Wangen. »Sam ist zu schwer verletzt. Er liegt im Sterben, wenn er nicht schon tot ist. Jetzt zurückzugehen, wäre dein eigenes Todesurteil.«

»Ich kann nicht hierbleiben«, sagte ich mit Nachdruck, umfasste ihre Handgelenke und schob sie sachte von mir fort. »Sam braucht mich. Und Taro auch. Yin Yang haben ihn schon einmal gefangen, er konnte zum Glück entkommen. Ich muss mich davon überzeugen, dass es ihm gut geht. Sonst würde ich niemals Ruhe finden, verstehst du?«

»Sie haben Taro erwischt?«

»Ja. Er konnte zwar fliehen, aber ich weiß nicht, ob er auch in Sicherheit ist. Womöglich fangen sie ihn wieder ein und bringen ihn um. Sienna, versteh doch, wie wichtig es ist, dass ich jetzt zurückgehe. Und zwar sofort.«

Sienna nickte betroffen.

Unsere Hände sanken nach unten.

Lunet trat einen Schritt vor. »Das ist deine Bestimmung, Dian. Du musst den Frieden und das Recht auf die Erde bringen. Wir kümmern uns jetzt um deine Freundin, du kannst dich auf uns verlassen.« Sie blickte zu Sienna. »Es geschieht dir nichts. Im Zentrum wirst du es gut haben, du bekommst sogar ein eigenes Zimmer und kannst dich auf dem Gelände völlig frei bewegen.«

»Nein, das will ich nicht«, wehrte sie sich.

»Sie allein bestimmt über ihr Leben«, sagte ich mit Nachdruck.

»Sie hat kein Leben mehr.«

Ich schnaubte. »Bist du blind? Sie steht doch hier!«

»Sie ist tot!«, sagte Lunet laut. Zu laut.

Sienna zuckte zusammen.

»Bitte beruhigt euch«, sprach der Gelehrte ein Machtwort. »Dian, deine Freundin ist bei mir sicher. Die Mondgöttin hat euch in mein Heim geschickt, ich werde nicht gegen ihren Wunsch handeln. Ich passe auf Sienna auf, bis du wieder zurückkommst. Vertraust du mir?«

»Ja.« Ich nickte. Einem Gelehrten konnte man schließlich immer vertrauen, das war zumindest in meinem Clan so. Auf ihr Wort war stets Verlass.

Lunets Blick wurde finster. »Die Seele muss ins Zentrum!«

»Sie kann noch etwas bei mir bleiben«, beschwichtigte Sir Reyan.

»Nein!« Das weiße Mädchen stampfte mit dem Fuß auf, sie ballte die Fäuste. »Das werde ich keinesfalls dulden!«

»Legst du dich mit mir an?«, fragte ich herausfordernd.

»Ich nehme meine Aufgabe sehr ernst«, grollte sie.

»Ich meine auch.« Ich wandte mich an den Gelehrten. »Ich vertraue dir. Achte auf Sienna. Ich komme bald zurück.«

»Darauf gebe ich dir mein Wort«, antwortete er.

Meine Freundin wollte mich nicht gehen lassen, das spürte ich, aber es drängte mich zurück auf die Erde. Ich beugte mich zu ihr hinunter, gab ihr einen sanften Kuss auf die Stirn und verharrte kurz in dieser Position. Als ich mich wieder aufrichtete, sah ich, dass sie die Augen geschlossen hatte. »Bin bald zurück«, sagte ich noch, ehe ich die Wohnstube verließ und den kurzen Flur entlang zur Haustür ging. Ich wollte unbedingt Abstand zwischen mich und Sienna bringen, um sie nicht aus Versehen wieder in diese Hölle mitzunehmen.

Das Geschenk

Ganz bewusst trat ich ruhig hinaus ins Freie, blickte in den Nachthimmel hinauf, bewunderte einen Augenblick lang die Sterne, die Sichel von Großmutter Mond und holte die Schlüsselkraft in meine Hände.

Es fiel mir so unglaublich leicht.

Ich dachte an Toolys fensterlosen Raum und fand mich im selben Moment darin wieder.

Mein Blick fiel unwillkürlich auf Siennas toten Körper.

Ihre Augen waren weit aufgerissen, die Schläfe dunkelrot und verkohlt. Ihr entseelter Gesichtsausdruck versetzte mich in einen Schockzustand. Ich glaubte, nie wieder normal atmen zu können.

Mir war bewusst, dass ich sie noch vor einer Minute unversehrt in Sir Reyans Haus zurückgelassen hatte, aber das hier war ein zu schrecklicher Anblick. Mein Körper reagierte schnell darauf, ich spürte Übelkeit in mir aufsteigen und bemerkte, wie mein Herzschlag ein paar Mal aus- und nur stolpernd wieder einsetzte. Über meine Ohren hatte sich sofort Watte gelegt, ich war nicht imstande, ein Geräusch zu hören.

Das weiße Mädchen hatte recht behalten.

Sienna war tot.

Es gab kein Zurück mehr.

Ich drehte mich um und erwartete, Sam in der Ecke liegen zu sehen, aber da war er nicht. Die Kette hing noch an der Wand, die Handschellen lagen geöffnet am Boden.

Meine Sinne kehrten nur langsam wieder zurück. Zu allererst roch ich Orangen- und Minzgestank, dann vernahm ich fremde Stimmen, die durcheinanderredeten. Erst jetzt bemerkte ich, dass die Lichtdecke über mir brannte. Was war anders? Was hatte sich verändert?

Die Tür stand offen!

Ich eilte hinaus in den Raum, in dem der längliche Metalltisch stand, und ein zweites Mal erfasste mich eine Schockstarre. Haufenweise Gläser und Beutel standen und lagen herum, aber mein Fokus lag nicht auf dem verwüsteten Raum, sondern auf Sam. Dieser lag der Länge nach ausgestreckt auf dem Metalltisch und bewegte sich nicht. Ich konnte keine Atmung ausmachen und ... er war nicht allein. Neben ihm standen zwei fremde Männer.

»Wo bleiben die Sanitäter?«, fragte einer drängend.

Der andere sprach in ein schwarzes Kästchen. »Wir brauchen hier hinten wirklich schnell einen Arzt«, sagte er in das Gerät, das piepste und klackte und mit seiner Weste verbunden war.

»Der Bursche wurde schlimm zugerichtet«, sagte der andere und kümmerte sich um den Jungen, indem er ein Tuch auf seine Kopfwunde drückte.

Ich verstand. Sam lebte! Oh Mondin! Eine tonnenschwere Last fiel von mir ab, als ich in all dem Durcheinander endlich erkannte, dass es sich um Polizisten handelte. Sie waren schwarz gekleidet, trugen Schutzwesten und Waffen.

Ich schickte ein stilles Dankgebet in den Himmel hinauf. Hilfe war endlich angekommen! Jene Hilfe, die ich so lange gesucht, aber nie bekommen hatte.

Ich versuchte, mich zu beruhigen und die Gesamtsituation zu erfassen. Wo war Tooly? Wo Yin Yang? Was war in meiner kurzen Abwesenheit passiert? Wer hatte die Polizei gerufen?

Gedämpftes Geschrei drang durch die offen stehende Stahltür. Ich ging hinaus. Jemand stöhnte.

»Schön ruhig bleiben«, sagte eine mir fremde brummige Männerstimme. »Das ist ein glatter Durchschuss. Sie werden ihn überleben.«

Der große Polizist, dem diese Stimme gehörte, stand im Zwischenraum, Tooly lag zu seinen Füßen auf dem Bauch. Seine Schulter blutete, man hatte ihm die Hände auf dem Rücken zusammengebunden.

Das Geschrei, welches von draußen kam, hallte im langen Flur nach.

Ich erkannte Taros Stimme. »Ich will sofort zu ihm!«, schrie er verzweifelt. Seine Furcht war allgegenwärtig. »Lasst mich sofort los!«

Sofort rannte ich an Tooly und dem Polizisten vorbei und hastete durch die nächste Stahltür in den Flur. Doch da musste ich meinen schnellen Schritt sofort wieder abbremsen, denn fast wäre ich in Aaren und Yaris gerannt. Beide trugen Handschellen.

»Der Asiate wird dafür mit seinem Leben bezahlen«, grollte Yaris leise. Sein Blick war starr auf den Ausgang gerichtet, von dem Taros Schreie kamen.

»Na, na, na«, äußerte eine stämmige Polizistin mit kurzen braunen Haaren tadelnd. »Vorsicht mit solchen Aussagen. Ich werde Ihnen Ihre Rechte nicht noch mal verlesen. Haben Sie mich verstanden?«

Yin Yang tauschten Blicke aus, dann schauten sie wieder zum Kellerausgang. Ich folgte ihren Blicken und sah die unverwechselbare grüne Mütze und wie der tobende Taro von zwei

Polizisten durch die Tür ins Freie Richtung Treppe geschoben wurde. »Bitte beruhigen Sie sich endlich«, sagte ein grauhaariger Polizist immer wieder. Aber nichts konnte zu Taro durchdringen. Er war außer sich.

»Ich will zu meinem Bruder, verdammt noch mal!« Er schrie so laut, als ginge es um sein eigenes Leben, und krallte sich am Türrahmen fest.

»Wir kümmern uns um ihn.« Sanitäter kamen und drängten sich an ihnen vorbei.

Taro schrie trotzdem weiter und wehrte sich, er wollte den Keller nicht verlassen, wollte dringend wieder zurück zu seinem Bruder. »Sam! Ich bin hier! Hörst du? Ich bin hier!«

Seine Verzweiflung ging mir bis unter die Haut, seine Wut und Trauer konnte ich in all meinen Zellen spüren.

Taros Erschütterung, seine Schreie und die damit verbundene Ohnmacht holten etwas tief Verborgenes in mir hervor. Eine uralte Kraft, sie war archetypisch, erwachte zum Leben und veränderte mich für immer. Ein Teil meines ursprünglichen Wesens verschwand, um Platz zu machen. Es war jener Teil in mir, der ein Leben lang nach einer Bestimmung gesucht hatte. Dieser verzweifelte Anteil vibrierte gemeinsam mit Taros Erschütterung und holte in mir eine längst vergessene Erinnerung hervor.

Sie brachte mich ins Wanken, die Umgebung wurde zu gleißenden Farben und verschwand. Mit ihr alle Geräusche, die ich zuvor noch vernommen hatte. In der Ferne hörte ich nun ein Baby schreien, es wurde leiser, wimmerte und hörte schließlich auf. Das Summen von einer Frau kam immer näher, doch ich konnte nichts sehen, denn die gleißenden Farben nahmen mir völlig die Sicht. Ich rieb über meine Augen, war nicht in der Lage, mich von der Stelle zu bewegen, und dem Geschehen machtlos ausgeliefert.

Dieses Summen war so liebevoll, es berührte mein Herz in einer Weise, sodass ich meine Augenlider schließen musste.

Nur wenige Sekunden vergingen, bis ich sie wieder aufschlug und nicht glauben konnte, was ich nun sah: eine alte Großmutter. Ihre Haare schimmerten silbern, ihre Kleidung war aus Silberfäden gesponnen. Sie wog sanft ein Baby auf dem Arm und summte, während sie lächelnd auf das kleine Kind hinunterblickte.

»Du kannst alles erreichen, wenn du nur fest an dich und deine Fähigkeiten glaubst«, sagte sie mit liebevoller Stimme. Das Baby gluckste in ihrem Arm. »Keine Tür wird dir den Weg versperren. Du bist der Auserwählte, für dich gibt es keine Grenzen, du kannst alle mühelos durchschreiten, du musst es nur wollen.« Die alte Großmutter senkte ihren Kopf und küsste das Baby zärtlich auf die Stirn. »Ich liebe dich und ich glaube an dich.« Sie richtete sich wieder auf und schaute mir direkt in die Augen und lächelte. Mein Herz flatterte spürbar. »Dian. Glaube an dich. Du musst nur noch einen Schritt gehen, dann ist deine Verwandlung abgeschlossen und du kannst deiner Bestimmung folgen.«

Das Bild begann, zu verblassen.

»Bist du die Mondgöttin?«, rief ich, wollte zu ihr, doch ich klebte regelrecht am Boden fest und konnte mich nicht vorwärtsbewegen.

Das Bild der lächelnden Großmutter wurde stetig schwächer. »Mondin? Bitte! Bitte bleib!«

Die Göttin und das Baby lösten sich vor mir in Luft auf.

Schlagartig nahm mich die Realität wieder ein. Es war wie ein Donnerschlag, der mich erfasste und für einen Moment durch die Luft schleuderte. Das Aufkommen war schmerzhaft und befreiend zugleich. Ich sah noch, wie die Polizisten es schafften, Taro vom Türrahmen zu lösen und hinauszuhieven,

und dass ein Arzt und weitere Sanitäter in den Keller herein-
rannten.

Dann geschah das Unfassbare.

Ich spürte dieses bisher tief verborgene Wissen, von dem ich
zuvor nie etwas geahnt hatte. Mir war plötzlich ganz bewusst,
dass ich lediglich hinter einer unsichtbaren Tür stand. Sie
trennte mich von meinem wahren Ich und der Erde. Diese Tür
konnte mir die Freiheit bringen, wenn ich sie durchschritt. Es
wäre schon immer so einfach gewesen!

Das Zeichen der Mondgöttin auf meiner Stirn blitzte nur
ganz kurz auf. Die magische Schlüsselkraft aktivierte sich von
selbst. Ich konnte genau fühlen, wie ich mit dem nächsten
Schritt von der Geisterform durch diese bisher ungekannte Tür
in die Sichtbarkeit hinaustrat.

Kaum zu glauben. Das war etwas, das ich schon lange hätte
tun können, aber erst jetzt, erst durch die Bilder der Mondgöttin, war ich mir dieser Macht bewusst geworden.

Erstaunt blieb ich stehen. Mein Blick ging sofort auf meine
Handflächen hinunter. Die Schlüsselzeichen leuchteten nicht,
meine Haut sah aus wie immer. Ich war vollständig auf der Erde
angekommen, hatte einen richtigen festen Körper und nahm
meine Umgebung komplett anders wahr. Alles wirkte viel intensiver, auch die Gerüche, aber vor allem die Geräusche und
Gefühle.

Durch die offen stehende Kellertür drang frische Luft. Sie
roch feucht, wahrscheinlich regnete es oder es war kurz davor.
Ich hörte von draußen viele Stimmen, aber vor allem Taros
Schluchzer.

Ich wollte sofort zu ihm. Intuitiv strich ich zuvor meine langen Haare über meine spitzen Ohren, damit man sie nicht sehen konnte. Ich wollte mich nicht ausgerechnet jetzt als Elbe
outen. Womöglich hätten die Polizisten jede Menge Fragen

gestellt, ich wollte aber nur noch zu meinem Freund, um ihm beizustehen.

Uff. Mit voller Wucht prallte jemand gegen mich. Es war ein Sanitäter. Seine Tasche fiel durch unseren Zusammenstoß zu Boden.

»Entschuldigung«, murmelte er, hob die Tasche auf und rannte weiter.

Ich war zu perplex, um mich ebenfalls zu entschuldigen. Kurz sah ich ihm hinterher, dann hörte ich wieder Taros verzweifelte Schreie. Sofort drehte ich mich um und eilte endlich aus dem Keller.

Die beiden Polizisten hatten den sich wehrenden Taro schon über die Treppe nach oben gezerrt, ein dritter Mann kam helfend hinzu.

»Sam! Sam, ich bin hier!« Taros Stimme vibrierte nahezu durch die Luft wie ein starkes Erdbeben.

»Sie müssen sich endlich beruhigen, sonst müssen wir Sie festnehmen«, warnte ein Polizist.

»Wir brauchen Platz, um unsere Arbeit zu verrichten«, sagte ein anderer. »Hilfe ist schon bei Ihrem Bruder.«

Doch Taro hörte nicht, was sie sagten, es war unmöglich, ihn zu beruhigen.

»Taro!«, rief ich. »Hier!« Ich hob die Hand, damit er sah, wer nach ihm schrie, und nahm immer zwei Stufen gleichzeitig, damit ich schneller bei ihm war. »Taro! Ich bins! Hey! Guck her!«, wiederholte ich.

Endlich sah er mich.

Augenblicklich hörte er auf zu toben, hob beide Hände, die Handflächen zu den Polizisten gedreht. »Schon gut.«

Die drei Männer schauten verdutzt.

Eine Polizistin hatte mich die Treppe hochkommen sehen und baute sich vor mir auf. »Was machen Sie hier? Das ist ein

Tatort!«, schimpfte sie und winkte mich weiter. »Bitte verlassen Sie sofort diese Zone und bleiben Sie hinter dem Absperrband.« Sie zeigte auf eine weitere Polizistin, die gerade dabei war, ein breites Band zu spannen.

»Bin aus Versehen hier«, schwindelte ich. »Tut mir leid.« Ich ging zu ihrer Kollegin und hob das Absperrband an, um darunter hindurchzugehen.

Taro kam schnell zu mir. Die drei Polizisten beobachteten ihn argwöhnisch, sie trauten der Ruhe wohl nicht.

»Es tut mir so leid«, sagte ich zu Taro, als er bei mir war.

Seine Wimpern waren vom Weinen klitschnass. »Dian, ich ... du ... Oh Gott. Sam.«

»Ich weiß.«

»Du wolltest mich vor ihnen warnen.«

Ich nickte. »Hab es versucht, aber es ging daneben.«

»Sie haben vorher Sam aus der Wohnung entführt und ihn zusammengeschlagen.«

»Das tut mir so leid«, flüsterte ich kaum hörbar.

Ein Druck legte sich auf meine Brust. Ich wollte ihm so gern alles erzählen. Angefangen von dem, was ich in der Galerie gesehen hatte, bis hin zu dem Verbleib von Maja Walsh und der Tatsache, dass Sam wegen mir gefangen genommen worden war. Vielleicht wären diese Informationen für Taro wichtig gewesen, aber so wie er mich gerade anguckte, wirkte er nicht, als würde er diese Last tragen können. Sie war für mich ja schon schwer genug und er musste jetzt für seinen kleinen Bruder stark sein. »Alles wird wieder gut werden. Ich wünsche mir, dass Sam wieder gesund wird«, sagte ich deshalb aufmunternd und beschloss, ihm bald nur das Nötigste mitzuteilen. »Er muss es einfach. Er ist ein guter Junge.«

Taro nickte wortlos, nahm seine grüne Mütze vom Kopf und gab sie mir. »Setz sie auf. Dein Ohr schaut raus.«

»Danke.« Ich nahm sie an mich und achtete darauf, dass sie auch wirklich über die Ohrspitzen ging.

Taro fuhr sich durch die mittellangen schwarzen Haare, legte den Kopf schief und hob beide Schultern an. »Einem echten Elben gegenüberzustehen, ist was ganz Außergewöhnliches. Aber die ganze Situation macht mich fertig. Ich hoffe, du bist mir nicht böse, dass ich nicht vor Freude ausflippe.«

»Wie kommst du bloß auf so was? Ich bins doch nur. Dian. Nichts Besonderes.« Ich zwang mich zu einem Lächeln, aber das ließ ich schnell wieder bleiben. Meine Lippe schmerzte noch immer.

»Sie haben dir ein paar ordentliche Schläge verpasst«, stellte Taro bedauernd fest. Er selbst hatte einen Bluterguss am Hals und ein paar rote Stellen am Kinn. Auch er hatte einiges einstecken müssen.

»Meine erste Schlägerei. Ich war nur unvorbereitet«, versuchte ich, locker zu sagen und meine eigenen Schmerzen zu überspielen.

Obwohl mir immer noch die Rippen brannten. Die Bissstelle an meinem Arm hörte auch nicht auf wehzutun, von der Beule am Kopf ganz zu schweigen.

Taro zog die Mundwinkel bedrückt nach unten und wirkte für einen Moment gedankenverloren. »Du hast mir das Leben gerettet.«

»Ich habe versagt.«

»Ganz bestimmt nicht.«

Wir schwiegen einen Augenblick. In uns und um uns herum herrschte heilloses Durcheinander.

Nicht weit von uns entfernt standen zwei Rettungswagen, ihre Blaulichter blinkten, ebenso die der Polizeiautos.

Das Farbenspiel flackerte an der Hauswand.

»Es ist alles meine Schuld«, flüsterte Taro.

Ich schaute wieder zu ihm. Sein Kinn zitterte. »Wie kannst du so was behaupten? Wenn doch ich versagt habe und euch nicht warnen konnte.«

»Ach, Dian«, hauchte er, sah nach oben und rang um Worte. »Als Maja vor ein paar Monaten verschwunden ist, habe ich die Wahrheit verdrängt.« Er sah mich wieder an.

»Du wusstest es?«

»Es war nur ein leiser Verdacht, ich wollte ihn aber nicht wahrhaben. Ich wusste, dass Tooly sonderbar ist und Yin Yang böses Blut in sich tragen, aber dass sie so kriminell sind und meinen Bruder entführen ...? Und mich?« Taro senkte den Kopf, hob seine Hände und vergrub sein Gesicht darin. »Es ist meine Schuld. Wahrscheinlich haben sie das Gleiche mit Maja gemacht, bestimmt ist sie deswegen fort«, jammerte er in seine Hände und klang gedämpft. »Hätte ich nach ihrem Verschwinden doch nur nachgeforscht oder Anzeige erstattet.«

»Warum hast du es nicht getan?«

»Ich hatte Angst. Angst, das Falsche zu tun.«

»Obwohl es das Richtige gewesen wäre«, erkannte ich leise. Mein Blick schweifte in die Ferne, ich konnte ein Stück von Toolys Wohnhaus sehen. »Taro. Wenn sich jemand Vorwürfe machen muss, dann ich. Nur wegen mir sind nun auch Cecily und Sienna ...« Meine Stimme brach.

Er wischte sich über die Wangen. »Was ist mit ihnen?«

»Sie sind tot.« Drei Worte, die ausgesprochen einen wahren Sturm in mir auslösten.

Sein Gesicht wurde länger. »Sie sind tot?« Seinem Gesichtsausdruck nach glaubte er mir nicht.

Ich zögerte. »Tut mir leid. Ich bin davon ausgegangen, dass du Siennas Leiche gesehen hast.«

Er schüttelte langsam den Kopf. »Nein. Das habe ich nicht.«

»Dann hast du nur Sam gesehen?«, fragte ich vorsichtig.

»Ja«, hauchte er. »Er lag auf dem Tisch, als ich mit der Polizei ankam.«

»Hast du die Gläser und Folienbeutel gesehen, die überall herumstanden?«

Taro schob die Augenbrauen zusammen und versuchte, sich zu erinnern. »Was ist damit?«

Sollte ich es ihm sagen? Oder besser abwarten, welche Details ihm die Polizei verraten würde? Ich wog ab. Wollte ihm nicht noch mehr Kummer bereiten.

»Was ist nun mit diesen Einmachgläsern und Tüten?«, drängte er.

Ich nahm einen tiefen Atemzug, konnte das Unausweichliche kaum aussprechen. Doch Taro hatte ein Recht auf die Wahrheit. Ich würde sie auch wissen wollen. »Maja und Cecily sind darin.« Ich machte eine kleine Pause. »Zumindest Teile von ihnen. Das meiste von Maja hat Tooly schon pulverisiert und für seine Kunstwerke verwendet.«

Taro machte einen Schritt rückwärts, er taumelte. »Nein«, stieß er laut keuchend aus und drohte umzukippen. »Das Knochenmehl … der Gestank … Leichenteile?«

Ein Polizist wurde hellhörig und schaute zu uns herüber.

Ich packte Taro am Arm und zog ihn ein paar Meter weiter abseits. Zu einem Baum, an den er sich lehnen konnte, in sicherem Abstand zur Polizei.

Taro ging neben dem Baumstamm in die Hocke. »Das ist nicht wahr, oder? Das kann nicht stimmen. Maja? Cecily?« Seine mandelförmigen Augen waren mit Tränen gefüllt. »Sienna kann nicht tot sein. Du bist zu ruhig dafür. Ich glaube dir nicht.«

»Das verstehe ich, aber alles ist wahr. Leider. Ehe Sienna starb, konnte ich aber ihre Seele retten«, erklärte ich ihm. »Sie wartet in meiner Welt auf mich.«

»Was meinst du denn damit? Dann ist sie also doch nicht tot?«

»Nur ihr Körper«, verdeutlichte ich, obwohl es mir selbst schwerfiel zu glauben. »Sie kann nie wieder auf die Erde zurückkehren. Verstehst du das?« Was machte ich mir nur vor? Wenn ich es noch nicht einmal kapierte, wie könnte er es dann verstehen?

Taro schüttelte verdutzt den Kopf. »Keine Ahnung, was du da faselst, ich verstehs nicht mal annähernd.«

»Es geht Sienna gut, Taro. Ich werde für sie sorgen. Das ist alles, was du wissen musst. Auch Cecily und Maja sind in Sicherheit. Ihre Seelen werden liebevoll behütet.« Zumindest wenn ich Lunets Worten Glauben schenken konnte.

Wir blickten nach oben.

Wasser tropfte vereinzelt durch das Blätterdach und verursachte ein rhythmisches Tack, Tack, Tack. Aus der grauen Wolkendecke kam Nieselregen und brachte noch mehr feuchte Luft mit.

Eine Polizistin ging sehr nah an uns vorbei und funkte offenbar mit der Zentrale. Das Gerät knackte, rauschte und piepste.

Taro fuhr sich mit zitternden Fingern wieder durch die glatten schwarzen Haare. »Das ist der reinste Albtraum.«

Ich nickte. »Wie konntest du eigentlich so schnell Hilfe holen?« Das Aufgebot war riesig. Überall tummelten sich Polizisten und Sanitäter.

»Die nächste Polizeistation ist nur zwei Straßen entfernt.« Er zeigte mit dem Finger in die entsprechende Richtung. »Ich bin sofort hingerannt.«

Die Kraft wich aus meinen Beinen. Nur zwei Straßen weiter? »Sie waren so nah?« Ich setzte mich energielos neben ihn an den Stamm. Dort war der Boden noch trocken.

Er nickte. »Zu meinem Glück.«

Wir schwiegen einige Zeit. »Es gibt noch etwas, das du wissen musst«, sagte ich schließlich.

Er sah mich fragend an.

»Der Hafen in Plymouth ...«, sagte ich weiter. »Du musst dir diesen Ort unbedingt merken, okay?«

»Warum?«

»Dort findet bald eine geheime Auktion statt. Tooly und Yin Yang verkaufen dort ihre abartigen Bilder. Ich habe eines ihrer Gespräche belauscht und herausgehört, dass die Käufer offenbar wissen, dass diese kranke Kunst aus echten Leichenteilen besteht. Sie bieten Höchstpreise dafür.«

Taro brauchte einige Sekunden, bis er es verstand. »Mir wird schlecht.«

Ich legte meine Hand auf seine Schulter und drückte ihn freundschaftlich. »Du musst der Zeuge sein. Kannst du das für mich machen?«

»Wie soll das gehen? Ich war nicht dabei.«

»Einem Elben werden sie nicht glauben und alle anderen sind tot.« Was ernst gemeint war, hörte sich fast wie ein düsterer, makaberer Scherz an. »Die drei müssen für immer hinter Gitter und auch alle anderen, die an den Auktionen beteiligt sind. Kannst du das für mich tun?«

Sein Mund öffnete sich einen Spaltbreit, er sog langsam die Luft ein. Dann schluckte er und nickte. »Was habe ich alles gesehen?«

»Hörst du gut zu?« Ich wartete ab, bis er erneut nickte, ehe ich weitersprach. »Tooly hat Cecily den Elektroschocker an die linke Schläfe gehalten und damit getötet, Sienna ebenso. Yin Yang und Tooly haben sich darüber unterhalten, wer Cecilys bunte Haare bekommen soll, und sie haben von der nächsten Auktion in Plymouth geredet. Die Namen Lady Abbeygail und

Sterling sind ebenfalls gefallen. Aaren und Yaris wollten ein Bild aus dir und deiner Kunst machen. Teile von dir wären also auch in Plymouth gelandet. Wenn die Polizei nachforscht und die Kunstwerke von Tooly und Yin Yang untersuchen lässt, finden sie zu einhundert Prozent die nötigen Beweise. Viele, die ein Bild von ihnen besitzen, stecken da mit drin.«

Taro sah mich entsetzt an. »Das ist kein Albtraum, sondern ein Horrorszenario. Ich weiß nicht, ob ich jemals verstehen kann, warum sie das getan haben.«

»Sie sind nicht ganz richtig im Kopf.«

Er nickte, entzog sich meinem Blick und schwieg.

Auch ich sagte nichts mehr. Wir beobachteten die Polizisten, welche überall herumliefen. Man nahm zum Glück kaum Notiz von uns, wir brauchten beide den nötigen Abstand von dem Szenario.

Sorgenvoll musterte ich Sams Bruder von der Seite. Dass er das alles durchmachen musste, tat mir so leid.

Plötzlich wurden die Polizisten unruhig. Einige rannten zur Treppe hinüber.

Wir standen auf, um zu sehen, was da drüben los war.

Aaren und Yaris wurden nacheinander hochgebracht. Ihre Köpfe hielten sie aufrecht und stolz, ihre Schultern breit und gestrafft. Doch ihre Gesichter konnten die wahren Gefühle nicht verbergen. Beide hatten ihre Augenbrauen zornig nach unten gezogen, ihre Blicke waren äußerst düster.

Ich hatte kein Mitleid mit ihnen. Alles, was ab nun geschah, hatten sie sich selbst zuzuschreiben.

Es dauerte nicht lange, da kam auch Tooly die Treppe hoch. Man hatte ihm die verletzte Schulter verbunden, von mir aus hätte er ruhig noch etwas weiterbluten können.

Diesen rachsüchtigen Gedanken schüttelte ich schnell wieder ab, denn diese Art zu denken war untypisch für mich.

»Ich wünschte, sie hätten sein Herz getroffen«, flüsterte Taro und ich konnte ihn nur zu gut verstehen.

»Es wird die härtere Strafe für ihn sein, wenn er den Rest seines Lebens im Gefängnis verbringen muss.«

»Ich sorge dafür«, versprach er mir.

Kaum waren die drei Verbrecher fort, kamen zwei Sanitäter die Treppe hoch. Mein Herz machte einen verängstigten Sprung. Trauer legte sich über mein Herz und schnürte mir die Kehle zu, denn die Sanitäter trugen eine Bahre, darauf lag ein Leichensack. Er war mit breiten Gurten festgeschnallt worden.

»Nein! Sam«, entfuhr es Taro voller Panik. Er wollte zu ihnen rennen, ich packte ihn jedoch am Arm und hielt ihn davon ab.

»Das ist Sienna«, machte ich ihm klar und spürte seine innere Zerrissenheit und ein leichtes Zittern.

»Was macht dich da so sicher?«

»Es darf einfach nicht Sam sein.« Denn das hätte ich nicht akzeptieren können. Er wäre für immer fort gewesen. Nicht so wie Sienna, die gerade bei Sir Reyan saß und wahrscheinlich einen warmen Tee trank, um sich zu beruhigen.

»Ich hab so Angst, dass es doch Sam ist«, flüsterte Taro mit flatternder Stimme.

Ich schaute wieder zur Treppe hinüber. Die Sanitäter hatten inzwischen das Gestell samt Rollen unter der Bahre ausgeklappt und fuhren den Leichnam fort.

»Sam wird das überleben, ich will nichts anderes denken. Das da drüben ist nur Siennas Körper. Ihre Seele ist in der Weißen Stadt. Sie ist in Sicherheit.«

Ich knirschte mit den Zähnen und hoffte inständig, dass Sir Reyan sein Wort nicht brach. Ich hätte meine kleine Italienerin sonst aus dem Zentrum der Stadt befreien und Lunet anständig die Leviten lesen müssen.

Taro ignorierte den feinen Nieselregen und ging zum Absperrband. Ich folgte ihm und stellte mich neben ihn. Es dauerte nicht lange, da wurde aus seinem anfänglich leichten Zittern ein ausgewachsenes Schlottern.

»Wollen wir uns wieder unter den Baum stellen? Bald sind wir durchnässt. Ich kann dir auch eine warme Jacke holen, damit du nicht frierst«, sagte ich fürsorglich und schaute nach oben. Den schiefergrauen Wolken nach zu urteilen, würde es so schnell nicht aufhören zu regnen.

»Mir ist aber nicht kalt«, antwortete er. »Den Regen auf meinem Gesicht zu spüren, ist sogar angenehm. Ich glaube, das Zittern kommt vom Schock.«

»Das solltest du den Sanitätern da drüben sagen. Sie haben bestimmt ein Medikament, das dir helfen wird, das alles durchzustehen.«

»Daran habe ich auch schon gedacht. Aber ich werde nicht in die Nähe ihrer Leiche gehen.« Sein Ton schlotterte ebenso wie sein Körper. »Ich kann ihren Tod nicht akzeptieren, Dian«, sagte er und wurde immer noch leiser. »Ich will die schwarze Hülle nicht sehen und hoffe, sie fahren ganz schnell weg damit. Denn mit jeder Sekunde, in der sie in der Nähe ist, tut es noch mehr weh. Ich glaube, ich schaffe das alles nicht. Ich vermisse sie und will mir das schöne Bild bewahren, das ich von ihr habe. Von der immer schmunzelnden Drachenlady, ihrem erfrischenden Kichern und der kessen Art zu grinsen, wenn sie wusste, dass sie recht hatte und ich im Unrecht war. Ich will mir ihre wunderschönen dunkelbraunen Augen in Erinnerung behalten, ihren süßlich rosenähnlichen Duft und die weichen Lippen. Ich muss mir das einfach bewahren, verstehst du? Sonst kippe ich auf der Stelle um und habe keine Kraft mehr für meinen Bruder. Oder für mich. Um weiterzumachen. Um das Ganze seelisch zu überstehen.«

Ich sagte nichts darauf, sondern legte schweigend meinen Arm um seine Schulter. Es tat gut, endlich ganz hier zu sein. Nur so konnte ich ihm wirklich beistehen und ihm zeigen, dass er mein Freund war, auch wenn sich unsere gemeinsame Zeit dem Ende näherte.

Leider behielt ich recht und das Ende kam selbst für mich überraschend. Es verging nur noch eine knappe Minute, bis erneut Sanitäter die Treppe hochkamen. Dieses Mal waren es fünf, die sich um einen Patienten sorgten. Einer hielt einen transparenten Beutel in die Höhe, an dem ein dünner Schlauch hing, der in Sams Arm führte, ein anderer spannte einen Schirm über Sams Kopf, der mit einer Halskrause und einem Gurt gestützt war.

Mit schnellen Schritten eilten sie zu einem Rettungswagen. Taro lief sofort zu ihnen, ich folgte ihm.

»Das ist mein Bruder«, sagte er zu einem großgewachsenen, dünnen Sanitäter. »Wie geht es ihm?« Er schaute durch die weit offen stehenden Flügeltüren in den Wagen, denn sie schoben Sam gerade hinein.

»Er ist in einem sehr kritischen Zustand«, antwortete der Mann. »Genaueres können wir erst sagen, wenn er im CT war.«

»Ich will mitfahren. Geht das?«

»Ja. Aber nur vorne. Wir brauchen den Platz hinten, um ihn zu versorgen.«

»Als Beifahrer ist gut«, bestätigte Taro und wollte sofort nach vorn gehen. Doch er stoppte wieder, als er mich bemerkte und sich erinnerte, dass ich auch noch da war.

Mein Blick wurde traurig.

Der Moment war gekommen. Ich hätte ihn gern noch etwas hinausgezögert, aber Taro musste jetzt für seinen Bruder da sein.

»Ich werde dich nie vergessen«, sagte ich und erkannte die Schwermut in meiner eigenen Stimme.

»Das ist ein Abschied für immer«, erkannte er.

»Ja. Ich werde jetzt gehen und nie wieder zurückkommen.«

Wir tauschten einen intensiven Blick.

Er zog die Augenbrauen hoch. »Sag Sienna, ich hätte mich in sie verlieben können. Obwohl ich weiß, dass sie auch mit Cecily geliebäugelt hat. Stimmts?«

Da ich ehrlich zu ihm sein wollte, nickte ich. »Du und Cecily, ihr wart beide tolle Menschen. Charakterstark und interessant. Wer könnte sich da schon entscheiden?«

Ein Lächeln umspielte seine Lippen. Die hinteren Türen des Rettungswagens wurden mit einem lauten Knall zugeschlagen. Taro ging rückwärts zur Beifahrertür und hob die Hand, um mir zu winken. »Mach es gut, Dian. Danke für alles. Ohne dich wären noch mehr Menschen gestorben.« Er klopfte sich mit der Faust auf die Brust, direkt an sein Herz. »Du hast mein Leben gerettet, ich danke dir dafür.«

Meine Schuldgefühle, Sienna, Cecily, Sam und ihn dieser Gefahr überhaupt ausgesetzt zu haben, überkamen mich. Ich drängte sie in den Hintergrund. Sie hatten jetzt weder Platz noch war Zeit für sie.

Taro drehte sich um und fasste an den Griff der offen stehenden Beifahrertür. Er sah mich an. »Darf ich dich malen, Dian?«

Mir entwich ein Lächeln. »Ja, klar.«

»Das wird ein tolles Bild. Sam wird große Freude daran haben.«

Wärme erfüllte mich. Sie machte mich stolz und zufrieden.

Er stieg ein.

»Warte!«, rief ich und sprang zu ihm, ehe er die Tür ganz schließen konnte. »Deine Mütze!«

»Behalte sie«, antwortete er und schmunzelte. Seine mandelförmigen Augen waren kaum noch zu sehen. »Die Mütze soll dich immer an deinen Erdenkumpel erinnern. Und wenn du doch mal zurückkommst, hast du einen perfekten Spitzohrenschützer, an dem ich dich immer wiedererkenne, denn das ist meine Lieblingsmütze.«

Der Fahrer schaltete die Sirene ein und fuhr langsam los. Taro schloss sofort die Tür und winkte mir ein letztes Mal durch die Fensterscheibe.

Ich winkte zurück. »Danke«, flüsterte ich und schaute dem Rettungswagen hinterher, bis ich ihn nicht mehr sehen und die Sirene nicht mehr hören konnte.

Ich fasste mir an den Kopf, fühlte den weichen grünen Stoff der Mütze und war dankbar für das besondere Geschenk, welches ich ab nun immer in Ehren halten würde.

Dann drehte ich mich um und machte mich auf den Weg zu Siennas Wohnung.

Geöffnete Tür

Ich musste einen weiten Bogen um das Geschehen machen, die Polizei hatte das Gelände weiträumig abgesperrt. Darum lief ich zwischen den Polizeiwagen hindurch, ging einmal um die Galerie herum und staunte, denn auch vor dem Gebäude tummelten sich jede Menge Polizisten und sogar die Presse.

Der Regen hielt sie nicht davon ab, Liveschaltungen zu machen und Interviews zu führen. Ihre Mikrofone waren mit Folie umwickelt und die Kameras mit einer Abdeckung geschützt. Die Polizisten fanden Schutz vor dem Regen unter dem Vordach der Galerie.

Der berühmte Schulleiter und Meisterkünstler Tooly würde spätestens morgen in allen weltweiten Zeitungen die Titelblätter zieren, dessen war ich mir sicher.

Im Vorbeigehen blickte ich auf den Eingang der Galerie und senkte traurig meinen Kopf.

Das hier hätte ein so wundervoller Ort für alle Kunstinteressierte sein können, ein Treffpunkt für Menschen, die Freude daran hatten, besondere Werke zu bewundern.

Na ja. Nicht wenn sie wüssten, dass tote Menschen für diese Kunst verarbeitet worden waren. Wobei: Wenn ich so darüber nachdachte, glaubte ich, dass gerade deswegen viele Besucher gekommen wären. Um zu staunen, sich an dem Makabren zu ergötzen und behaupten zu können, sie hätten ein echtes

Leichenbild gesehen oder sich sogar eines geleistet. Den allgegenwärtigen penetranten Geruch von Minze und Orange würden solche Käufer bestimmt ignorieren.

Meine eigenen Gedanken verursachten einen eiskalten Schauer, der meine Wirbelsäule entlanglief und mich zum Schütteln brachte.

Ich nahm einen schmalen Weg, der von vielen Bäumen gesäumt wurde, und ließ das ständige Klicken der Kameras und das aufgeregte Geplapper der Reporter hinter mir. Schon bald kam ich an den zwei großen Steinen mit den Schildern vorbei.

Toolys Galerie und *Toolys Art School.*

Ob die Schilder bleiben würden? Oder würde man sie lieber rasch abmachen, um nicht länger an die schlimmen Vorkommnisse zu erinnern?

Ich richtete meinen Blick wieder geradeaus, von Weitem konnte ich die Tür des Studentenwohnheimes sehen. So viele talentierte junge Künstler hatten sich hier eingefunden. Ihre Freizeit miteinander verbracht, sich ausgetauscht.

Ein Gefühl der Traurigkeit überkam mich, als ich an die Schule und ihre Dozenten dachte. Was würde jetzt mit der schrillen Lehrerin Hughes geschehen? Ob sie etwas von Toolys speziellen Farbpülverchen gewusst hatte? Mr Turner vielleicht?

Die Eingangstür war nun direkt vor mir. Es war noch nicht so lange her, dass ich ständig jemanden gebraucht hatte, um eintreten zu können. Ohne Probleme konnte ich jetzt meine Hand auf eine der Flügeltüren legen, ich öffnete sie, als wäre das nichts Besonderes. Mein Blick wanderte die Treppe hoch. Hier hatten wir Sam und Taro das erste Mal getroffen. Damals hatte ich nicht geahnt, dass mir die beiden so schnell ans Herz wachsen würden. Schnell versank ich viel zu tief in meinen Erinnerungen, sodass ich nicht mal merkte, wie ich zu Siennas Wohnung gekommen war.

8B stand auf dem Schild vor mir. Ich angelte mir den Reserveschlüssel aus der Wandleuchte, dann sperrte ich auf. Ein eigenartiges Gefühl, auf diese Art mein ehemaliges Zuhause zu betreten. Den Schlüssel zog ich wieder ab, sperrte von innen zu und ließ ihn stecken, da es mir wichtig war, ungestört zu sein. Mir diese letzten Momente bewusst zu nehmen.

Abschiedsschmerz durchflutete mich, als ich mich umsah. Unweit von mir standen die gut gepolsterten Sessel, der Fernseher und durch die immer noch geöffnete Balkontür konnte ich die halb verhungerten Pflanzen erkennen. Der dünne Stoff der Vorhänge wehte im leichten Wind hin und her und wedelte die feuchte Regenluft in den Raum herein.

Ein Seufzen verließ mich.

Hier hatten wir gemeinsam unsere Abende verbracht und als meine kleine Italienerin schlafen gegangen war, hatte ich die Nächte hellwach in meinem Sessel verbracht. Viel zu oft hatte ich mir damals eine Veränderung herbeigewünscht. Nun war sie da. Jetzt hatte ich einen sichtbaren Körper und sehnte mich danach, dass alles wieder so wie vorher war. Als Cecily und die kesse Drachenlady noch gelebt hatten.

Es war schwer, mich von dem Anblick des Sessels zu lösen, aber ich wollte nicht weiter in meinen Gedanken versinken. Sie bescherten mir nur ein schweres Herz. Also ignorierte ich zum ersten Mal das Betretverbot und ging in Siennas Schlafkammer.

Dort holte ich ihre beiden Koffer vom Schrank herunter und begann, ihre Sachen zu packen. Nicht alles, nur das, was mir wichtig erschien. Cecilys Jacke zum Beispiel. Und ihren quietschbunten Pullover, der hier liegen geblieben war.

Siennas Privatsphäre konnte ich jetzt nicht respektieren, denn auch Unterwäsche und Socken mussten mit in einen der beiden Koffer. Dieser war bald voll, dennoch stopfte ich noch ihre Lieblingslatzhose hinein und fand ein paar Lücken zwischen den Kleidungsstücken, die ich mit kleinen Dingen auffüllte. Auf dem Nachtkästchen lagen Ohrringe und in der Schublade Kleinkram, den ich einpackte. In den zweiten Koffer kamen ebenfalls haufenweise Klamotten, aus der Badekammer holte ich noch weiteres Zeug wie Zahnpasta, Cremetiegel und Shampoo.

In der Küche fand ich zwei große Plastiktaschen mit Faltböden und langen Henkeln. Essen oder Geschirr nahm ich keines mit, aber dafür viele private Dinge, die Sienna gernhatte. Auch ihre Zeichenmappen, die teuren Stifte und Pastellkreiden, die in der Kommode im Wohnzimmer lagen.

Es dauerte nicht lange, dann sah es in der Wohnung aus, als wäre Sienna nie richtig eingezogen.

Cecilys Picknickkorb stand immer noch an der Garderobe. Ich leerte ihn aus und füllte ihn mit Fotos, die Sienna im Flur aufgehängt hatte. Ihre geliebte Mamma war darauf zu sehen und viele andere Erinnerungen an Mailand. Einen Ort, den sie ab nun nie wieder betreten konnte.

Sie würde ihr geliebtes Italien nie wiedersehen.

Wieder seufzte ich.

Mein Blick fiel erneut auf die Pflanzen, die auf dem Balkon standen. Ich holte mir einen großen Messbecher, füllte ihn randvoll mit Wasser und goss die armen Dinger.

Kurz überlegte ich, sie mitzunehmen. Aber der Weg, welcher noch vor uns lag, war vielleicht zu beschwerlich, um sich mit Topfpflanzen herumzuschlagen. Ich wünschte mir deswegen für sie, dass sich der nächste Mieter gut um sie kümmern würde.

Einen Moment lang blieb ich auf dem Balkon stehen. Schaute ein allerletztes Mal über die Häuserdächer in die Ferne. Es war ein Abschied.

Mein Abschied von der Erde. Ich atmete tief durch, drehte mich um und ging zu den gepackten Taschen, die ich mir über die Schulter hängte. Den gedrehten Korbhenkel schob ich mir über den Unterarm und hob beide Koffer an den Griffen hoch.

Nun, nachdem dieses uralte Wissen in mir erwacht war, fühlte es sich ganz selbstverständlich an, Dinge von der Erde in die Anderwelt mit hinüberzunehmen. Ich musste mich weder anstrengen noch konzentrieren, ich tat es einfach. Es war ein Urinstinkt.

Ich stellte mir das Haus von Sir Reyan vor. Meine Zeichen blitzten nur ganz kurz auf, schon wurde es um mich herum dunkler. Über mir befanden sich ein strahlender Sternenhimmel und die Sichel der Mondin. Die angenehme Ruhe der Weißen Stadt umhüllte mich zur Gänze, ich sog sie dankbar auf.

Aus vielen der milchigen Fenster des Gelehrten drang Licht. Der herabhängende Efeu warf lange Schatten. Die Lampe über dem Eingang brannte immer noch. Vorsichtig und darauf bedacht, keine lauten Geräusche zu machen, stellte ich Siennas Gepäck neben der Treppe vor der Haustür ab, ging die Stufen hoch und klopfte an.

Lunet öffnete mir. Meine bisher unterdrückten Emotionen gewannen die Oberhand. »Wehe, du hast dich nicht an die Abmachung gehalten«, platzte es sofort aus mir heraus.

Sie derart anzuschnauzen, hatte ich eigentlich nicht vorgehabt, aber ihr war nicht zu trauen.

»Hallo, Dian, schön, dich zu sehen«, säuselte sie übertrieben und machte eine einladende Geste ins weiße Haus hinein. »Du blöder Arsch bist beim nächsten Mal gefälligst höflicher, sonst wirst du mich richtig kennenlernen.«

Ich kniff absichtlich die Augen zusammen und trat ein. »Zeig mir deine liebe Seite, dann bringe ich dir Höflichkeit entgegen.« Ich ging an ihr vorbei.

»Meine liebe Seite wirst du nie zu Gesicht bekommen«, sagte sie hinter mir.

Ich drehte den Kopf nur leicht zurück. »Tja, nicht alle haben eine Schokoladenseite. Sei nicht sauer deswegen.«

Sie grummelte. »Dümmlicher Beulenkopf.«

Ruckartig blieb ich stehen. Lunet rempelte gegen meinen Rücken, sie machte sofort einen Schritt zurück, um Abstand zu gewinnen. Ich wandte mich um, zog eine Augenbraue hoch und lächelte sie an. »Zickige Milchpuppe.«

Einen Moment lang war sie still. Dann kicherte sie. »Du bist echt ein Trottel.«

Grinsend drehte ich mich wieder um und ging in den großen Wohnraum hinein. Das Drachenmädchen saß mit Sir Reyan am Tisch und löffelte gerade eine warme Suppe. Dampf stieg vom Teller auf.

Der alte Mann lächelte zur Begrüßung. »Du siehst entspannt aus. Alles gut gegangen?«

Ich nickte.

»Dian!« Sienna legte den Löffel auf den Tellerrand, als ich ankam. Ich setzte mich direkt neben sie. »Du hast Taros Mütze auf. Geht es ihm gut?«

»Ja, es geht ihm soweit ganz gut«, sagte ich und wandte mich an den Gelehrten, der mir gegenübersaß. »Danke, Sir Reyan, fürs Aufpassen.«

Sienna stieß mich in die Seite. »Ich bin doch kein Hund.«

»Das weiß ich doch.«

Sir Reyan stand auf. »Möchtest du auch Suppe?«

Mein Blick fiel auf Siennas Teller. Alles war weiß. Das Porzellan, der Löffel, sogar der Inhalt. Aber es roch gut und erinnerte meinen Magen daran, dass ich schon seit Ewigkeiten nichts mehr gegessen hatte.

Ich nickte. »Ja, bitte.«

Sienna sah mich an, ihr Blick war verunsichert. »Lebt Sam noch?« Sie flüsterte nur.

»Er wurde versorgt, Taro ist mit ihm zusammen ins Krankenhaus gefahren«, begann ich zu erzählen und berichtete, was sich auf der Erde zugetragen hatte. Dass Taro die Polizei alarmiert hatte und Tooly, Aaren und Yaris endlich festgenommen worden waren.

Sir Reyan stellte einen Teller Suppe vor mich auf den Tisch, den ich hungrig leerte, während ich von den Reportern und dem Aufgebot erzählte.

»Es ist eine sehr traurige Geschichte«, meinte der Gelehrte. »Ich hoffe, du verzeihst, dass ich dir dennoch an den Lippen hänge. Das alles ist so neu für mich.«

»Für mich auch.« Ich nickte.

Sienna beugte sich neugierig vor. »Was ist mit mir? Du hast nichts von mir erzählt.«

»Weil ich nicht wusste, wie ich anfangen sollte.«

»Einfach irgendwo!«

Ich legte den Löffel in den inzwischen leeren Suppenteller und verzog traurig meinen Mund. »Es ist für mich sehr schwer auszusprechen ... aber du bist wirklich nicht mehr am Leben, ich habe deinen toten Körper gesehen.«

Stille.

Über Siennas Augen legte sich ein Tränenschleier. »Ich kann tatsächlich nie wieder zurück?«

»Als Geist vielleicht«, räumte ich ein.

»Oh Gott.« Das Atmen fiel ihr sichtlich schwer. »Mamma.«

»Die Nachricht von deinem Tod wird sie bestimmt bald erreichen«, erwiderte ich nachdenklich und fand keine allzu tröstenden Worte. »Es wird nicht leicht für sie werden und wir können leider nichts tun, damit es ihr besser geht. Sie wird um dich trauern und deinen Körper beerdigen müssen.«

Sienna griff auf meinen Arm. »Wir könnten zu ihr.«

Ich zuckte zurück, weil sie die tiefen Kratzer berührt hatte.

»Entschuldige«, murmelte sie.

»Alles gut.« Ich zog mir die Mütze vom Kopf und fuhr mir durch die Haare. »Als ich vorhin auf der Erde war, habe ich mich für immer von ihr verabschiedet.«

Sir Reyan und Sienna schauten mich mit großen Augen an.

»Ihr habt schon richtig gehört«, bestätigte ich und lehnte mich zurück.

Der Gelehrte blickte fassungslos und schüttelte den Kopf. »Dian, du bist der Schlüsselträger«, sagte er enttäuscht. »Du musst dorthin zurück.«

»Was soll ich da?« Ich stieß einen verächtlichen Ton aus. »Die Menschen sind noch nicht so weit. Nicht mal annähernd.«

»Nur die Verblendeten nicht, aber es gibt viele, die deine Brücke brauchen, um wieder zu uns zu finden.«

War klar, dass er so argumentieren würde. Er hatte sich bestimmt schon oft die Texte in seinen schlauen Büchern durchgelesen, sich gefragt, wann der Schlüsselträger kommen würde. Und nun saß ich ihm am Tisch gegenüber und wollte diese Aufgabe nicht übernehmen.

Vielleicht hätte ich es getan, wenn alles anders verlaufen wäre. Aber ich kam gerade aus der Hölle und ich wollte nie wieder dorthin zurück. Denn wenn es immer noch so viele Menschen gab, die solch schlimme Dinge taten, hatte ich auf der Erde nichts verloren. Nicht nur das Morden und die Gewalt hatten mich zu diesem Schritt bewogen, auch das äußerst prägende Erlebnis in *Mystery Moon*.

Menschen, die sich für erleuchtet hielten, sich als spirituell bezeichneten und dann nach einer echten Erscheinung über Baldrian redeten, anstatt sich der Wirklichkeit zu stellen. Keiner hatte mitbekommen, dass ich ihnen etwas Wichtiges mitzuteilen hatte. Sie sahen nur das, was sie sehen wollten: Stoff für ein neues Buch, den Beweis für eine höhere Bestimmung.

Und als Cecilys Großmutter zusammengebrochen war, schien es ihnen Unannehmlichkeiten zu bereiten.

Nein. Für solche Menschen wollte ich keine Tür öffnen. Ganz bestimmt nicht. »Ich habe meine Entscheidung bereits getroffen«, machte ich deutlich und während ich die Worte aussprach, wusste ich, dass sie richtig waren.

»Wegen mir?« Siennas Stimme ging in die Höhe und wurde piepsig.

»Nein.«

Sie schaute betroffen. »Ach, Dian, es war falsch von mir, dich zu bitten, den Schlüssel zu zerstören.«

Der alte Gelehrte nickte ein paar Mal schnell hintereinander. »Sehr falsch. Der Schlüssel ist heilig. Deine Bestimmung ist heilig. Du musst einfach wieder zurück und deiner Aufgabe nachkommen. Nur du kannst doch den Menschen das Recht und den Frieden bringen.«

»Das macht er ganz sicher nur wegen Sienna. Aber nicht, weil sie ihn naiverweise gebeten hat, den Schlüssel zu vernichten. Der Grund ist ein anderer«, behauptete das weiße Mädchen in anklagendem Tonfall.

Wir drehten uns alle um.

Lunet stand immer noch in der Tür der Wohnstube.

Mir war nicht aufgefallen, dass sie nicht mit hereingekommen war.

Sienna fühlte sich sofort angesprochen. »Wie meinst du das?«

»Er will, dass du hier in der Anderwelt bleibst. Darum hat er schon deine Sachen gepackt. Sie stehen draußen. Dian ist heimtückisch, er hat das alles schon geplant, darum will er nicht mehr zurück auf die Erde.«

»Bist du etwa auch Spionin?«, schnauzte ich beleidigt und schenkte dem schmalen Mädchen einen grimmigen Blick.

»Du hast meine Sachen dabei?«, fragte Sienna entsetzt.

Ich sah sie nicht an, fixierte weiter Lunet und nickte nur.

Sienna beugte sich vor, fasste grob an mein Kinn und drehte meinen Kopf zu ihr, damit ich sie ansehen musste. »Du willst deiner Bestimmung wegen mir nicht nachgehen?« Sie ließ mich wieder los.

»Ich habe erkannt, dass die Menschen noch nicht so weit sind. Wo soll ich anfangen, dieses Recht und den Frieden, von dem ihr alle dauernd faselt, zu bringen? Im Esoterikladen? In der Kunstschule? Wo?«

»Du hast nur kleine Teile der Erde geseh...«

»Nein«, sagte ich laut und unterbrach sie damit, denn ich hatte keine Lust zu diskutieren, meine Entscheidung war gefallen und nicht mehr rückgängig zu machen. »Ich gehe nicht wieder zurück.«

Lunet trat näher. »Du musst in das Zentrum«, sagte sie zu Sienna. »Wenn du fortgehst, wird er umdenken.«

Mein Blick war bitterböse auf sie gerichtet. »Misch dich nicht ein.«

Doch Sienna sah sie fragend an. »Was geschieht genau, wenn ich mit dir in dieses Zentrum gehe?«

»Du bleibst immer noch du«, begann das weiße Mädchen zu erklären. »Solange du hier draußen bist, wirst du die Schwere fühlen, all diese Ängste und du wirst weiter Tränen vergießen. Wenn du im Zentrum ankommst, kümmern wir uns um dich und die Schwere verschwindet. Wir streifen dir sozusagen das Irdische ab. Du wirst dich dann bald an alle vorherigen Inkarnationen erinnern können, spätestens dann wirst du begreifen, wie groß und alt deine Seele ist.«

Sienna lauschte angespannt. »Und irgendwann komme ich wieder als Baby zur Welt und vergesse erneut alles?«, fragte sie nervös.

»Ja.« Lunet nickte. »Und wenn du dann stirbst, kommst du durch den Lichttunnel wieder ins Zentrum und der Kreislauf beginnt von vorn.«

Sienna dachte darüber nach. Ich bemühte mich krampfhaft, den Mund zu halten, da ich sie in ihrer Entscheidung nicht beeinflussen wollte.

Sir Reyan legte seinen Kopf schief und sah sie großväterlich an. »Es wird sich gut anfühlen, wenn du erst einmal dort angekommen bist.«

Sie verengte etwas die Augen, biss sich auf die Lippe und sah mich an. »Du hast meine Sachen gepackt?«

»Draußen stehen deine Koffer und Taschen. Ich habe aus deiner Wohnung alles mitgenommen, was darin Platz gefunden hat.«

»Warum hast du das getan?«

»Damit du wählen kannst.«

Ein gefühlt ewiger Moment verging.

»Ah«, machte sie gedehnt, zog beide Augenbrauen hoch und wirkte gedankenverloren. »Verstehe«, sagte sie schließlich. »Aber wo, denkst du, soll ich bleiben? Du willst bestimmt wieder zurück zu Rachél.«

»Es wäre falsch, nicht zu ihr zurückzugehen«, antwortete ich leise. »Sie würde dich lieben, Sienna, du würdest bei uns ein Heim haben. Für immer. Und wenn du das nicht mehr möchtest, dann baue ich dir ein Haus an einem Ort, wo auch immer du willst. Du würdest es gut haben. Mein Clan würde dich als Mensch ganz sicher willkommen heißen. Du könntest die Musen in Menschendingen unterrichten und malen ...«

»Du hast dir da ja ganz schön viele Gedanken gemacht«, unterbrach Lunet meine Rede. »Wie lange soll das gut gehen? Hundert Jahre? Tausend? Du reißt sie aus dem Lebenskreislauf, das darfst du nicht tun. Das ist wahrhaftig sehr egoistisch von dir. Ist dir das klar?«

»Es ist ein Angebot. Sie soll wählen können. Kein Mensch sonst hat diese Möglichkeit, wenn er stirbt. Er *muss* die Erde verlassen, er *muss* durch den Lichttunnel und *muss* ins Zentrum.«

»Dian«, sagte der Gelehrte mit ruhiger Stimme. »So lauten nun mal die Gesetze des Universums.«

Er hatte recht. Aber ich auch! »Eines dieser Gesetze besagt auch, dass ein erwählter Schlüsselträger geboren wird. Der Seelenbrunnen hat mich zu Sienna gebracht. Es muss einen Grund geben, warum ihre Seele hier ist. Vielleicht ist das ein neuer Anfang? Vielleicht bekommt nun ihre besondere Seele die Chance zu wählen. Um selbstbestimmt zwischen Anderwelt und Erde entscheiden zu können.«

Sir Reyan runzelte seine hohe Stirn. »Das sind fürwahr weise Worte.« Er lehnte sich zurück, dachte darüber nach und wandte sich an Sienna. »Wie würdest du wählen?«

Sie kaute an ihrem Daumennagel, während sie grübelte. »Es ist schwierig«, gab sie zu. »Das Angebot klingt nach ewigem Leben, das ist sehr verlockend, macht mich aber auch traurig, weil ich alles zurücklassen müsste. Auf der anderen Seite ist da aber noch Cecily, die ich wiedersehen könnte.«

»Nur so lange, bis sie wieder geboren wird«, verdeutlichte ich. »Sie wird dich und ihre vorherigen Leben vergessen, so wie du auch, wenn du in einem neuen Körper dein nächstes Leben auf der Erde beginnst.«

»Oh Gott, Dian, das klingt so groß, dass ich es kaum begreifen kann.«

»Du solltest dir darüber gar keine Gedanken machen müssen«, kommentierte Lunet. »Deine Bestimmung ist es, den Kreislauf zu durchleben.«

»Wozu muss man das?«

Diese Antwort interessierte mich auch. Ich sah zu dem weißen Mädchen und lauschte aufmerksam.

»So ist es nun mal«, erwiderte Lunet unspektakulär.

Ich musste auflachen. »Wow. Welch aufschlussreiche Weisheiten du für uns hast.«

»Sir Reyan ist der Gelehrte«, stöhnte sie genervt. »So klug zu sein, dass es auch dir genügt, ist sein Job.«

Alle schauten unwillkürlich zu ihm.

Er räusperte sich und kratzte sich am Kopf. »Also ehrlich gesagt habe ich darüber noch nie nachgedacht. Es steht auch in keinem unserer Bücher Genaueres. Wir wissen nur, dass der Kreislauf des Lebens wichtig ist.«

»Jede Seele macht also die Reise in die Weiße Stadt«, fasste Sienna zusammen. »Aber ich kann mich frei entscheiden und muss nicht hierbleiben, so wie sonst immer.«

»Musst du schon«, meinte Lunet verbissen.

Ich ignorierte sie und wandte mich Sienna zu. »Musst du nicht!« Ich nahm ihre Hände in meine und sah ihr tief in die dunklen Augen. »Fühl dich frei, zu wählen. Wenn du ins Zentrum möchtest, dann geleite ich dich persönlich dorthin. Wenn du aber mit mir kommen möchtest, dann würde ich mich wahnsinnig darüber freuen. Denn wir haben Schreckliches hinter uns. Das einzige Gute an diesem Martyrium ist, dass du jetzt hier bist und wählen kannst. Und, Sienna, du kannst auch später noch wählen. Du kannst so lange in der Anderwelt leben, bis du ihrer überdrüssig bist. Dann hast du immer noch die Möglichkeit, deine Reise in die Weiße Stadt anzutreten und ins Zentrum zu gehen, um dein nächstes Seelenbewusstsein anzunehmen und wiedergeboren zu werden. Du entscheidest, wie es weitergeht. Kein anderer. Weder ich noch Lunet oder Sir Reyan können dir diese Entscheidung abnehmen.«

»Bist du dir sicher? Ich bin doch tot. Auch wenn ich es nicht wahrhaben will, aber muss ich mich diesem Kreislauf nicht beugen? Vielleicht geschieht etwas Schlimmes, wenn ich mich weigere, ins Zentrum zu gehen.«

»Vielleicht aber auch nicht?«, erwiderte ich beruhigend, denn ich war überzeugt davon, dass nichts geschehen würde. »Dein Tod muss nicht das Ende sein, er kann auch einen Anfang bedeuten. Einen Anfang, der anders ist als bei allen anderen gestorbenen Seelen. Verstehst du, was ich meine?«

Lunet schnaubte hörbar und grummelte. »Sobald sie wiedergeboren wird, hat sie ihren Anfang. Was soll das Ganze, Dian?«

»Ich rede von einem anderen Anfang«, antwortete ich forsch und wandte mich wieder Sienna zu. Ich drückte liebevoll ihre Hände, sie erwiderte die Geste. »Ich meinte den Anfang nach deinem Tod. Nur so kann etwas Neues entstehen und nur so kann sich deine Seele weiterentwickeln. Alles andere wäre Zwang, denn der Lebenskreislauf ist vorherbestimmt. Du konntest bis jetzt immer nur in eine Richtung durch den Lichttunnel gehen. Von der Erde in die Weiße Stadt und wieder zurück. Aber durch den Schlüssel der weisen Mondgöttin hast du eine weitere Möglichkeit dazugewonnen. Und nur du wählst, welche du jetzt nutzen möchtest.« Ich hob meine Hand und wischte ihr eine Träne von der Wange. »Nimm bitte auf mich keine Rücksicht, okay?«, wiederholte ich, da es mir wichtig war. »Ich bin dir nicht böse, wenn du alles hinter dir lassen und neu geboren werden möchtest. Auch dieser Weg ist gut. Verstehst du?« Ich ließ auch ihre andere Hand los, aber nicht, ohne sie vorher liebevoll zu drücken.

»Ich verstehe«, antwortete sie mit belegter Stimme.

Lunet wollte etwas sagen, aber der Gelehrte kam ihr zuvor. »Die Möglichkeit für eine Seele, frei zu wählen, ist mir in der Tat neu«, äußerte er im nachdenklichen Tonfall. »Mir scheint, als hätte die große Mondgöttin das aus diesem Grund selbst heraufbeschworen ...«

»Um ihre Seele auszutesten, oder was?«, platzte es missmutig aus Lunet heraus.

»So funktioniert Evolution nun mal. Wer weiß schon, was sich die Göttin dabei gedacht hat?«, meinte er leichthin.

Das weiße Mädchen schlug verbissen die Zähne zusammen und verschränkte die Arme vor der Brust.

»Dian hat recht, Lunet«, sagte der alte Mann sanft, aber mit dem nötigen Nachdruck. »Höre jetzt auf, dich dagegen zu wehren, und gib dem Menschen den Raum, um sich zu entscheiden.«

Sie zögerte und dachte offenbar darüber nach. Man konnte förmlich sehen, wie ihr die Gedanken durch den Kopf huschten.

Lunet gab schließlich seufzend nach und setzte sich endlich zu uns an den Tisch. »Wenn du mit Dian mitgehst, dann steht dir die Tür ins Zentrum immer noch offen«, versprach sie Sienna, füllte sich ein Glas Wasser und trank es in einem Zug leer. »Aber erzähl das bitte keinem weiter, sonst denken alle, ich wäre weich geworden. Das würde meinen Ruf ruinieren.«

Sienna schmunzelte. »Ich behalte es für mich.«

»Danke«, sagte ich leise zu Lunet, da ich froh über ihren Sinneswandel war.

Wir schwiegen einige Zeit.

»Dian«, flüsterte Sienna schließlich.

Mein Herz flatterte vor Aufregung. »Ja?«

»Wird mir Rachél denn beibringen, wie man Gemüse anpflanzt? Ich bin leider ein absolutes Stadtmädchen, ich habe noch nie Äpfel gepflückt, eine Karotte gesät oder Kartoffeln geerntet.«

War ihre Frage gleichzeitig ihre Antwort? Ich war mir nicht sicher. »Rachél ist berühmt für ihre großen Tomaten und riesigen Kürbisse, sie würde dir mit Freude alles beibringen, was du wissen möchtest.«

»Und wo würde ich schlafen? Ich meine, solange ich kein eigenes Häuschen habe. Sofern das vorher ernst gemeint war.«

»Ich würde dir meine Schlafkammer geben. An unserem kleinen Teich ist eine Lichtung, sie wäre perfekt für dich. Dort könnte ich dir dein Haus bauen.«

»Und wenn ich in eurer Stadt wohnen will? Ginge das denn auch?«

»Mias Manius findet bestimmt eine geeignete Stelle zum Bauen. Ganz sicher.«

Sienna wirkte immer noch nachdenklich. Ihr Blick glitt zum weißen Mädchen. »Lunet«, sagte sie langsam. »Wenn ihr mir die Schwere nehmt, dann sind meine Erinnerungen an mein jetziges Leben zwar noch da, aber mein menschliches Bewusstsein, also das, was ich jetzt denke und empfinde, ist dann fort, oder? Ist das so?«

Lunets silbergraue Augen blitzten auf, als sie angesprochen wurde. »Das hast du richtig verstanden«, antwortete sie. »Ein einfaches Beispiel: Du warst vor vielen Jahren ein kleines Kind. Du bist zur Frau geworden, musstest dafür das kleine Kind zurücklassen, aber nicht die Erinnerungen daran.«

»Als Sienna löse ich mich praktisch auf?«

»Ja. Aber die Erinnerungen bleiben alle.«

»Wer bin ich dann?«

»Eine Seele mit uraltem Wissen.«

Sienna grübelte sichtbar, runzelte die Stirn und fuhr sich nachdenklich in den Nacken. Sie ließ ihre Hand dort kurz liegen, ehe sie sie wieder senkte.

»Gehst du mit in Dians Heimat?«, fragte Sir Reyan, der ungeduldig wurde. Siennas Fragen hatten ihn offenbar genauso aufgewühlt und neugierig gemacht wie mich. »Oder mit Lunet ins Zentrum?«

Sie kaute auf ihrer Lippe und dachte in aller Ruhe darüber nach. »Ich bin tatsächlich gestorben«, hauchte sie leise, als müsste sie es noch einmal von sich selbst hören, um es zu verstehen. Ein trauriger Glanz war in ihrem Blick, ich sah, wie sie mühevoll die Tränen zurückhielt. »Aber ich lebe noch.« Ihre Stimme flatterte, sie blickte mich an. »Dank dir. Du hast mich gerettet.«

Ich sagte nichts darauf, zog die Mundwinkel nach unten und schaute betreten drein.

»Nur der Körper stirbt«, merkte der Gelehrte an. »Die Seele ist unsterblich.«

»Das habe ich kapiert«, bestätigte sie. »Ich rede von meinem Ich-Bewusstsein. Ich, Sienna, lebe noch.«

»Da bist du der erste Mensch im Universum.« Der alte Mann stellte den Ellenbogen auf den Tisch, stützte gemütlich seinen Kopf mit der Hand ab und lächelte anerkennend zu mir. »Der langersehnte, prophezeite Schlüsselträger hat das vollbracht.«

Das Lob konnte ich nicht annehmen. Tief in meinem Inneren hatte ich riesengroße Schuldgefühle. Ich glaubte nicht daran, diese jemals abstreifen zu können.

**

Etwas später standen wir vor dem efeuverwachsenen weißen Haus des Gelehrten und blickten hoch in den leuchtenden Sternenhimmel, der hier so viel intensiver war als auf der Erde. Ich beobachtete einen Moment Siennas entspanntes Gesicht, denn sie konnte sich dem wunderschönen Anblick nicht entziehen und lächelte dann zur Mondsichel hinauf.

Sir Reyan stand bei uns. Lunet lehnte mit vielsagendem Abstand und verschränkten Armen am Treppengeländer.

Ich ging zu ihr. »Vielleicht kommt sie ja irgendwann zurück.«

Das weiße Mädchen stieß einen genervten Ton aus. »Auch wenn ich mich dem Wort des Gelehrten beuge, bin ich immer noch der Meinung, dass ihre Reise in die Weiße Stadt schon stattgefunden hat.«

»Richtig. Sie hat sich aber für ein Leben entschieden, dessen Ausgang sie selbst bestimmt.«

Lunet nahm einen tiefen Atemzug. »Entschuldige, dass ich vor Begeisterung keine Luftsprünge mache.«

»Die Nacht war lang, dass du müde bist und viel Schlaf brauchst, ist ganz logisch.« Grinsend hob ich die großen Taschen hoch und streifte die Henkel über meine Schulter.

»Tja, Dian. Ich bin morgen früh pünktlich wie immer und verrichte fleißig meinen Dienst. Als Schlüsselträger hast du versagt, du Tunichtgut.«

Autsch. Das saß. Das Grinsen fiel mir aus dem Gesicht. »Es ist mir schnuppe, was du von mir denkst. In ein paar Tagen habe ich dich längst vergessen«, entgegnete ich trotzig.

Sie schaute weg. »Mir doch egal.«

Ich bückte mich, um den Korb hochzuheben, und schluckte meinen Ärger hinunter, denn in Wahrheit war ich nicht zornig auf sie, sondern auf mich selbst.

»Lass nur, ich kann auch was nehmen«, sagte Sienna und kam zu uns. Sie nahm mir den Korb ab und griff sich einen der Koffer. »Du brauchst schließlich eine freie Hand für mich.« Sie lächelte. Das Licht der Lampe, welche über der Tür hing, fiel direkt auf ihr Gesicht und beschien ihre Sommersprossen. Ebenso ihre Augen, in denen sich trotz ihres Lächelns so viel Traurigkeit und Erschütterung spiegelte. Ich wünschte mir, dass sie all das bald hinter sich lassen konnte. Aber sie brauchte Zeit, um zu trauern. Sie würde sie bekommen.

»Sir Reyan, danke für alles«, sagte ich, denn wir mussten nun die Weiße Stadt verlassen. Ich wollte nicht länger hierbleiben, sondern endlich nach Hause.

»Das habe ich gern gemacht«, antwortete er. »Ich wünsche mir sehr, dass du bald zurückkehrst, damit ich dir alle Schriften und Bücher zeigen kann. Vielleicht verstehst du dann die Wichtigkeit deiner Bestimmung besser.«

»Vielleicht«, sagte ich ausweichend, griff mit einer Hand auf den Koffer, mit der anderen nahm ich Siennas Hand.

»Wie sagt man bei euch zum Abschied?«, wollte sie wissen und trat von einem Fuß auf den anderen. »Oh, ich muss noch so viel lernen.«

Sie brachte mich zum Schmunzeln. »Du kannst *Habt Wohl,* sagen oder wie bei euch: *Auf Wiedersehen.*«

»Das ist einfach zu merken.« Sie zog die Nase kraus. »Dann habt Wohl, Sir Reyan und Lunet.«

Diese löste ihre Arme aus der Verschränkung. Ganz kurz wirkte sie, als täte es ihr leid, dass wir nun gehen würden. »Habt Wohl.«

»Sienna, ich freue mich, irgendwann von deinen Eindrücken von der für dich neuen Welt zu hören«, sagte der alte Mann. »Meine Tür steht auch für dich immer offen.«

»Danke.« Sienna zwinkerte mir zu. »Ich wäre so weit.«

Ich drückte ihre warme weiche Hand und streichelte mit dem Daumen über ihren Handrücken.

»Habt wohl«, sagte ich noch zu unseren Gastgebern, ehe ich mein Ziel visualisierte und sich die Schlüsselkraft wie von selbst aktivierte.

Die Zeichen leuchteten nur kurz auf, schon verschwanden der Gelehrte, Lunet und die Weiße Stadt.

»Wow«, hauchte Sienna staunend und blickte sich um. »Ich dachte, du würdest uns zu dir nach Hause bringen?« Ihre Stimme hallte ein klein wenig.

»Wir sind ganz nah«, erklärte ich, stellte den Koffer ab und legte die Taschen daneben auf den Boden.

Die kleine Italienerin deponierte den Korb und den anderen Koffer daneben. »Ist es das, was ich vermute?« Sie zeigte zum Brunnen, der von zartem Mondlicht beleuchtet wurde. Es schien von oben durch die Öffnung in der Höhlendecke der Grotte und ließ den silbergrünen Efeu leicht schimmern.

»Ja.« Ich nickte. »Das ist der Seelenbrunnen.«

»Hier hat also alles begonnen.«

Das war doppeldeutig. »Meine Geburt und mein Abtauchen auf die Erde.«

»Wow«, hauchte sie wieder und trat nah an den Brunnen heran, um hineinzuschauen. Dann hob sie den Blick und ließ ihn durch die Höhle schweifen. »Das hier ist wirklich ein magischer Ort.«

»Du sagtest, wenn böse Menschen an diesen Ort kämen, würden sie ihn zerstören«, erinnerte ich sie. »Denkst du immer noch so?«

Ihre Atmung wurde schwerfälliger.

»Oh, Dian«, sagte sie nur.

»Das ist keine Antwort«, kommentierte ich, ging näher und betrachtete ebenfalls die Wasseroberfläche. Mein Antlitz spiegelte sich darin, die Mondsichel und die Sterne über uns ebenso. »Sei bitte ehrlich zu mir, Sienna. Wenn Menschen wie Aaren, Yaris oder Tooly diesen heiligen Ort finden würden, was würde geschehen?«

Ihr Kinn begann zu zittern, sie hielt kurzzeitig die Luft an.

»Bitte, Sienna«, drängte ich. »Sag mir, was du denkst. Ich muss es wissen. Muss wissen, ob ich meine Entscheidung doch zurücknehmen soll. Ich will nichts falsch machen, hörst du? Sag mir bitte, was böse Menschen mit dieser Grotte machen würden. Sei ehrlich zu mir. Ich flehe dich an.«

Ihre Augen füllten sich mit Tränen, sie ließen sich nicht vor mir verbergen. »Solche Menschen würden diesen magischen Ort für sich beanspruchen«, antwortete sie endlich.

Mein Herz begann zu schmerzen. »Wir Elben könnten ihn dann nicht mehr für uns nutzen?«

»Wenn sie ihn nicht zerstören, würden sie viel von euch verlangen. Oder ...« Sie brach ab und ließ das letzte Wort in der Luft hängen.

»Oder?«

»Vielleicht würden sie euch eure Nachkommen oder die Magie klauen. Vielleicht würden sie das Geheimnis des Brunnens lüften wollen und Experimente durchführen. Aber, Dian, das sind nur Vermutungen, es sind nur Vielleichts.«

Ich legte eine Hand auf den Rand des Brunnens, denn meine Herzschmerzen wurden immer schlimmer und ich brauchte Halt. »Wenn wir uns wehren würden, um diesen heiligen Brunnen zu schützen, was würde geschehen?«

Sienna sah mich einige Sekunden lang nur an.

Schon gingen ihre Augen über und viele Tränen kullerten über ihre Wangen. »Sie würden euch einsperren oder töten.«

»Das sind keine Vielleichts?«

Ganz langsam schüttelte sie den Kopf, während sie versuchte, ihre Wangen mit den Fingern zu trocknen. »Nein, das sind leider keine Vielleichts. Die Geschichte der Menschheit beweist, dass sich solche Dinge ständig wiederholen. In jeder Generation gibt es wunderbare Menschen mit besonderen Eigenschaften. Aber es werden auch immer solche geboren, die böse sind und im Namen der Liebe, Macht, Religion, des Geldes oder der Wissenschaft schlimme Dinge tun und behaupten, das wäre der richtige Weg.«

Ich ließ mir ihre Worte durch den Kopf gehen und dachte an Rachéls schreckliche Vision bei meiner Geburt. An die fremde Stadt, das Blut, die Geräusche, an das, was eingetroffen war oder noch eintreffen würde. Andachtsvoll schaute ich hoch zur Mondin, ließ meinen Blick durch die Höhle gleiten und betrachtete den silbergrünen Efeu, welcher diesen so wichtigen Ort überwucherte, ja schon fast beschützte. Langsam nahm ich das Lederband vom Hals und schaute auf den kleinen Schlüssel, welcher nun in meiner Hand lag.

Sienna beobachtete mich schweigend.

Ich prägte mir das Aussehen des Schlüssels gut ein. »Als ich geboren wurde, lagst du unter mir, direkt auf dem Seerosenblatt«, sagte ich leise zu ihm. »So viele Jahre wusste ich nichts von dir, so viele Jahre habe ich mich nach meiner Bestimmung gesehnt und nicht erkannt, wie perfekt mein Leben schon gewesen ist. Ich habe all die Dinge nicht wertgeschätzt, die mich umgaben. Nur weil ich einer Illusion hinterhergejagt bin. Und nun, da ich dich in meinen Händen halte, weiß ich, dass ich besser nie nach dir, meiner Bestimmung, gesucht hätte. Du bist eine viel zu schwere Bürde, die mir auferlegt worden ist, es ist keine Ehre, dich zu tragen. Du bist der Schlüssel, der Recht und Frieden bringen kann, aber du hast auch eine dunkle, bedrohliche Seite. Du kannst Angst und Trauer bringen und schreckliche Gefahren in unsere Welt holen, die sie zerstören könnten.« Ich hob meinen Blick und sah Sienna in die Augen. »Seit meiner Geburt habe ich mich gefühlt, als wäre ich fehl am Platz. Die Zehn, allen voran Mehal, Jasira und Keli, haben mir das ständig bestätigt. Dann bin ich auf die Erde gekommen, weit fort von ihnen, und habe dasselbe gefühlt.«

Sienna sah mich erschrocken an. »Ich habe mich nach unseren Anfangsschwierigkeiten sehr bemüht, damit du weißt, dass du willkommen bist. Du bist mir wichtig, du bist mein Freund, ich hoffe, du weißt das.«

»Das weiß ich. Aber ein dampfender Kräutertee oder ein eigener Sitzplatz konnten auch nichts an meinen Gefühlen ändern.« Ich seufzte leise und dachte nach. »Das Gefühl der Wertlosigkeit geht einfach nicht weg«, gab ich zu, obwohl es mir sehr schwerfiel. »Diesen Schlüssel tragen zu müssen, ist wirklich eine Last. Ich bin dieser Aufgabe nicht gewachsen, Sienna. Ich will nicht die Brücke sein, welche bei dem kleinsten Fehler böse Menschen in unsere Welt lässt. Ich muss solche Orte wie diesen oder die Weiße Stadt beschützen. Die magischen Wesen hier sind nur sicher, wenn die Trennung zwischen den Welten bestehen bleibt. Die Mondgöttin hat uns eine Chance gegeben, ich danke ihr dafür, aber die Zeit ist noch nicht gekommen. Sie wird warten und sich einen anderen Auserwählten suchen müssen.« Ich streckte meinen Arm aus und hielt den Schlüssel direkt über das Mondwasser. »Hier, liebe Mondin, hast du ihn zurück«, sagte ich entschlossen. »Ein einzelner Schlüssel, ein einzelnes Wesen können nicht den Frieden und das Recht auf die gesamte Erde bringen. Es braucht etwas anderes, Größeres, um die Liebe und ein ethisches Bewusstsein in die Menschenherzen zu bringen.«

Ich ließ den Schlüssel einfach los und war erstaunt, wie leicht es sich anfühlte. Er fiel und tauchte nahezu lautlos ins Wasser, welches lediglich ein paar Wellen schlug, als der Schlüssel die Wasseroberfläche durchbrach. Ich beobachtete, wie er im Becken verschwand, und verharrte so lange, bis ich ihn nicht mehr ausmachen konnte.

»Wirst du es nicht irgendwann bereuen?«, fragte mich Sienna und berührte mich sanft an der Schulter.

»Nein.« Ich schüttelte den Kopf. »Vielleicht war meine Bestimmung ja nur, dich in unsere Welt zu holen. Vielleicht braucht es dich, um eine Veränderung herbeizuführen. Vielleicht wollte die Mondin nur einer einzelnen Seele Recht und Frieden schenken. Wer weiß das schon so genau.«

»Das sind viele Vielleichts.«

»Ja.« Ich stieß mich vom Rand des Brunnens ab und streckte Sienna meine offene Hand entgegen. »Lass uns nach Hause gehen, Drachenlady. Die magische Welt der Musen erwartet dich.«

Ein Lächeln umspielte ihren Mund. »Danke, Dian, dass du mir diese besondere Tür geöffnet hast.«

Wenn dir das Buch gefallen hat, kannst du es gerne an Freunde und Bekannte weiterempfehlen. Ich freue mich immer über Rezensionen, Postings, Fotos und Nachrichten – danke dafür!

Spezielle Buchboxen und Merch findest du auf www.dalila.at.

Danksagung

Dians Weg brachte mich zum Nachdenken. Ich habe viel gegrübelt, ob ich selbst in bestimmten Situationen anders gehandelt hätte oder was sich meine Leser von einem Elben wie Dian erwarten würden. Es kam, wie es kommen musste: Er schrieb seine eigene Geschichte.

Die Möglichkeit, an seinen Gedanken und Gefühlen teilhaben zu dürfen, war etwas ganz Besonderes für mich. Ich hoffe, du empfindest genauso. Die Welt braucht keine aalglatten, perfekten Superhelden. Ein feinfühliges Wesen reicht vollkommen aus, um das eine oder andere Herz zu erreichen und etwas zu bewegen.

Ich möchte Danke sagen: Stephanie, meiner Lektorin, die mir geholfen hat, dass aus dem Rohentwurf ein richtiger Roman werden konnte. Danke, dass du so flexibel und rücksichtsvoll bist! Eine Zusammenarbeit ist mir immer eine Freude. :)

Vielen Dank an Alexander Kopainski für die traumhaften Grafiken und das wundervolle Cover. Polina Zavodina danke ich, denn sie hat meine Visionen von Dian und Sienna mit Bleistift und Aquarellfarben aufs Papier gebracht.

Danke auch an meine Kinder Ina und Dominik, die mich bei meinem Schaffen unterstützen. Ihr seid meine Welt, ich liebe euch!

Ebenfalls Danke an meine liebe Freundin Mira - Claudia Jäger, die mit viel Aufwand und Herzblut alle Buchläden in meiner Umgebung dazu animiert hat, meine Bücher aufzulegen.

Und natürlich ein Dankeschön an meine rasend schnellen Testleser Adriane Gamper und Eva Foidl. Eure Anregungen und vor allem die schonungslose Kritik (auch das Lob!) haben mir geholfen, Dians Geschichte noch besser erzählen zu können.

Weiters möchte ich ein besonderes Danke an A.v.G. Koopmans, der wunderbaren Autorin der bildgewaltigen High-Fantasy-Saga »*Iasanara*« richten. Liebe Alexandra, danke für deine unendliche Geduld, mit der du mit mir dein Selfpublishing-Wissen teilst, mir aus der Ferne hilfst, die E-Books richtig hochzuladen, und alle Fragen über die Buchmessen beantwortest. Ohne dich wäre meine Frisur vom steten Haareraufen zerzaust. :)

Ein Danke geht auch an alle Leser, die Dian auf seinem Weg begleitet haben :)

In diesem Sinne – gebt nicht auf, folgt eurem eigenen Weg und fühlt euch frei, jeden Tag neue Entscheidungen zu treffen!

Dalila